Über die Autorin:
Sophie Beaumont ist eine mehrfach ausgezeichnete Autorin, die bereits zahlreiche Bücher für Kinder, Jugendliche und Erwachsene veröffentlicht hat. Sie wurde in Indonesien als Kind französischer Eltern geboren, wuchs in Frankreich und Australien zweisprachig auf und hat einen Masterabschluss in französischer und englischer Literatur. Im Jahr 2019 wurde Sophies Beitrag zur Literatur mit einem *Order of Australia* gekürt.

SOPHIE BEAUMONT

Die kleine Kochschule in Paris

Roman

Aus dem australischen Englisch
von Kristina Lake-Zapp

Die australische Originalausgabe erschien 2023
unter dem Titel »The Paris Cooking School« bei Ultimo Press,
einem Imprint von Hardie Grant Publishing.

Besuchen Sie uns im Internet:
www.droemer-knaur.de

Deutsche Erstausgabe Mai 2025
© 2023 Sophie Beaumont
© 2025 der deutschsprachigen Ausgabe Knaur Verlag
Ein Imprint der Verlagsgruppe
Droemer Knaur GmbH & Co. KG
Maria-Luiko-Straße 54, 80636 München
Alle Rechte vorbehalten. Das Werk darf – auch teilweise –
nur mit Genehmigung des Verlags wiedergegeben werden.
Die Nutzung unserer Werke für Text- und Data-Mining
im Sinne von § 44b UrhG behalten wir uns explizit vor.
Dieses Werk wurde vermittelt durch Bold Type Agency Pty Ltd, Australia,
via Michael Meller Literaturagentur, München.
Redaktion: Gisela Klemt
Das Zitat auf S. 297 stammt aus
William Shakespeares Stück *Romeo und Julia*.
Covergestaltung: ZERO Werbeagentur GmbH, München,
Übernahme des Originalcovers vom Verlag Ultimo Press
Coverabbildung: Coverdesign ZERO Werbeagentur
unter der Verwendung des Designs von Christa Moffitt,
Christabella Designs, und der Illustration von Cheryl Orsini
Satz und Layout: Adobe InDesign im Verlag
Druck und Bindung: GGP Media GmbH, Pößneck
ISBN 978-3-426-44936-3

Kontaktadresse nach
EU-Produktsicherheitsverordnung:
produktsicherheit@droemer-knaur.de

2 4 5 3 1

Respirer Paris, cela conserve l'âme.
Paris zu atmen, rettet die Seele.

Victor Hugo

EINS

Eine Millisekunde. Länger dauerte es nicht. Einmal den Kopf zur Seite gedreht, und die rote Ledertasche war fort, mit allem, was sich darin befand. Gabi hatte nicht mal einen flüchtigen Blick auf den Dieb werfen können. Nun, er würde enttäuscht sein, wenn er seine Ausbeute begutachtete. Sicher, die Tasche sah teuer aus – sie *war* teuer, ein Geschenk aus der aufregenden Zeit im vergangenen Jahr –, doch es befand sich nicht mehr darin als Gabis ramponiertes Arbeits-iPad, auf dem keinerlei diebesfreundliche Informationen gespeichert waren, ein fast leeres Notizbuch mit einigen wenigen vollgekritzelten und durchgestrichenen Seiten sowie eine Packung Buntstifte, die ihre sieben Jahre alten Nichten, Zwillinge, ihr zum Abschied geschenkt hatten. Die Stifte waren das Einzige, worum es ihr leidtat. Notizbuch und iPad dagegen kamen ihr vor wie eine Mahnung, ein Vorwurf, und darauf konnte sie gut verzichten.

Sie trank ihren starken Kaffee aus, hievte den Rucksack auf die Schultern und stand auf. Im Gare du Nord wimmelte es von Menschen, die in alle Richtungen eilten, laute, verwirrende Durchsagen schallten durch die riesige Halle. Gabis geschwätziger Sitznachbar im Eurostar hatte sie heute Morgen bei der Ankunft gewarnt, dass der belebte Bahnhof als Diebeshochburg galt, und ihr geraten, wachsam zu sein. Sie hatte höflich genickt und gedacht, dass sie wohl kaum ein verlockendes Ziel abgeben würde. Ihr Rucksack war uralt, ihr Pass, die Karten und das Bargeld steckten sicher verwahrt in dem Geldgürtel, den sie unter ihrem Pullover trug. Die rote Ledertasche spielte für sie offenbar eine so untergeordnete Rolle, dass sie gar nicht daran gedacht hatte, darauf zu achten. Während sie nun den Bahnhof mit großen Schritten verließ und auf eine verkehrsreiche Straße hinaustrat, hatte sie den Eindruck, dass dies ein Zeichen war. So wie die Tasche verschwunden war, würde auch die Last verschwinden, die sie mit sich herumschleppte …

Komm schon, wach auf, Gabi! Die Tasche war weg – der eigentliche Knackpunkt, der Grund, warum sie hier war, verschwand nicht so leicht. Sie bemerkte den verwunderten Blick eines Passanten und stellte fest, dass sie laut geredet hatte. *Großartig. Jetzt sprichst du schon in der Öffentlichkeit mit dir selbst.* Sich einzubilden, der Dieb vom Bahnhof wäre ein Instrument des Schicksals gewesen! Sie konnte dies ihrer ständig länger werdenden Schandparade hinzufügen, genau wie die Tatsache, dass sie ihrem Agenten weisgemacht hatte, sie würde »ein Statement gegen die digitalen Ablenkungen« setzen und nicht nur die sozialen Medien meiden, sondern generell nicht erreichbar sein. Sie hatte ihre Familie gebeten, ihre Mobilnummer nur in Notfällen zu wählen und unter keinen Umständen an andere weiterzureichen, und sie hatte niemandem erzählt, worum es ihr bei dieser Reise wirklich ging oder was tatsächlich dahintersteckte. Verstecken, wegducken, ausweichen, vortäuschen. Die alte Gabi hätte so etwas niemals getan. *Aber dieser Mensch bin ich nicht mehr, und ich weiß nicht, ob ich so je wieder sein kann,* dachte sie nun, während sie spürte, dass die unausgesprochene Angst, die ihr nur allzu vertraut geworden war, durch sie hindurchströmte. Was, wenn alles vorbei war, und sie …

Blende das aus. Fokussier dich. Du bist jetzt in Paris, mahnte sie sich eindringlich, während sie durch die überfüllten Straßen ging. *Dir gefällt diese Stadt sehr, auch wenn dein Vater die Ansicht ver-*

tritt, Paris sei nur ein Ort, über den man auf dem Weg in sein geliebtes Baskenland hinwegfliegt. Der Gedanke brachte sie zum ersten Mal an diesem Tag zum Lächeln. Okay. Vier Wochen lang würde sie alles andere vergessen, würde einfach nur hier sein und etwas tun, was ihr keine Angst machte, etwas, womit keinerlei Erwartungen verbunden waren. Es würde eine Flucht sein. Ein Ausweg. Hoffentlich ein richtiger.

Gabi holte tief Luft und musste sofort niesen. Dann noch einmal. Sie blieb stehen, kramte ein Taschentuch hervor, schnäuzte sich und nieste erneut. Das Niesen verwandelte sich in ein Lachen. Heuschnupfen, ausgerechnet jetzt! Es war kein Wunder. Man musste sich nur die Bäume an den Straßen ansehen, deren Knospen sich öffneten, nein, deren Knospen zu voller Blüte *explodierten!* Die Pollenbelastung würde gigantisch sein.

Hier in Paris, im April, war es wärmer als gedacht. In London war es kühl gewesen, und Gabi hatte sich entsprechend angezogen. Sie fing an zu schwitzen in ihrer wattierten Jacke, den schweren Rucksack auf dem Rücken, also zog sie die Jacke aus und band sie sich um. Anschließend strich sie sich ein paar verirrte Strähnen ihres schwarzen, stumpf geschnittenen Bobs aus dem Gesicht und rief den Stadtplan auf ihrem Smartphone auf. Es war noch ein ganzes Stück bis zum Hotel. Sie hätte die Metro nehmen sollen, anstatt wie eine Dramaqueen aus dem Gare du Nord zu stürmen. Okay. *Geschieht dir recht, Muffelkopf,* dachte sie, richtete die Schulterriemen ihres Rucksacks und marschierte weiter.

Kates Rollenkoffer prallte gegen die Stufen, als sie die Treppe hinaufstieg. Sie hatte beschlossen, die Metro eine Station vor ihrem Zielort zu verlassen, um sich so einen ersten Eindruck von der Gegend zu verschaffen. Der lange Flug, die Fahrt mit dem Zug vom Flughafen in die Stadt und zum Schluss die Strecke mit der Pariser U-Bahn hatten sie benommen und orientierungslos gemacht. Sie brauchte frische Luft, um ihre innere Uhr umzustellen. Sie musste wissen, dass sie sich jetzt tatsächlich in Paris befand und nicht mehr auf einer endlosen Reise mit Flughafenhallen, zugigen Gängen und Bahnsteigen, die überall auf der Welt hätten sein können.

Als sie aus dem düsteren Untergrund auf die Straße trat, schlugen ihr die Farben, die Gerüche, die Geräusche mit voller Wucht entgegen – ein wundervolles Gefühl. Es war ein herrlicher Nachmittag, der Himmel von einem tiefen Blau, davor leuchteten die hübschen alten Steingebäude, die Bäume reckten ihre Zweige in die Höhe – über und über mit weißen und rosa Blüten besetzt, welche die milde Luft mit ihrem betörenden Duft erfüllten. Die Tische vor den Cafés waren voller lachender und plaudernder Menschen, und kein einziger trug schwarze Kleidung. Das musste man sich mal vorstellen! Kate hörte das melodische Gurren einer Ringeltaube und musste plötzlich an ihre Eltern denken, die zu einem alten Jazz-Song mit dem Titel »April in Paris« tanzten, in dem es um den Zauber des Frühlings in dieser Stadt ging. *Jetzt verstehe ich, warum,* dachte sie und spürte, wie sich ihr Pulsschlag beschleunigte, auch wenn sich in diesem Moment ein ungeduldiger Pendler an ihr vorbeidrängte und etwas über *les touristes* grummelte. Kate war das gleich, sie war von Kopf bis Fuß voller Freude.

Das Hotel war nicht weit entfernt, aber sie ließ sich Zeit, dorthin zu gelangen. Es gab so viel zu sehen, und sie blieb andauernd stehen, um alles auf sich wirken zu lassen und ein Foto nach dem anderen zu machen. Ja, sie war schon einmal in Paris gewesen, mit fünfundzwanzig, aber das war mittlerweile sechzehn Jahre her. Sie hatte auch nur drei Tage gehabt, war von einem Ort zum nächsten gehetzt, um die schwindelerregende Anzahl von Sehenswürdigkeiten in sich aufzunehmen, die Touristenmagnete wie den Eiffelturm, Notre-Dame, die Oper und die Champs-

Élysées ... Das war nicht ihre Entscheidung gewesen, sie hätte sich gern mehr Zeit gelassen, hätte lieber weniger und dadurch in gewisser Hinsicht mehr gesehen. Doch natürlich hatte Josh andere Vorstellungen gehabt. Er hatte Paris »abhaken« wollen, um sagen zu können, dass er da gewesen war, hatte binnen drei Tagen alles abklappern wollen, um anschließend die nächste Kultstadt in Europa in Angriff zu nehmen. Sie hatte nicht den Mut gefunden, ihm klarzumachen, dass das nicht das war, wovon sie geträumt hatte, als sie sich wünschte, nach Paris zu reisen. *Okay*, hatte sie damals gedacht, *jetzt haben wir einen kleinen Vorgeschmack bekommen, und obwohl ich nach wie vor hungrig auf mehr bin, gibt es bestimmt ein nächstes Mal, und dann wird es anders laufen. Dann werde ich meinen Hunger stillen, dafür sorge ich.* Doch die Jahre waren verstrichen, und es hatte kein nächstes Mal gegeben.

Bis jetzt. Und wenngleich dies erst der Anfang ihrer Reise war, fühlte es sich bereits anders an, wie ein richtiges Abenteuer an einem Ort, den sie gut kennenlernen würde. Bei der Vorstellung machte ihr Herz einen Satz. Das hier würde für einen Monat *ihre* Gegend sein, ihr Zuhause – und sie konnte sich gar nicht sattsehen. Gleich hier war ein Café, dessen Markise mit atemberaubenden Kaskaden aus Kirschblüten bedeckt war, und auf der gegenüberliegenden Straßenseite entdeckte sie reihenweise kunterbunte Fahrräder, die aussahen, als würden sie jeden Moment von allein davonradeln. Dahinter hatte ein kleiner Gemüseladen seine Waren zu einer Vielzahl von Stillleben arrangiert, ein kleines Stück entfernt verströmten Austern und Jakobsmuscheln, noch in der Schale, den würzigen Duft des Meeres. Etwas weiter weg stellte ein Florist prächtige Sträuße aus blasslila Rosen zur Schau, die man für Kunstblumen halten konnte, bis man sie berührte, ein anderer Laden bot ausgefallene Geschenke sowie ansprechende Kuriositäten an. In den kleinen, kopfsteingepflasterten Seitenstraßen mit den massiven Haustüren der Wohngebäude, die sehr gut für ein Foto taugten, befanden sich versteckte, stille Parks. Hier war das Vogelgezwitscher noch lauter. Entlang der großen Straße hatte Kate imposante Kirchen gesehen, außerdem einen seltsamen mittelalterlichen Turm sowie das prachtvolle Hôtel de Ville, das Rathaus von Paris ...

Die Seitenstraßen waren ruhig, doch selbst auf der großen Straße herrschte nicht viel Verkehr, was es leicht machte, sie zu überqueren, selbst wenn man einen Rollenkoffer hinter sich herzog.

Vor einer *patisserie* mit einer verführerischen Auslage blieb sie stehen: Torten und Kuchen thronten wie fragile Juwelen auf vergoldeten Ständern oder waren in Reih und Glied ausgestellt, sodass einem das Wasser im Munde zusammenlief, die Bezeichnungen in dieser ganz besonderen geschwungenen Handschrift notiert, die alles so köstlich, so perfekt, so französisch aussehen ließ. Doch »Scheibenlecken«, wie die Franzosen es nannten, genügte nicht, und Kate konnte nicht widerstehen. Also ging sie hinein und kaufte eine *tartelette aux fraises* – das hübscheste Erdbeertörtchen, das sie je gesehen hatte. Sie aß es gleich an Ort und Stelle, auf dem Trottoir. Die auf der Zunge zergehenden süßen Früchte, die lockere, duftige Vanillecreme in Kombination mit dem butterigen Mürbeteig weckten ein Gefühl purer Glückseligkeit in ihr. Die *tartelette* war in der Tat perfekt, und nachdem Kate sie aufgegessen hatte, konnte sie es sich nicht verkneifen, ihre Finger abzulecken.

Durch das Schaufenster der *patisserie* bemerkte sie den amüsierten Blick einer Verkäuferin. Sie lächelte einfach zurück, mit schalkhaft blitzenden Augen. Es interessierte sie kein bisschen, dass man sie dabei ertappt hatte, sich aufzuführen wie ein Kind. So viel Spontaneität hatte sie schon seit Jahren nicht mehr verspürt. Sie hatte überhaupt kaum etwas anderes getan, als nach der Pfeife von jemand anderem zu tanzen. Doch jetzt – nun, jetzt war sie dort angekommen, wo sie sein sollte. Ganz gleich, was passierte, das Gefühl konnte ihr niemand nehmen, schon gar nicht Josh, der weit weg in Australien weilte. In einer anderen Welt. Einem anderen Leben.

Nicht länger in *ihrem* Leben. Und in diesem Augenblick bereitete ihr diese Vorstellung zum Glück keinen Schmerz.

Sylvie trank einen weiteren Schluck von ihrem Lieblingsburgunder Pinot noir und blätterte noch einmal den Ordner durch, den ihre persönliche Assistentin Yasmine für sie zusammengestellt hatte. Die frischen Lebensmittel waren bestellt und würden morgen früh eintreffen, die Absprachen mit den Gastrednern des Monats waren getroffen, die Liste der Schülerinnen und Schüler ihrer kleinen Kochschule hatte endgültig bestätigt werden können. *Ouf.* Puh. Die letzten drei Wochen waren ein Albtraum gewesen, mehrere Buchungen waren storniert worden, noch dazu hatte jemand eine E-Mail geschickt, er hätte gerade buchen wollen, dann jedoch die schlechte Bewertung auf TripAdvisor gesehen, ob Sylvie dazu Stellung nehmen könne?

Das konnte Sylvie leider nicht, denn sie hatte nicht einmal gewusst, dass eine solche Bewertung existierte. Als sie sie aufrief, war sie sowohl verärgert als auch verwirrt, denn es lag auf der Hand, dass derjenige, der sie verfasst hatte, nie einen Kurs bei ihr belegt hatte. Es wurden Dinge geschildert, die nie vorgefallen waren, auf Arbeitsmethoden Bezug genommen, die sie nicht anwandte. Auf Anraten ihres Nachbarn Serge – einem seiner Freunde war etwas Ähnliches widerfahren – wandte sie sich an TripAdvisor und beschwerte sich. Man versicherte ihr, dass die schlechte Bewertung gelöscht werde, und man hielt Wort. Die Person, die wegen der Buchung verunsichert gewesen war, meldete sich an, und kurz darauf war auch der letzte Platz belegt. Am Ende hatte also alles geklappt. Dennoch war bei ihr eine gewisse Unsicherheit zurückgeblieben.

Es war sehr still in Sylvies Büro gleich neben der großen Küche mit der hohen Decke und dem Speiseraum, wo ein großer Teil der Aktivitäten ihrer kleinen Pariser Kochschule stattfand. Im Augenblick war es auch dort sehr still. Doch morgen früh würde alles wieder losgehen, mit einem neuen Kurs, bestehend aus acht Teilnehmerinnen und Teilnehmern. Acht neue Gesichter, acht neue Wege, Dinge anzugehen oder zu betrachten. Acht Personen, die sich den Herausforderungen des Kochens stellen und am Ende der vier Wochen hoffentlich als Team zusammenarbeiten würden, ohne ihre individuellen Vorgehensweisen aufzugeben.

In den fünfzehn Jahren seit der Gründung der Kochschule Morel hatten fast hundert solcher Kurse stattgefunden, jeder mit einer eifrigen Schülergruppe. Es hatte Dramen gegeben und persönliche Differenzen, aber es waren auch viele Freundschaften entstanden, sogar mehrere Romanzen hatten sich zwischen den Arbeitsflächen angebahnt. Die meisten Schülerinnen und Schüler wollten einfach nur aus eigenem Interesse lernen, wie man französische Gerichte zubereitete, aber einige hatten später eine erfolgreiche Karriere im Gourmet-Bereich hingelegt. Das wohl bekannteste Beispiel war eine berühmte Food-Autorin mit ihrer eigenen Spin-off-TV-Show in den USA, die Sylvie ihr erstes Kochbuch gewidmet und ihr ein handsigniertes Exemplar geschickt hatte. Sie hielt noch immer Kontakt, genau wie einige andere, die schrieben und E-Mails schickten, in denen sie ihr mitteilten, dass der Monat, den sie in ihrer Kochschule verbracht hatten, eines der Highlights ihres Lebens gewesen war. Sylvies Sohn Julien, der in dieser Umgebung aufgewachsen war – er war erst sieben gewesen, als sie die Kochschule eröffnet hatte –, fand das in keiner Weise überraschend. »Für dich ist das der Alltag, *maman*, für sie dagegen ist es eine wunderbare Auszeit von *ihrem* Alltag.« Er hatte natürlich recht. In letzter Zeit jedoch hatte sie öfter gedacht, dass es so weit war, den Dingen ihren Lauf zu lassen und es vielleicht ein bisschen ruhiger angehen zu lassen.

Im Augenblick hatte sie dafür allerdings keine Muße, genauso wenig wie dafür, sich mit ihrer problematischen Beziehung zu Claude auseinanderzusetzen und mit dem Ultimatum, das sie ihm aus Gründen der Selbstachtung unbedingt stellen musste. Sie trank ihren Wein aus, heftete die Liste mit den Schülerinnen und Schülern zusammen mit den anderen Unterlagen wieder in den Ordner, stand auf und streckte sich. Ihr Blick fiel auf den Spiegel an der gegenüberliegenden Wand des Büros. Die Frau darin wirkte so selbstsicher, so lässig elegant mit ihrem glänzenden kastanienbraunen Haar, der schmal geschnittenen dunklen Hose und dem grünen Seidenoberteil – doch die Frau, die in den Spiegel schaute, wusste, dass dieser Spiegel lügen konnte. Achselzuckend wandte sie sich ab, nahm das leere Glas und ging in die Küche, um es zu spülen, abzutrocknen und in den Schrank zurückzustellen. Anschließend sah sie sich um. Alles war an seinem Platz. Alles war bereit. Alles schien gespannt darauf zu warten, dass es losging mit dem Lärm, der Hektik und den Fragen – darauf, dass der Zauber endlich begann.

ZWEI

Als Gabi vor zehn Jahren zum ersten Mal in Paris gewesen war, hatte sie in Montmartre gewohnt, in einem ausgebauten Dachzimmer. Damals hatte sie gedacht, Montmartre wäre noch immer der Treffpunkt der Boheme, und war enttäuscht gewesen, dass es so touristisch geworden war, vor allem in der Gegend rund um Sacré-Cœur. Dafür hatte sie andere, weniger angesagte Orte in Montmartre entdeckt, zum Beispiel die Läden mit ausgefallenen Stoffen, die sich in den verwinkelten Seitenstraßen aneinanderreihten. Dort hatte sie viele glückliche Stunden damit verbracht, ihre Eindrücke in einem Skizzenbuch festzuhalten, bevor sie sie, zurück in ihrem Dachzimmer, weiter ausführte. Ein anderer Lieblingsort zum Zeichnen war am Fenster eben dieses Dachzimmers. Von dort aus konnte sie über die von Tauben besetzten Dächer und hinunter auf die geschäftige Straße blicken. Damals hatte sie sich tatsächlich als Teil des Pariser Lebens gefühlt, in dem sie einen kurzen, aber inspirierenden Gastauftritt hatte.

Zehn Jahre später stand sie nun am Fenster ihres Pariser Hotels im Quartier Saint-Paul. Im südlichen Teil des berühmten Stadtviertels Marais fand man kopfsteingepflasterte Gassen, Überreste mittelalterlicher Mauern und alte Stadtpalais, *hôtels particuliers* genannt. Die Gegend hatte sich etwas von dem ursprünglichen Charakter der Stadt bewahrt, vor seiner Umgestaltung durch Baron Haussmann im neunzehnten Jahrhundert. Doch obwohl das Tempo hier entspannt und weniger hektisch war als in anderen Ecken des Marais, haftete das *quartier* nicht der Vergangenheit an. Es war eine lebendige, quirlige Szenerie, die sich vor ihr entfaltete, voller Farbe und Bewegung. Doch diesmal würde es keinen inspirierenden Gastauftritt geben. Sie würde sich selbst nicht in die Szene hineinskizzieren. Sie war kein Teil davon, sie stand abseits.

Abrupt wandte sie sich ab. Schluss damit! Sie hatte verschlafen und musste gleich los, ohne im Hotel zu frühstücken. Das allein war schwer genug, außerdem brachte es gar nichts, sich über *Was wäre, wenn ...* den Kopf zu zerbrechen. Gabi liebte das Essen hier, und der Gedanke an einen Kaffee und ein Croissant ließ ihr das Wasser im Mund zusammenlaufen. Sie war in Paris, deshalb würde sie unterwegs garantiert eine *boulangerie* entdecken.

Und tatsächlich fand sie sogar eine sehr hübsche mit ländlichen Jugendstilszenen auf den Glasscheiben am Eingang. Eine Minute später eilte sie weiter, strich sich Croissant-Krümel vom Mund und der Kleidung und stand kurz darauf vor dem zur Kochschule gehörenden Wohngebäude. Erst da fiel ihr auf, dass sie etwas vergessen hatte: Ihr Handy, in dem sie den Zugangscode für die Türen gespeichert hatte, befand sich noch auf dem Nachttisch, wo sie es gestern Abend abgelegt hatte. Mit verengten Augen versuchte sie, sich an den Code zu erinnern. War es 445AS? Oder 554SA? Sie tippte beides ein, erfolglos. Sie konnte nicht einmal jemanden anrufen, damit er sie einließ. Mist. Wohl oder übel müsste sie kehrtmachen, um ihr Telefon zu holen.

»*Ça va?*« Die Stimme hinter ihr ließ sie zusammenzucken. Sie drehte sich um und sah sich einem Mann in ihrem Alter gegenüber, ungefähr dreißig, groß, mit lockigen, hellbraunen Haaren, die sich widerspenstig um seine Ohren kringelten, und Augen, so dunkel, dass sie beinahe schwarz waren. Er trug ein T-Shirt und Lederjacke, dazu eine Jeans, und er hielt eine große, flache Holzkiste in den Händen. Bevor sie antworten konnte, fügte er auf Englisch hinzu: »Möchten Sie zur Kochschule Morel?«

»Ja. *Oui*. Aber der Code …«

Seine dunklen Augen blitzten. »Kein Problem. Wenn Sie gestatten …« Als er näher trat, um die Kombination aus Zahlen und Buchstaben einzutippen, nahm sie einen strengen Geruch wahr. Er sah, wie sie die Nase krauste, und lachte. »Ziegenkäse, Mademoiselle. Für den Kochkurs.«

Natürlich. Um ihre Verlegenheit zu überspielen, erwiderte sie auf Französisch: »Wunderbar! Ich liebe Ziegenkäse, vor allem die kräftigen, aromatischen.«

Seine Augenbrauen zuckten ein kleines Stück in die Höhe, und mit einer gewissen Befriedigung stellte sie fest, dass ihn ihr perfektes Französisch überrascht hatte. Doch er sagte nichts, lächelte nur verschmitzt und gab den Code ein. Die Tür öffnete sich mit einem Klicken, und er hielt sie für sie auf. Als sie sah, dass er auf den Aufzug zuging, überholte sie ihn und strebte auf die Treppe zu. Sie war nicht gerade versessen auf die engen Holzkabinen, die man in alten französischen Wohnhäusern fand. Zwei Stufen auf einmal nehmend, stieg sie in den zweiten Stock hinauf, ohne dabei ins Schwitzen zu geraten. Zumindest das hatten ihr die vergangenen Monate gebracht: Sie hatte sich angewöhnt, jeden Morgen zu laufen, um ihre bedrückenden Gedanken abzuschütteln, und war dadurch sehr fit geworden.

An der Eingangstür zur Kochschule im zweiten Stock drückte sie auf die Klingel. Beinahe unmittelbar darauf wurde ihr von einer forschen jungen Brünetten mit einem iPad in der Hand geöffnet, die sich ihr in ausgezeichnetem Englisch als »Yasmine Berada, persönliche Assistentin von Madame Sylvie Morel« vorstellte und nur einen kurzen Moment überrascht wirkte, als Gabi ihr in fließendem Französisch antwortete. Sie stellte sich ebenfalls vor und entschuldigte sich für ihre Verspätung. »Das ist kein Problem«, erwiderte Yasmine auf Französisch und bedeutete ihr, einzutreten. »Noch haben wir nicht angefangen. Wenn Sie bitte Ihre Schuhe dorthin stellen und ein Paar von diesen hier anziehen würden ...« Sie deutete auf ein Regal, in dem schwarze Slipper mit weicher Sohle standen. »Das wäre sehr freundlich von Ihnen.«

»Selbstverständlich.« Gabi zog ihre Stiefel aus und nahm sich ein Paar Slipper in ihrer Größe. Als sie den goldglänzenden, knarzenden Parkettboden betrachtete, verstand sie, warum man nicht mit Straßenschuhen durch diese Räumlichkeiten trampeln sollte. Außerdem waren die Slipper gewiss sehr viel bequemer, wenn sie stundenlang in der Küche stand, selbst wenn sie nicht annähernd so elegant zu ihrem dunkelroten Rock aussahen wie die Stiefel mit den hohen Absätzen.

Gabi war kaum hineingeschlüpft, als der Mann, der sie vorhin ins Haus gelassen hatte, durch den Flur schlenderte – ohne die flache Holzkiste von vorhin. Er nickte Yasmine zu, dann warf er Gabi ein weiteres verschmitztes Lächeln zu. »Ich hoffe, der Käse genügt Ihren hohen Ansprüchen, Mademoiselle«, sagte er auf Französisch. »Und wenn Sie mehr davon möchten, besuchen Sie mich auf dem Marché Bastille – ich bin jeden Donnerstag und Sonntag auf dem Markt!«

»Das tue ich«, erwiderte Gabi, »vorausgesetzt, der Käse ist zu meiner Zufriedenheit. Vielleicht komme ich aber auch, um mich darüber zu beschweren!«

Ich flirte, dachte sie. *Das habe ich schon seit Jahren nicht mehr getan!* Sie hatte völlig vergessen, wie viel Spaß das machte. Vor allem in Paris, wo alle wussten, wie es funktionierte: keine Bedingungen, einfach nur ein schöner Moment.

Er lachte. »Tun Sie das, Mademoiselle.« Er verabschiedete sich gut gelaunt von den beiden Frauen, und nur einen Moment später fiel die Tür hinter ihm mit einem leisen Klacken ins Schloss.

»Das ist Max. *Il est un peu original.*« Ein spezieller Charakter, ein Original – ein Wort, das im Französischen sowohl positiv als auch negativ gemeint sein konnte. Yasmines Ton hatte neutral geklungen, daher war Gabi sich nicht sicher.

Die Assistentin führte Gabi in einen Lagerraum mit Regalen an zwei Seiten und Schließfächern vor Kopf. Auf den Regalböden war allerhand Küchenwäsche gestapelt – Schürzen, Geschirrhandtücher, Servietten, Tischdecken –, außerdem gab es große Kisten voller Küchenpapier, Alufolie und Einweghandschuhen. »Sie können Ihre persönlichen Sachen in ein Schließfach sperren«, teilte Yasmine ihr mit. »Tragen Sie den Schlüssel immer bei sich. Und nehmen Sie sich eine Schürze und Handschuhe.«

Gehorsam zog Gabi ihre dicke Strickjacke aus und verstaute sie zusammen mit ihrem Geldgürtel im Schließfach. Anschließend suchte sie sich eine Schürze mit einem fröhlichen Blumenmuster aus, die nicht nur praktisch war, sondern sich auch hübsch von ihrem schwarzen Oberteil abhob. Die Schürze hatte eine Tasche, in die sie die Handschuhe steckte. Als sie fertig war, folgte sie Yasmine aus dem Lagerraum hinaus und den Flur entlang.

Das Erste, was sie wahrnahm, als sie die große Küche betrat, war das goldene Licht. Die Sonne strömte durchs Fenster und ließ die sanften Töne im Innern erstrahlen: das Holz, den Kork, die Fliesen. Sie hatte unpersönliches Hochglanzweiß und polierten Stahl erwartet – mit dem warmen, intimen Gefühl, das diese Küche verströmte, hatte sie nicht gerechnet. Trotz der Größe des Raums, der diskret platzierten Cerankochplatten, der Doppelspülbecken, der eingebauten Kühl-Gefrierkombination und dem Regal mit professionell aussehenden Kochutensilien war es beinahe so, als würde man die Küche bei jemandem zu Hause betreten. An einer Seite des Raumes lag hinter einer Doppeltür eine große, begehbare Vorrats- und Anrichtekammer, über der Tür hing ein Gemälde mit einer Marktszene: Es war naiv, doch es sprühte vor Farbe und Lebendigkeit. Die friedliche, heiter-geschäftige Atmosphäre schlug Gabi augenblicklich in den Bann. »Oh, ist das ein schöner Raum!«, rief sie spontan.

»Ja.« Yasmine lächelte. »Die *cuisine* ist inspiriert von der Küche von Sylvies Großeltern; dort hat sie als Kind das Kochen gelernt. Natürlich ist diese hier ausgestattet mit modernem Equipment, aber das Ambiente ist gleich. Die Stimmung, die sie verströmt, ist das Herz all dessen, was wir hier tun.«

»Das verstehe ich«, sagte Gabi leise und verspürte einen Stich im Innern, als sie an die Küche in ihrem Elternhaus dachte – an die heimelige Betriebsamkeit, die sie dort stets umhüllte. »Kocht Sylvie hier auch, wenn kein Kurs stattfindet?«

»O ja. Sylvie bewohnt diese Räumlichkeiten, zusammen mit ihrem Sohn Julien – wenn er denn hier ist. Aber kommen Sie mit, gehen wir zu den anderen.« Sie hielt eine Tür am gegenüberliegenden Ende auf. Dahinter war Stimmengewirr zu vernehmen. Gabi holte tief Luft und folgte Yasmine in einen weiteren ansprechenden Raum. Er wurde von einem langen Esstisch aus Eiche und einer Anrichte dominiert, über der die Reproduktion eines Monet-Gemäldes hing. Es zeigte Menschen, die sich um einen Tisch versammelt hatten und eine Mahlzeit genossen. An dem richtigen Tisch saßen ebenfalls Menschen, doch sie aßen nicht, sondern redeten.

In der Vergangenheit hatte Gabi in dem Ruf gestanden, extrovertiert zu sein und selbstbewusst jeden x-beliebigen Raum betreten zu können, ganz gleich, wie viele Personen sich darin aufhielten. Aber das war nur Fassade gewesen. Heute gestand sie sich ein, dass sie nervös war, als sie auf dem einzigen freien Stuhl Platz nahm und »Hallo!« in die Runde sagte. Doch da ihr die Anwesenden nur freundlich zunickten und ihre Unterhaltungen fortsetzten, entspannte sie sich recht bald und fing an, die Gruppe diskret zu beäugen. Sie waren insgesamt acht Leute: vier Männer und vier Frauen. Eine Tür am Ende des Raumes öffnete sich, und zwei weitere Personen kamen herein.

Es war klar, um wen es sich bei den Neuankömmlingen handelte, denn ihre Namen und Gesichter waren auf der Website der kleinen Kochschule abgebildet, genau wie Yasmines. Mit ihrem schlichten, weißen Oberteil, der schwarzen Hose und der grün-weiß gestreiften Schürze, die kastanienbraunen Haare zurückgebunden und zu einem dicken Zopf geflochten, gelang es Sylvie Morel, kompetent und modisch-elegant zugleich zu erscheinen. Ihr Assistent beziehungsweise Souschef, Damien Arty, hatte ein junges Gesicht, doch sein Haar wurde bereits schütter. Er war makellos gekleidet mit dem kurzärmeligen weißen Kochhemd und der grauen Hose, über die er eine schwarze Kochschürze gebunden hatte.

»*Mesdames, messieurs, bienvenue!* Herzlich willkommen, meine Damen und Herren!« Sylvies Stimme klang tief und klar, ihr Englisch war perfekt und hatte einen weichen, ansprechenden Akzent. Die Kurse an der Kochschule Morel wurden immer auf Englisch abgehalten, weil die Schülerinnen und Schüler entweder aus englischsprachigen Ländern stammten oder solchen, in denen überwiegend Englisch, nicht Französisch, als Fremdsprache unterrichtet wurde. »Sie sind aus sechs verschiedenen Ländern nach Paris gekommen: aus Australien, Japan, Deutschland, Kanada, den USA und Großbritannien«, fuhr sie fort. »Wir danken Ihnen, dass Sie von so weit her angereist sind, und wir hoffen, dass Sie unsere Stadt nach diesem Monat als Ihr zweites Zuhause betrachten. Nun, zumindest als Ihre zweite Küche«, fügte sie hinzu, wofür sie Lächeln und vereinzelten Applaus erntete.

Anschließend sprach sie eine ganze Weile über Zeitpläne und Abläufe, und nach einem Moment schweiften Gabis Gedanken ab. Sie schreckte erst hoch, als sie Sylvie sagen hörte: »Doch genug von mir. Erzählen Sie nun etwas von sich.«

»Von *mir*?«, platzte Gabi heraus.

Sylvie lächelte. »Ich meinte Sie alle, Ms Picabea, aber fangen wir gern mit Ihnen an!«

DREI

Kate lauschte den Geschichten der anderen und gelangte zu der Ansicht, dass sie nichts Interessantes beizutragen hatte. Die übrigen Kursteilnehmerinnen und -teilnehmer schienen sich aufgrund ihrer faszinierenden Vergangenheit und zauberhaften, mitunter allerdings auch quälenden Erinnerungen bei der Kochschule angemeldet zu haben. Ihre eigene Vorstadtkindheit dagegen war völlig durchschnittlich gewesen, ihre Familiengeschichte wenig exotisch und ihr Erwachsenenleben unspektakulär, ohne echtes Drama. Bis auf Joshs Paukenschlag. Doch selbst das war nicht wirklich etwas Außergewöhnliches. Im Gegenteil – wahrscheinlich war es die älteste Story der Welt, wegen einer jüngeren Frau abserviert zu werden. Außerdem war es nichts, worüber sie reden wollte. Als sie an der Reihe war, sagte sie daher nur: »Ich komme aus Melbourne in Australien. Ich liebe es zu kochen, und ich wollte das unbedingt einmal in Paris tun. Das ist alles.« Sie lächelte. »Trotzdem kann ich noch immer nicht glauben, dass ich tatsächlich hier bin.«

Schmunzelnde Gesichter, nickende Köpfe. Offenbar hatte sie unbeabsichtigt einen Nerv getroffen. Als Yasmine mit einem Tablett voller Kaffeetassen das Speisezimmer betrat und Sylvie die Anwesenden aufforderte, die Tassen mit in die Küche zu nehmen, ließ Kate sich in ein Gespräch mit dem freundlichen deutschen Paar in den Sechzigern verstricken. Den beiden gefiel es, was sie gesagt hatte. »Aus genau dem Grund sind wir doch alle hier«, befand Anja, die Ehefrau. Sie und ihr Mann Stefan sprachen ausgezeichnet Englisch mit einem leichten deutschen Akzent.

»In Paris zu kochen – kann es etwas Schöneres geben?«, fügte er hinzu.

Kate lächelte höflich.

»Kennen Sie die andere Australierin?«, fragte Anja.

Kate sah zu der jungen Frau hinüber, die sich als »Gabrielle, aber alle nennen mich Gabi« vorgestellt hatte. Sie hatte eine ziemlich komplizierte, exotische Geschichte über ihre Wurzeln erzählt und über eine familiäre Verbindung zu Paris sowie die Ernährung im zwanzigsten Jahrhundert gesprochen. Nein, Kate war ihr nie zuvor begegnet. Dennoch hatte sie das dumpfe Gefühl, dass sie das Gesicht der Frau schon irgendwo gesehen hatte. Es war ein außergewöhnliches Gesicht, nicht hübsch im traditionellen Sinne, doch auf jeden Fall ein Hingucker mit dem tiefschwarzen Haar, das die markanten Züge einrahmte, der leicht gebogenen Nase und den langwimprigen, haselnussbraunen Augen. Kein Gesicht, das man so schnell vergaß. *Anders als meins*, dachte Kate verzagt. Vielleicht hatten sie im selben Flieger gesessen und waren sich im Transitbereich begegnet. »Australien ist ein riesiges Land«, sagte sie zu den beiden Deutschen. »Und Gabi lebt in Sydney. Ich wohne in Melbourne. Wie heißt es noch gleich: ›Die beiden werden nie zueinanderfinden.‹« Als sie die verständnislosen Gesichtsausdrücke bemerkte, fügte sie hinzu: »Die zwei Städte liegen weit auseinander, nicht nur von der Entfernung her, sondern auch, weil zwischen ihnen eine legendäre, erbitterte Rivalität herrscht.«

»Oh, das ist interessant.« Stefan sah aus, als wollte er noch mehr sagen, aber dann bat Sylvie um ihre Aufmerksamkeit, und der Kurs begann.

Sylvie erklärte ihnen, dass es bei der Pariser Kochschule nicht darum ging, den Kursteilnehmerinnen und -teilnehmern beizubringen, wie man *cordon bleu* zubereitete, sondern darum, die französische Küche zu entdecken und zu adaptieren. »Die bürgerliche französische Küche ist weder hochtrabend noch kompliziert«, teilte sie ihnen mit, »nicht einmal zwingend zeitaufwendig. In dieser Kochschule praktizieren wir eine auf den ersten Blick ungewöhnliche Art des Lernens. Sie dient dazu, Sie möglichst schnell mit der französischen Küche vertraut zu machen, und soll Ihnen helfen zu verstehen, wie die Franzosen an die Zubereitung von Lebensmitteln herangehen. Dazu benötigt man nämlich nicht nur Sachverstand, sondern vielmehr Herz und Fantasie – und natürlich die Hände!«

Kate war nicht die Einzige, die lächelte, als Sylvie fortfuhr: »Ich weiß, dass Sie alle sehr gern kochen, und einige von Ihnen –«, sie nickte Misaki zu, einer professionellen Köchin aus Japan, die sich bereits im Ruhestand befand, und Ethan, der ein Pub mit sehr guter Küche in England führte, »– tun dies auch beruflich. Sie verstehen etwas vom Kochen, und Sie haben Ihre eigene Art, die Dinge anzugehen. Sie sollen dies natürlich nicht vergessen, doch wir möchten Sie ermutigen, darüber hinauszugehen. Seien Sie offen und bereit, sich überraschen zu lassen.« Sie deutete auf Damien, der in der Vorratskammer verschwand. »Und aus diesem Grund beginnen wir die erste Kochlektion mit einem kleinen Ratespiel. So einfach und bescheiden dieses Lebensmittel auch sein mag, so kommt die französische Küche doch nicht ohne aus. Erraten Sie, worum es sich handelt?«

Alle starrten sie an, dann riefen sie ihre Ideen in den Raum. »Knoblauch!«, »Sahne!«, »Kräuter!«, »Wein!«, »Butter!«, »Bouillon!«, schallte es laut durcheinander.

»Schnecken«, sagte Ethan mit seiner vornehm gedehnten Sprechweise.

»Froschschenkel«, schlug Mike, der vierschrötige Amerikaner, vor, der sich augenzwinkernd als »Ethans Partner oder Gigolo – entscheiden Sie selbst« vorgestellt hatte.

»*Je ne sais quoi*«, steuerte Pete, der Kanadier um die fünfzig, der Kate stark an Tigger aus *Winnie Puuh* erinnerte, fröhlich kichernd bei, was alle zum Lachen brachte.

»Also gut«, sagte Sylvie, »dann geben Sie Ihre Zunge der Katze, wie wir in Frankreich so schön sagen? Das bedeutet, dass Sie aufgeben«, fügte sie erklärend hinzu.

»Im Englischen bedeutet es, dass man schweigen muss, wenn die Katze die Zunge erwischt hat!«, rief Kate vorwitzig.

Erneut fingen alle an zu lachen, Sylvie eingeschlossen. »Richtig«, sagte sie und warf Kate einen anerkennenden Blick zu. »Okay, Damien, zeig ihnen, was ich meine.« Ihr Assistent kam aus der Vorratskammer, die Arme voll mit Eierkartons.

»Ich behaupte, dass ein schlichtes Ei der Eckpfeiler der französischen Küche ist«, sagte Sylvie, als sich der Lärm gelegt hatte. »Lassen Sie uns daher über das Ei und die vielen Geschichten reden, die sich darum ranken.«

Sie befestigte ein Plakat an der Wand, auf dem eine Frankreichkarte abgebildet war, und zog vier Papierfähnchen hervor, auf denen jeweils der Name einer Eierspeise stand. Sie steckte ein Fähnchen auf die Karte, dann erzählte sie eine anschauliche Geschichte über die Herkunft, Tradition und Kultur dieses speziellen Gerichts, bevor sie sich dem nächsten Fähnchen und dem nächsten Gericht zuwandte. Im Anschluss daran erweckten Sylvie und Damien einige dieser Anekdoten auf köstliche Art und Weise zum Leben, indem sie gefüllte Eier, bekannt unter dem Namen *œufs mimosa*, zubereiteten – zuerst hergestellt in einem einfachen Pariser Café der 1950er-Jahre, dessen Besitzer aus der Provence stammte und »Heimweh hatte nach seinem Dorf mit den leuchtend gelben Goldregen-Bäumen«. Es folgten *œufs cocotte*, Eier aus dem Ofen mit Estragon und Sahne, »gebacken in der Küche eines Bauernhauses in der Normandie mit Blick auf einen geschäftigen Scheunenhof, einen kleinen Kräutergarten und die muhenden

Milchkühe auf den dahinterliegenden Feldern«. Es war eine außergewöhnliche, fantasievolle Art und Weise, ein Rezept vorzuführen, und die Kursteilnehmenden drängten sich begeistert um Herd und Ofen, um Sylvie und Damien bei der Arbeit zu beobachten und gelegentlich die eine oder andere Frage zu stellen. Einige machten sich auf kleinen Blöcken oder auf ihren Handys Notizen, andere schossen Fotos, aber Kate sah einfach nur zu und lauschte, versuchte, sich alles einzuprägen. Die bewusste Schlichtheit, verbunden mit der fantasievollen, spielerischen Liebe zum Detail, war einfach brillant.

Als die Eier fertig waren, kosteten alle von den *œufs mimosa* und den *œufs cocotte*, und tatsächlich schmeckte jeder einzelne Bissen so gut, wie er aussah und duftete. Danach verteilte Damien mehrere Rezeptkarten für Eierspeisen, und Sylvie überließ es dem Kurs, eine davon auszuwählen und zu überlegen, wo sie ihren Ursprung hatte, bevor es an die Zubereitung ging. »Sie können einzeln oder im Zweierteam arbeiten«, fügte sie hinzu, als jemand – Kate dachte, es wäre vielleicht Gabi gewesen – seufzte. »Selbstverständlich können Sie sich auch für die beiden Gerichte von vorhin entscheiden. Bereiten Sie keine großen Mengen zu, wir bevorzugen kleine Portionen. Und machen Sie sich bitte keine Gedanken, wenn Sie den Herkunftsort nicht richtig zuordnen, darum geht es uns nicht. Damien und ich stehen Ihnen mit Rat und Tat zur Seite. Später werden Ihre Kreationen das Herzstück unseres Mittagessens bilden.«

Auf den ersten Blick war dies eine ziemlich einschüchternde Herausforderung, und Kate war sich unschlüssig, ob sie sich allein heranwagen wollte oder ob sie es der moralischen Unterstützung wegen vorzog, mit jemandem zusammenzuarbeiten. Sie sah, wie Gabi mehrere spezielle Zutaten holte, die man für eine *piperade* benötigte. Ihr fiel ein, dass Gabi erwähnt hatte, ihr Vater käme aus dem französischen Baskenland, deshalb wusste sie vermutlich, wie man die herzhafte, aromatische Mischung aus Eiern, luftgetrocknetem Schinken, Zwiebeln, Tomaten und langen, grünen Paprika herstellte, die für diese Region so charakteristisch war. Vielleicht wüsste sie sogar eine interessante Geschichte dazu zu erzählen. Es wäre also vermutlich leichter, sich ihr anzuschließen. Andererseits würde sie sich dadurch schon wieder an jemand anderen hängen, und sie hatte sich geschworen, das nie wieder zu tun.

Mittlerweile hatten die anderen schon angefangen. Wie erwartet, hatten sich Stefan und Anja sowie Ethan und Mike zusammengetan, Misaki, Pete und Gabi dagegen arbeiteten allein. Und sie würde das ebenfalls tun.

Noch einmal überflog sie die Rezeptkarten und entschied sich für ein Pilzomelett, bei dem die kleinen, knopfähnlichen Kulturpilze, *les champignons de Paris*, in Butter und Knoblauch geschwenkt und anschließend in das fast gare Omelett gefüllt wurden, bevor man es zusammenklappte. So bekam man einen fluffigen, köstlich cremigen Eimantel mit einer herzhaften Füllung im Inneren. Allein der Gedanke daran ließ ihr das Wasser im Mund zusammenlaufen.

Aber was für eine Geschichte mochte wohl dahinterstecken? Pilze fand man normalerweise im Wald, aber diese kleinen Dinger wurden vermutlich nicht umsonst »Pariser Pilze« genannt, es musste eine Verbindung zu dieser Stadt bestehen. Wie wäre es also, wenn eine junge Dienstmagd, die davon träumte, Köchin zu sein, eines Nachts in die Küche des großen Pariser Hauses, in dem sie arbeitete, geschlichen war und dieses Gericht kreiert hatte? Der köstliche Duft hätte einen Gast geweckt, der sich – wie es der Zufall wollte – als bedeutender Koch entpuppte. Der Gast machte sich auf die Suche nach der Quelle des Dufts, landete in der Küche und war so beeindruckt, dass er der Dienstmagd eine Stelle als Köchin in seinem berühmten Restaurant anbot.

Schmunzelnd machte Kate sich an die Arbeit.

VIER

Am späten Nachmittag schlängelte Gabi sich durch die Seitenstraßen zurück zum Hotel. Sie hatte höflich die Einladung einiger Teilnehmerinnen und Teilnehmer abgelehnt, nach Kursende noch mit etwas trinken zu gehen. Alle waren sehr nett, aber momentan war ihr nicht danach, auch außerhalb der Kochschule Zeit mit ihnen zu verbringen. Möglicherweise fingen sie an, ihr Fragen zu stellen, wollten wissen, was sie sonst so machte, und das gefiel ihr nicht. Über ihre Familiengeschichte zu reden und darüber, wie diese mit ihrer Liebe zum Kochen verwoben war, war sicheres Terrain gewesen. Außerdem faszinierte viele Leute die eigentümliche Tatsache, dass sowohl ihre baskischen Vorfahren väterlicherseits als auch ihre Vorfahren mütterlicherseits, die von den Kanalinseln stammten, während der Weltausstellung 1900 zufällig kleine Lebensmittelgeschäfte in Paris betrieben hatten. Bei diesem Thema musste sie nicht über zu Hause sprechen, musste sich keine lahmen Erklärungen für ihren aktuellen Werdegang einfallen lassen.

Alle meinten, den Grund dafür zu kennen, warum sie hier war: Sie wollte in der Stadt kochen, wo ihre Vorfahren gearbeitet hatten, und so ein bisschen mehr über diese Menschen in Erfahrung bringen. Das war ein guter Grund und außerdem nicht ganz unzutreffend, und deshalb wollte Gabi, dass dies so blieb. Wozu den Kontext erläutern?

Sie fragte sich nicht, was manche der anderen womöglich verschwiegen, hatte momentan keinen Kopf, sich mit deren Problemen auseinanderzusetzen. Eine nette Truppe, auch wenn Pete ein bisschen nervig und Ethan ziemlich abfällig sein konnte, das hatte sie schon beim Mittagessen festgestellt.

Es war ziemlich lebhaft zugegangen. Jeder hatte die Eierspeisen der anderen gekostet und mit einem recht guten Wein hinuntergespült. Dazu hatte es eine große Schüssel grünen Salat gegeben: eine einfache Mischung aus verschiedenen Salatsorten von Mignonette bis Chicorée, angemacht mit einer würzigen Vinaigrette und gehacktem Schnittlauch. Und Brot. Jede Menge fantastisches Brot. Gabi hatte gehofft, es würde auch Ziegenkäse geben, doch laut Sylvie wurde der für morgen gebraucht, also würde sie sich bis dahin gedulden müssen.

Die clevere Art von Sylvie und Damien, den Unterricht in Geschichten einzubetten, hatte ihr sehr gefallen, denn so wurde aus einem klassischen »Mach erst dies, dann das«-Kochkurs ein natürlicher Lernprozess, ganz ähnlich der Art und Weise, wie man als Kind Dinge aufgenommen hatte. »Lassen Sie sich überraschen«, hatte Sylvie gesagt, und genau das hatte Gabi heute getan. Die *piperade* war das Paradegericht ihres Vaters, und bis zum heutigen Tag wäre sie nie auf die Idee gekommen, es selbst zuzubereiten. Seine *piperade* schmeckte stets hervorragend, warum also hätte sie sich an seine Leibspeise heranwagen sollen? Doch plötzlich war sie versucht gewesen, es selbst einmal zu probieren, deshalb hatte sie dieses Rezept genommen. Sie hatte nicht gewusst, wie viel *piment d'Espelette* tatsächlich hineingehörte – das wunderschöne, aromatische rote Chilipulver, das man in der baskischen Küche so gut wie überall fand. Ein Muss in der *piperade*, einer saftigen, wohlschmeckenden Mischung aus Eiern, Tomaten, Chili, Kräutern, Zwiebeln und Knoblauch, die man nach Belieben variieren konnte. Sie schien aus dem Bauch heraus zu wissen, was sie tun musste, ihr war zuvor gar nicht bewusst gewesen, dass sie die Zubereitung dieses Gerichts wohl schon während ihrer Kindheit verinnerlicht hatte. Ihre *piperade* nach dem Rezept ihres Vaters war perfekt gelungen.

Als sie um eine Hausecke in eine andere Straße einbog, wurde sie von der Auslage eines Trödlers angezogen. Auf einer alten Nähmaschine vor einem tiefblauen Samtvorhang entdeckte sie ein Sammelsurium von Objekten: Jugendstilbroschen in Zikadenform aus Ebenholz und Elfenbein; eine ausgestopfte weiße Maus mit einer juwelenbesetzten Kappe; ein Hut aus den 1950er-Jahren, der mit seinen dicht gesteckten grünen Federn an eine Artischocke erinnerte; eine leuchtend bunte, seltsam geformte Tasse mitsamt Untertasse; ein Paar dunkellila Wildleder-Plateauschuhe aus den 1970ern; eine gerahmte, zarte Bleistiftzeichnung von einer Obstschüssel, aus einer ausgesprochen seltsamen Perspektive skizziert. Gabi hielt die Luft an. Sie fasste die Skizze genauer ins Auge, um die Signatur zu lesen, doch entweder war sie zu verblasst, um sie aus dieser Entfernung erkennen zu können, oder es gab keine. Doch wenn es sich um das handelte, was sie vermutete ...

Das Innere des Ladens erinnerte an Aladdins Wunderhöhle. Jeder Zentimeter des kleinen Raums war vollgestopft: Es gab Tische, die mit den verschiedensten Dingen übersät waren, Kommoden mit überquellenden Schubladen, überladene Regale. Hinter dem Ladentisch saß ein älterer Mann und las Zeitung. Mit seinen großen Ohren, den spindeldürren Gliedmaßen, dem schütteren Haar und dem mürrischen Gesichtsausdruck erinnerte er Gabi an eine Illustration in einem ihrer Lieblingskinderbücher, *Der silberne Sessel* von C. S. Lewis. Es fehlte nur der spitze Hut. Die Illustration bildete den Marsh-Wiggle Puddleglum ab, eine Figur, die bekannt war für ihren unablässigen Pessimismus.

»*Bonjour, Monsieur*«, sagte sie und unterdrückte ein Grinsen, als er zögerlich den Kopf hob und ungnädig »*Bonjour, Mademoiselle*« erwiderte.

»Ich würde mir gern die Zeichnung im Schaufenster ansehen.«

»Die Zeichnung im Schaufenster?«, echote Monsieur Marsh-Wiggle, als wäre dies ein völlig absurder Wunsch. »Na gut.« Er seufzte und legte die Zeitung zur Seite, dann stand er auf, trat ans Schaufenster und holte die Zeichnung heraus. Ihre ausgestreckte Hand ignorierend, legte er die Skizze auf die Ladentheke und bedeutete Gabi, näherzutreten, wobei er sie gut im Auge behielt. Sie war sich nicht sicher, ob er es deshalb tat, weil er glaubte zu wissen, was sie dachte, oder ob er ein reflexartiges Misstrauen an den Tag legte.

Sie nahm das Bild zur Hand. Noch immer konnte sie keine Signatur ausmachen, aber die Farbtöne, das Sujet, das Gefühl, das dem Werk innewohnte, brachte ihre Haut zum Kribbeln. Sie drehte die Zeichnung um. Vielleicht waren ja auf der Rückseite Hinweise auf die Herkunft zu finden. Ein verblichener Aufkleber haftete am Rahmen, unleserlich, mit den Jahren verschmutzt. Vermutlich der Name des Einrahmers. Okay, also kein Hinweis. Sie würde das Bild trotzdem kaufen.

»Wie viel kostet die Zeichnung, Monsieur?«, fragte sie.

Er runzelte die Stirn. »Was denken Sie, wie viel sie wert ist?«

Nach kurzem Überlegen sagte sie: »Ähm ... zwanzig Euro?«

»Dreißig«, entgegnete er. »Aber ich behalte den Rahmen.«

Sie starrte ihn überrascht an. »Entschuldigung?«

»Der Rahmen ist aus Ebenholz, und Ebenholz ist heutzutage selten. Ich kann ihn noch für andere Bilder nutzen«, erwiderte er kurz angebunden. In diesem Moment wusste sie, dass er wirklich keine Ahnung hatte, worum es sich bei dieser Skizze handelte. Vorausgesetzt, ihre Vermutung stimmte.

»Also gut«, willigte sie ein. »Ich bin auf Reisen, und ohne lässt sich das Bild ohnehin besser transportieren.«

»Ich wusste, dass Sie nicht aus Paris sind«, sagte er. Jetzt, da er dachte, er hätte sie über den Tisch gezogen, wurde er redseliger. »Sie kommen aus dem Süden, richtig? Ich kann den Sonnenschein in Ihrer Stimme hören.«

»Ja, das stimmt«, pflichtete Gabi ihm höflich lächelnd bei. Sie verfolgte aufmerksam, wie er den Rahmen aufschraubte, das Glas anhob und die Zeichnung mitsamt dem cremefarbenen Passepartout herauszog. Er wickelte sie in einen Bogen Seidenpapier, steckte sie in eine Papphülle und sah sie an. »Gut so?«

»Ja, danke. Das ist prima.« Gabi zog ihre Kreditkarte aus dem Geldgürtel, doch er schüttelte den Kopf.

»Bar, bitte.«

»Oh. Ich bin mir nicht sicher, ob ich ...« Gabi kramte ihr Portemonnaie hervor und spürte, wie er sie gleichmütig musterte. Zum Glück war da noch das Wechselgeld von ihrem Einkauf in der Bäckerei heute Morgen, und sie konnte die dreißig Euro gerade so zusammenkratzen. Gabi war sich absolut sicher, dass Monsieur Marsh-Wiggle keinen Cent weniger akzeptiert hätte. Und tatsächlich: Er zählte jede einzelne Münze, bevor er ihr die Papphülle reichte und sie den Trödelladen verließ.

Zurück in ihrem Zimmer, zog sie die Skizze vorsichtig heraus und betrachtete sie erneut. Keine Signatur vorne, aber hinten, ganz am Rand des Papiers, unter dem Passepartout ... Sie blinzelte. Stand da etwas in krakeliger Handschrift, oder war es nur Gekritzel? Keine Chance – sie konnte es nicht erkennen. Sie brauchte ein Vergrößerungsglas. Plötzlich hatte sie einen Einfall. Sie holte ihr Handy heraus, machte ein Foto und zoomte heran. Ja! *Pour OS* – vielleicht auch *GS*, sie war sich nicht ganz sicher – stand dort, *affectueusement, MY, 38.* Letzteres war um einiges deutlicher. Gabi setzte sich und fühlte, wie sich ihr Pulsschlag beschleunigte.

Vor zehn Jahren, in der Kunstakademie in Sydney, war Gabi zum ersten Mal auf die Arbeit von Marguerite Yonan gestoßen, eine Künstlerin, über die nur wenig bekannt war. In Frankreich als Tochter eines assyrischen Vaters und einer belgischen Mutter auf die Welt gekommen, hatte Yonan in Montmartre gelebt, doch

1939 hatte sie Frankreich verlassen, kurz bevor der Krieg ausgebrochen war. Sie war durch Asien gestreift und irgendwann in Sydney gelandet. Eine kurze Zeit hatte sie an der Kunstakademie unterrichtet und in zahlreichen Galerien in Sydney und Melbourne ausgestellt. Dann, 1953, war sie plötzlich spurlos verschwunden, vermutlich ertrunken an einem Strand an der Nordküste von New South Wales. Ihre Gemälde und Zeichnungen, die sich durch ein surreales, fast unheimliches Gespür für Perspektive auszeichneten und ganz gewöhnliche Gegenstände in bizarre Fragmente einer anderen Welt verwandelten, überlebten in einigen wenigen öffentlichen und privaten Sammlungen – einschließlich der Sammlung der Kunstakademie.

Obwohl Yonans Arbeiten von Kunstkritikern nicht besonders hoch angesehen waren, hielt man sie dennoch für interessant und sammelwürdig, und ganz gewiss war diese Zeichnung einiges mehr wert als dreißig Euro. Doch Gabi war es gleich, was versnobte Kritiker davon hielten. Marguerite Yonans Arbeit hatte sie in der frühen Phase ihres Schaffens beeinflusst und ihr geholfen, ihre eigene Richtung, ihren eigenen Stil zu finden. Zu wissen, dass sie nun ein eigenes Yonan-Werk besaß, versetzte Gabi in Euphorie. Noch besser aber war, dass dieses Werk aus ihren Anfangstagen stammte, entstanden noch vor Marguerites Abschied von Frankreich, von ihrer professionellen künstlerischen Karriere ganz zu schweigen. Unter den Arbeiten, die Gabi in Australien gesehen hatte, befand sich kein einziges aus dieser frühen Zeit. Das tatsächliche Geburtsdatum der Künstlerin war umstritten, doch 1938 konnte sie nicht älter als dreiundzwanzig oder vierundzwanzig Jahre alt gewesen sein. Gabi hatte keine Ahnung, wer *GS* – oder *OS* – war, aber er musste Marguerite sehr nahegestanden haben. Über Marguerite Yonans Privatleben war ebenfalls nur sehr wenig bekannt, im Grunde nicht mehr, als dass sie ein Einzelkind und in jungen Jahren zur Waise geworden war, da ihre

Eltern bei einem Autounfall ums Leben kamen. Sie hatte nie geheiratet und nie Kinder bekommen. Es hieß, sie habe Frankreich wegen einer gescheiterten Liebesbeziehung verlassen, doch Genaueres wusste niemand. Sie war ein sehr zurückgezogener Mensch gewesen.

Gabi legte die Zeichnung auf den Tisch am Fenster und betrachtete sie lange. Bestimmt war dies ein Zeichen, dass sich die Dinge ändern würden. Es war richtig gewesen, hierherzukommen. Absolut richtig. Es wurde Zeit, ein neues Skizzenbuch zu besorgen.

Als Gabi später erneut an dem Tisch in ihrem Hotelzimmer saß, das kleine Skizzenbuch und Stifte vor sich, die sie in einem Laden ein Stück die Straße hinunter gekauft hatte, fing sie an zu zeichnen – mit ein paar schnellen Strichen brachte sie ein Bild von Monsieur Marsh-Wiggle hinter der Theke seines Trödelladens zu Papier, eine Schale mit absonderlichen Früchten auf dem Kopf. Ja, es passierte, es passierte tatsächlich! Die seltsame Begegnung, die unerwartete Entdeckung lösten etwas in ihr. Es war der Beginn von etwas Neuem, davon war sie überzeugt.

Sobald die Zeichnung fertig war, steckte sie Skizzenbuch nebst Stiften ein, verließ das Hotel und bestellte sich bei einer *rotisserie* ein Abendessen zum Mitnehmen, bestehend aus Brathähnchen und Kartoffeln. Sie aß direkt aus der Tüte, auf der Ufermauer der Seine, nur einen kurzen Spaziergang vom Hotel entfernt. Der frühe Abend war kühl, aber es war noch hell. Der sanft glitzernde Fluss mit der berühmten Skyline der Île de la Cité, die sich dahinter erhob, bot eine wahre Postkartenidylle.

Nachdem Gabi aufgegessen hatte, wischte sie sich die Finger ab und begann mit einer weiteren Zeichnung. Diesmal brachte sie eine auf dem Fluss treibende Obstschale zu Papier, umgeben von dicht gedrängten Gebäuden, die sich verschwommen in der Wasseroberfläche spiegelten. Doch kaum hatte sie damit angefangen, die Früchte zu skizzieren, nur halb sichtbar inmitten der Wellen, hielt sie inne. Der Bleistift schwebte über dem Skizzenbuch, dann stieß er heftig hinab, bohrte sich in das Papier und hinterließ zornige schwarze Punkte auf den angedeuteten Linien. Nein, nein, das war so nicht stimmig! Es sah einfach nur ... sonderbar aus. Nahezu peinlich spleenig. Oberflächlich. Sie versuchte, Yonan nachzuahmen – ohne Erfolg. Die Zeichnung war leblos. Langweilig. Zweitklassig. Nein, drittklassig. Verärgert riss Gabi das Blatt heraus und zerknüllte es. Darunter kam die erste Skizze zum Vorschein, die sie im Hotel angefertigt hatte. Sie riss sie ebenfalls heraus und knüllte sie zu einem kleinen Ball zusammen, dann stand sie auf, steckte Notizbuch und Bleistift in ihre Jackentasche und warf die beiden Zeichnungen zusammen mit der Take-away-Tüte in einen Mülleimer. Anschließend ging sie schnellen Schritts davon. Ihr Kopf pochte, ihr Herz hämmerte.

Eine ganze Weile marschierte sie am Fluss entlang, vorbei an picknickenden Familien und eng umschlungenen Paaren. Sie gab sich alle Mühe, sich zu beruhigen, das vertraute, kalte Prickeln der Angst, die in ihr aufstieg, zu unterdrücken. Es war nicht das erste Mal, dass sie einer trügerischen Hoffnung erlegen und in einer Sackgasse gelandet war. Sie hatte alles Mögliche probiert, um dieses Miststück von Muse wieder in die Spur zu bringen – das hier war nur einer von vielen Versuchen. Doch irgendwie fühlte er sich anders an. Als wollte das Universum sie verspotten, indem es ihr einen strahlenden Schimmer der Hoffnung schickte, nur um ihn ihr sofort wieder zu entreißen. Außerdem: Aus welchem Grund maßte sie sich an, beurteilen zu können, ob es sich bei der Zeichnung tatsächlich um eine Yonan handelte? Bestimmt gab es jede Menge Hobbykünstlerinnen und -künstler mit diesen Initialen, und Surrealismus war damals, zur Blütezeit von Magritte und Dalí, in Mode gewesen. Tückische Gedanken schossen ihr durch den Kopf. *Ich bin inzwischen genauso schlecht darin, die wahre Inspiration in anderen zu erkennen, wie in mir selbst. Und zwar aus dem Grund, weil ich sie verloren habe – das Verständnis, den Instinkt. Ich bin keine echte Künstlerin. Nicht mehr. Aber wenn ich das nicht bin, was zur Hölle bin ich dann?* Sie kämpfte gegen diese Gedanken an – gegen die zerstörerische Angst, die sinnlosen Fragen –, genau wie sie es nun schon seit Monaten tat. Sie musste auf die einzige Weise damit umgehen, die sie kannte: Sie musste sie in die hintersten, nebulösen Ecken ihres Gehirns zurückdrängen.

Als Gabi irgendwann beschloss, kehrtzumachen und den Weg zum Hotel anzutreten, war es schon ziemlich spät, und sie fühlte sich ruhiger. Die Vernebelungstaktik hatte funktioniert.

Sie nahm die Metro, und als sie an der Haltestelle Saint-Paul ausstieg, entdeckte sie Sylvie Morel, die Leiterin der kleinen Kochschule, in der Menge der aus dem Zug strömenden Menschen, in Begleitung eines gut aussehenden Mannes mit silbernen Haaren und marineblauem Mantel. Er war nicht größer als Sylvie, und hätte sie High Heels getragen, wäre er definitiv kleiner gewesen. Er hatte den Arm um sie gelegt. Gabi ließ sich ein Stück zurückfallen, da sie nicht stören wollte. Als sie die Stufen aus der Metrostation hinaufstieg und auf die Straße trat, waren die beiden verschwunden.

FÜNF

»Dann sind wir uns also einig?« An der Haustür blieb Sylvie stehen, drehte sich um und musterte Claude fragend.

»Selbstverständlich, mein Liebling«, antwortete er und lächelte sie auf diese ganz bestimmte Art und Weise an, die ihren Puls für gewöhnlich schneller schlagen ließ. Diesmal aber ging sie ihr beinahe auf die Nerven.

»Es wird sehr viel besser sein, sobald die Situation geklärt ist«, fügte sie mit fester Stimme hinzu. »Dann wissen wir alle, wo wir stehen.«

»Du hast vollkommen recht, mein Schatz«, pflichtete er ihr bei. »Ich werde genauso vorgehen, wie wir es besprochen haben. Leicht ist es allerdings nicht. Die arme Marie-Laure, sie lebt noch in der Vergangenheit, das verstehst du doch.«

Nein. Das verstand sie nicht. Sie wollte nicht länger verstehen, hatte die Nase voll davon. Soweit sie es beurteilen konnte, war Marie-Laure, von der Claude seit über einem Jahr geschieden war, eine anspruchsvolle, narzisstische Kuh, die es genoss, ihn am Haken ihrer manipulativen Bedürftigkeit zappeln zu sehen. Sylvie war ihr nie persönlich begegnet, doch Claude hatte ihr einmal ein Foto gezeigt, auf dem eine von diesen feingliedrigen, hochmütigen, herablassenden Frauen zu sehen war, die ganz und gar nicht mit der für die Oberschicht so typischen kaltblütigen Gleichgültigkeit auf die Scheidung reagierte. Im Gegenteil: Marie-Laure hatte sie nicht gut verkraftet und wehrte sich nach wie vor gegen eine endgültige Trennung, indem sie immer wieder versuchte, Claude für ihre Zwecke einzuspannen. So rief sie ihn zum Beispiel spätabends in Tränen aufgelöst an, damit er auf der Stelle in ihre Wohnung kam und eine ganze Reihe von handwerklichen Problemen löste (was an sich schon absurd war, wenn man bedachte, dass Claude über keinerlei Do-it-yourself-Fertigkeiten verfügte). Und weil sie dafür bekannt war, völlig unerwartet in Claudes Appartement aufzutauchen, hatten Sylvie und er sich nie dort, sondern stets bei Sylvie oder an einem neutralen Ort wie einem Café, Restaurant oder Hotel getroffen. Bislang hatte Marie-Laure nicht herausgefunden, dass er mit einer anderen zusammen war, und Claude behauptete, das müsse auch unbedingt so bleiben, denn sie sei krankhaft eifersüchtig und würde ihnen beiden das Leben zur Hölle machen.

Sylvie hatte den ganzen Unsinn geduldet, weil sie keine melodramatische Konfrontation mit einer offensichtlich mental instabilen Frau heraufbeschwören wollte. Doch diese Situation dauerte nun schon viel zu lange an. Es war eine Sache, eine heimliche Affäre mit einem verheirateten Mann zu haben – man begab sich mit offenen Augen hinein, musste damit rechnen, dass er seine Frau niemals verlassen würde, und das wollte man vielleicht auch gar nicht. Eine ganz andere Sache war es jedoch, eine Beziehung mit einem Mann zu führen, dessen *Ex-Frau* noch immer sein Leben so weit kontrollierte, dass er sämtliche Anzeichen für eine neue Partnerschaft vor ihr verbergen musste. Sylvie hatte das lange genug mitgemacht, doch jetzt war es ihr unerträglich geworden. Deshalb hatte sie Claude heute Abend endlich mitgeteilt, dass sie nicht länger bereit war zu warten. »Entweder du erzählst ihr von uns und brichst den Kontakt mit ihr ab, oder zwischen uns ist es aus.«

Er hatte protestiert, hatte behauptet, er brauche noch Zeit, aber Sylvie hatte den Kopf geschüttelt. »Ich habe dir genug Zeit gegeben, Claude. Es ist absurd, dass wir uns verstecken und in dunklen Ecken herumdrücken müssen, als wären wir Teenager, die versuchen, ihre strengen Eltern auszutricksen. Wir sind aber Erwachsene, denen es vollkommen freisteht, eine Beziehung einzugehen.«

»Ich weiß, ich weiß«, hatte er gesagt, über den Restauranttisch hinweg nach ihrer Hand gegriffen und mit seinen reumütigen grünen Augen direkt in ihre verärgerten braunen Augen geblickt. »Es tut mir furchtbar leid, dass das nötig ist.«

»Dann sorg dafür, dass es aufhört. Ich will nicht länger warten.«

Er hatte geseufzt. »Wenn du es drauf anlegst, kannst du eine knallharte Frau sein, Sylvie.«

»Und du ein schwacher Mann«, hatte sie zurückgegeben.

Seine Augen hatten wütend geglitzert. »Du weißt nicht, wie es ist, sich mit Marie-Laure auseinandersetzen zu müssen.«

»Nein, das weiß ich nicht, und es ist auch nicht mein Problem. Deins sollte es übrigens auch nicht mehr sein.«

»Du kennst doch mein weiches Herz«, hatte er eingewandt, ihre Hand gedrückt und sie traurig angelächelt. »Bitte gib mir noch Zeit. Dich zu verlieren wäre so, als würde ich ein Stück meiner Seele einbüßen.«

Ein nüchterner Teil von ihr war vor dieser Sentimentalität zurückgeschreckt, trotzdem gingen ihr seine Worte ans Herz. Um ihre Rührung zu verbergen, hatte sie rasch erwidert: »Ich möchte dich auch nicht verlieren, Claude, aber so kann es nicht weitergehen.«

»Selbstverständlich nicht«, hatte er erwidert. »Und das wird es auch nicht. Das verspreche ich dir.«

Jetzt, auf der Schwelle zu ihrem Appartementhaus, sah er sie an und fragte: »Wie wäre es, wenn wir nach oben gehen und auf unsere Übereinkunft anstoßen?«

Sie schüttelte den Kopf. »Heute Abend nicht. Ich bin sehr müde. Und du weißt doch, wie es in der ersten Woche nach dem Beginn eines neuen Kurses ist: Ich muss absolut fokussiert sein.«

Seine Augen blitzten verärgert. »Natürlich. Es war mir entfallen, dass es sich um eine von *diesen* Wochen handelt. Deshalb schätze ich mich glücklich, dass du heute Abend ein bisschen Zeit für mich erübrigen konntest.« Definitiv ein kleiner Seitenhieb.

»Es tut mir leid, Claude«, sagte sie. »Aber ich muss arbeiten.«

»Natürlich«, sagte er erneut und lächelte sein ganz spezielles Lächeln. »Du bist eine Geschäftsfrau. Ganz anders als ...« Er verstummte eilig, trotzdem stellten sich Sylvie die Nackenhärchen auf. *Anders als die bedauernswerte Marie-Laure.* Die verdammte Marie-Laure, ein *fille à papa*, ein verwöhntes Papakind, die Tochter eines reichen Mannes, die nie selbst für ihren Lebensunterhalt aufkommen musste. Sie hatte immer alles bekommen, was sie wollte, inklusive Claude – und war zornig, weil das Glück sie nun im Stich zu lassen schien. Warum nahm Claude sie ständig in Schutz?

»Na dann, gute Nacht«, wünschte Sylvie ihm kühl.

»Gute Nacht.« Er küsste sie auf die Wange. »Bis bald.«

Einen Moment lang sah sie ihm nach, als er die Straße hinaufging. Er war definitiv verärgert, weil sie ihn weggeschickt hatte; offensichtlich war er davon ausgegangen, dass er die Nacht bei ihr verbringen würde. Doch sie hatte gerade wirklich nicht die Geduld, sich um seine verletzten Gefühle zu kümmern.

Sie hatte Claude Bollon vor neun Monaten bei der Markteinführung einer neuen Parfümmarke kennengelernt. Er war der Herausgeber einer ultraschicken Zeitschrift, doch er schien nicht der prätentiöse Typ zu sein, den sie mit dieser Welt verband. Er besaß einen natürlichen Charme, und sein attraktives Äußeres – die umwerfend grünen Augen und die vollen, silbernen Haare – war auch nicht von Nachteil. Er war mit zwei Champagnerflöten auf sie zugekommen, hatte ihr eine davon gereicht und lächelnd gesagt: »Sie sehen aus, als könnten Sie das hier gebrauchen. Genau wie ich.«

Und das hatte genügt. So unangenehm es ihr auch war – sie hatte sich noch am selben Abend in ihn verliebt. Er war erst seit drei Monaten von Marie-Laure geschieden gewesen und ausgesprochen begehrt. Dennoch hatte er sie gewählt. Dabei war sie völlig aus der Übung im Umgang mit Männern! Seit Jahren war sie keine ernst zu nehmende Beziehung mehr eingegangen, war sie doch viel zu sehr damit beschäftigt, ihr Unternehmen zu führen und sich um Julien zu kümmern. Sein Vater war nie ein Teil ihres Lebens gewesen, weshalb sie ihren Sohn allein großgezogen hatte. Liebschaften hatten in ihrem hektischen Alltag an letzter Stelle gestanden. Gelegentlich hatte es eine kurze Affäre gegeben, doch selbst davon hatte sie während der letzten, zwei, drei Jahre Abstand genommen, weil sie sich damit einfach nicht belasten wollte. Als sie Claude kennenlernte, stand Julien kurz vor seinem Abschluss an der Universität, und wenngleich er noch zu Hause wohnte, war er ziemlich unabhängig. Und die Kochschule lief wie geschmiert. Meistens.

Also wurden sie und Claude ein Liebespaar. Er war genauso gut im Bett, wie sie es sich vorgestellt hatte, und außerhalb des Schlafzimmers war er aufmerksam, interessant und kultiviert. Und obwohl sie recht schnell mitbekam, wie Marie-Laure tickte, hatte sie gedacht, es würde sich um eine vorübergehende Phase handeln und die Frau bald wieder zu Verstand kommen. Doch Monat um Monat war verstrichen, und nichts hatte sich geändert …

Sie tippte den Code ein, stieß die Haustür auf und ging hinein. Kaum war sie im zweiten Stock aus dem Aufzug gestiegen, als sich im Gang eine Tür öffnete und Serge den Kopf herausstreckte. »Ah, Sylvie, ich hatte gehofft, dass du es bist. Wir haben ein Problem.«

»Was ist los?«, fragte sie, sofort alarmiert. Serge war nicht nur ein Nachbar und Freund; er belieferte auch die Kochschule und mehrere Restaurants in und um Paris mit hochwertigem Bioobst und -gemüse, welches er von verschiedenen regionalen Erzeugern rund um die Stadt bezog.

»Ich habe gerade einen Anruf von diesem neuen Anbieter bekommen, der morgen früh den Spargel für deinen Kochkurs liefern sollte.« Serge schob die Brille höher auf den Nasenrücken. Seine für gewöhnlich so fröhlichen grauen Augen hinter den Gläsern blickten besorgt drein. »Er ist offenbar ausverkauft. Es tut mir unendlich leid, Sylvie. Ich habe schon herumtelefoniert, aber es dürfte schwer sein, auf die Schnelle die gleiche Qualität aufzutreiben. Ich könnte morgen früh als Erstes zum Rungis-Markt fahren, vielleicht werde ich dort fündig.« Der Marché d'intérêt national de Rungis war ein riesiger Großmarkt mit einer gewaltigen Produktauswahl am Stadtrand von Paris.

»Keine Sorge«, versicherte sie ihm. »Wir ersetzen den Spargel einfach durch eine Zutat, die du zur Hand hast. Wie sieht es mit frischen Erbsen aus?«

Er wirkte erleichtert. »Kein Problem. Wir haben exzellente Erbsen da, die süßesten, die deine Leute je gegessen haben, da bin ich mir sicher.«

»Dann ist das abgemacht.« Sie lächelte. »Bitte bring mir morgen früh um acht eine Steige.«

»Wird erledigt.« Seine Augen hellten sich auf, doch dann änderte sich sein Gesichtsausdruck erneut. »Ich bin so wütend auf diesen *mec!* So ein blöder Kerl. Ich vermute, dass er eine größere Bestellung reinbekommen hat, und da war meine natürlich nicht wichtig genug. An den werde ich mich bestimmt nicht noch einmal wenden, von jetzt an kaufe wieder bei meinem alten Anbieter. Also wirklich, da versucht man, einem Neuling eine Chance zu geben, und dann bekommt man so einen Schlag ins Gesicht.

Noch einmal, Sylvie: Es tut mir leid. Ich weiß, wie sorgfältig du planst.«

»Es ist okay, Serge, ganz bestimmt«, versicherte sie ihm freundlich. »Vielleicht frischt das unsere Präsentation sogar ein wenig auf.« In ihrem Kopf bildete sich bereits eine Idee für eine nette Begebenheit rund um die Erbse. Sie würde Damien eine Textnachricht schicken und ihm mitteilen, dass sie umdisponieren mussten, aber für gewöhnlich war er ziemlich flexibel.

»Da bin ich aber froh.« Serge fuhr sich mit der Hand durch die drahtigen roten Haare und fügte dann hinzu: »Lust auf einen kleinen Cognac? Ich habe das Gefühl, ich könnte einen gebrauchen.«

»Eine gute Idee!« Lächelnd folgte sie ihm in sein Appartement.

Es war tatsächlich eine gute Idee. Als sie den Cognac ausgetrunken hatten und munter darüber plauderten, was die vor ihnen liegende Woche wohl bringen mochte, war bei Sylvie auch der letzte Rest von Anspannung verschwunden.

SECHS

Früh am nächsten Morgen wurde Kate von dem schrillen Klingeln ihres Handys aus dem Tiefschlaf gerissen. Für gewöhnlich schaltete sie es vor dem Schlafengehen auf stumm, doch gestern hatte sie das vergessen. Nach dem lebhaften Abend mit einigen ihrer Mitstreiterinnen und Mitstreiter aus der Kochschule hatte sie der Jetlag schließlich eingeholt. Eigentlich hatten sie nach dem Kurs nur noch etwas zusammen trinken wollen, doch dann hatten sie in einem Restaurant in der Gegend etwas gegessen und waren auf einen weiteren Drink in eine der zahlreichen angesagten kleinen Bars im Marais gegangen. Als sie in ihr Zimmer zurückgekehrt war, war es noch gar nicht so spät gewesen, aber Kate war ins Bett gefallen und hatte die Augen erst wieder geöffnet, als das Handy sie auf so ungnädige Weise weckte.

Nun sah sie, dass es sich um einen WhatsApp-Anruf handelte, und ihr wurde vor Sorge die Kehle eng.

»Dad, was gibt's? Ist alles okay mit Mum?« Bei ihrer Mutter war vor Kurzem Bluthochdruck diagnostiziert worden, was sich, so hatte diese der Familie versichert, mit Medikamenten sehr gut in den Griff bekommen ließ. Allerdings war ihre Mum auch sehr gut darin, den anderen vorzuflunkern, dass alles in bester Ordnung war, nur damit sich niemand Gedanken machte. Das trieb Kate in den Wahnsinn, während ihre Schwester Leah gelassener blieb. *Es hat keinen Sinn, sich über Mum zu ärgern*, hatte sie gesagt. *Das jagt bloß deinen eigenen Blutdruck in die Höhe und ändert doch nichts an ihrem Verhalten.*

»Keine Sorge, mit Mum ist alles in Ordnung.« Ihr Vater zögerte. »Es geht um Josh.«

Kate erstarrte. »Was ist mit ihm?« Trotz ihrer vielen Differenzen war ihr Vater mit Josh ganz gut zurechtgekommen. Natürlich war er schockiert gewesen, als er von dem Treuebruch seines Schwiegersohns erfuhr, und er hatte seine Tochter nach Kräften unterstützt, aber Kate nahm an, dass er tief im Innern noch immer eine Schwäche für ihren Ex hatte.

»Hör mal, Kate, ich möchte nicht, dass du das missverstehst«, sagte ihr Vater, »aber es geht um die Resmond-Aktien, die du noch hältst.«

Kate erwiderte nichts. Sie hatte die immer dringlicher werdenden E-Mails des Unternehmens durchaus gesehen, sich jedoch dazu entschieden, sie zu ignorieren.

»Hast du jemals einen Blick in das Angebot geworfen?«, wollte er wissen.

»Dazu hatte ich keine Zeit«, antwortete sie gepresst.

Er seufzte. »Du musst dich entscheiden, Liebling. So oder so. Deine Mutter und ich …« Er verstummte, aber sie hätte ihn ohnehin nicht damit durchkommen lassen.

»Was, Dad? Was soll ich Mums und deiner Meinung nach tun? Meinen betrügerischen Ehemann belohnen, indem ich ihm meine Anteile zu einem Schnäppchenpreis verkaufe?«

»Wohl kaum«, hielt er dagegen. »Sie bezahlen überdurchschnittlich gut.«

»Erledigst du jetzt die Schmutzarbeit für Josh?«, zischte Kate. »Geht es darum?«

»Ach, Katie, Liebes. Das ist nicht fair, und das weißt du.«

Sie holte tief Luft. »Es tut mir leid, Dad. Ich wollte nicht … Ich möchte im Augenblick nicht darüber nachdenken. Ich verbringe hier eine wunderschöne Zeit, und das ist genau der Freiraum, den ich für mich benötige, nicht dieses ... dieses Zeug, mit dem ich mich nicht ...« Zu ihrem Ärger bebte ihre Stimme, und sie verstummte.

»Ich weiß«, sagte er leise. »Und ich hätte auch nicht angerufen, würde mir Josh deswegen nicht so im Nacken sitzen. Deine Mutter macht sich schon Gedanken, und du weißt, dass das nicht gut für sie ist ...«

»Dieser Bastard!«, fauchte sie wütend. »Wie kann er es wagen, dich und Mum unter Druck zu setzen? Ich werde ihn umbringen, verdammt noch mal – nein, ich werde ihm meinen Anwalt auf den Hals hetzen!«

Ihr Vater lachte auf. »Beruhige dich, Liebling. Kein Mord, kein Anwalt. Beantworte einfach deine E-Mails und teile ihnen deine Entscheidung mit, damit wir alle wieder Luft holen können. Und anschließend solltest du Josh vergessen.«

Kates Magen brannte, als erneut der Schmerz in ihr aufstieg, der sie während der vergangenen Monate so sehr gequält hatte. »Das würde ich liebend gern tun«, wisperte sie. »Ich wünschte, ich könnte ihn aus meinem Gedächtnis streichen, damit ich nicht mehr hochschrecke, sobald ich seinen Namen höre. Aber ich kann es nicht. Er hat mich auf die schlimmstmögliche Art und Weise hintergangen.« Ihre Stimme bebte. »Das weißt du. Also bitte mich nicht, etwas zu tun, was ihm das Leben leichter macht.«

»Aber Liebes, doch nicht *sein* Leben«, entgegnete ihr Vater sanft, »sondern deins.«

»Wie sollte mein Leben dadurch leichter werden? Ich habe geholfen, die Firma aufzubauen«, rief sie ihm in Erinnerung. »Der Erfolg ist großteils mir zu verdanken. Ich sehe nicht ein, warum ich zulassen sollte, dass dieser Scheißkerl alles bekommt!«

»Das sollst du doch gar nicht!« Die Stimme ihres Vaters wurde lauter. »Hör mal, Katie, deine Mutter und ich haben ihnen unsere

Anteile mit gutem Gewinn zurückverkauft, und weißt du, was? Seit du nicht mehr im Vorstand bist, wagt es keiner mehr, sich Joshs Verschwendungssucht und verrückten Ideen entgegenzustellen. Wir gehen davon aus, dass die Resmond-Aktien übertrieben gehypt sind und in nicht allzu langer Zeit – ein Jahr, vielleicht weniger – abstürzen werden.«

»Tatsächlich?« Es gelang Kate nicht ganz, sich ihre Skepsis nicht anhören zu lassen, wenngleich sie gerührt war, weil ihr Vater ihre Management-Fähigkeiten bestätigte.

»Mir ist bewusst, dass wir keine professionellen Investoren sind, aber uns ist klar, was läuft, und wir verfolgen die aktuellen Trends. Deshalb rate ich dir: Steig aus, solange es noch rechtzeitig ist.«

»Okay, Dad.« Seine Worte ergaben Sinn. Außerdem hatte sie das Ganze eh furchtbar satt. Und wenn sie – platt gesprochen – nicht endlich zu Potte kam, würde sie auch noch zu spät zum heutigen Kochkurs kommen. »Ich werde ihnen schreiben, dass ich verkaufen möchte«, lenkte sie daher ein. »Aber zu meinen Bedingungen.«

»Du tust das Richtige, Süße. Ganz bestimmt.« Eine Pause, dann fuhr er fort: »Und? Amüsierst du dich da drüben im schwulen Pariii?«

»Ach, Dad!« Er konnte so ein Blödkopf sein mit seinen veralteten Sprüchen. Eine Woge der Liebe für ihn und ihre Mutter schwappte über Kate hinweg, als sie fortfuhr: »Es ist herrlich! Ich wünschte, Mum und du könntet ebenfalls hier sein!«

»Nein, das wünschst du dir nicht«, widersprach er lachend. »Wir würden dich nur einschränken. Willst du ein Wort mit dem alten Mädchen wechseln? Sie muss hier irgendwo rumschwirren ...«

»Dad!«, tadelte sie ihn. »Das ist echt sexistisch! Fändest du es schön, wenn sie dich einen ›alten Jungen‹ nennen würde?«

»Ich würde mich freuen«, zog er sie auf. »Das wäre doch mal eine Abwechslung zu dem ›alten Knacker‹, denn so bezeichnet sie mich sonst immer. He, Pat!«, rief er dann. »Komm mal her und sprich ein bisschen mit deiner Tochter, bevor sie sich wieder auf den Weg zu ihren Froschschenkeln und Cancan-Tänzerinnen macht!«

Er war unmöglich, dachte Kate grinsend, und genau das sprach ihre Mutter aus, als sie ans Telefon kam. »Dein Dad ist unmöglich. Ich habe ihm gesagt, dass es wegen der Zeitverschiebung wahrscheinlich eine absolut unpassende Uhrzeit ist, aber er musste natürlich trotzdem in Frankreich anrufen.«

»Das ist schon in Ordnung, Mum. Ich wollte ohnehin gerade aufstehen, der Kurs beginnt ziemlich früh. Sag mal, wie geht es dir?«

»Bestens«, erwiderte ihre Mutter leichthin. »Aber lass uns nicht von mir reden. Wie kommst du da drüben zurecht? Wie läuft es mit deinem Französisch?«

»Soweit ganz gut.« Kate verfügte über Grundkenntnisse in Französisch, doch bevor sie hergereist war, hatte sie einen Auffrischungskurs belegt. »Bisher musste ich allerdings nicht viel mehr tun, als im Restaurant eine Bestellung aufzugeben und etwas Small Talk zu machen. Der Kurs wird auf Englisch abgehalten, weil die Teilnehmenden aus aller Welt stammen. Es ist sogar noch eine andere Frau aus Australien dabei, aber sie kommt aus Sydney.«

»Na dann«, sagte ihre Mutter und schnaubte herablassend. Kate musste lächeln. Ihre Mutter war nun mal durch und durch Melbournianerin. Mit Leuten aus Sydney konnte sie wenig anfangen. »Und, wie gefällt dir der Kurs?«

»Es ist noch ein bisschen früh, etwas dazu zu sagen, aber bislang macht er mir sehr viel Spaß. Zumal er ganz anders als die Kochkurse ist, die ich bislang besucht habe. Die Frau, die ihn leitet, ist toll. Ich konnte mich gestern beim Mittagessen lange mit ihr unterhalten, und stell dir vor: Als sie in ihren Zwanzigern war, ist sie ein Jahr lang als Rucksacktouristin durch Australien gereist und hatte einen Job als Küchenhilfe in diesem Pastalokal, in das du so gern gehst – Benny's oder so ähnlich ...«

»Ja, die Welt ist klein!« Kates Mutter seufzte. »Ich wünschte, wir könnten heute Abend bei Benny's essen. Was war das Leben doch leicht ...« Nach einer kurzen Pause fügte sie hinzu: »Dein Vater hat dich doch nicht etwa wegen dieser Aktien unter Druck gesetzt, oder?«

»Nun, *möglicherweise* hat er sie erwähnt«, erwiderte Kate leichthin, »aber mach dir keine Gedanken, Mum, er hat ja recht. Ich werde verkaufen und einen Schlussstrich unter die Sache mit Du-weißt-wem ziehen.«

»Hm.« Ihre Mutter hielt kurz inne, dann erwiderte sie: »Dieser Schlussstrich wird sicherlich krumm und schief geraten, wenn es um Du-weißt-wen geht. Aber im Ernst, Liebes, du solltest tatsächlich darüber nachdenken. Es ist ein guter Schachzug.«

»Ja«, pflichtete Kate ihr bei, und weil sie nicht erneut darüber reden wollte, wechselte sie das Thema. »Also: Wie geht es meinen Lieblingskids? Sie sorgen doch hoffentlich noch für Chaos?«

»Darauf kannst du dich verlassen!«, antwortete ihre Mutter mit einem liebevollen Lachen. »Vor allem Billy, mein Gott, der ist ein solcher Schlingel! Der tanzt nach seiner eigenen Pfeife, so viel steht fest.«

»So soll es sein«, hielt Kate dagegen. Ihr Neffe Billy, Leahs jüngstes Kind, nahm einen besonderen Platz in ihrem Herzen ein, obwohl sie auch Billys süße große Schwester Mia liebte. Billy allerdings erinnerte sie an sie selbst, als sie in seinem Alter gewesen und wegen ihrer Neugier auf die Welt immer wieder in Schwierigkeiten geraten war.

Kate und ihre Mutter plauderten noch eine Weile über Paris und den Kochkurs, dann musste Kate auflegen. Sie war froh, dass ihr Vater angerufen hatte, denn nun fühlte sie sich wach und erfüllt von neuerlicher Entschlossenheit. Bereit, den vor ihr liegenden Tag in Angriff zu nehmen. Besagten Schlussstrich unter Josh und diesen Teil ihres Lebens zu ziehen. Bevor sie unter die Dusche ging, rief sie die neueste, noch unbeantwortete E-Mail von Resmond auf, klickte auf Antworten, tippte eilig

> Versuchen Sie es mit dreihundert Prozent mehr als bei Ihrem aktuellen Angebot, dann denke ich vielleicht darüber nach. Mit freundlichen Grüßen Kate Evans

ein und schickte die Nachricht ab.

SIEBEN

»Einfach – und trotzdem großartig, darum geht es im Frühling«, sagte Sylvie. »Diese Vielfalt von Grün! Sehen Sie nur!« Sie deutete auf die Gemüseauswahl auf dem Tisch: die hellgrünen Erbsenschoten in einer reinweißen Schüssel; den Bastkorb mit olivgrünen Artischocken; die tiefgrünen Spinatbüschel; den frischen, neuen Knoblauch, den man wegen seiner langen, hellgrünen Stiele leicht mit Lauch verwechseln konnte; den intensiv grünen Feldsalat, den man in Frankreich *mâche* oder *doucette* nannte und den man um diese Jahreszeit überall sah. Außerdem lagen verschiedene Kräuter in unterschiedlichen Grünschattierungen auf dem Tisch: fedriger Dill und an feinste Spitze erinnernde Petersilie; kleinblättriger Thymian und großblättrige Minze; ein Bündel Schnittlauch sowie frisch gepflückter Estragon und Kerbel. Zwischen all dem Grün stand wie zum Kontrast eine Holzkiste mit kleinen neuen Kartoffeln, deren Haut bereits abgeschrubbt war, sodass darunter das köstliche, festkochende, gelbe Fruchtfleisch zum Vorschein kam. Daneben warteten eine große Flasche provenzalisches Olivenöl aus biologischem Anbau und ein hübscher, runder Klumpen handgemachter Butter aus der Normandie auf ihren Einsatz. Zudem sah Gabi in einem verschlossenen Glas das leuchtende Rot von *piment d'Espelette* sowie eine lange blaugrüne Platte, auf der kleine, runde, frische Ziegenkäse aufgereiht waren, zweifelsohne die Lieferung des jungen Mannes, der Gabi am Tag zuvor die Tür geöffnet hatte.

Es war ein wundervoller Anblick, dachte sie, ein klassisches Stillleben, das förmlich danach schrie, detailliert festgehalten zu werden. *Aber das wird nicht passieren*, dachte Gabi, fest entschlossen, ihr Selbstmitleid in die Schranken zu weisen. Nach einer unruhigen Nacht war sie mit einer klaren Erkenntnis aufgewacht: Sie hatte ihre Fähigkeit zum Malen verloren. Nicht den Drang, das Leben in Linien und Farben einzufangen – nein, dieses Bedürfnis überkam sie noch immer, quälend wie ein beständiger Juckreiz. Je mehr man kratzte, desto schlimmer wurde es, und irgendwann bekam man Schmerzen, war die Haut noch wunder als zuvor, doch den Juckreiz war man nicht los. Sie hatte diesen Drang also nicht verloren, nein, dafür aber die Fähigkeit zu unterscheiden, zu wissen, wann ihre Inspiration zu etwas führen würde: das tief im Innern verwurzelte Wissen, welches eine Künstlerin, einen Künstler ausmachte. Früher hatte sie es instinktiv gespürt. Von der Inspiration bis zum fertigen Werk: ein einziger reibungsloser Prozess. Das Ergebnis war nicht immer herausragend gewesen, mitunter nicht einmal gut, aber das machte ihr nichts aus, das gehörte dazu. All die Jahre über hatte sie daran gefeilt, sich in ihre Kunst hineinzufühlen, damit sie ihr in Fleisch und Blut überging. Sie hatte unermüdlich gearbeitet, ohne Angst vor Fehlern oder Experimenten, ohne Angst, noch einmal von vorn beginnen zu müssen, denn immer, wirklich immer hatte sie auf ihre Kunst vertraut. Und irgendwann gipfelte die ganze Arbeit in *Shadow Life*, ihrem Durchbruch, ihrem großen Erfolg. Ihrem Fluch …

»Mit dieser Frühlingssymphonie aus Grün mit weiteren Farbnoten werden wir heute arbeiten«, teilte Sylvie ihnen mit, »zum Teil als Vorbereitung für Ihren ersten eigenen Einkauf auf einem lokalen Markt, den wir am Donnerstag besuchen werden. Bevor wir starten: Haben Sie noch Fragen oder Anmerkungen zum gestrigen Tag?«

»Ja«, meldete sich Pete zu Wort. »Einige von uns sind gestern im Anschluss an den Kurs zum Abendessen in ein Café gegangen. Dort standen die *œufs mimosa* auf der Speisekarte, aber sie waren nicht annähernd so gut wie die, die wir hier zubereitet haben. Vielleicht sollten Sie denen Unterricht geben!«

Gelächter brandete auf, und Sylvie lächelte. »Vielen Dank, sehr freundlich, aber es würde mir nicht im Traum einfallen, das zu tun. Sie dürfen auf keinen Fall denken, wir hätten hier das einzig richtige Rezept oder würden die Dinge auf die einzig richtige Art und Weise angehen. Obwohl wir natürlich so einige unwiderstehliche Köstlichkeiten zu bieten haben«, fügte sie augenzwinkernd hinzu. »Wir sind froh, dass Sie das anscheinend auch so sehen!«

»Wenn Sie denken, Ihre Art und Weise, die Dinge anzugehen, wäre nicht die einzig richtige«, schaltete sich Gabi ein, »warum unterrichten Sie dann?« Sobald die Worte aus ihrem Mund waren, wünschte sie sich, sie könnte sie zurücknehmen. Sie hatten grob und aggressiv geklungen, und dem Ausdruck auf den Gesichtern der anderen Kursteilnehmerinnen und -teilnehmer nach zu urteilen, waren sie auch genauso rübergekommen. Dabei hatte sie niemanden beleidigen wollen – die Frage war ihr einfach so herausgerutscht. Jetzt war es zu spät, einen Rückzieher zu machen.

»Das ist eine gute Frage«, erwiderte Sylvie ungerührt. »Genügt die Antwort, dass meine Art des Unterrichtens die ist, von der ich am meisten überzeugt bin, die ich am besten kann?«

Sie sah Gabi an. *Alle* sahen Gabi an. Sie schluckte, errötete und sagte: »Selbstverständlich. Das verstehe ich voll und ganz.«

Jetzt klinge ich schleimig und heuchlerisch, dachte sie, sauer auf sich selbst.

Doch Sylvie lächelte. »Da bin ich froh. Nicht nur, weil Sie diesen Grund nachvollziehen können, sondern auch, weil Sie mir diese Frage gestellt haben. Sie hat mich das, was ich zuvor gesagt habe, genauer ausführen lassen. Danke!«

»Keine Ursache«, murmelte Gabi und wünschte sich inständig, sie würden einfach weitermachen, damit sie nicht länger im Zentrum der Aufmerksamkeit stand. Und tatsächlich, nach und nach, während der Vormittag voranschritt und das muntere Geklapper in der Küche begann, befolgte Gabi ihren eigenen Rat und widmete sich dem Vergnügen, zuzusehen, zuzuhören und jede Menge Speisen zuzubereiten.

Wieder aßen sie erst spät zu Mittag, aber es ging genauso heiter zu wie am vorigen Tag, als sich alle angeregt über den morgendlichen Unterricht unterhalten und durch sämtliche Kreationen durchprobiert hatten. Der Ziegenkäse war verdientermaßen die herausstechende Note in der »grünen Symphonie«. Er war das Herzstück eines warmen Käsesalats auf gehacktem, in Olivenöl geschmortem Spinat mit frischem Knoblauch, untergehoben unter die neuen Kartoffeln mit Butter und Dill. Dazu wurde eine Schüssel mit süßen, kleinen Buttererbsen, zubereitet mit Minze, sowie eine Platte mit duftenden, schlicht gedämpften Artischocken in Vinaigrette gereicht. Die Vinaigrette selbst war eine Herausforderung am Rande gewesen, und selbst Gabi, die an die klassische Version ihrer Familie gewöhnt war, musste zugeben, dass diese Mischung aus Estragon-Senf, einer geriebenen Knoblauchzehe und einem Spritzer Zitronensaft auf der Basis von Olivenöl und Weißweinessig verdammt gut war. Ihr eigener Beitrag war die Schüssel mit Erbsen, was ihr fast wie Betrug vorkam, weil es so wenig falsch zu machen gab. Trotzdem hatte sie sich sehr gefreut, als Sylvie und Damien einen Löffel davon probiert und erklärt hatten, die Erbsen seien »absolut perfekt«. Auch die anderen waren begeistert gewesen. Wenigstens etwas, was sie noch richtig hinbekam!

Sogar die Kids würden nicht die Nase über dieses »Grünzeug« rümpfen schrieb Kate in ihre WhatsApp-Familiengruppe und fügte Fotos von den verschiedenen Gerichten hinzu, aufgenommen, bevor sie sich alle zusammen beim Mittagessen darüber hergemacht hatten.

> Und diese Erbsen, OMG! Wie grüner Kaviar, der im Mund explodiert – absolut süß und frisch, einfach fantastisch!

Sie wollte die Nachricht gerade abschicken, als es an der Tür der Kochschule klingelte. Von dort, wo sie stand, im Gang, gleich vor dem Bad, konnte sie den Summton deutlich hören, doch offenbar war sie die Einzige, denn niemand kam, um zu öffnen. Fast alle anderen Kursteilnehmerinnen und Kursteilnehmer waren bereits gegangen und die Mitarbeitenden offenbar beschäftigt. Es klingelte erneut. Beharrlich.

Kate zögerte. Doch als es zum dritten Mal klingelte, entschied sie sich zu öffnen.

Eine magere junge Frau mit dunklen Haaren, die ein schwarzes T-Shirt und schwarze Jeans trug, stand vor der Tür, die Arme voller Schachteln. Kate wollte gerade etwas sagen, als Sylvie durch den Gang geeilt kam. »Was ist das?«, fragte sie.

»Ich denke, eine Lieferung«, antwortete Kate anstelle der jungen Frau.

»Aber wir erwarten nichts ...« Sylvie wandte sich an die Lieferantin und stellte ihr die gleiche Frage auf Französisch.

»Ihre ... Bestellung«, antwortete die Frau stockend. Ihr osteuropäischer Akzent war nicht zu überhören. Sie deutete mit dem Kinn auf den Kartonstapel in ihren Armen. »Zehn gefrorene Pizzaböden.«

Sylvie starrte sie genauso perplex an wie Kate. Laut Aufdruck enthielten die Kartons tatsächlich gefrorene Pizzaböden, das konnte sie trotz ihrer bescheidenen Sprachkenntnisse lesen. Gefrorene Pizzaböden! Warum um alles in der Welt bestellte die Kochschule Morel so etwas?

»Das muss ein Irrtum sein«, sagte Sylvie mit fester Stimme. »Eine solche Bestellung haben wir nicht aufgegeben.«

»Aber Madame ...« Mit einer Hand griff die Lieferantin in ihre Tasche, während sie mit der anderen die Schachteln im Gleichgewicht zu halten versuchte. Endlich gelang es ihr, ein Blatt Papier herauszuziehen. Mit gerunzelter Stirn blickte sie darauf, dann fragte sie: »Das ist doch die Kochschule Morel, oder? Sind Sie Madame Sylvie Morel? Das hat der Kollege in der Zentrale notiert ...«

»Ja, das hier ist die Kochschule, und ich bin Sylvie Morel. Allerdings habe ich diese Bestellung niemals aufgegeben und ... Moment!« Sie verengte die Lider. »Wie sind Sie ins Gebäude gelangt? Dafür braucht man einen Code.«

Die Augen der jungen Frau weiteten sich. »Ein Mann hat mich hereingelassen.«

»Sie meinen Damien? Meinen Mitarbeiter?« Sylvies Stimme wurde scharf.

Kate wusste, dass sie sich besser zurückziehen sollte. Das hier ging sie nichts an. Trotzdem drückte sie sich weiter im Gang herum.

»Ich weiß nicht, Madame. Ich kenne Ihren Mitarbeiter nicht, und ich habe auch nicht die Bestellung entgegengenommen.«

»Also gut.« Sylvie wandte sich Kate zu. Auf Englisch sagte sie: »Es tut mir leid, dass ich darum bitten muss, aber könnten Sie bitte Damien holen? Er ist im Keller und sortiert den Müll.«

Kate eilte nach unten und stieß auf Damien, der auf einer Mülltonne saß und eine Zigarette rauchte. Als sie den Kellerraum betrat, wirkte er zunächst erschrocken, dann schuldbewusst. »Oh, hi«, sagte er und drückte die Zigarette aus.

»Tut mir leid, dass ich einfach so hereinplatze«, entschuldigte sich Kate, »aber Sylvie hat mich gebeten, Sie zu holen. Es gibt ein

Problem. Eine unerwartete Lieferung gefrorener Pizzaböden. Sie haben offenbar die Lieferantin eingelassen.«

In seinem Gesicht spiegelte sich blanke Verwirrung. »*Oui, oui,* ich habe einer jungen Frau die Tür aufgemacht. Aber ... Sie liefert *gefrorene Pizzaböden?*«, fragte er verblüfft. »Wieso das? So etwas bestellen wir nie.«

»Ja, das sagt Sylvie auch. Die Lieferantin besteht jedoch darauf, dass die Adresse richtig ist.«

»Ich habe keine gefrorenen Pizzaböden bestellt!«, rief Damien empört, sprang von der Mülltonne und eilte zum Fahrstuhl.

Kate nahm die Treppe nach oben. Sie musste noch ihre Tasche holen, bevor sie sich auf den Weg zum Hotel machte, und sie wollte Sylvie und Damien Zeit geben, das Missverständnis zu klären.

Als sie oben ankam, waren die beiden in eine ernsthafte Auseinandersetzung verstrickt. Etwas unsicher fragte sie: »Ist alles okay?«

Sylvie lächelte schwach. »Ja. Wir haben dem Mädchen Geld für die Lieferung gegeben – sie wird nur dann bezahlt, wenn sie liefert – und ihr die Pizzaböden für ihre Freundinnen und Freunde geschenkt. Das hat sie akzeptiert.«

»Natürlich«, grummelte Damien. »Geld für nichts und wieder nichts, dazu Pizza umsonst! Schon gut, schon gut«, fügte er hinzu, als Sylvie ihm einen zornigen Blick zuwarf. »Ich weiß, du musstest das tun, aber es ist echt nervig!«

»Ja, es ist mehr als nervig«, pflichtete Sylvie ihm ruhig bei. »Wir werden der Sache auf den Grund gehen.« Sie sah Kate an. »Es tut mir leid, dass Sie das mitbekommen mussten.«

»Oh, nein, nein, das macht doch nichts ... *Mir* tut es leid, für Sie.« Sie zögerte, dann sagte sie: »Wenn ich Ihnen irgendwie helfen kann ...«

»Danke, aber es ist alles in Ordnung. Sie müssen sich keine Gedanken machen. Sie sind hier, um Spaß zu haben, nicht, um sich in lästigen organisatorischen Kram hineinziehen zu lassen. Sie genießen die Zeit hier doch hoffentlich?«

»O ja! Sehr! Der Kurs gehört in der Tat ...« Kate suchte nach den richtigen Worten. »Der Kurs gehört in der Tat zu den besten Dingen, die mir in der letzten Zeit passiert sind. Und ich bin so froh, dass wir gerade erst angefangen haben und noch so viel lernen, so viele Erfahrungen sammeln können!«

Jetzt strahlten sowohl Sylvie als auch Damien. »Nun«, sagte Sylvie, »wie wundervoll, das zu hören. Es ist genau das, worauf wir gehofft haben.« Sie sah Kate an. »Damien, Yasmine und ich gönnen uns nach Kursende für gewöhnlich einen Drink, um abzuschalten. Yasmine ist heute früh nach Hause gegangen, aber haben Sie vielleicht Lust, uns Gesellschaft zu leisten?«

Kate lächelte. »Sehr gern. Danke.«

ACHT

Während Gabis Besuch auf der Kanalinsel Guernsey in der Woche vor ihrer Ankunft in Paris hatte ihr Melanie, die Schwester ihrer Mutter, ein fleckiges, abgenutztes Buch gezeigt, einen Reiseführer, herausgegeben anlässlich der Pariser Weltausstellung von 1900. Ihre Vorfahren Thomas und Beatrice Ogier, die so geschäftstüchtig gewesen waren, irgendwo auf dem riesigen Gelände einen Käsestand zu betreiben, hatten ihn mitgebracht. Die Ausstellung ging über Monate, doch die Ogiers hatten es sich nur leisten können, drei Wochen zu bleiben, dann waren sie nach Guernsey zurückgekehrt – mit ein bisschen Geld und vielen Erinnerungen, nicht alle davon gut. Ihr Abstecher nach Paris war zu einer Familienlegende und im Laufe der Zeit von den Nachkommen immer weiter ausgeschmückt worden. Was die tatsächlichen Zeugnisse betraf, so gab es nur ein kleines Foto, das Thomas und Beatrice beim Posieren vor dem Petit Palais zeigte, einem der wenigen extra für die Ausstellung errichteten Gebäude, die heute noch standen – und natürlich den Reiseführer, das alte, fleckige Buch, das wie eine Reliquie in der Familie weitergereicht wurde.

Nachdem Gabi ihrer Tante erzählt hatte, dass sie beabsichtige, in Paris einige Nachforschungen über die Ogiers anzustellen, war Melanie einverstanden gewesen, ihr das Buch für die Dauer ihres Aufenthalts zu leihen, allerdings nur, wenn sie es anschließend persönlich zurückbrachte. »Ich traue der Post nicht, und außerdem ist das eine Möglichkeit, dich wieder zu uns zu locken.« Sie hatte gelächelt. »Du besuchst uns viel zu selten.« Das Foto hatte sie ihr nicht geliehen, es würde viel zu leicht verloren gehen, hatte sie behauptet. Also hatte Gabi es mit ihrer Handykamera abfotografiert.

Jetzt, an diesem sonnigen Mittwochnachmittag, stand sie, das offene Buch in der Hand, in der Mitte der prachtvollen Pont Alexandre III, deren elegante Stahlbögen mit den fein gemeißelten Steinsäulen und den goldenen Statuen die Seine überspannten und so zwei der berühmtesten Stadtbezirke miteinander verbanden: das siebte Arrondissement mit den Champs-Élysées am rechten und das achte Arrondissement mit der Esplanade des Invalides am linken Ufer. Der Ausblick an beiden Seiten des Flusses war großartig, doch damals, zur Zeit von Thomas und Beatrice, hatte der zusätzliche Reiz darin bestanden, im Zentrum der größten und ambitioniertesten Ausstellung der Welt zu stehen – eine gewaltige Bühne mit großartigen, wenngleich nur temporären Pavillons und Palästen, auf der akribische Rekonstruktionen einer fernen Vergangenheit und aufregende Vorboten der elektrischen Zukunft zu sehen waren.

Gabi machte mehrere Aufnahmen aus allen möglichen Winkeln. Trotz des frischen Winds vom Fluss hatte der sonnige Nachmittag eine Flut von Fußgängern ins Freie gelockt, die sich über die Brücke ergoss. Auf den Fotos von 1900, die Gabi sich online angesehen hatte, war die Brücke ebenfalls voller Menschen. Sie konnte förmlich Thomas und Beatrice vor sich sehen, wie sie dort standen und das Panorama in sich aufnahmen, ehrfürchtig und gleichzeitig voller Beklommenheit. Guernsey war selbst heute noch ein stilles Fleckchen, und Gabi stellte sich vor, wie es für die beiden gewesen sein mochte, sich hier in Paris, inmitten der gewaltigen Menschenmengen, die hergekommen waren, um die Wunder dieser Welt zu bestaunen, wiederzufinden – ein wahrer Kulturschock. Und nicht nur für Thomas und

Beatrice Ogier – ein weiterer Ahne von Gabi, Teil ihres Familienstammbaums, ein junger Mann, hatte sich damals mit einem Kuchentablett, das er an einem Lederriemen um den Hals trug, durch die Massen gedrängt: Ander Picabea aus den ebenso stillen baskischen Hügeln im Hinterland von Biarritz. In der Familie erzählte man sich, dass er für eine bestimmte Zeit den Ofen von jemandem gemietet hatte und mitten in der Nacht aufgestanden war, um die kleinen Kuchen zu backen, die er auf der Weltausstellung feilbot. Es war ihm gelungen, genug Geld zu verdienen, um damit nach seiner Rückkehr ins Baskenland eine kleine Bäckerei aufzumachen und das Brautgeld für seine geliebte Maïté, Tochter eines einheimischen Bauern, zu entrichten. Für ihn war Paris lediglich ein Ort, an dem sich schnell Geld verdienen ließ, und die einzigen Andenken, die er mitbrachte, waren ein hübscher Spitzenkragen für Maïté – und eine anhaltende Abneigung gegen die Stadt, die, so vermutete Gabi mit einem Schmunzeln, von Generation zu Generation bis hin zu ihrem eigenen Vater weitergegeben wurde. Doch nicht an sie. An einem so schönen Tag hier zu stehen, sich umzusehen, zu träumen, war wundervoll. Es brachte sie dazu, aus sich selbst herauszutreten und in das einzutauchen, was sie vor sich sah ...

»Hallo.« Die Stimme hinter ihr ließ sie zusammenfahren. Sie drehte sich um und sah sich einem Mann mit Kapuzenjacke und Sonnenbrille gegenüber. Er bemerkte ihren argwöhnischen Gesichtsausdruck, nahm die Brille ab und lächelte. »Entschuldigung. Ich wollte dich nicht erschrecken.«

Jetzt erkannte sie ihn, die dunklen Augen, die hellbraunen Haare unter der Kapuze. Es war der Käse-Typ – Yasmine hatte erwähnt, dass er Max hieß. »Alles gut«, erwiderte sie auf Französisch. »Ich war ganz weit weg, im Jahr neunzehnhundert, um genau zu sein. Ich habe mir vorgestellt, die Weltausstellung zu besuchen.«

Sein Lächeln wurde breiter. »Tatsächlich? Das ist cool.« Sein Blick fiel auf das Buch, das sie in der Hand hielt. »Hast du das bei einem der *bouquinistes* entdeckt?« Die Buchstände entlang der Seine zählten zu den Attraktionen an diesem Flussufer.

»Nein«, antwortete Gabi. »Das ist ein Familienschatz.« Sie zögerte kurz und erzählte ihm dann die Geschichte, dass sowohl ihre Vorfahren mütterlicherseits als auch väterlicherseits im Jahr 1900 nach Paris gekommen waren.

Er hörte aufmerksam zu, ließ keinerlei Anzeichen von Langeweile erkennen, und als sie geendet hatte, sagte er: »Das klingt ziemlich spannend.«

»Finde ich auch«, erwiderte sie, erfreut über sein aufrichtiges Interesse. Zu Hause hatte sie allen weisgemacht, dass sie für ihre neue Ausstellung die Zeit recherchieren wollte, zu der sich ihre Vorfahren in Paris aufgehalten hatten. Das war natürlich geflunkert, ein Vorwand, um neugierige Nachfragen zu vermeiden, aber das war ihr gleich.

»Glaubst du, sie sind einander je begegnet – unwissentlich?«, überlegte Max. Gabi lächelte.

»Ja, das habe ich mich auch schon gefragt.«

Ihre Blicke begegneten sich, und in Gabi stieg ein seltsames Gefühl auf, ein Gefühl, das sie kaum noch kannte, so lange war es her, dass sie es zum letzten Mal empfunden hatte. *Freude,* dachte sie verwundert. *Ich glaube, es ist Freude.*

»Es ist ein bisschen frisch hier, findest du nicht?« Seine Augen ruhten noch immer auf ihrem Gesicht. »Im Petit Palais gibt es ein fantastisches Café, wo richtig gute heiße Schokolade serviert wird. Was sagst du dazu?«

»Ich sage, dass ich plötzlich ganz dringend eine heiße Schokolade brauche, am liebsten im Petit Palais.« Gabi grinste, dann fügte sie dreist hinzu: »Aber selbstverständlich nur in Begleitung von jemandem, der sich mir offiziell vorgestellt hat.«

»Gewiss doch, Mademoiselle aus dem Jahr neunzehnhundert.« Er deutete eine Verbeugung an. »Mein Name ist Max Rousseau, Bürger dieser schönen Stadt und Käsehändler von Beruf.«

»Erfreut, Sie kennenzulernen, Monsieur Max«, erwiderte Gabi. »Mein Name ist Gabrielle Picabea, meine Freunde nennen mich Gabi, Weltenbürgerin und Kochlehrling.« Die Halbwahrheit über ihre Arbeit ging ihr glatt von der Zunge, und sie fühlte sich nicht schlecht deswegen. Es gehörte einfach zu diesem fröhlichen Augenblick und dem sonnigen Nachmittag.

»Ebenfalls erfreut, Sie kennenzulernen, Mademoiselle Gabi. Lassen Sie uns nun zu den Erfrischungshallen gehen, nachdem wir uns einander offiziell vorgestellt haben.«

»Sehr gern, Monsieur«, sagte sie mit einem koketten Seitenblick.

Sie überquerten die Brücke in Richtung Petit Palais, der nicht weit entfernt war. Auf dem Weg dorthin erkundigte sich Max, wie Gabi der Kurs gefiel, und sie sagte, das Kochen in Sylvie Morels Kochschule würde ihr riesigen Spaß machen. »Ständig gibt es irgendeine Überraschung – heute zum Beispiel hat eine Frau namens Annick mit uns gesprochen. Sie arbeitet als Bibliothekarin, aber sie ist auch eine exzellente Fisch-Köchin.«

»Ich glaube, ich weiß, wen du meinst«, unterbrach Max ihre Schilderung. »Sie kommt ursprünglich aus Saint-Malo, stimmt's?«

»Ja, das ist richtig. Jedenfalls hat sie eine tolle Show abgeliefert – alles ging um diesen einen Fisch.« Sie berichtete ihm, dass Annick einen Fisch ausgewählt hatte, der in Frankreich als Sankt-Petersfisch, Saint Pierre, aber auch als »Jean Doré«, goldener Johannes, bekannt war. »In Australien nennen wir ihn ›John Dory‹, doch obwohl ich zweisprachig aufgewachsen bin, war mir nie bewusst, woher der Name kommt.«

»Dann hat sie euch also die Legende erzählt«, schlussfolgerte Max. »Über den heiligen Petrus, der den Fisch zwang, die goldene Münze herzugeben, die dieser in seinem Maul verbarg?«

Gabi nickte. »Und dass seitdem die Abdrücke von Zeigefinger und Daumen des Apostels auf allen Petersfischen zu sehen sind.«

»Es ist ein Fisch aus Frankreich und gleichzeitig ein Weltenfisch, ein Fisch namens John und ein Fisch namens Peter, ein Fisch, der Legende nach mit einer Goldmünze im Maul, und ein Fisch, der sein Gewicht in der Küche mit Gold aufwiegt«, sagte Max auf Englisch. Gabi zog anerkennend die Luft ein.

»Das ist wundervoll«, sagte sie. »Beinahe poetisch.«

»*Beinahe?*« Er tat so, als wäre er beleidigt.

»Ich muss das noch mal hören, nur um sicherzugehen«, neckte sie ihn und zog ihr Handy aus der Tasche. »Kannst du das bitte wiederholen?«

»Kein Problem. Aber nur für dich, nicht für TikTok.«

»Nur für mich«, bestätigte sie. »Das schwöre ich. Ich hasse TikTok sowieso.« Während er die Worte wiederholte, nahm sie ein Video von ihm auf.

Sie betraten den Petit Palais, und Max führte sie durch die weitläufigen Museumsräume zu einem ruhigen, mit Mosaiken gepflasterten Innenhof. Von den Cafétischen zwischen den Säulen blickte man auf einen wunderschönen Garten. »Wenn dir kalt ist, können wir auch reingehen«, bot Max an, doch Gabi schüttelte den Kopf.

»Es ist perfekt hier.«

»Einer meiner Lieblingsorte«, pflichtete er ihr bei und deutete auf einen der Tische. »Ist es dir hier recht?«

Nachdem sie Platz genommen und ihre Getränke bestellt hatten, nahm Max den Reiseführer zur Hand und fing an, ihn durchzublättern. »Sieht so aus, als hätten deine Vorfahren die richtige Idee gehabt«, sagte er. »All die hungrigen Ausstellungsbesucher, die zwischendurch schnell etwas essen wollten! Wenn man sich die Liste der Restaurants auf dem Gelände und in der Nähe ansieht, kann man sich gut vorstellen, wie voll es dort gewesen sein muss. Die meisten Lokale waren ohnehin nur temporär und speziell zu diesem Anlass eröffnet worden, die ersten Pop-ups sozusagen.«

»Genau wie alles andere, was extra für die Ausstellung errichtet worden war«, fügte Gabi hinzu. »Dutzende, wenn nicht gar Hunderte von Gebäuden im gesamten Zentrum von Paris und im Bois de Vincennes ... Kannst du dir das vorstellen? Das muss ein echtes Vermögen gekostet haben.«

»Der größte Teil davon wird von den ausländischen Regierungen bezahlt worden sein, die darauf bedacht waren, die Pracht ihrer Länder zu präsentieren«, sagte Max. »Du musst bedenken, dass Paris damals als Mittelpunkt der Welt galt. Jeder wollte gern hier sein.«

»Das ist noch immer so«, pflichtete Gabi ihm bei. »Nur mein Dad stellt eine Ausnahme dar.«

Max lachte. »Natürlich! Welcher Südfranzose, der etwas auf sich hält, würde auch nur ein Wort des Lobes für diese Stadt verschwenden?«

»Welchen Pariser würde das auch nur ansatzweise interessieren?«, konterte Gabi.

Max zuckte die Achseln. »Keine Ahnung. Ich komme nicht aus Paris, daher kann ich das nicht beurteilen.«

Die Tassen mit der heißen Schokolade wurden serviert, dunkel, duftend, gekrönt mit einer Sahnehaube. »Oh«, hauchte Gabi ehrfürchtig, nachdem sie den ersten Schluck genommen hatte, »so eine köstliche Schokolade habe ich schon lange nicht mehr getrunken.«

»Hab ich's nicht gesagt?«, fragte Max grinsend und kostete ebenfalls.

»Also, Max«, fuhr Gabi fort, »woher kommst du, wenn nicht aus Paris?«

»Ich bin an der Loire aufgewachsen«, antwortete er, »doch als ich dreizehn war, bin ich nach Paris zu meiner Großmutter gezogen.« Als er ihren fragenden Blick bemerkte, fügte er hinzu: »Meine Eltern wollten, dass ich hier eine bestimmte höhere Schule besuche.«

»Aha.« Gabi nahm einen weiteren Schluck von dem göttlichen Getränk. »Hast du Geschwister? Sind sie auch auf diese Schule gegangen?«

»Ich habe zwei Brüder, beide um einiges älter als ich. Meine Eltern hatten andere Pläne für die zwei.«

»Es muss schwer gewesen sein, so früh von der Familie getrennt zu werden.«

»Ganz und gar nicht«, widersprach er. »Meine Großmutter war sehr lieb zu mir. Außerdem stand ich meinen Brüdern nicht sonderlich nahe, was vermutlich am Altersunterschied lag.«

»Ich bin ebenfalls die Jüngste«, sagte Gabi, »aber ich habe ein enges Verhältnis zu meiner Schwester Joana und meinem Bruder Ben, obwohl wir unterschiedliche Wege eingeschlagen haben. Sie sind beide berufstätig, verheiratet, haben Kinder. Ich hingegen ...« Sie hielt inne und errötete leicht.

»Sprich weiter«, forderte er sie lächelnd auf.

»Ich hingegen bin weder verheiratet, noch habe ich Kinder«, ergänzte sie mit einem Lächeln.

Max sah sie prüfend an. »Freut mich zu hören«, sagte er leise. »Für mich gilt das Gleiche. Ich habe auch keine Kinder. Aber ich war einmal verheiratet. Eine jugendliche Dummheit oder vielmehr der Versuch, meinen Eltern zu gefallen. Es hat nicht funktioniert: weder der Versuch noch die Ehe.«

»Tut mir leid, das zu hören«, sagte Gabi.

Er grinste, wusste er doch zu gut, dass es ihr ganz und gar nicht leidtat. »Dann bist du also nicht verheiratet.« Er schwieg für einen Moment, ehe er fortfuhr: »Gibt es denn jemanden zu Hause?«

Ihr Puls raste, aber sie hielt seinem Blick stand. »Nein. Da gibt es niemanden.«

»Bei mir auch nicht«, sagte er und berührte flüchtig ihre Hand. Gabi spürte, wie ihr warm wurde.

»Wir sollten unsere Schokolade trinken, bevor sie kalt wird«, sagte sie eilig.

»Tatsächlich?«, fragte er gedehnt, ohne sie aus den Augen zu lassen.

»Ja.« Es gelang ihr, ruhig zu sprechen. »Wenn wir schnell austrinken, können wir auch schnell gehen. Und dann ...«

»Ja?«

»Und dann können wir gemütlich am Fluss entlangspazieren«, schlug sie vor. »*Sympa, non?*«

»*Sympa, oui*«, antwortete er. Seine Mundwinkel zuckten. Er winkte der Bedienung, bat Gabi, die Rechnung übernehmen zu dürfen, und bezahlte. Anschließend leerte er seine Tasse, stand auf und streckte ihr die Hand entgegen. »Sollen wir zu unserem Spaziergang aufbrechen, Mademoiselle Gabi?«

NEUN

An diesem Nachmittag, auf dem Weg von der Kochschule zum Hotel, entdeckte Kate ein Zauber- und Automatenmuseum. Aus einem Impuls heraus stieg sie die Stufen hinab und betrat den schwach beleuchteten Innenraum. Ihre Nichte Mia hatte vor Kurzem einen Zauberkasten zu ihrem neunten Geburtstag bekommen und war so besessen davon, dass Kate vorhatte, ihr ein paar Fotos von hier zu schicken. Doch mit seinen gruseligen, sich verwandelnden Automaten, dem »Höllenschlund«-Zauberspiegel und den finsteren Geschichten sprach das Museum eher ein jugendliches und erwachsenes Publikum an. Statt eine fröhliche Halloween-Atmosphäre zu verströmen, erinnerte es eher an einen Horrorfilm. Dennoch gelang es Kate, heimlich ein paar Sekunden von einer Live-Zaubershow zu filmen, was ihrer Nichte bestimmt sehr gefallen würde.

Als sie wieder an der frischen Luft war, atmete sie erleichtert auf. Nach ihrem Aufenthalt in der düsteren Höhle des Zauberers brauchte sie dringend einen Spaziergang. Gestern war sie zu dem legendären Kaufhaus BHV Marais in der Rue de Rivoli geschlendert, um ein, zwei Stunden glücklich zu stöbern. Heute hatte sie beschlossen, eine andere Strecke zu wählen, zum Place de la Bastille, wo einst das berühmte alte Gefängnis gestanden hatte.

Eigentlich war es ein recht kurzer Spaziergang, trotzdem brauchte sie eine ganze Weile, weil sie ständig stehen blieb, um einen Blick in Schaufenster zu werfen oder Fotos von den Auslagen zu machen. Ganz gleich, um was für ein Geschäft es sich handelte – die Auslagen waren immer wunderschön. Hier fand man nicht die ewig gleichen Marken und Produkte. Die Individualität, die Vielfalt gehörten zum Charme dieser Stadt, und das war genau das, wonach sich Kate gesehnt hatte, als sie zum ersten Mal hier gewesen war. Damals hatte sie es nicht gefunden. Sie konnte noch immer nicht ganz begreifen, dass sie sich nun tatsächlich wieder an diesem traumhaft schönen Ort befand und ihn ganz in Ruhe erkunden konnte. Nicht einmal die kühle E-Mail, die sie früher am selben Tag wegen der Resmond-Aktien erhalten hatte, konnte ihre Freude trüben. Sie war vom Vorstandsvorsitzenden unterschrieben, aber jeder wusste, dass der nur ein Erfüllungsgehilfe für Josh war.

> Sie sind ziemlich unfair, Kate. Dreihundert Prozent mehr als unser Angebot ist nicht möglich. Wir könnten um einhundert Prozent erhöhen, und das ist schon sehr großzügig.

Sie hatte nicht darauf geantwortet. Die Worte hatten sie wütend gemacht, aber es würde Josh noch mehr ärgern, wenn sie nicht auf seinen herablassenden Blödsinn reagierte.

Außerdem war es ihr egal, was sie schrieben, doch genau das schienen sie nicht zu begreifen. Sie versuchten verzweifelt, sie dazu zu bringen, ihnen ihre Aktien zu verkaufen, aber das war ihr völlig gleich. Selbst die Vorstellung, dass Resmond womöglich abstürzte und sie dadurch Verluste erlitt, interessierte sie nicht. Ein befreiender Gedanke.

Die Straße, auf der sie sich befand, führte auf den großen Place de la Bastille. Hier mündeten gleich mehrere Straßen, und Busse, Autos und Motorräder donnerten lärmend von allen Seiten vorbei. Um die Verkehrsinsel mit der hoch aufragenden Julisäule in der Mitte, die an den Fall der Bastille erinnerte, zu erreichen, musste man gleich mehrere Fahrspuren überqueren, auf denen der Verkehr in zwei verschiedene Richtungen floss. Es war nicht annähernd das, was sie erwartet hatte, deshalb beschloss sie, nicht länger zu bleiben. Sie hatte einen Weg entdeckt, der vermutlich zum Fluss hinunterführte, und den schlug sie nun ein. Nach einer Weile gelangte sie an mehrere Stufen, die zu einem überdachten Gehweg Richtung Wasser führten.

Doch das war nicht die Seine. Es war ein Kanal. Der Anfang des Canal Saint-Martin, stellte sie fest, nachdem sie einen Blick auf ihr Handy geworfen hatte. Sie ging weiter und gelangte an eine Stelle, an der sich das Wasser hinter einer Schleuse staute, wodurch ein friedlicher kleiner Hafen entstanden war, in dem Dutzende, wenn nicht gar Hunderte von Booten vertäut lagen. Es handelte sich um den Port de l'Arsenal, und die Boote waren Hausboote verschiedener Größe, Art und Farbe. Den Fenstern mit den verspielten Gardinen und den Topfpflanzen auf den Decks nach zu urteilen, waren die meisten davon bewohnt. Manche waren mit Lichterketten geschmückt, andere in hell leuchtenden Farben gestrichen, wieder andere wirkten schlicht, wenngleich sehr gepflegt. Kate kam sich vor wie in einer anderen Welt. Ein beschauliches Dorf am Wasser, der Lärm der Stadt, deren Skyline an beiden Seiten des Hafens aufragte, in weiter Ferne.

Als sie stehen blieb, um Fotos zu machen, erschienen zwei Schwäne, die elegant zwischen den Booten hindurch über das Wasser glitten. Kate war so gefesselt von dem Anblick, dass sie fast vergessen hätte, die beiden im Bild festzuhalten. Gerade als sie sich wieder in Bewegung setzen wollte, spürte sie, wie ihr jemand gegen die Waden stieß.

Nein, nicht jemand, zumindest kein menschliches Wesen, sondern ein kleiner Hund, der mit seinem flauschigen Fell und den dunklen Knopfaugen in einem munteren Gesichtchen aussah wie eine Illustration in einem Kinderbuch. Die schwarzen Augen betrachteten Kate mit einer so unschuldigen Neugier, dass ihr das Herz schmolz. Sie bückte sich und streckte die Hand aus, an der der Hund prompt schnüffelte und sie anschließend fragend ansah.

»Hallo, was machst du denn hier?«, sprach sie ihn auf Englisch an. Der Hund bellte kurz, als wollte er sagen: *Was für eine Frage ist das denn?* Oder vielleicht: *Sprich Französisch mit mir, Madame!*

Unweigerlich trat ein Lächeln auf ihr Gesicht. »*D'accord*«, sagte sie und kraulte dem Hund die Ohren. »Woher kommst du?«

»Entschuldigung. Stört sie Sie?« Der Mann schien aus dem Nichts aufgetaucht zu sein, aber dann sah sie, dass er vom Uferweg hinter ihr gekommen war.

»Nein, ganz und gar nicht«, versicherte sie und richtete sich auf. »Sie ist ... sie ist so ...« Wie war noch gleich das französische Wort für süß? *Jolie? Belle?* Nein, das passte nicht. Plötzlich fiel ihr ein, dass die Franzosen mittlerweile anscheinend alles, was ihnen gefiel, als »cool« bezeichneten, daher beendete sie ihren Satz genau damit. »Sie ist cool!«

Er lachte. »Ja, das finde ich auch.«

Kate musterte den Mann genauer: Er war in den Vierzigern, breitschultrig und leicht untersetzt, hatte kurze, volle, dunkle Haare, durchzogen mit ein paar grauen Strähnen, und blau-grüne Augen in einem markanten, gebräunten Gesicht. Seine Kleidung war lässig – blauer Rundhalspulli und Jeans.

»Wie heißt sie?«, fragte sie und bückte sich erneut, um die Hündin zu streicheln.

»Nina.«

»Das ist ein schöner Name«, sagte Kate, während Nina sie weiterhin beschnüffelte. »Was für eine ...« Sie wollte ihn nach der Rasse fragen, doch das Wort fiel ihr partout nicht ein. »Was für ein Hund ist sie?«

»Sie ist ein *bichon frisé*«, antwortete er. »Gerade fünf geworden. Eine treue Gefährtin.«

»So sieht sie auch aus«, erwiderte Kate wehmütig. Ihre Familie hatte einst einen Jack-Russell-Terrier besessen. Sie hatten ihn Jack genannt, wenig originell. Kate und ihre Geschwister waren mit ihm zusammen aufgewachsen, aber eines Tages, als sie im Teenageralter gewesen waren, hatte Jack in eine braune Schlange gebissen und war gestorben. Keiner von ihnen hatte es übers Herz gebracht, ihn zu ersetzen, sie hatten ihn einfach zu sehr geliebt. Als Kate erwachsen war und überlegt hatte, sich einen Hund zuzulegen, war sie bereits mit Josh verheiratet, der eine Hundephobie hatte. Und damit war das Thema erledigt gewesen. Nur dass sie in diesem Moment spürte, dass das nicht wirklich der Fall war.

»Sind sie schwierig zu halten?«, wollte sie wissen.

»Nein. Zumindest nicht Nina.« Der Mann lächelte. »Sie ist ausgesprochen anpassungsfähig. Das muss sie auch sein, schließlich lebt sie auf einem Boot.«

»Oh!« Kate sah ihn mit großen Augen an. »Sie wohnen hier?«

Er nickte und deutete auf ein gepflegtes grün-weißes Boot ein kleines Stück entfernt. »Das ist mein Zuhause, ja.«

Chez moi, hatte er gesagt. Bei mir. »Sie Glücklicher«, sagte Kate. »Es ist der Traum meines Vaters, auf einem Boot zu leben. Er besitzt nur ein ...« *Was heißt »Blechbüchse« auf Französisch?* »Er hat ein kleines Boot. Zum Angeln. Aus Metall.«

»Ein *tinny*«, sagte er auf Englisch und lachte über ihren erstaunten Gesichtsausdruck. »So heißen diese Aluminiumdinger in Australien doch, oder?«

»Ähm, ja, das ist richtig«, pflichtete Kate ihm verlegen bei und wechselte ebenfalls ins Englische. »Woher wissen Sie ...«

»Ich habe Ihren Akzent erkannt. Vor vielen Jahren habe ich mal sechs Monate in Australien verbracht. Einer meiner Freunde dort besaß ein *tinny*.« Er sprach gut Englisch, wenngleich mit Akzent.

»Wo in Australien waren Sie?«

»In Lake Macquarie«, antwortete er. »In der Nähe von Newcastle. Kennen Sie das?«

»Nein, ich komme aus Victoria. Aus Melbourne, um genau zu sein.«

»Da war ich einmal. Eine hübsche Stadt. Machen Sie Urlaub in Paris?«

»Ja. Äh – nein. Nun, so etwas Ähnliches. Ich habe einen Kurs an der Kochschule Morel belegt.«

Er nickte. »Ah ja! Bei Sylvie. Das ist gut, glaube ich.«

»Es ist sogar sehr gut.« Sie lächelte überrascht. »Sie kennen Sylvie?«

»Ein wenig. Ich habe ein Buch für sie gebunden.«

»Sie haben ein Buch für sie gebunden?«, wiederholte Kate verwirrt, dann verstand sie. »Oh, Sie sind Buchbinder! Wie ... cool!«

Er erwiderte ihr Lächeln. »Nicht immer, aber mir gefällt es.« In diesem Moment bellte Nina, die schwanzwedelnd zwischen ihnen gestanden hatte, erneut kurz auf.

»Es tut mir leid«, sagte der Mann, »Zeit für ihr Abendessen. Wenn es darum geht, ist sie nicht besonders geduldig.«

»Verstehe. Mir tut es leid, dass ich Sie aufgehalten habe. Es war nett, mit Ihnen zu plaudern. Und mit dir, Nina.« Kate beugte sich ein weiteres Mal zu der Hündin hinunter, um sie hinter den Ohren zu kraulen.

»Es war mir ein Vergnügen«, erwiderte der Mann, und für einen Moment sah es so aus, als wollte er noch etwas hinzufügen. Doch Kate wartete nicht ab, bis er anfing zu sprechen. Mit einem freundlichen Winken schlenderte sie weiter am Ufer entlang. Es war eine nette Unterhaltung gewesen, doch mehr Small Talk musste nicht sein. Außerdem wurde es langsam frisch. Zeit, ins gemütliche Hotel zurückzukehren. Auf dem Stadtplan hatte sie gesehen, dass es ein gutes Stück vor ihr einen Aufgang zu einer Brücke gab, die sie beinahe direkt ins Quartier Saint-Paul bringen würde.

Sie war fast da, als sie die beiden sah, gegen eine Mauer gelehnt, die Arme umeinander geschlungen, vollkommen blind für die Welt um sie herum: Gabi und ein junger Mann. Kate konnte jetzt nicht mehr umkehren, war schon zu nahe, musste an den beiden vorbei. Als sie fast bei ihnen war, lösten sie sich aus ihrer Umarmung, und Gabi sah sie an. Sie lächelte. »Hey, Kate, machst du auch einen Spaziergang?«

»Ja«, erwiderte Kate, um einen ebenso lockeren Ton bemüht, »eine wunderbare Zeit dafür.«

Gabi nickte. »Das ist übrigens Max. Max, Kate ist in meinem Kochkurs. Kate, Max ist verantwortlich für die Ziegenkäse, die wir gestern gegessen haben.«

»Oh, die waren fantastisch«, schwärmte Kate aufrichtig. Ihre Verlegenheit war schlagartig verschwunden.

»*Ich* bin nicht dafür verantwortlich«, entgegnete Max lachend, »das sind der Käser und die Ziegen. Aber ja, ich treffe eine hervorragende Auswahl.«

»Max!«, rief Gabi, ebenfalls lachend.

»Ich gebe nicht an, ich sage bloß die Wahrheit.« Ein verschmitzter Ausdruck trat in seine dunklen, fast schwarzen Augen.

»Nun, schön, dich kennengelernt zu haben, Max«, sagte Kate, »aber ich muss jetzt weiter. Habt einen schönen Abend, ihr zwei!«

Kurz bevor sie die Stufen zur Brücke erreichte, sah sie sich noch einmal um. Die beiden schlenderten weiter, Max hatte den Arm um Gabi geschlungen. Der Anblick versetzte Kate einen schmerzhaften Stich. Nicht, weil sie sich eine Paris-Romanze wünschte – von Romantik hatte sie die Nase voll. Dennoch war sie ein wenig neidisch auf Gabi, die so unbeschwert, so frei von Problemen war, dass sie einfach tun konnte, worauf sie gerade Lust hatte – zum Beispiel eine Frühlingsaffäre mit einem heißen französischen Fremden anzufangen. *Die Glückliche,* dachte sie. *Und ich dumme Kuh, dass ich immer noch nicht aus dem langen Schatten heraustreten kann, den Josh über mein Leben wirft ...*

Sie zog ihr Handy aus der Tasche und tippte eilig eine E-Mail an den Vorstand von Resmond ein.

Okay, hundert Prozent mehr als das ursprüngliche Angebot. Keinen Cent weniger. Kate Evans.

Und das war's. Sie war fertig damit. Fertig mit ihnen. Endlich.

ZEHN

Wenn es etwas gab, wovon Sylvie nie genug bekommen konnte, dann waren es die Märkte, trotz der Tatsache, dass sie bereits mehr besucht hatte, als sie zählen konnte. Als Kind hatte sie in der kleinen Marktstadt, in der sie aufgewachsen war, am Eier- und Geflügelstand ihrer Großmutter gesessen, als Teenagerin hatte man sie auf den Marché Victor Hugo in Toulouse geschickt, wo sie den Wocheneinkauf erledigen sollte. Bei ihrem ersten Streifzug als Erwachsene hatte sie Ausschau nach Zutaten für eine ganz besondere Mahlzeit gehalten, mit der sie ihre Freundinnen und Freunde beeindrucken wollte, und noch heute führte sie die staunenden Schülerinnen und Schüler ihrer Kochschule nur allzu gern über den großen Marché Bastille, hatte sie sich in dem Lärm, der Hektik und der Farbenpracht der Märkte doch immer ausgesprochen wohlgefühlt. Außerdem liebte sie es, anderen zu helfen, ein lebenslanges Vergnügen für sich zu entdecken.

Der Kurs hatte sich früh an diesem Donnerstagmorgen versammelt, um sich der Aufgabe zu stellen, die Zutaten für das letzte gemeinsame Mittagessen der Woche einzukaufen. Sylvie hatte die Teilnehmerinnen und Teilnehmer in vier Zweiergruppen eingeteilt: Zwei Teams sollten sich um die Vorspeisen kümmern, zwei um die Hauptgerichte. Das Thema war Frühling, daher musste sich alles auf saisonale Produkte konzentrieren *und* auf das, was sie während der vergangenen Woche gelernt hatten. Damien wollte ein Dessert für sie zubereiten. Zudem erwarteten sie

Gäste, diesmal jedoch nur Yasmine und Serge. Bei früheren Kursen war Claude ein paarmal da gewesen, doch heute hatte Sylvie ihn nicht eingeladen. Seit dem Abend, an dem sie vor dem Eingang zu Sylvies Appartementhaus auseinandergegangen waren, hatten sie nicht mehr miteinander geredet. Sylvie nahm an, dass Claude davon ausging, sie würde ihr Ultimatum zurückziehen, was sie schon einmal getan hatte – zu ihrem Bedauern. Diesmal würde sie sich jedoch nicht umstimmen lassen.

Außerdem hatte sie im Moment andere Sorgen als einen sturen Liebhaber. Sie hatte nicht herausfinden können, wer die falsche Bestellung mit den Pizzaböden aufgegeben hatte. Die Böden waren bezahlt worden, genauere Auskunft konnte ihr der Laden nicht erteilen. Zusammen mit der Bewertung auf Tripadvisor sah es also für sie ganz danach aus, als versuchte jemand, ihr Unternehmen zu schädigen.

Trotz allem war sie fest entschlossen, sich den heutigen Kurstag nicht davon verderben zu lassen. Zumal diese Gruppe eine der besten war, die sie seit Langem unterrichtet hatte – alle Teilnehmerinnen und Teilnehmer lernten eifrig und schnell. Zunächst hatte sie befürchtet, dass die Arbeit mit Gabi und Ethan etwas herausfordernder sein könnte als mit den anderen, aber beide hatten sich in die Gruppe eingefügt. Die schüchterne Misaki hatte sich ein kleines Stück aus ihrem Schneckenhaus hervorgewagt, während Pete nicht mehr ganz so vorwitzig war. Was den Rest betraf – die Deutschen waren stets fröhlich und munter, Mike gutmütig und zu Scherzen aufgelegt, wenngleich mitunter ein wenig ermüdend. Kate war Sylvies Lieblingsschülerin, und das nicht nur, weil sie zweifellos Talent hatte. Sie war der Typ Mensch, in dessen Gegenwart Sylvie sich instinktiv wohlfühlte: klug und dennoch bescheiden, ausgesprochen fleißig und doch in der Lage, sich zu entspannen, weder zu plump-vertraulich noch zu förmlich. Am Tag nach dem Pizza-Ärger hatte sie sich ruhig und hilfsbereit gezeigt.

Eine angenehme Person – *sympa*, wäre das treffende französische Wort, dachte Sylvie. Sie sah Kate zusammen mit Ethan, ihrem Kochpartner, vor einem Fischstand stehen und stellte lächelnd fest, dass sich die Australierin trotz der herablassenden Art des Engländers sehr gut behaupten konnte. *Sympa* zu sein, bedeutete noch lange nicht, dass man sich herumschubsen ließ.

Sie schaute sich nach den anderen um. Misaki und Mike – ein überraschend gelungenes Gespann der Gegensätze – standen vor einer kunstvoll arrangierten Gemüseauslage und ließen sich Zeit bei ihrer Auswahl, während Stefan und Pete von Stand zu Stand zogen und sich offenbar nicht einigen konnten, was sie kaufen sollten. Das letzte Paar, Gabi und Anja, stand vor Max' Käsestand und unterhielt sich angeregt mit ihm. Obwohl – das stimmte nicht ganz. Anja redete und stellte Fragen, Max antwortete, doch dabei behielt er eine stumme Gabi im Blick, deren Aufmerksamkeit offenbar seinem Käse galt, wenngleich sie ihm gelegentlich einen verstohlenen Seitenblick zuwarf. *Sieh an, sieh an,* dachte Sylvie. *Wie schön für die beiden!* Das hier war Paris, es war Frühling, sie waren jung und frei, und wenn man sich da nicht verlieben oder begehren durfte, ganz gleich, ob dies klug war oder nicht, wäre das Leben doch recht trostlos gewesen. Sie hoffte nur, dass Gabi kein falsches Spiel mit Max trieb, denn hinter der lässigen Fassade des Käsehändlers verbarg sich ein aufrichtiges Herz. *Was mache ich hier eigentlich? Mische ich mich etwa in das Leben meiner Schülerinnen und Schüler ein, wenngleich nur in Gedanken?*, fragte sich Sylvie. *Sie können auf sich selbst aufpassen, was sie tun, geht mich nichts an.* Abgesehen davon wurde es langsam Zeit, die Gruppe wieder zu versammeln und in die Kochschule zurückzukehren, um die Dinge zuzubereiten, für die sie sich entschieden hatten.

Am Käsestand musste Gabi sich alle Mühe geben, Anja nicht freiheraus zu sagen, dass sie sie kurz allein lassen solle. Sie wollte unbedingt mit Max reden, aber sie hatte keine Chance. Die Frau plapperte unablässig in einer Mischung aus annehmbarem Französisch und ausgezeichnetem Englisch über Höhlenreifung, Fermentation, Rinden und was auch immer. Vielleicht gab es in Deutschland eine große Milchindustrie, und jeder war mit der Herstellung von Käse vertraut. Gabi wusste es nicht, aber um ehrlich zu sein, interessierte es sie auch nicht.

»Was denken Sie, Mademoiselle?« Irgendwie war es Max gelungen, eine Lücke in Anjas unablässigem Redefluss zu finden und sich Gabi zuzuwenden.

Gabi spürte, wie ihr ein Kribbeln über den Rücken lief. Er hatte sie »Mademoiselle« genannt, höflich und förmlich, obwohl sie doch gestern ... »Ich denke, Sie sind sehr gut in dem, was Sie tun«, erwiderte sie gespielt schüchtern, und stellte zu ihrer Genugtuung fest, dass ihm eine leichte Röte den Nacken hinaufkroch.

»Ich bin froh, dass Sie so denken«, sagte er, ohne den Blick von ihr zu wenden, »doch es liegt an Ihnen, eine Entscheidung zu treffen.«

»Oh, wir wissen Ihre ehrliche Meinung zu schätzen«, schaltete sich Anja ein, die sich offenbar keiner Doppeldeutigkeit in dem Gespräch bewusst war. »Als ehrenwertes Mitglied der großen Käserei-Bruderschaft«, fügte sie hinzu und wirkte überrascht, als sowohl Gabi als auch Max anfingen zu lachen, was die Spannung zwischen ihnen löste.

Anschließend stellte sie eine Auswahl zusammen, und als Max die Käse vorsichtig in Wachspapier einschlug, fühlte Gabi, wie sie von Leichtigkeit erfasst wurde. Sie hatte gedacht, dass sie vielleicht anders empfinden würde in dieser Alltagssituation inmitten all der Menschen. Oder er. Aber nein. Diese instinktive Verbindung war außergewöhnlich. Und völlig unerwartet. Solche Dinge passierten ihr sonst nicht. Sicher, sie hatte in der Vergangenheit einige Affären gehabt, außerdem eine lange Beziehung mit einem Schriftsteller namens Sam, die fünf nicht ganz glückliche Jahre gehalten hatte, bevor sie vor etwas über einem Jahr in die Brüche gegangen war, kurz nach seinem Umzug nach Perth. Seitdem war sie davor zurückgeschreckt, sich auf etwas Neues einzulassen, nicht einmal auf etwas Flüchtiges. Sie wusste, wie man das interpretieren konnte: dass sie mit ihrer Muse auch ihre Libido verloren hatte. Doch so einfach war das nicht. Da war noch etwas anderes, was sie gehindert hatte. Vielleicht die Langeweile, die sie verspürt hatte, wenn sie Männer in ihren üblichen Kreisen traf. Die ganze Dating-Szene hatte sie gelangweilt. Vielleicht ging es aber auch um die Langeweile im Allgemeinen ...

Max hingegen langweilte sie nicht. Max war meilenweit davon entfernt, sie zu langweilen. Und wenn er sie weiterhin so ansah, Anja hin oder her, wusste sie nicht, was noch passieren würde. Es fühlte sich nicht nur an wie schlichte sexuelle Anziehung, so stark diese auch sein mochte. Sie *mochte* ihn, und zwar im wahrsten Sinne des Wortes. Und sie spürte, dass er sie ebenfalls mochte. Die wundervolle Leichtigkeit, die sie in seiner Gegenwart verspürte, frei vom Ballast der Vergangenheit – das war neu und wundervoll und berauschend.

»Na dann«, sagte er auf Englisch, als alle Päckchen in einem Korb verstaut waren und Anja sich nach den anderen aus dem Kurs umsah. »Bereit?«

»Ja«, sagte Gabi, und dann fügte sie hinzu: »Und du?«

Er sah rasch von ihr zu der ahnungslosen Anja. Sie winkte dem Rest der Gruppe zu, der sich ihnen zusammen mit Sylvie näherte. »Ja«, bestätigte er leise auf Französisch, den Blick nun wieder auf Gabi geheftet. »Ja, das bin ich.« Nur einen Herzschlag, bevor die anderen eintrafen, stieß er hervor: »Leider muss ich über Nacht an die Loire fahren, aber morgen – vielleicht koche ich morgen für dich? Bei mir. Ich schicke dir die Adresse. Einverstanden?«

Sie konnte nur nicken. Ihre Kehle war wie zugeschnürt vor Aufregung und Nervosität. Wie um alles in der Welt sollte sie bis morgen warten können?

ELF

Kate wurde langsam wach und streckte sich wohlig. Das Morgenlicht fiel in schmalen Streifen durch die Jalousien. Es war Freitag, und von Freitag bis einschließlich Sonntag blieb die Kochschule Morel geschlossen. Heute musste sie nicht im Morgengrauen aufstehen und verschlafen durch die Straßen zu ihrem Kurs hetzen. Sie konnte es langsam angehen lassen, die Stadt erkunden, stöbern, ein bisschen shoppen, tun, wonach immer ihr der Sinn stand.

Das gestrige Mittagessen war ein großer Erfolg gewesen. Jeder hatte ein anderes Gericht gekocht, allesamt sehr einfach, aber köstlich. Sie war an dem Tag mit Ethan zusammengespannt worden, und sie hatten zweierlei Fisch serviert, einer gegrillt, der andere gebraten, angerichtet mit einer Zitronen-Weißweinsoße, die auf der basierte, deren Zubereitung Annick ihnen beigebracht hatte, jedoch verfeinert mit gehackten Schalotten. Nicht nur die anderen Kursteilnehmerinnen und -teilnehmer hielten sie für rundum gelungen, sondern auch Yasmine und Serge. Bei deren Zustimmung handelte es sich auf keinen Fall um leere Komplimente, denn die beiden waren echte Feinschmecker. Sylvie und Damien hatten nicht ganz so überschwänglich reagiert, aber sie hatten freundlich gelächelt und ihnen versichert, dass es gut schmecke. Kate war zufrieden, denn für sie war das ein großes Lob. Ethan dagegen war anschließend ziemlich abfällig gewesen, aber das war nicht Kates Problem.

Im Augenblick war gar nichts Kates Problem. Der gestrige Besuch des Marché Bastille hatte ihr so gut gefallen, dass sie beschloss, sich heute weitere Märkte anzusehen, an zwei verschiedenen Orten der Stadt. Einer lag ganz in der Nähe: ein überdachter Markt, der *Marché des Enfants Rouges* – Markt der roten Kinder – genannt wurde. Der ungewöhnliche Name hatte Kate dazu veranlasst, nachzuschlagen, und so hatte sie herausgefunden, dass es ihn schon seit dem neunzehnten Jahrhundert gab und sein Name sich auf die roten Mäntel der Kinder in einem nahegelegenen Waisenhaus bezog. Der erste Markt, dem sie einen Besuch abstatten wollte, war weiter entfernt, im sechsten Arrondissement am linken Ufer. Bis dahin waren es zu Fuß mindestens vierzig Minuten, aber es war ein schöner Tag, und die Strecke führte am Fluss entlang. Sollte sie müde werden, konnte sie den Rückweg immer noch mit der Metro oder dem Bus zurücklegen.

Gähnend stand Kate auf, ging unter die Dusche und frühstückte anschließend auf die Schnelle einen Kaffee und ein Croissant, dann zog sie los.

Es war ein genauso schöner Spaziergang, wie sie gehofft hatte. Den Großteil der Strecke legte sie am rechten Seine-Ufer zurück, dann überquerte sie den Fluss auf der Pont du Carrousel, nahe dem Glaspyramideneingang zum Louvre. Der Louvre war einer der Orte gewesen, die sie während ihrer ersten turbulenten Parisreise besichtigt hatte. Diesmal würde sie nicht hingehen, auch wenn der Palais zugegebenermaßen einen imposanten Anblick bot.

Kate schlenderte eine lange Straße entlang, blieb hier und da stehen, um die Schaufenster zu betrachten, darunter auch das von Deyrolle, dem berühmten, vor fast zweihundert Jahren gegründeten Geschäft für Tierpräparate mit angeschlossenem Museum.

Ein Roller raste vorbei und verfehlte nur um Haaresbreite einen kleinen weißen Hund, der genau in diesem Moment beschlossen hatte, die Straße zu überqueren. »Vorsicht!«, rief Kate, wobei sie in ihrem Schrecken vergaß, Französisch zu sprechen. Der Hund überschlug sich jaulend und landete im Rinnstein neben ihr. Sie zog ihn hastig aus der Gefahrenzone. Erst jetzt sah sie, um wen es sich handelte.

»Nina«, sagte sie und streichelte das zitternde Tier. »Nina, was machst du denn hier, ganz allein? Wo ist dein Papa, hm?«

Nina leckte ihre Hand und wedelte kraftlos mit dem Schwanz. Kate schaute die Straße hinauf. Der Mann vom Kanal war nirgends zu entdecken. Plötzlich bellte Nina kurz. Kate drehte sich um und sah ihn über die Straße eilen, nur ein kleines Stück von der Stelle entfernt, an der zuvor Nina hinübergelaufen war. Er sah gar nicht glücklich aus.

»Was zum Teufel!«, sagte er zornig auf Englisch, noch bevor Kate ein Wort herausbringen konnte. Er bückte sich, befestigte die Leine an Ninas Halsband und zog sie zu sich. »Warum haben Sie das gemacht?«

»Was denn gemacht?«, fragte Kate erstaunt.

»Sie gerufen!«

Kate starrte ihn an. »Ich habe sie *nicht* gerufen.«

»Sie wäre sonst niemals über die Straße gelaufen«, entgegnete der Mann mit schmal gezogenen Augen.

»Ich habe sie *nicht* gerufen!«, wiederholte sie verärgert. »Es war unverantwortlich von Ihnen, Nina aus den Augen zu lassen! Was hatte sie hier überhaupt ohne Leine zu suchen?«

»Wir waren in dem Laden auf der anderen Straßenseite«, antwortete er mit gepresster Stimme und deutete in die entsprechende Richtung. Kate stellte fest, dass es sich um einen Buchladen handelte. »Bislang war das nie ein Problem.«

»Nun, offenbar ist es definitiv eins«, erwiderte sie mit scharfer Stimme.

Er runzelte die Stirn. »Sind Sie sicher, dass Sie sie nicht gerufen haben?«

»Selbstverständlich, verdammt noch mal!«, blaffte sie, wandte sich ab und streichelte Nina ein letztes Mal. »Entschuldige, Nina, ich bin mir sicher, dass du laute Stimmen gar nicht magst.«

»Nein«, pflichtete ihr der Mann mit deutlicher sanfterer Stimme bei. »Es tut mir leid, ich wollte nicht ...« Er sprach weiter, aber Kate setzte sich bereits in Bewegung, hatte keine Lust zu hören, was er zu sagen hatte. Ehrlich! Was dachte er sich dabei, ihr die Schuld an seiner eigenen Inkompetenz zuzuschieben? Im Gehen überlegte sie, warum Nina wohl zu ihr gelaufen war. Sie war Kate doch zuvor nur einmal begegnet! Nun, dabei würde es auch bleiben. Ganz sicher würde Kate sich nicht mehr in die Nähe des Port de l'Arsenal begeben.

Obwohl sie kurz darauf den Markt erreichte, brauchte sie eine ganze Weile, bis sie sich beruhigt hatte, doch dann erwärmte sie sich für das geschäftige Treiben, und das innere Frösteln, das sie seit dem seltsamen Zwischenfall verspürte, verging. Am Ende blieb sie länger als geplant und aß dort Spareribs mit Ratatouille zu Mittag. Die salzigen Rippchen waren unglaublich fleischig, die Ratatouille barst förmlich vor frischen Aromen und Farben, und Kate ließ sich jeden einzelnen Bissen genießerisch auf der Zunge zergehen. Zum Nachtisch kaufte sie sich zwei saftige, kleine Clementinen und beschloss, den Besuch des anderen Marktes für heute zu vergessen. Stattdessen schlenderte sie durch den Jardin du Luxembourg, der sich ganz in der Nähe befand. Sie setzte sich am Grand Bassin in die Sonne und beobachtete Kinder – und einige Erwachsene –, die mit langen Stöcken Spielzeugjachten aus Holz über das Wasser manövrierten. Plötzlich entdeckte sie Stefan und Anja, die sich lachend ein Wettrennen mit ihren Jachten lieferten. Anja sah Kate und bedeutete ihr, sich zu ihnen zu gesellen. »Haben Sie Lust, mitzumachen?«, fragte sie.

»Ja, geht das denn? Nun, wenn Sie nichts dagegen haben ...«

»Selbstverständlich nicht«, sagte Stefan leicht verwirrt. »Sonst würden wir doch nicht fragen.«

Kate lächelte. Sie suchte sich an dem kleinen Stand neben dem Wasserbecken ein Boot mit blau-weißen Segeln aus und machte fröhlich mit. Anschließend tranken sie zusammen etwas in einem Bistro in der Nähe, plauderten über den Kurs und das Essen, das sie gekocht hatten. Dann überlegten sie, was für die kommende Woche geplant sein mochte. Genau genommen redeten nur Stefan und Anja, beendeten gegenseitig ihre Sätze und lachten über die Witze des anderen. Nach einer Weile fühlte sich Kate wie die unfreiwillige Zuschauerin einer romantischen Komödie. Endlich gelang es ihr, ein Wort einzuwerfen und sich zu verabschieden, doch erst, nachdem die beiden sie eingeladen hatten, sie, Ethan, Mike und Misaki zum Abendessen ins Le Train Bleu zu begleiten, ein legendäres Restaurant im Gare de Lyon.

Zurück im Hotel, rief die Rezeptionistin sie zu sich. »Das hier wurde für Sie abgegeben.« Sie reichte Kate ein kleines, eckiges Päckchen, in braunes Papier eingeschlagen und mit einer Schnur umwickelt.

»Für mich?«, fragte Kate. »Sind Sie sicher?«

Die junge Frau zog eine Augenbraue in die Höhe, doch sie erwiderte nichts.

Auf dem Päckchen stand Kates Name. Und der Name des Absenders. Jetzt war es an Kate, eine Augenbraue hochzuziehen, denn als Absender war »Nina« angegeben.

»Das ist nicht für mich«, entgegnete sie mit fester Stimme. »Da muss ein Irrtum vorliegen.«

»Sie sind doch Kate Evans, oder nicht?«, fragte die Rezeptionistin in einem Ton, der nahelegte, dass sie Kate nicht unbedingt für die Hellste hielt.

»Ja, aber ...«

»Dann ist es für Sie. Wir haben keine andere Kate Evans zu Gast.«

»Aber woher weiß er, wo ich ...«, murmelte Kate, doch die Frau hatte sich bereits abgewandt.

Nina ... als ob ..., dachte sie, als sie ihr Zimmer betrat. Sie hätte das Päckchen einfach ungeöffnet in den Müll werfen können, doch die Neugier siegte. Als sie sah, was sich in dem braunen Papier befand, gab sie einen überraschten Laut von sich.

Es handelte sich um ein kleines, dickes Buch, wunderschön in tiefgrünes Leder gebunden, auf der Vorderseite das eingeprägte Motiv einer stilisierten Blume. Die Seiten darin waren cremeweiß und leer. Dazwischen entdeckte sie eine kurze Nachricht. *Nina sagt, das Buch eignet sich sehr gut, um Rezepte aufzuschreiben. Ihr Diener Arnaud bittet untertänigst um Verzeihung.*

Eine ganze Weile betrachtete Kate das Buch und die Nachricht, dann nahm sie ihr Mobiltelefon zur Hand und rief Sylvie an.

»Entschuldigen Sie, wenn ich Sie an Ihrem freien Tag behellige«, sagte sie, als Sylvie dranging, »aber ich muss wissen, ob Sie einem Mann namens Arnaud meine Kontaktdaten genannt haben. Er ist Buchbinder und hat eine Hündin namens Nina«, fügte sie für alle Fälle hinzu.

»Ja, das habe ich«, antwortete Sylvie. »Arnaud Rocca. Er hat mich vor ein paar Stunden angerufen und gesagt, Sie hätten ein Buch in dem Laden gekauft, der seine Arbeiten anbietet, und vergessen, es mitzunehmen. Er war sich nicht sicher, wie Sie heißen, aber er wusste, dass Sie an meinem Kurs teilnehmen. Er hat Sie beschrieben – und da wusste ich, dass er Sie meinte. Ich habe ihm geraten, das Buch in Ihrem Hotel abzugeben.«

»Ja, das hat er getan«, sagte Kate leicht verstimmt.

Sylvie musste ihren Unmut bemerkt haben, denn sie sagte: »Es tut mir leid, hätte ich das nicht tun sollen? Ich kenne Arnaud, er ist ein guter Mensch – und ein brillanter Kunsthandwerker.«

»Das ist er in der Tat«, stimmte Kate ihr mit einem Blick auf das Buch zu. »Nein, Sie haben nichts falsch gemacht. Danke. Ich habe mich nur gefragt, woher er wusste, wohin er es schicken musste.«

Sie zögerte. »Haben Sie seine Telefonnummer? Ich würde mich gern bei ihm für die Mühe bedanken.«

»Gewiss. Ich schicke sie Ihnen gleich.«

Sylvie hielt Wort. Kate hatte kaum Luft geholt, als die Nummer auch schon auf ihrem Display erschien. Sie wollte gerade auf Anrufen drücken, als sie ihre Meinung änderte und stattdessen eine Textnachricht eintippte.

Danke für das Buch, Nina, es ist wunderschön. Bitte richte deinem Diener Arnaud aus, dass ich seine Entschuldigung annehme, aber nicht das Buch. Das ist zu viel. Kate.

Bevor sie es sich anders überlegen konnte, drückte sie auf Senden, dann wartete sie auf eine Antwort. Als keine kam, war sie merkwürdig enttäuscht.

Erneut nahm sie das Buch zur Hand, fuhr mit den Fingern über die glatte Oberfläche, öffnete es, berührte das Papier, dann schloss sie es und wickelte es wieder ein. Sie konnte es nicht behalten. Das würde einen falschen Eindruck erwecken. Trotzdem ... Es war so schön, und sie vermochte sich die Seiten so gut vorzustellen, vollgeschrieben mit ihren Notizen über Lebensmittel, mit Rezepten, Erfahrungen. Man brauchte einen Füllfederhalter dafür, einen richtigen aus dem Laden für Büro- und Bastelbedarf, den sie in der Nähe gesehen hatte. Und selbst wenn sie Arnauds Buch nicht behielt, konnte sie sich immer noch den Füller und ein hübsches Notizbuch für ihre Rezepte und Anmerkungen besorgen, statt den billigen Spiralblock zu benutzen, den sie mitgebracht hatte. Hier, in dieser wundervollen Stadt, eine Kochschule zu besuchen, war ein Erlebnis, das es rechtfertigte, von allem nur das Beste zu verwenden. Zeit, ihren Geiz zu vergessen und sich schöne Dinge zu gönnen!

ZWÖLF

Max lebte im elften Arrondissement, einen etwa fünfzehnminütigen Spaziergang von Gabis Hotel entfernt. Allerdings war die Seitenstraße, in der sich seine Wohnung befand, recht schmal und selbst mit Google Maps nicht leicht zu finden. Gabi bog mehrfach falsch ab, und als sie die Adresse endlich gefunden hatte, war sie schweißgebadet. Sie tippte den Code für die Eingangstür ein, den er ihr genannt hatte, dann drückte sie auf die Klingel zu seinem Appartement. »Gabi?«, kam seine Stimme knisternd aus der Gegensprechanlage.

»Ja, ich bin's«, antwortete sie, entsetzt darüber, wie piepsig ihre Stimme klang. »Tut mir leid, dass ich zu spät bin.«

»Bist du doch gar nicht«, erwiderte er mit einem Lächeln in der Stimme. »Ich mache die Tür auf, komm rauf.«

Das Gebäude, in dem er wohnte, war schäbiger als das von Sylvie: Die Farbe an den Wänden blätterte ab, die Treppenstufen waren ausgetreten. Doch als sie Max' Etage erreichte und ihn in der offenen Tür stehen sah, waren diese Gedanken schnell verflogen.

»So«, sagte er. »Dann bist du jetzt also hier.« Sein Gesicht spiegelte Freude wider.

»Ja, ich bin hier«, wiederholte sie. Ihr Puls raste.

»Komm rein.« Er machte einen Schritt zur Seite, damit sie eintreten konnte, dann schloss er die Tür hinter ihr. Ihre Blicke begegneten sich. Und dann lagen sie einander in den Armen, küssten sich leidenschaftlich, und alles in ihr schmolz dahin. »Sollen wir …«, fragte er, doch sie konnte nichts sagen, nur nicken, als er ihre Hand nahm und sie ins Schlafzimmer führte. Sie küssten sich erneut, voller Begierde, und zogen einander hastig aus, um ihre nackten Körper zu erkunden, von jeder Berührung mehr in Brand gesetzt. Dann lagen sie eng umschlungen auf dem Bett, und nichts war mehr von Bedeutung als die wundervolle heiße Süße, die sie erfüllte, als sie auf dem Gipfel der Leidenschaft gemeinsam kamen.

Anschließend lagen sie zusammen auf dem Bett, ihr Kopf auf seiner Brust, sein Herz dicht an ihrem. »Du bist so schön, so wunderschön … Ich kann kaum glauben, dass …«, flüsterte er.

»Ich auch nicht«, wisperte sie, »aber wir müssen es doch gar nicht *glauben,* wir sind doch hier.«

Er lachte und zog sie an sich, küsste sie sanft auf die Lippen, dann schnappte er nach Luft, als sie seinen Kuss erwiderte, hart, fordernd, und dann passierte es erneut, und es dauerte eine Weile, bis sie wieder ein vernünftiges Wort hervorbringen konnten.

Als sie später eng umschlungen zusammenlagen, sagte Max: »Vielleicht sollte ich aufstehen und nach dem Hühnchen sehen, nicht, dass es noch anbrennt.«

Gabi küsste ihn auf die nackte Schulter und nickte. »Angebranntes Hühnchen darf definitiv nicht auf dem Speiseplan stehen.«

Lächelnd strich er ihr über die Haare, doch diesmal stand er auf, zog sich schnell etwas über und ging in die Küche, um sich ums Essen zu kümmern.

Sie stand ebenfalls auf, schlüpfte in ihre Kleidung, fuhr sich mit den Fingern durch die Haare und berührte ihre leicht geschwollenen Lippen.

Bevor sie ihm in die Küche folgte, sah sie sich in seiner Wohnung um, die hell und geräumig war. Vierzig, vielleicht fünfzig Quadratmeter mit drei kleinen Zimmern, Küche und Bad: Schlafzimmer, Arbeitszimmer und ein kombiniertes Wohn-Esszimmer. Für Paris hatte sie eine gute Größe, vor allem für eine einzelne Person. Der Fußboden bestand aus knarzenden, gebohnerten Holzdielen, auf denen mehrere Teppiche lagen: ein tiefgrauer und ein weißer, modernerer im Schlafzimmer, ein hübscher blauer Perser im Wohnzimmer. Die Einrichtung wirkte schlicht, aber gemütlich, die Wände waren in einem weichen Cremeton gestrichen. An einer Wand im Arbeitszimmer entdeckte Gabi mehrere ziemlich gute Schwarz-Weiß-Fotografien von Paris, in einem Kreis angeordnet. Außerdem gab es zwei Gemälde, eins im Schlafzimmer, das andere im Wohn-Esszimmer. Bei dem im Schlafzimmer handelte es sich um ein kleines, abstraktes Werk, in auffälligen Blau- und Grüntönen gehalten, die sie an tiefes Wasser denken ließen; im Wohn-Esszimmer hing ein wunderschönes figuratives Gemälde, das eine Gruppe von Personen zeigte, die an einem Tisch saßen und Karten spielten. Ihrer Kleidung nach zu urteilen, handelte es sich vermutlich um ein Werk aus dem frühen zwanzigsten Jahrhundert, vielleicht Post-Impressionismus. Darunter stand ein vollgestopftes Bücherregal: hauptsächlich Romane plus einige Sachbücher, fast alle auf Französisch, bis auf einige wenige englische Taschenbuch-Thriller. Im obersten Regalfach standen drei große Fotoalben neben mehreren Reiseführern.

Gabi nahm eines der Alben und blätterte es durch. Es enthielt weitere wunderschöne Schwarz-Weiß-Aufnahmen von Paris, außerdem einige in Farbe. Sie stellte das Album zurück und betrachtete die beiden gerahmten Fotos auf dem Regal. Eines davon zeigte eine Familie – Eltern mit drei Jungs –, die unter einem Baum standen, auf dem anderen war eine schöne Frau mit einem Haarschnitt aus den 1940ern abgebildet. Gabis Blick schweifte zurück zu dem Familienbild, und sie meinte, in dem kleinsten Jungen Max erkennen zu können. Die Frau, dachte sie, war wahrscheinlich seine Großmutter in jungen Jahren.

Sie betrat die enge Küche, wo Max damit beschäftigt war, in einer Schüssel Senf, Weißwein und Tomatenmark zu verrühren, während der köstliche Duft des Hühnchens, das auf dem Herd schmorte, in der Luft hing. »Was kochst du?«, fragte sie und setzte sich auf einen Hocker. »Es riecht großartig.«

»Das ist etwas, was meine Großmutter oft für mich gemacht hat, als ich ein Kind war«, antwortete er. »*Poulet au vinaigre,* Hühnchen in Essig. Der Essig wird später dazugegeben«, kam er ihrer Frage zuvor. »Anschließend fügt man den Weinmix für die Soße hinzu. Ein Klassiker.«

»Den ich noch nie gegessen habe«, sagte sie, während er zwei Gläser aus einem der Küchenschränke nahm.

»Gut. Dann weißt du nämlich nicht, wie es schmecken *sollte*«, sagte er grinsend. »Und? Wie gefällt dir meine Wohnung?«

»Sie ist hübsch«, sagte sie. »Sehr friedlich, um nicht zu sagen chillig.«

Sein Grinsen wurde breiter. »Dann spiegelt sie ihren Bewohner nicht wider. Aber ich bin froh, dass sie dir gefällt.«

»Die Fotos von Paris im Arbeitszimmer«, sagte sie, »sind die von dir?«

Er nickte. »Vor einiger Zeit hatte ich eine Fotografierphase.«

»Sie sind ziemlich gut.«

Er zuckte die Achseln. »Ich habe den Drang verloren. Möchtest du einen Aperitif? Oder nur ein Glas Wein?«

»Wein, bitte«, sagte sie. »Den weißen, den du hier hast – Sancerre –, ich habe davon gehört, aber ich habe ihn ebenfalls noch nie probiert. Er ist nicht nur zum Kochen, oder?«

Er lachte. »Oh, wenn meine Familie dich hören könnte! Sie wäre entsetzt! Nein. Sancerre ist nicht nur zum Kochen, aber ich bin überzeugt, Sylvie wird euch erklären, dass eine gute Speise den besten Wein verdient. Dieses Gericht mit minderwertigem Weißwein zuzubereiten, ist einfach nicht richtig.«

Er schenkte zwei Gläser mit dem gelbgoldenen Wein ein und reichte ihr eins. Sie schnupperte.

»Zitrusfrüchte, Holunderblüte und Flint heißt es im Allgemeinen, aber für mich«, er grinste, »riecht er einfach ... nach zu Hause.« Er hob das Glas. »*Santé!*«

»*Santé!*«, echote sie und stieß mit ihm an. Dann fügte sie hinzu: »Deine Familie wäre entsetzt, wenn sie mich hören könnte ... Dann habe ich es also mit Weinliebhabern zu tun?«

»Tatsächlich bauen wir Wein an«, antwortete er und drehte die Flasche um, damit sie das Etikett sehen konnte. »Der hier stammt aus den Weinbergen meiner Familie.«

»Domaine Taverny, Sancerre, Loire«, las sie. »Ich dachte, dein Nachname ist Rousseau?«

»Ist er auch. Und Taverny. Ich benutze ihn nur nicht.«

»Oh.« Sie betrachtete das Etikett erneut. Ein kleines Schloss war darauf abgebildet, das sich vor üppigen Weinbergen erhob. »Deine Familie besitzt ein *Schloss*?«

»Ein befestigtes Herrenhaus, um genau zu sein. Mit einem Turm an der Seite. Es ist alt, aber man kann es kaum als Schloss bezeichnen. Nicht wie die echten Schlösser an der Loire: Chambord, Chenonceau, Azay-le-Rideau.« Sein Ton war leicht.

Gestern hatte er gesagt, er müsse über Nacht an der Loire bleiben. Zweifelsohne hatte er seine Familie besucht. Mit der er, wie er angedeutet hatte, nicht klarkam, abgesehen von seiner Großmutter. »Wie denkt deine Familie darüber, dass du dich entschieden hast, Käsehändler zu werden statt Winzer?«, fragte sie und nahm einen weiteren Schluck. Der Wein war in der Tat sehr gut. Sie wusste, dass Sancerre aus Sauvignon-Blanc-Trauben hergestellt wurde, aber er schmeckte ganz anders als die neuseeländischen Weine, an die sie gewöhnt war. Sie waren auch gut, aber dieser kam ihr erlesener vor, trockener. Und aromatischer.

Er zuckte die Achseln. »Es interessiert sie nicht. Zumindest nicht mehr.« Sein Tonfall war noch immer leicht, doch etwas in seinem Blick erzählte eine andere Geschichte.

»Käse und Wein – das passt gut zusammen«, befand sie.

»In der Tat, doch meine Familie sieht das anders.«

Sie nickte. »Verstehe. Familien ...«

»Familien ...«, pflichtete er ihr lächelnd bei, und die Traurigkeit, die sie in seinen Augen gesehen hatte, verschwand wie ein Schatten in der Sonne.

Das Mittagessen war so köstlich, wie es duftete: Würziges Hühnchen in Essig mit viel Knoblauch auf schlichtem, gekochtem Reis folgte auf den gemischten Salat mit Kräutern, den Max als ersten Gang servierte. Zum Dessert gab es eine *crème caramel* mit frischer Schlagsahne, die auf der Zunge zerging. Und natürlich Käse, den er nach französischer Manier zwischen Hauptgang und Dessert servierte und der ihre höchsten Erwartungen übertraf. Es gab vier Sorten, jeder aus einer anderen Region von Frankreich: einen sahnigen Blauschimmelkäse aus der Auvergne, einen kräftigen Munster aus dem Elsass mit gewaschener Rinde, einen Chavignol – eine Kräuterfrischkäserolle aus Ziegenmilch – von der Loire, und einen köstlichen, butterigen Ossau-Iraty, einen Schafsmilchkäse aus dem Baskenland und dem Béarn. Sorgfältig ausgesucht und auf unterschiedliche Weise deliziös. Eine Tour de France *en miniature*, hatte er ihr erklärt und einen großartigen Bourgogne Pinot Noir zum Käse gereicht. Nach dem Dessert hatten sie es sich mit einem Cointreau auf dem Sofa bequem gemacht, der, so Max, die Mahlzeit abrundete. Gabi fragte neckend, ob er sie betrunken machen wolle. Er müsse wissen, dass sie mit Alkohol sehr gut zurechtkam, viel besser als mit den meisten Männern, und er küsste sie lachend und erwiderte: »Vielleicht stimmt es ja, dass man sagt, der Weg zum Herzen einer Frau gehe durch den Magen. Das Mittagessen scheint dir ja sehr gut geschmeckt zu haben ...«

»Ich dachte, das wäre die Art und Weise, das Herz eines Mannes zu gewinnen«, entgegnete sie und kuschelte sich in seine Armbeuge. »Dein Essen ist allerdings ziemlich gut, das muss man dir lassen.« Sie zupfte fröhlich am Bund ihres Samtrocks. »Meine bäuerlichen Vorfahren sowohl mütterlicherseits als auch väterlicherseits haben mir nicht gerade die Veranlagung zu übermäßiger Schlankheit vererbt, dafür jedoch einen gesegneten Appetit. Ich weiß die Gabel ordentlich zu schwingen, wie man im Französischen so schön sagt, vor allem wenn man mir eine so gute Mahlzeit serviert.«

»Ich denke, deine bäuerlichen Vorfahren haben dir genau die richtigen Dinge vererbt«, sagte Max mit aufrichtiger Anerkennung.

»Was ist mit dir?«, fragte Gabi. »Was haben dir deine aristokratischen Vorfahren aus dem Schloss mitgegeben? Ganz offensichtlich keine Abneigung gegen die Nachkommen der Landbevölkerung.«

Er lachte. »Meine Vorfahren waren keine Aristokraten, sondern Winzer mit langem Gedächtnis und noch längerem Groll. Genau wie die Bauern.«

Sie lachte ebenfalls. »Dann haben Sie dir also ihre Erinnerungen und ihren Groll weitergereicht?«

»Nein.« Seine Augen blitzten. »Nun, ich versuche jedenfalls, nicht so zu sein wie sie.«

»Woher stammt deine Liebe zu Käse, wenn nicht von deiner Familie?«, erkundigte sie sich.

»Ich habe nicht gesagt, dass ich sie nicht von meiner Familie habe«, entgegnete er. »Bei uns zu Hause gab es immer guten Käse. Bei welcher französischen Familie auch nicht? Doch der Wunsch, Käsehändler zu werden, entstand, als ich mit meiner Großmutter den Salon de l'Agriculture besuchte.«

Gabi wusste, dass die Landwirtschaftsmesse einmal jährlich in Paris stattfand, inzwischen schon seit über einhundertfünfzig Jahren, und als eine der größten Landwirtschaftsausstellungen und -messen der Welt galt. »Wir sind in einen Bereich gegangen, in dem Käse aus dem ganzen Land präsentiert wurde«, erzählte Max, »und es gab Tabletts voller Kostproben. Einer der Anbieter nahm sich die Zeit, mir von dem Käse zu erzählen, der in seiner Gegend produziert wurde, in der Bretagne. Es war super interessant, ihm zuzuhören, und gleichzeitig aufregend, denn er webte Geschichten über die Dörfer und Höfe mit ein. Das gab mir das Gefühl, tatsächlich dort zu sein. Er war so sachkundig und einfallsreich! Damals war ich vierzehn, aber ich wusste sofort, dass es das war, womit ich mich in meinem Leben beschäftigen wollte.«

»Das klingt wunderbar«, sagte sie leise. »Aber deine Familie war nicht einverstanden?«

»Ich habe es ihnen nicht gesagt. Eine ganze Ewigkeit nicht. Es wurde von mir erwartet, dass ich an der Sorbonne Jura studiere. Meine Eltern hielten es für nützlich, einen Sohn mit einer juristischen Ausbildung zu haben, auch wenn mit ihm in den Weinbergen nichts anzufangen war.« Wieder schimmerte die Traurigkeit durch, die sie zuvor schon bemerkt hatte. »Als ich endlich den Mut aufbrachte, ihnen zu sagen, dass ich nicht zur Universität gehen, sondern stattdessen durch Frankreich reisen würde, um so viel wie möglich über Käse zu lernen – nun, du kannst dir vorstellen, was da los war. Die ganze Familie tat sich zusammen, um zu verhindern, dass ich ›mein Leben ruinierte‹. Sogar meine Großmutter – sie war freundlicher und verständnisvoller als meine Eltern, dennoch hatte auch sie den Eindruck, dass dies nicht das Richtige für mich war.«

»Oh, Max«, sagte Gabi und drückte seine Hand. »Das muss sehr schwer für dich gewesen sein.«

»Das war es.« Er verstummte, dann fuhr er fort: »Ich ging an die Uni, versuchte, ein Jurastudium durchzuziehen. Dort begegnete ich Floriane, meiner Ex-Frau. Sie stammte aus einer Familie, die meine Eltern schätzten, und wir heirateten, dabei waren wir beide gerade erst neunzehn.«

Gabi riss die Augen auf. »So jung!«

»Die Ehe hielt nicht. Achtzehn Monate später trennten wir uns und gingen unserer eigenen Wege. Ich schmiss die Uni, kaufte mir ein Motorrad und fuhr durch Frankreich, genau, wie ich es mir als Jugendlicher erträumt hatte. Und weißt du, was?«, fügte er hinzu, die Augen auf sie geheftet. »Ich habe mein Leben nicht ruiniert. Ich habe es bereichert. Überall in Frankreich begegnete ich faszinierenden Menschen, Menschen, die Käse lebten, Käse atmeten und die gleichzeitig die außergewöhnlichsten Persönlichkeiten waren, die ich je kennengelernt hatte. Außerdem konnte ich die wundervollsten Käse probieren – auf Bauernhöfen, in Dörfern und auf den Märkten von kleinen Städten im ganzen Land. Ich kam mir vor wie der glücklichste Mensch in ganz Frankreich, vielleicht auf der ganzen Welt.«

»Das ist großartig, Max.« Die Leidenschaft in seiner Stimme rührte Gabi beinahe zu Tränen. »Und dieses Gefühl hat sich nicht geändert?«

»Nein«, sagte er. »Es ist noch immer gleich.«

»Dann kannst du dich sehr glücklich schätzen«, sagte sie und seufzte ungewollt.

Er blickte sie durchdringend an. »Was ist mir dir?«

»Mit mir?« Sie zuckte die Achseln. »Ich bin ... Nun ich bin noch immer auf der Suche.« Sie war kurz davor gewesen, es ihm zu sagen, es hatte ihr bereits auf der Zunge gelegen, aber irgendetwas hatte sie davon abgehalten – die Angst, das in Worte zu fassen, was ihr zu schaffen machte, wovon sie sich nicht befreien konnte. Wie ironisch es war, dass sie, die sich nie dem Druck ihrer

Eltern hatte widersetzen müssen, jemand zu sein, der sie nicht war, die von ihrer Familie, ihren Lehrern, ihren Mentoren stets ermutigt worden war, sich jetzt derart quälte. Während er, der so hart für seinen Traum hatte kämpfen müssen, sich am Ende für den glücklichsten Mann der Welt hielt! Vielleicht war es aber auch gar keine Ironie. Vielleicht war es nur folgerichtig. *Vielleicht wissen wir das, worum wir nicht kämpfen müssen, nicht zu schätzen?*, dachte sie. Nein, das war zu einfach. Sie *schätzte* ihre Kunst, und zwar sehr. Sie konnte sie bloß nicht ausüben, nicht mehr. Und das machte ihr eine Höllenangst. Denn wenn sie keine Künstlerin war, wer war sie dann? *Ein Kochlehrling,* hatte sie ihm erzählt. Jemand, der seinen Weg noch suchte. Beides entsprach nicht der Wahrheit; im besten Falle konnte man von Halbwahrheiten sprechen.

»Du wirst finden, wonach auch immer du suchst«, sagte er sanft. »Ganz bestimmt. Davon bin ich überzeugt.«

Sie schluckte. Er war dem Kern näher gekommen, als ihm bewusst war. »Das hoffe ich. Und bis es so weit ist, habe ich vor, eine möglichst gute Zeit zu verbringen.«

Er lachte. »Exzellenter Plan! Hast du schon eine Idee, wie du das anstellen willst?«

»O ja«, erwiderte sie, kletterte auf seinen Schoß und schlang die Arme um ihn. »Einige sogar.«

DREIZEHN

Das Le Train Bleu war in Wirklichkeit noch atemberaubender als auf den Fotos, die Kate gesehen hatte. Das außergewöhnliche Interieur mit den extravaganten Holzverkleidungen und den vergoldeten Schnitzereien an den Wänden und der Decke mit den wunderschönen Landschaftsmalereien raubte ihr schier den Atem. Gelegen unter dem tonnengewölbten Dach des Gare de Lyon im zwölften Arrondissement, war das Restaurant ursprünglich für die Pariser Weltausstellung 1900 erbaut worden, um gut betuchten Besuchern als luxuriöse Bahnhofsgaststätte zu dienen. Man konnte sich die elegant gekleideten Damen mit ihren großen Hüten, den langen Kleidern, den Spitzensonnenschirmen und die Herren mit Zylindern hier sehr gut vorstellen, dachte Kate, während sie einem makellos gekleideten Kellner zu einem der beiden Tische folgte, die Ethan reserviert hatte. Sie mochte zwar nicht so elegant aussehen wie die Damen damals, aber sie hatte sich bemüht, sich der Gelegenheit entsprechend zu kleiden. Am späteren Nachmittag war sie erneut vom Hotel ins Kaufhaus BHV Marais in der Rue de Rivoli spaziert und hatte sich ein hübsches marineblaues Wickelkleid mit cremefarbenen Gänseblümchen gekauft, dazu eine schmale, cremefarbene Strickjacke aus extrafeiner Baumwolle sowie silberne, tropfenförmige Ohrringe. Hätte sie mehr Zeit gehabt, hätte sie einen richtigen Einkaufsbummel gemacht, aber das würde warten müssen. Das Outfit, kombiniert mit ihren flachen Slingback-Sandalen und einer schlichten Spange, mit der sie ihre blonden Haare locker zurückgesteckt hatte, sah ganz gut aus, dachte sie – vielleicht sogar ein bisschen pariserisch.

Sie war etwas spät dran, und alle anderen waren schon da, wenngleich Mike und Stefan noch nicht auf ihren Plätzen saßen, sondern durchs Restaurant schlenderten und Fotos machten. Sie waren nicht die Einzigen, und die Bedienungen schienen an die Paparazzi-Touristen mit ihren Handykameras gewöhnt zu sein. Kate nahm auf dem äußerst bequemen, luxuriös gepolsterten Stuhl neben Misaki Platz, und Anja fragte mit leuchtenden Augen: »Ist das nicht wundervoll hier?«

Kate nickte. »Als befände man sich plötzlich in einem glamourösen alten Film oder einer *Poirot*-Folge.«

»Ethans Schwester hat in einem *Poirot*-Film mitgespielt«, sagte Anja und wandte sich an Ethan. »Erzähl doch mal«, forderte sie ihn auf. »Ach, wir haben übrigens beschlossen, uns zu duzen«, fügte sie hinzu, als sie Kates fragenden Blick bemerkte. »Sind Sie einverstanden?«

Kate nickte.

Ethan lächelte. »Ja, 2005 hat meine Schwester Chloe bei der britischen Fernsehserie *Agatha Christies Poirot* mitgewirkt, in der Folge *Der blaue Express*.« Er machte eine ausladende Geste durch das Restaurant. »Dieser Ort hier kommt in der Folge zwar nicht vor, aber ich weiß, dass sie begeistert wäre. Es geht ihr nicht besonders gut« – er zögerte –, »deshalb sind wir an ihrer Stelle hier und schicken ihr Fotos.«

»Ich bin mir sicher, das gefällt ihr«, versicherte Anja ihm warmherzig.

»Ich muss meiner Mum sagen, dass sie nach deiner Schwester Ausschau halten soll.« Kate lächelte. »Sie liebt die Serie!«

»Das dürfte schwierig werden«, sagte Ethan leichthin. »Sie spielt bei einer Massenszene in einem Hotel mit, man sieht sie nur flüchtig, wie sie in einem schicken Satinkleid über die Tanzfläche wirbelt.«

Mike ließ sich auf den Stuhl neben Ethan fallen. »Okay, lasst uns bestellen. Aber nicht die Platte mit Meeresfrüchten, Leute!« Als ihn alle außer Ethan verwirrt ansahen, fügte er grinsend hinzu: »Das ist eine Szene aus *Mr. Bean macht Ferien*. Schaut euch den Film online an, dann wisst ihr, was ich meine!«

Kate konnte sich gut vorstellen, was der katastrophenanfällige Mr. Bean mit einem Teller voller Krustentiere anstellen würde. Auf der Speisekarte wurde aber gar keine Meeresfrüchteplatte angeboten, und das Essen, das serviert wurde, war ausgesprochen gut: traditionell französisch inspiriert, doch mit modernen Akzenten wie Dinkelrisotto oder Birnen-Kerbel-Plätzchen. Der Wein war exzellent. Kate hatte gerade mit ihrer Vorspeise angefangen – ein köstliches Gericht aus Jakobsmuscheln mit schwarzem Trüffel –, als ihr Handy pingte und eine eingegangene Textnachricht verkündete. Sofort dachte sie an ihre Familie in Australien – momentan schickten sie einander häufig Textnachrichten –, also entschuldigte sie sich und suchte die Toilette auf, um sie zu lesen. Es handelte sich um eine MMS, ein niedliches Foto von Nina, die mit ihren schwarzen Augen direkt in die Kamera blickte. Neben ihrer Schnauze war eine Sprechblase zu sehen, in der stand:

Das Buch ist sicher nicht zu viel für jemanden, der mir das Leben gerettet hat. Bitte erweisen Sie uns die Ehre, es zu behalten.

Als sie zurückschrieb, hatte sie einen Kloß im Hals und ein Lächeln in den Augen.

Dann werde ich es behalten. Vielen Dank, Nina. Und …

Sie zögerte, dann tippte sie weiter:

… bitte richte auch deinem Diener Arnaud meinen Dank aus.

Beinahe sofort kam eine Textnachricht zurück.

Er sagt, es ist ihm ein Vergnügen, Kate.

Sie wartete einen Moment, doch es folgte nichts mehr. Leicht ernüchtert steckte sie das Handy in ihre Handtasche und kehrte zum Tisch zurück. Kaum hatte sie wieder Platz genommen, wurde auch schon das Hauptgericht serviert, darunter auch ihre Bestellung, *Blanquette de veau,* ein Klassiker: ein reichhaltiges, zartes Kalbsfrikassee, umhüllt von einer herzhaften, samtigen Soße, dazu wurde Pilaw-Reis gereicht.

»Ist alles in Ordnung?«, erkundigte sich Stefan, nachdem Kate sich gesetzt hatte und hungrig die verlockenden Düfte der verschiedenen Speisen einatmete. Vor allem das Essen, das Anja und er bestellt hatten, ließ ihr das Wasser im Mund zusammenlaufen: ein spektakuläres Gericht für zwei, bestehend aus langsam gegartem Lammfleisch im eigenen, kräftigen, leicht gewürzten Saft, mit einer pikanten Sahnesoße und einem köstlich nussig aussehenden Dinkelrisotto. Beinahe wäre sie neidisch geworden – als wäre ihr eigenes Gericht nicht genauso gut!

»Sicher, alles wunderbar«, erwiderte Kate und kostete voller Genuss das *blanquette,* »nur eine Nachricht von einer Freundin.« Warum hatte sie geflunkert? Sie war doch nicht bei einer Vernehmung! Obwohl man sagen musste, dass Stefan seine Nase recht gern in Angelegenheiten steckte, die ihn nichts angingen, aber auf eine so liebenswürdige Weise, dass es einem nicht viel ausmachte. Außerdem interessierte er sich wirklich für andere Menschen. Während sie sich angeregt zum geschäftigen Besteckgeklapper unterhielten, entlockte Stefan ihr geschickt ihre Verbindung zu Resmond. Von Misaki erfuhr er, dass sie zu Hause zwei erwachsene Kinder hatte, von denen eins, der Sohn, wie seine Mutter ins Restaurantgeschäft eingestiegen war. Die Tochter dagegen fertigte Modelle für Anime-Filme an. Aus Ethan und Mike kitzelte er heraus, dass sie sich bei einer Charity-Veranstaltung kennengelernt hatten, einem Halloween-Kostümball, bei dem Mike im Zombie-Outfit hatte kellnern müssen, während Ethan als Gast einen absolut glamourösen Dracula gegeben hatte. Mike erzählte auf so lustige Weise von dieser Begegnung, dass man sich einfach schieflachen musste, während Ethan ungerührt seinen Wein trank und ein nachsichtiges, liebevolles und dennoch ironisches Gesicht machte – sein Standardausdruck, wenn es um Mike ging.

Kate war heilfroh, dass Stefans Nachforschungen nicht in privatere Bereiche vordrangen. Er hatte noch nichts von der Resmond-App gehört, genauso wenig wie Anja und Misaki, doch Mike und Ethan kannten sie, Ethan sagte, sie hätten sie sogar im Urlaub benutzt. Anschließend wollten alle wissen, wie sie funktionierte, und weil das halbwegs sicheres Terrain war, rief Kate die App auf ihrem Handy auf und zeigte ihnen, wie man in einer langen Liste von Restaurants auf der ganzen Welt Tische suchen und reservieren konnte, allerdings noch nicht im Le Train Bleu. Plötzlich fand sie sich dabei wieder, genau das Geplänkel abzuspulen, das sie aus einer Million Marketing-Meetings kannte: dass sich diese App aufgrund ihrer Personalisierung von anderen Apps unterschied und wie man beim Herunterladen ein Profil von sich selbst und seinen Vorlieben und Abneigungen erstellte, und zwar nicht nur das Essen, sondern auch Örtlichkeit und Atmosphäre betreffend, worauf einen die App mit passenden Restaurants »zusammenbrachte« – wie beim Matchmaking einer Partnervermittlung. Misaki erkundigte sich nach der Bedeutung des Namens, und Kate antwortete wahrheitsgemäß, dass es ihre Idee gewesen war, »Reservierung« mit *monde* zu kombinieren, was auf Französisch »Welt« bedeutete. Ursprünglich hatte Josh sein geistiges Kind »Foodworld« genannt, doch das Marketing sagte, das würde nach einem Discounter klingen, deshalb hatten sie andere Ideen gebrainstormt, und am Ende war es »Resmond« geworden. Sie war ziemlich stolz auf ihren Einfall gewesen. Vielleicht hätte sie deswegen einen Aufpreis für ihre Anteile verlangen sollen, doch das hatte sie nicht getan, und das würde sie auch nicht tun. Sie war frei und raus aus dem Ganzen, seit der Vorstand der Auszahlung von hundert Prozent über dem Marktwert zugestimmt hatte.

Die E-Mail war kurz gewesen:

Einverstanden. Anbei finden Sie unsere Vereinbarung zum Verkauf der Anteile. Wir bitten Sie, diese schnellstmöglich zu vervollständigen und zu unterzeichnen. Die Zahlung erfolgt nach Unterschrift.

Sie hatte unterschrieben, sobald sie das kurze Dokument durchgelesen und sich vergewissert hatte, dass alles in Ordnung war. Und jetzt musste sie nur noch abwarten, dass das Geld auf ihrem Bankkonto einging. Ziemlich viel Geld. Sie wusste noch nicht, was sie damit anfangen würde, doch mit Sicherheit würde sie ausgiebig shoppen gehen – schließlich war sie genau am richtigen Ort dafür. Doch auf lange Sicht ... Der praktische Teil in ihr riet ihr, in etwas Sicheres zu investieren. Doch was genau war sicher? Sie hatte gedacht, sie würde in ihrer Ehe sicher sein, in ihrer Arbeit, ihrer Rolle. Doch all das hatte sich als Illusion entpuppt.

»*Merde*, alles, was dich interessiert, ist diese verfluchte Kochschule!« Anders als sonst schien es Claude gleich zu sein, wer ihn hörte. »Sie ist dir wichtiger als die Menschen in deinem Leben, wichtiger als *ich!*«

Sylvie sah ihn an. »Du machst eine Szene.« Ihre Stimme klang ruhig, dabei war sie alles andere als das. Er hatte sie zum Abendessen eingeladen, und obwohl sie es besser wusste, hatte sie seine Einladung angenommen. Schon nach wenigen Augenblicken, gleich nachdem er ihr gesagt hatte, wie sehr er sie vermisste, hatte er begonnen, darüber zu lamentieren, wie schwierig alles für ihn sei, jetzt, da er sich darum bemühte, die Verbindung zu Marie-Laure zu kappen. Anstatt mit ihm darüber zu streiten, was erfahrungsgemäß sinnlos gewesen wäre, hatte sie versucht, ihn abzulenken, indem sie ihm von ihren eigenen Problemen in der Kochschule erzählte. Doch das hatte lediglich dazu geführt, dass er explodiert war.

»Na und?«, erwiderte er jetzt. »Ich wette, an diesem furchtbaren Ort, an den du mich geschleift hast, ist man an Szenen gewöhnt.« Er machte eine ausladende Geste durch das lärmige Restaurant mit den überfüllten Tischen und dem Pop-Art-Dekor. Es war neu im dritten Arrondissement, und sie hatte vorgeschlagen, dass sie sich dort trafen.

»Beruhige dich, Claude.« Sylvie streckte eine Hand nach ihm aus. »Selbstverständlich bist du mir wichtig. Allerdings kann ich in meinem Leben momentan nicht noch mehr Stress gebrauchen. Ich habe dir erzählt, was in der Schule vorgefallen ist, und ...«

»Nur weil irgendein Idiot dir und deiner heiß geliebten Kochschule Streiche spielt, kannst du dich nicht mehr auf mich, auf *uns* konzentrieren?« Zum Glück senkte er nun die Stimme, aber seine Worte trafen Sylvie.

»Muss sich denn immer alles um dich drehen?«, zischte sie.

»Nein, denn es dreht sich ja ganz offensichtlich immer alles um *dich*«, gab er zurück.

»Ach, um Himmels willen.« Sie bedeutete einem vorbeieilenden Kellner, die Rechnung zu bringen.

»Ja, genau, lauf nur weg.« Claude sah ihm nach, stand auf und schob dramatisch den Stuhl zurück. »Vielleicht solltest du das ebenfalls tun«, fügte er, an Sylvie gewandt, hinzu.

»Tatsächlich bist du es, der wegläuft«, entgegnete sie gepresst. »Wie immer, wenn etwas schwierig wird.«

Er funkelte sie an, dann schleuderte er seine Serviette zu Boden und stolzierte hinaus. Nach außen hin gelassen, blieb Sylvie sitzen und wartete darauf, dass der Kellner zurückkehrte, doch innerlich schäumte sie. Das war's. Sie hatte genug. Tatsächlich hatte sie so schon mehr als einmal empfunden, und trotzdem hatten sie weitergemacht. Aber diesmal fühlte es sich anders an.

Sie hatte ihm ein Ultimatum gestellt, und obwohl er behauptet hatte, er könne es kaum erwarten, sich endlich dem Einfluss seiner Ex zu entziehen, hatte er nichts unternommen. Seine Reaktion auf die Zwischenfälle in der Kochschule – die Bewertung auf TripAdvisor, die Fake-Bestellung und jetzt eine weitere Negativrezension, diesmal auf Google – zeigte ihr, dass er keine Ahnung hatte, wie es in ihr aussah. Schlimmer: Es war ihm egal. Claude hatte ihr vorgeworfen, sich nur für die Kochschule zu interessieren. Das war nicht nur unwahr und unfair, es war gleichzeitig ein klares Signal, dass ihr Unternehmen, mit dem sie ihren Lebensunterhalt bestritt, in seinen Augen völlig irrelevant war. Ganz offensichtlich wollte er, dass die Dinge zwischen ihnen so blieben, wie sie waren – bequem und annehmlich für ihn, trotz der Unvernunft seiner Ex-Frau. Vielleicht mochte er das Gefühl, dass zwei Frauen um ihn kämpften. *Nun, da bin ich raus,* dachte sie, als sie die Rechnung bezahlt hatte und auf die Straße hinaustrat. *Ich habe einfach keine Zeit für launische Wutanfälle und egozentrische Selbstdarstellung. Ich habe es satt. So satt.* Was für eine Ironie, dass er dachte, ihr wäre nur die Schule wichtig, gerade dann, als sie überlegte, ob sie vielleicht ein bisschen kürzertreten, es etwas ruhiger angehen lassen sollte. Das hatte sie Claude noch nicht gesagt, nicht, nachdem er sich so aufführte, wie er es aktuell tat. Er hätte ja doch nur gedacht, sie wolle sich mehr auf ihn konzentrieren, und das war definitiv nicht der Fall.

Sie dachte an die Fotos, die Julien kürzlich auf seiner Instagram-Seite gepostet hatte, von einem Schnorchel-Trip am Great Barrier Reef. Sie hatte daran denken müssen, wie sie vor fünfundzwanzig Jahren selbst dort gewesen war. Es freute sie, dass ihr Sohn eine so tolle Zeit verbrachte, aber sie verspürte auch ein wenig Neid. Wie wundervoll es wäre, die Zeit und den Freiraum zu haben, einfach mal einen Gang zurückzuschalten, sich zu amüsieren, eine Reise zu planen oder sich einfach nur hinzusetzen und zu entspannen. Aber das war nicht möglich. Sie hatte Verantwortung. Nicht ihrem Sohn gegenüber, denn der war mittlerweile erwachsen und kam gut zurecht. Doch sie musste an ihre Angestellten, ihre Schülerinnen und Schüler denken und natürlich an Claude. *Natürlich an Claude,* tobte sie innerlich. Sollte es nicht vielmehr so sein, dass auch er ihr ab und an etwas gab? Nicht nur nahm, immerzu nahm? Und dabei ging es nicht nur um Geschenke. Nicht nur um Sex. Es ging um *Unterstützung.* Verständnis. Um das Wissen, wann man sich selbst mal zurückstellen sollte. Wann man Hilfe anbieten sollte, wann man gebraucht wurde. Ihr Nachbar Serge war mehr für sie da als ihr Geliebter!

Es war Serge gewesen, der ihr von der Google-Rezension erzählt hatte. Er hatte im Internet recherchiert, weil er herausfinden wollte, ob es eine weitere Negativbewertung bei TripAdvisor gab. »An Google heranzutreten, dürfte schwieriger sein als an TripAdvisor«, hatte er gesagt, nachdem er auf die ungerechtfertigte Kritik gestoßen war. »Allerdings könnten wir ihnen eine Nachricht schicken. Ich habe gehört, es gelingt den Betroffenen gelegentlich, dass Google eine Bewertung löscht.« Er sagte, es wäre nicht ungewöhnlich, dass Unternehmen ins Visier von Betrügern gerieten, die schlechte Bewertungen veröffentlichen und dann an die Unternehmen eine E-Mail schickten, in der sie anboten, diese zurückzunehmen, natürlich gegen eine halsabschneiderische Summe. Sylvie hatte in ihrem Posteingang und auch im Spam-Ordner nachgesehen, aber so eine Mail hatte sie definitiv nicht erhalten. In gewisser Hinsicht machte sie das noch nervöser, denn was, wenn der Betrüger – wenn es denn ein Er war – es gar nicht auf ihr Geld abgesehen hatte? Serge beruhigte sie, aber er wusste ebenfalls keine Antwort, und warum sollte er auch? Trotzdem versuchte er zu helfen. Er tat ihre Ängste nicht ab. Ihm ging es nicht nur um seine eigenen Befindlichkeiten. Er verstand sie. Er war ein guter Freund, ein richtiger. Claude hingegen ...

Denk nicht länger über ihn nach, sagte Sylvie streng zu sich selbst, als sie aus der Metro stieg und durch die Straßen nach Hause ging. *Schlag ihn dir aus dem Kopf, zumindest für heute Nacht. Geh heim, mach dir einen* tisane *mit einem Schuss Brandy, um die Kräuter aufzupeppen, und entspann dich bei einem guten Film. Vielleicht solltest du planen, übers Wochenende zu verreisen. Allein.* Ja. Genau das war es, was sie brauchte. Weit würde sie nicht wegfahren, nur bis Giverny, um Monets Garten zu besuchen. Sie war schon ein paarmal dort gewesen, und es hatte ihr sehr gut gefallen. Es war Frühling, viele Blumen würden also schon blühen und einen prachtvollen Anblick bieten. Außerdem hatte der Wetterdienst für Samstag und Sonntag Sonne angesagt. Sie war noch nie über Nacht in Giverny geblieben, aber sie wusste, dass es in der Nähe des Gartens ein hübsches kleines Hotel gab. Je mehr sie darüber nachdachte, desto aufgeregter wurde sie. Es war genau das, was ihr guttun würde.

VIERZEHN

An einem sonnigen Samstagnachmittag war der kleine Park in der Mitte des Place des Vosges stets voller Menschen, die ausgestreckt im Gras lagen oder über die gekiesten Wege schlenderten. Manche kurvten auch mit ihren Fahrrädern um die Anlage herum. Sie bildete ein geschlossenes Viereck und war gesäumt von wunderschönen alten Gebäuden und imposanten Arkaden, die den Platz zu einer ganz eigenen, friedlichen kleinen Welt machten, weit weg von der hektischen Geschäftigkeit außerhalb der Mauern. Die Leute schienen hier langsamer zu gehen, Vögel hüpften über die Rasenfläche und badeten unerschrocken in den Springbrunnen, kleine Kinder und Hunde tollten umher und handelten sich gelegentlich einen strengen Blick von den Erwachsenen ein.

Kate saß im Gras, das ledergebundene Buch aufgeschlagen im Schoß, und vollendete ihren ersten Eintrag auf den cremefarbenen Seiten. Der gestrige Abend im Le Train Bleu war schön gewesen, doch er hatte recht spät geendet, zumal sie nach dem Essen noch auf einen Drink in eine Bar gegangen waren. Erst nach Mitternacht war sie ins Hotel zurückgekehrt. Sie hatte etwas länger geschlafen und einen Kaffee getrunken, dann hatte sie beschlossen, es ruhig angehen zu lassen und einfach ein bisschen die Gegend zu erkunden und vielleicht in einigen kleinen Läden zu stöbern. Nach mehreren angenehmen Stunden hatte sie eine ansehnliche Ausbeute vorzuweisen: einen eleganten, dunkelroten Füllfederhalter, einen hübschen blauen Armreif, ein paar ausgefallene Postkarten und ein Vintage-Poster von einem Citroën DS für ihren Vater, der klassische französische Fahrzeuge liebte. In einer Bäckerei kaufte sie eine kleine Flasche Wasser und ein exzellentes *jambon beurre* – ein halbes Baguette, bestrichen mit frischer, ungesalzener Butter und belegt mit köstlichem Kochschinken aus der Region –, das sie mitnahm zum Place des Vosges.

Nachdem sie ihr Mittagessen verspeist hatte, übte sie zunächst auf einem Schmierpapier mit dem Füllfederhalter zu schreiben, um sicherzugehen, dass sie damit zurechtkam und das schöne neue Notizbuch nicht etwa mit Tintenklecksen verunzierte. Anschließend beschriftete sie sorgfältig die Titelseite, zeichnete einen schlichten, aber dekorativen Rahmen aus Tinte und schrieb mit ihrer elegantesten Handschrift: *Eindrücke und Rezepte aus der kleinen Kochschule in Paris. Von Kate Evans.* Es machte ihr große Freude, mit dem Füllfederhalter zu schreiben – die schwarze Tinte floss förmlich auf das cremefarbene Papier. Kate wartete einen Moment, bis sie getrocknet war, was in der Sonne nicht lange dauerte, dann drehte sie die Seite um und schrieb, diesmal in ordentlicher Druckschrift: *Dieses Buch ist weder ein Tagebuch noch ein vollständiger Bericht, es handelt sich lediglich um Eindrücke, immer dann festgehalten, wenn mir danach zumute ist. Vielen Dank, Nina und Arnaud, für die Inspiration.* Darunter zeichnete sie ein Boot mit einem kleinen Hund an Deck. Es war kein Kunstwerk, aber Boot und Hund waren zu erkennen, deshalb würde sie wohl den Ansprüchen ihres schärfsten Kritikers gerecht werden – ihres Neffen Billy –, der eine sehr klare Vorstellung davon hatte, wie eine Zeichnung aussehen sollte. Einmal hatte er eine ziemlich abfällige Bemerkung über ein Pferd gemacht, das sie für ihn gezeichnet hatte, und behauptet, dass es aussehen würde wie ein Kamel. Lächelnd bei der Erinnerung daran blätterte Kate die Seite um und fing an, das Rezept für das Fischgericht aufzuschreiben, das Ethan und sie gemeinsam zubereitet hatten, gefolgt von dem Rezept für die dazugehörige Soße. Eine Seite reichte nicht aus, um all das festzuhalten, deshalb musste sie auf der nächsten weiterschreiben. Das Papier war dick und glatt, sodass die Tinte nicht durchsickerte, und als sie fertig war, stellte sie fest, dass das Ergebnis gar nicht so schlecht aussah.

Sie machte Fotos von allen Seiten, doch in die Familien-WhatsApp-Gruppe schickte sie nur die mit dem Rezept. Darunter tippte sie:

> Für den Fall, dass jemand das Gericht ausprobieren möchte – wir haben es neulich gekocht.

Der Grund, warum sie ihnen nicht alle Seiten zeigen wollte, war der, dass sie fürchtete, kindisch zu wirken, außerdem wollte sie keine Fragen beantworten, wer Nina und Arnaud waren. Aus einem Impuls heraus schickte sie die Fotos von den Rezeptseiten auch an Arnauds Nummer, mit dem Text:

> Wie du siehst, Nina, habe ich deinen Rat befolgt.

Beinahe umgehend kam eine Nachricht zurück.

> Gut! Das Fischrezept klingt köstlich!

> So schmeckt es auch,

antwortete sie.

> Außerdem ist es sehr einfach.

Wenn wir die Zutaten kaufen,

kam es zurück,

bringst du meinem Diener dann bei, wie man es macht?

Kate starrte den Text an und spürte, wie ihr Herz ein klein wenig schneller schlug.

Irgendwann vielleicht

schrieb sie zurück.

Morgen Mittag?

Da bin ich beschäftigt

tippte sie, obwohl das nicht stimmte. Einen Moment später löschte sie die Nachricht und schrieb:

Das ist vielleicht etwas früh.

Okay. Das verstehen wir.

Kate überlegte kurz, dann schickte sie auch das Foto von der Seite, auf der sie Nina und Arnaud dankte. Nach einer kleinen Pause ging eine weitere Textnachricht ein.

Danke.

Mehr nicht.

Gern

tippte Kate. Sie wollte noch mehr schreiben, doch dann entschied sie sich dagegen. Sie hatten alles gesagt, was zu sagen war, aber jetzt wünschte sie sich, sie wäre nicht so voreilig gewesen, die Einladung abzulehnen. Sie hätte eingeben können:

Kann ich mich noch mal bei euch melden?

Oder:

Lasst mich in meinen Terminkalender schauen –

Verzögerungstaktiken, die halfen, zu einer Entscheidung zu gelangen. Jetzt allerdings konnte sie sich schlecht an ihn wenden und sagen:

Ich hab's mir anders überlegt, ja, es ist eine tolle Idee, zu euch zum Mittagessen zu kommen.

Was es definitiv war. Aber es wäre auch gefährlich, denn das Letzte, was sie wollte, war, dass Arnaud einen falschen Eindruck von ihr bekam und ihre Absichten missverstand. Es war lustig, dieses Spiel, bei dem sie so taten, als würde sie mit Nina sprechen. Aber es war auch genau das: ein Spiel. Nicht das echte Leben.

O ja, es war absolut richtig, hierherzukommen, dachte Sylvie, als sie langsam die verschlungenen Pfade in Giverny entlangschlenderte. Monets Garten war zu jeder Zeit schön, selbst im kargen Winter, doch jetzt, im Frühling, wenn die Aprilblumen förmlich explodierten, war er ein Ort purer Verzauberung. Ganz gleich, wohin man schaute – der Anblick ließ einen nach Luft schnappen: Spritzer von lila Stiefmütterchen und blauen Vergissmeinnicht; der sanfte Glanz von vielfarbigen Tulpen; Narzissen, die mit ihren gelben Köpfen nickten; weiße Gänseblümchen im Gras. Kirsch- und Zierapfelbäume, die ihre Äste mit den zarten rosa und weißen Blüten in die Luft reckten; die ersten Schmetterlinge, angelockt von den duftenden Blüten des Jasmins und des Lorbeerblättrigen Schneeballs. Die Teiche glitzerten, die jungen grünen Blätter der Bäume waren sanfte Farbtupfer im Kontrast zu dem kräftigeren Grün der Bänke und der hübschen kleinen Brücke, die auf so vielen Fotos von diesem Ort abgebildet war. Und dann war da natürlich noch Monets schönes altes Haus in seinen Rosa- und Grüntönen, das heiter in der Flut der Frühlingsfarben trieb.

Das schöne Wetter hatte noch einige andere Besucher angelockt, aber Sylvie bemerkte sie kaum, während sie die mild duftende Luft einatmete und mit jeder Pore die stille Schönheit dieses Ortes in sich aufnahm. Sie war am Tag zuvor am späten Nachmittag in Giverny angekommen und hatte einen kurzen Spaziergang im Garten gemacht, bevor sie im Hotelrestaurant eine köstliche Mahlzeit zu sich genommen hatte und anschließend in einen erholsamen Schlaf gefallen war. Heute Morgen hatte sie beschlossen, den Garten richtig zu genießen, ihn völlig in sich aufzusaugen. Sie hatte es hier immer schon geliebt. Obwohl ... Es war mehr als Liebe, was sie mit diesem Ort verband. Sie hatte Julien mitgenommen, vor sechzehn Jahren, als er gerade mal sechs gewesen war, und hier hatte sich zum ersten Mal eine Idee in ihr herauskristallisiert, die bis dahin nicht mehr als ein vager Traum gewesen war.

Sie waren durch den Garten spaziert, oder vielmehr: Sie war ihrem Sohn nachgerannt, der in die Hände klatschte, um Vögel zu vertreiben, der Blumen pflücken wollte und lachend durchs Gras rollte. Anschließend waren sie ins Haus gegangen, und sie hatte dort einen Geist verspürt, der sich an der außergewöhnlichen, heiter-beschwingten Fülle der Natur und des Lebens selbst erfreute. Nebenbei hatte sie erfahren, dass Monet nicht nur den von ihm angelegten Garten, sondern auch gutes Essen zu schätzen wusste. Essen war für ihn ein zentraler Bestandteil seines Familienlebens, was man deutlich in seinen Gemälden erkannte, wo Menschen gemeinsam an einem Tisch saßen oder an der frischen Luft picknickten. Eine Reproduktion eines dieser Gemälde hing mittlerweile im Speiseraum der Kochschule.

Damals hatte Sylvie gelesen, dass Monet stets ein reichhaltiges Frühstück zu sich genommen hatte, nachdem er im Morgengrauen aufgewacht war, um zu malen; dass seine hingebungsvolle Köchin Marguerite köstliche Mahlzeiten für ihn und seine Familie zubereitet hatte und dass sich die Lebensmittel im Hause Monet durch Schönheit, Vielfalt, Geschmack und famose Einfachheit auszeichneten. Und während Sylvie all das in sich aufnahm, verspürte sie ein inneres Kribbeln, weil sich ihre eigenen Erinnerungen an ihre Großeltern und deren Küche mit dem mischten, was sie über Monet las. In einem Anflug freudiger Erregung hatte sie gedacht: *Ja, das werde ich machen. Das ist nicht länger nur ein Traum, sondern Realität*. Im Esszimmer von Monets Haus wurde aus »Eines Tages vielleicht« ein »Das werde ich tun, ganz gleich, was passiert.« Es hatte fast ein Jahr gedauert, alles vorzubereiten, die Bank zu überzeugen, ihr das Geld zu leihen, sämtliche Genehmigungen von der Stadt einzuholen und das Appartement so umzubauen, dass sie darin ihre Kochschule unterbringen konnte.

Jetzt stand sie wieder dort, im Esszimmer des großen impressionistischen Malers, und schwelgte gerade in Erinnerungen, als ihr Handy vibrierte. Eine Nachricht war eingegangen. Sie gab einen überraschten Ausruf von sich, als sie sah, wer sie geschickt hatte: Julien, der sie per Videocall von Queensland aus erreichen wollte. Eilig verließ sie das Haus und nahm den Anruf im Garten entgegen.

»Hallo, Liebling«, sagte sie, als sein Gesicht das Display füllte. »Wie schön, dich zu sehen.«

»Geht mir genauso, *maman*«, erwiderte er, und ein Lächeln trat in die leuchtenden dunklen Augen, die er von seinem maurizischen Vater geerbt hatte.

»Der Tag geht ja schon zu Ende«, stellte sie mit einem Blick auf den von rosa Streifen durchzogenen Himmel hinter ihm fest.

»Ja, ich mache noch einen Sonnenuntergangsspaziergang. Sieh mal.« Das Bild wackelte wie wild, als er sein Handy schwenkte.

Dann konnte sie eine Küste erkennen, sich brechende Wellen, einen Hund, der über den Sand rannte, dazu einige Menschen schemenhaft in der Ferne. Die Aussicht verwirbelte erneut, ehe wieder sein Gesicht erschien. »Ist das nicht schön?«

»Das ist es«, pflichtete sie ihm mit weicher Stimme bei. »Und nun schau du mal, wo *ich* bin.« Jetzt war sie es, die sich um die eigene Achse drehte, das Smartphone in der Hand.

»Lass mich raten«, sagte ihr Sohn und grinste breit, als sie das Handy erneut bewegte. »Könnte das etwa dein Lieblingsgarten sein?«

»Richtig geraten.« Sie erwiderte sein Lächeln. »Und? Wie läuft's dort drüben?«

»Gut. Großartig, um genau zu sein. *Maman* ...« Er zögerte. In seiner Stimme schwang eine untypische Unsicherheit mit, als er fortfuhr: »Es gibt etwas, worüber ich mit dir reden möchte.«

Verwundert fragte sie: »Worum geht's?«

»Man hat mir einen Job angeboten, *maman*. Das bedeutet, dass ich länger bleiben werde als gedacht, vorausgesetzt, ich nehme ihn an.«

Sylvies Kehle war plötzlich trocken. »Wie viel länger?« Seit er diese Reise angetreten hatte, waren Julien und sie das erste Mal seit seiner Geburt getrennt. Ihre Affäre mit Juliens charmantem Vater, einem jungen Verkehrspiloten, war genau das gewesen, eine Affäre – bevor er nach Mauritius zurückgekehrt war, um dort seine Jugendliebe zu heiraten. Er wusste von Julien und hatte ihn kennengelernt, als sie zu ihm auf die Insel im Indischen Ozean geflogen waren. Doch es war bei diesem einen Mal geblieben. Ihre Eltern hatten die Schwangerschaft missbilligt und abgesehen von gelegentlichen Besuchen kein großes Interesse an ihrem Enkelsohn bekundet, und so hatten Sylvie und Julien stets eine kleine, geschlossene Einheit gebildet. Dennoch war er glücklich und zufrieden losgezogen, um die Welt auf eigene Faust zu erkunden.

»Ich wäre noch ein paar Monate fort«, sagte er. »Vielleicht ein Jahr.«

Bestürzt wandte sie ein: »Aber Julien, dein Studium ... Du wolltest doch im September mit deinem Master beginnen!«

»Das kann ich immer noch tun«, erwiderte er ruhig. »Und wenn das nicht möglich ist, fange ich eben ein Jahr später damit an.«

Ihre Stimme wurde schrill, als sie sagte: »Julien, du weißt, dass das nicht möglich ist.«

»Warum nicht?« Seine Stimme wurde nun ebenfalls schärfer, seine Augen blitzten. »Gerade du, *maman*, solltest wissen, dass das nicht die richtige Lebenseinstellung ist. Hätte dir jemand gesagt, es wäre für eine alleinerziehende Mutter mit wenig Geld ausgeschlossen, ein erfolgreiches Unternehmen aufzuziehen, dann hättest du ihm einen Vogel gezeigt!«

»Ja, aber ...«

»Nun, dasselbe gilt für mich. Man hat mir etwas angeboten, was mich echt begeistert.« Er hielt kurz inne, dann fuhr er fort: »Und ich habe Ja gesagt.«

Für einen Moment war sie versucht zu erwidern: *Warum machst du dir dann die Mühe, mit mir zu sprechen, wenn du dich bereits entschieden hast?* Zum Glück konnte sie sich gerade noch bremsen. Stattdessen fragte sie, um eine neutrale Stimme bemüht: »Um was für einen großartigen Job handelt es sich denn? Hat man dir etwas in einer Kunstgalerie angeboten?« Seinen Bachelor-Abschluss hatte er in Kunstgeschichte gemacht, und er hatte sehr gut abgeschnitten. Außerdem hatte er erfolgreich ein Ferienpraktikum in der Pariser Dependance des Auktionshauses Sotheby's absolviert, und genau aus dem Grund hatte man ihn ermutigt, ein Master-Studium auf diesem Gebiet anzuhängen.

»Nein«, sagte er, dann, zurückhaltend: »Es mag dich vielleicht überraschen ... vielleicht auch nicht ...«

»Jetzt spann mich nicht auf die Folter«, sagte sie, um einen unbefangenen Ton bemüht. »Hast du vor, im Busch Rinder zu züchten? Krokodiljäger zu werden? Tiefseetaucher?«

Er lachte, und die Anspannung wich aus seinem Gesicht. »Haha, sehr komisch, *maman*. Halt dich fest: Man hat mir eine Stelle als Koch angeboten.«

Für einen Moment glaubte sie, sie hätte sich verhört. Als Kind hatte Julien es geliebt, sich in der Küche herumzudrücken, während sie kochte, und später hatte er selbst gern einfache Gerichte zubereitet. Allerdings hatte er nie Interesse bekundet, in diesem Bereich zu arbeiten. »Eine Stelle als *Koch*?«, wiederholte sie.

»Ja. Ich dachte mir, dass dich das überrascht.« Hinter ihm brach die Nacht herein, der Himmel wurde immer dunkler. »Es gibt hier ein kleines Restaurant, in das ich gern gehe – die Leute dort sind sehr nett, und wir sind ins Gespräch gekommen. Ich habe ihnen von dir erzählt und wie ich es als Kind geliebt habe, dir bei der Arbeit zuzusehen, und dann habe ich ihnen geschildert, was du so kochst. Eines Tages haben sie mich aus heiterem Himmel gebeten, *œufs mimosa* für sie zu machen, und ich habe spontan zugestimmt. Ich hatte ziemlich Schiss, aber weißt du, was? Ich hab's einfach gemacht, und es hat wunderbar geklappt. Es war, als wüsste ich, ohne nachzudenken, was zu tun ist. Ich muss das wohl unbewusst aufgenommen haben, während ich dir zugesehen habe. Allerdings gebe ich zu, dass ich vorher das Rezept aufgerufen habe – nur für alle Fälle«, räumte er lachend ein.

»Oh«, sagte sie bedächtig, »dann waren die *œufs mimosa* auf deiner Insta-Seite neulich also von dir?«

»Du hast das Foto gesehen?« Er klang erfreut. »Ja, das waren sie. Jedenfalls haben sie anschließend wissen wollen, ob ich noch ein paar weitere simple Klassiker aus dem Ärmel schütteln kann, und das konnte ich. Sie waren richtig gut, haben den Gästen geschmeckt, und gestern haben sie mich gefragt, ob ich Lust habe, für sie zu arbeiten, erst mal nur zwei Tage die Woche, und vorerst auch nur mittags.«

Sylvie spürte, wie sich ein Kloß in ihrer Kehle bildete. *Zwei Tage die Woche, und vorerst auch nur mittags. Davon kann man nicht leben* ... Aber sie sagte nichts. Er hatte für diese Reise gespart, und entgegen seiner sonstigen Lockerheit ging er vorsichtig mit Geld um. »Oh, Julien«, sagte sie leise, »das ist ... das ist wundervoll.« Und plötzlich wusste sie, dass dies tatsächlich der Fall war. »Es ist wirklich wundervoll.«

Sein Gesicht hellte sich auf. »Findest du?«

»Ja. Ich bin verblüfft, das ist richtig, aber ich bin auch stolz. Ich bin sehr stolz auf dich.«

»Das bedeutet mir viel, *maman*«, erwiderte er. »Wirklich.«

»Mein geliebter Sohn.« Sie schluckte. »Ich ... ich wünschte nur, ich könnte dein Essen persönlich probieren.«

»Dann tu es«, sagte er mit einem Zwinkern in den Augen. »Besuch mich hier. Dann kümmere ich mich zur Abwechslung mal um dich.«

Sie verspürte einen Stich. »Oh, Julien, das geht nicht! Ich gebe bis Oktober Kurse, das weißt du.«

»Lass Damien eine Weile übernehmen«, schlug er vor. »Er ist dazu voll und ganz in der Lage, und er arbeitet lange genug für dich, um zu wissen, worauf es ankommt. Setz dich in den Flieger, wenn der jetzige Kurs vorbei ist, und bleib ein paar Wochen. Um diese Jahreszeit ist es wunderschön hier. Man kann sogar schwimmen gehen, ohne sich Gedanken wegen der Quallen zu machen, was nach Oktober nicht mehr möglich ist.«

»Aber es ist zu viel Arbeit für eine einzelne Person«, protestierte sie. »Das kann ich Damien nicht zumuten!«

»Selbstverständlich nicht. Aber du kannst jemanden suchen, der ihn unterstützt. Du kennst genügend Leute. Komm schon, *maman*, keine weiteren Ausreden.« Eine kurze Pause, dann: »Du kannst auch Claude mitbringen, wenn du möchtest.«

Das war ein großes Zugeständnis. Julien hielt nicht viel von Claude. »Wir werden sehen«, sagte Sylvie vorsichtig.

»Dann wirst du also darüber nachdenken?«

»Ja, das verspreche ich. Aber das ist keine Garantie dafür, dass ich tatsächlich komme!«

»Selbstverständlich nicht.« Er nickte grinsend. »Oh, hallo!« Das war an jemanden hinter ihm gerichtet, auf den Sylvie nur einen flüchtigen Blick werfen konnte, noch dazu bekam sie lediglich einen kleinen Ausschnitt zu Gesicht: lebhafte Augen, schwarzes Haar, eine nackte braune Schulter. »Ich bin gleich da«, sagte er auf Englisch, dann schaltete er wieder um auf Französisch. »Ich muss auflegen, *maman*. Aber wir sprechen bald wieder, ja?«

»Na klar«, sagte sie und fragte sich, ob das Mädchen, das sie gesehen hatte, etwas zu seiner Entscheidung, noch länger in Australien zu bleiben, beigetragen hatte, aber sie hakte nicht nach. »Ich umarme dich, mein Liebling, und viel Glück bei deinem Job!«

»Danke, meine herzallerliebste kleine *maman*.« Er schenkte ihr ein fröhliches Lächeln. »Für dich auch eine feste Umarmung.« Damit beendete er den Videocall, und Sylvie blickte auf ein schwarzes Display. Auch sie hatte ein Lächeln auf den Lippen. Julien besaß ein sonniges Gemüt, das ihm Freunde bescherte, wohin auch immer er ging. Dennoch steckte er voller Überraschungen, war schon als Kind ein scharfsichtiger Beobachter gewesen, der sie mit unerwarteten Einsichten erstaunte. Aber diesmal hatte er sie wirklich verblüfft. *Ich hätte solche Lust, dorthin zu fliegen*, dachte sie. *Ich brauche dringend Urlaub, und es würde mir sicherlich Spaß machen.* Ihre Schultern sackten herab. *Aber ich kann nicht. Nicht bei alldem, was hier gerade läuft – mit Claude, mit den Schikanen gegen die Kochschule. Das muss geklärt werden, und zwar alles. Ich kann nicht einfach davonlaufen.*

»Auf uns.« Max hob das Glas und beugte sich über den Tisch zu Gabi vor.

»Auf uns«, echote sie und stieß mit ihm an. Es war Sonntagabend, und sie saßen in einem gemütlichen Restaurant in der Nähe der Seine, nicht weit von Gabis Hotel entfernt. Es war ein klassisches Pariser Lokal, von denen man nicht mehr viele fand, mit einer Bar aus Zink und einer gewundenen Metalltreppe. Sie führte in einen Essbereich im ersten Stock, der auf den Boulevard und den dahinterliegenden Fluss blickte. Die Kellner waren ebenfalls klassische Pariser mit scharf geschnittenen Gesichtszügen und scharfer Zunge – und schlagfertig noch dazu.

Es war ein außergewöhnliches Wochenende gewesen. Gabi hatte die ganze Zeit mit Max verbracht, abgesehen von zwei Stunden am Samstagmorgen, als sie ins Hotel zurückgekehrt war, um ein paar saubere Klamotten zu holen, und dem gleichgültigen Empfangsangestellten mitteilte, dass sie nicht vor Sonntagabend zurück sein würde. Am Samstagnachmittag hatte Max sie an den Ort mitgenommen, an dem er seinen Käse lagerte. Es handelte sich um einen kleinen Keller tief unten in einem alten Gebäude, nicht weit von seiner Wohnung entfernt. Dunkel, ruhig und kühl, verfügte der Keller über eine konstante Temperatur sowie Lattenroste aus Holz, auf denen der Käse lagerte. In einigen Regalen lagen die Hartkäseräder: von der Kuh, der Ziege oder vom Schaf, manche gemischt. In anderen lagerten Weichkäse und Käse mit Rinden. Es roch wunderbar in diesem Keller, der einem ein Gefühl von Zeitlosigkeit vermittelte. Max erklärte ihr, dass Käse sehr viel besser im Keller lagerte als in Kühlschränken, obwohl er ein portables Kühlgerät benutzte, um seine Ware zu den Märkten zu transportieren. Außer seinen Marktständen – einem auf dem Marché de Bastille, einem zweiten auf einem anderen Markt im zwanzigsten Arrondissement – belieferte er auch die Pariser Kochschule sowie mehrere Restaurants, unter anderem das, in dem sie gerade saßen.

»Es tut mir leid, morgen muss ich in die Normandie«, sagte Max. »Würde es sich nicht um wirklich interessante potenzielle Neuanbieter handeln, würde ich den Termin verschieben.«

Gabi tat seine Bemerkung mit einer lässigen Geste und einem neckenden Lächeln ab. »Du musst ein Geschäft führen, und wir brauchen ein bisschen Schlaf. Davon haben wir an diesem Wochenende ja nicht gerade viel bekommen.«

»Nein, das stimmt«, pflichtete er ihr bei und drückte mit leuchtenden Augen ihre Hand. »Bereust du's?«

Sie starrte ihn entrüstet an. »Was für eine Frage! Nicht im Geringsten!«

»Da bin ich aber froh«, erwiderte er schlicht.

Sie hatte dieses Gefühl schon eine ganze Weile nicht mehr empfunden. Vielleicht noch nie. Sogar zu Beginn ihrer Beziehung mit Sam war neben dem Verlangen auch Unbeholfenheit gewesen. Doch nicht mit Max. Sie fühlte sich absolut wohl in seiner Gesellschaft, als würde sie ihn schon seit Jahren kennen und wäre gleichzeitig heiß darauf, ihn kennenzulernen. Zu erkunden. Und selbst wenn sie sich nicht in den Armen lagen und sich liebten, wenn sie einfach nur hier saßen und aßen oder durch die Parks oder Straßen schlenderten, stand jeder Augenblick unter dem goldenen Glanz der Leidenschaft und Zufriedenheit. Sie verspürte einen Anflug von Furcht, dass etwas so Schönes wie das hier nicht von Dauer sein konnte, doch sie verwarf diese Sorge so schnell, wie sie gekommen war. Was brachte es, die Zukunft zu hinterfragen? Das hatte sie viel zu lange getan. Jetzt würde sie in der Gegenwart leben und jede einzelne Minute genießen.

FÜNFZEHN

»Schwein und Geflügel«, sagte Sylvie. Der Kurs hatte sich am Montagmorgen versammelt. Draußen war es grau und frisch, deshalb waren alle froh, in der warmen Küche der Kochschule zu stehen. »Dazu ein, zwei Milchkühe«, fuhr sie fort. »Das war die Haupteinnahmequelle der kleinen Bauernhöfe, die jahrhundertelang das ländliche Frankreich wie eine lebende Patchwork-Decke überzogen. Ja, es gab auch Großgrundbesitzer mit ausgedehnten Besitztümern – aber es waren die unzähligen kleinen Höfe, die das Leben auf dem Land ausmachten.« Sie drückte auf die Fernbedienung, und ein Foto erschien auf der großen Leinwand, die Damien in den Raum geschoben hatte. »Meine Großeltern mütterlicherseits besaßen einen bescheidenen Bauernhof im ländlichen Haute-Garonne, in einiger Entfernung von Toulouse. Als Kind habe ich viel Zeit dort verbracht, bin mehr oder weniger dort aufgewachsen.« Die Aufnahme zeigte ein kleines Mädchen mit Rattenschwänzchen, das den Hühnern, die zu seinen Füßen scharrten, lachend Körner zuwarf. Hinter ihr stand eine lächelnde Frau mit kurzen Haaren in einer ärmellosen, geblümten Kittelschürze über einem dunklen Pulli und dazu passendem Rock. Es war ein eingefrorener Moment häuslichen Glücks, und Kate hätte am liebsten ihrerseits ein Foto davon gemacht, aber sie fürchtete, dass das aufdringlich war. Sie hatte ihr normales Notizbuch mitgebracht und notierte sich ein paar Stichpunkte, während Sylvie sprach. Sie wollte nichts vergessen, hatte sie doch vor, das, was sie in dieser Woche lernten, sorgfältig in Ninas grünes Notizbuch zu übertragen.

»Meine Großeltern hielten Hühner, Enten und ein paar Schweine«, erzählte Sylvie, »außerdem ein paar Kühe, um Milch für sich selbst und die Schweine zu haben. Eines der Dinge, die ich dort gelernt habe, ist, dass gutes Essen kein Zufall ist. Es entwickelt sich langsam aus überliefertem Wissen, Erfahrung und Verständnis. Selbst jetzt noch, nachdem schon viel zu viele kleine Höfe verschwunden sind, besteht dieses Bewusstsein weiter, das in seiner Vielfalt Hunderte, wenn nicht gar Tausende Jahre zurückreicht. Und genau darauf konzentrieren wir uns während der kommenden Tage«, fuhr Sylvie fort. »Mit Schwein und Geflügel. Oder, um genau zu sein, Hühnchen und *charcuterie*.«

Sie drückte erneut auf die Fernbedienung und rief eine Karte von Frankreich auf, gespickt mit Fotos unterschiedlich aussehender Hühner. »Das sind alles französische Hühnerrassen.« Sie deutete auf eine Ecke in der Mitte des östlichen Frankreichs, wo ein weiß gefiedertes Huhn mit blauen Füßen und einem leuchtend roten Kamm zu sehen war. »Dieser Vogel hier ist als *Bresse Gauloise* bekannt, ein Bressehuhn. Es handelt sich um ein seit dem siebzehnten Jahrhundert in Frankreich ausgesprochen beliebtes Fleischtier. Das Bressehuhn hat die Region Bresse berühmt gemacht, und zwar nicht nur in unserem Land, sondern in der ganzen Welt.« Sie schaute in die Runde. »Das *poulet de Bresse* wird zu Recht die Königin der Hühner genannt, aber wir werden nicht mit dem Königshaus beginnen, vor allem nicht zu königlichen Preisen!« Gelächter brandete auf. »Wir fangen mit einer bescheideneren, aber dennoch guten Hühnersorte an, die Sie leicht auf Märkten und in Supermärkten zu einem moderaten Preis finden können.« Sie nickte Damien zu, der zum Kühlschrank ging und zwei Hühnchen herausnahm. Eines hatte gelbes Fleisch, das andere weißes.

»Beides sind *poulets fermiers*, Landhühner, aus zertifizierter Freilandhaltung und Getreidefütterung«, sagte Damien und deutete erst auf das eine, dann auf das andere. »Farbe und Geschmack des Fleisches hängen von der Sorte Korn ab, mit der die Hühner gefüttert werden – Sorghumhirse für weißes Fleisch, Mais für gelbes.« Er fing an, beide Hühner zu tranchieren, wobei er jeden einzelnen Schritt kommentierte. Die Kursteilnehmerinnen und Kursteilnehmer drängten sich um ihn und folgten dem Prozedere aufmerksam.

»Jetzt werden wir Huhn auf zwei verschiedene Arten zubereiten«, verkündete Sylvie, nachdem er fertig war. »Einmal gebraten, einmal geschmort. Anschließend zaubern wir vier verschiedene Gerichte damit.« Sie nahm einen Ordner, der hinter ihr auf einer Bank lag, und zog vier handgeschriebene, laminierte Rezeptkarten heraus. »Sie werden wieder zu zweit arbeiten, und Damien und ich stehen Ihnen wie vergangene Woche zuvor mit Rat und Tat zur Seite. Hier sind die Gerichte, die Sie zubereiten werden.«

Diese Unterrichtseinheit gehörte zu denen, die Sylvie am meisten liebte, wenn es um die Verarbeitung von Fleisch ging. Noch wussten die Schülerinnen und Schüler nicht, dass sämtliche Rezepte mit einer Ausnahme von ihrer Großmutter stammten – das würde sie ihnen erst im Anschluss erzählen. Die Originale, mit Sepia-Tinte in Schönschrift verfasst, befanden sich in dem abgegriffenen alten Notizbuch, das im Haus ihrer Großeltern in der Küchenschublade gelegen hatte. Ihre Großeltern und den Bauernhof gab es schon lange nicht mehr – ihre Mutter hatte ihn unmittelbar nach dem Tod ihrer Eltern verkauft. Sylvie war damals noch im Teenageralter gewesen. Die Kälte, die daraufhin zwischen Sylvie und ihrer Mutter entstand, war nie ganz gewichen. Die Rezepte in dem alten Notizbuch hatten überlebt – nicht nur in ihrer Erinnerung und auf den Buchseiten, sondern in gelebter, weitergereichter Tradition. Jeder Kurs bereitete diese Gerichte zu und hielt so die Aromen, den Geschmack von Sylvies Kindheit am Leben.

Das einzige Rezept, das nicht aus dieser Zeit stammte, hatte Sylvie in ihren Anfangsjahren in Paris aufgeschnappt: eine außergewöhnliche, köstliche Art, Brathühnchen zuzubereiten.

Sie drehte gerade ihre Runde, um sich bei allen Zweierteams zu erkundigen, ob es noch irgendwelche Fragen gab, bevor sie mit der Zubereitung ihrer Gerichte begannen, als Yasmine hereinkam. Sie wusste, dass sie während des Kurses nicht stören durfte, es musste sich also um eine Angelegenheit handeln, die absolut nicht warten konnte. Sylvie bat Damien zu übernehmen, folgte Yasmine ins Büro und schloss die Tür.

»Was gibt's?«

»Wir haben gerade einen Anruf bekommen. Ein Monsieur Pham vom DDPP, der für die Hygiene in gastronomischen Betrieben und lebensmittelverarbeitenden Unternehmen zuständig ist. Es hat auf Signal Conso Beschwerden über die Kochschule gegeben.«

Sylvie wusste, dass Signal Conso eine offizielle Website war, die es Verbrauchern ermöglichte, Online-Beschwerden gegen Unternehmen einzureichen. Die Beschwerden konnten anonym erfolgen.

»Wie bitte?«, rief sie. »Das ist doch Unsinn! Auf der Seite kann doch jeder allen möglichen Quatsch behaupten!«

»Ja, aber sie müssen dem nachgehen, sobald mehr als eine Beschwerde über ein bestimmtes Unternehmen vorliegt, und es sind zwei eingegangen.«

»Wir hatten bislang nie Probleme, weder mit dem Verbraucherschutz noch mit dem Gesundheitsamt«, sagte Sylvie mit gerunzelter Stirn. Tatsächlich hatten sie erst im vergangenen Jahr eine unangemeldete Prüfung mit Bravour bestanden. »Was wird uns in diesen sogenannten Beschwerden denn vorgeworfen?«

»Das wollte Monsieur Pham nicht sagen. Er hat mir eine Nummer gegeben, mit der Bitte um Rückruf.« Yasmine sah Sylvie an. Ihr Gesichtsausdruck verriet, dass sie zutiefst erschüttert war. »Was geht hier vor?«

»Ich habe keine Ahnung, aber eins weiß ich: Lebensmittelkontrolleure warnen einen in der Regel nicht vor, wenn sie vorhaben, eine Inspektion durchzuführen. Ich frage mich, ob dieser Monsieur Pham tatsächlich vom Gesundheitsamt ist.« Sie ballte die Fäuste. »Gib mir die Nummer, Yasmine. Darf ich dich bitten, für einen Moment das Büro zu verlassen?«

»Selbstverständlich.« Yasmine nickte. »Ich muss ohnehin noch einige Erledigungen machen.«

Sobald sie allein war, setzte Sylvie sich an den Schreibtisch und rief die Nummer an, die Yasmine notiert hatte. Statt Monsieur Pham meldete sich ein Anrufbeantworter: *Sie sind verbunden mit der* Direction départementale de la protection des populations *von Paris. Bitte drücken Sie die Eins, wenn Sie mit unserer automatischen Infoline verbunden werden möchten. Bitte drücken Sie die Zwei, wenn Sie eine Beschwerde einreichen möchten. Bitte drücken Sie die Drei, wenn Sie mit einem Beamten verbunden werden möchten.*

Sylvie hätte bisher schwören können, dass es sich um einen Fake-Anruf gehandelt hatte, doch jetzt war sie sich nicht mehr so sicher. Es klang genau nach dem Gewäsch, das man für gewöhnlich über sich ergehen lassen musste, wenn man mit jemandem von einer x-beliebigen Behörde sprechen wollte. Sie drückte die Drei, und die Computerstimme sagte: »Bitte haben Sie Geduld, Ihr Anruf wird gleich persönlich entgegengenommen.« Während der nächsten fünf Minuten saß sie angespannt am Schreibtisch und trommelte mit den Fingern auf die Platte, während sie der blechernen Musik lauschte, die aus dem Hörer drang. Sie konnte nicht ewig hier sitzen bleiben, musste zurück in ihren Kurs. Sie wartete noch einige Minuten, dann legte sie auf. Sie würde es später noch mal versuchen. Oder, noch besser, sie würde persönlich beim DDPP vorsprechen. Auf diese Weise konnte sie sich vergewissern, dass es sich um einen echten Anruf gehandelt hatte. Seltsamerweise hoffte sie, dass genau das der Fall war, denn trotz der Probleme, die dies mit sich bringen würde, wäre die Alternative weitaus besorgniserregender.

»Ich hoffe, es macht Ihnen nichts aus, dass ich Sie darauf anspreche, aber Mike hat erwähnt, dass Sie ein IT-Genie sind«, sagte Sylvie und reichte Kate eine frisch aufgebrühte Tasse Lady-Grey-Tee und einen Teller mit hauchdünnen Mandelkeksen. Es war halb vier, und die übrigen Kursteilnehmenden hatten sich nach einem köstlichen späten Mittagessen aus vier verschiedenen schmackhaften Hühnchengerichten, frischem Brot und grünem Salat mit würzigem Dressing bereits verabschiedet. Auch Kate hatte gerade gehen wollen, doch Sylvie war an sie herangetreten und hatte sie gefragt, ob es ihr etwas ausmache, noch einen kurzen Augenblick zu bleiben.

»Ich würde mich nicht als IT-Genie bezeichnen«, sagte Kate jetzt, »aber ich kenne mich ganz gut mit der Technik aus. Mike hat wahrscheinlich übertrieben, weil ich in Australien an einem Tech-Start-up namens Resmond beteiligt war.«

Sylvie nickte. »Ja, davon habe ich gehört. Jemand aus meinem Freundeskreis hat ein Restaurant, das dort aufgeführt ist – *très chic*. Ich dachte, weil Sie die App entwickelt haben, könnten Sie vielleicht ...«

»Das war nicht ich«, korrigierte Kate. »Josh, mein Ex-Mann, war dafür zuständig. Allerdings habe ich bei der Entwicklung mitgewirkt, deshalb weiß ich, wie sie funktioniert.« Sie sah Sylvie an. »Möchten Sie eine App für die Kochschule erstellen lassen?«

»Oh, nein. Nein. Es tut mir leid, ich wollte keinen falschen Eindruck vermitteln. Ich habe mich nur gefragt ...« Sie räusperte sich. »Sie haben bestimmt hohe Sicherheitsstandards für Resmond, aber ich habe mich gefragt, ob es trotzdem einmal zu Sicherheitsproblemen gekommen ist, ob sich zum Beispiel jemals jemand in Ihre Systeme gehackt hat.«

Kate nickte. »Einmal hatten wir die Befürchtung«, sagte sie. »Vor Jahren, als Resmond noch ziemlich neu war. Damals kamen Leute zu uns ins Büro und verlangten, für Mahlzeiten bezahlt zu werden, die angeblich von Resmond-Mitarbeitenden – Testessern – bestellt worden waren. Es stellte sich jedoch heraus, dass es sich um den aufwendig inszenierten üblen Streich eines verärgerten ehemaligen Mitarbeiters handelte. Es waren nie irgendwelche dubiosen Testesser in den in unserer App aufgeführten Restaurants gewesen – der Mann hatte Schauspieler engagiert, die bei uns Geld einfordern sollten.«

Sylvies Augen weiteten sich. »Wow, das ist in der Tat sorgfältig inszeniert! Wie haben Sie reagiert?«

»Als Leiter des Unternehmens wollte Josh vor Gericht gehen«, antwortete Kate, »doch ich habe ihm davon abgeraten. Der Mann war pleite und hatte den Rest seiner Ersparnisse für die Entlohnung der Schauspieler ausgeben müssen. Er hätte ohnehin kein Bußgeld bezahlen können, und ihn zu verklagen, wäre nur negative Publicity gewesen. Deshalb habe ich mit ihm geredet, und wir konnten die Sache aus der Welt schaffen.« Sie seufzte. »Es stellte sich heraus, dass er lediglich jemanden suchte, der ihm zuhörte und ihm beipflichtete, wenn er behauptete, er wäre unterbezahlt. Und der womöglich etwas dagegen unternahm. Er hatte es wohl mehrfach versucht und war stets auf taube Ohren gestoßen. Ich versprach ihm, die Angelegenheit zu prüfen, und tatsächlich, er hatte recht. Er hatte zu wenig Geld bekommen. Nicht absichtlich, sondern aufgrund eines unbemerkten Fehlers in seinen Unterlagen. Es ging nicht um einen so großen Betrag, wie er behauptete, doch es stimmte. Also beglich Resmond die offene

Summe und entschuldigte sich, der Fehler wurde behoben, und das war's.«

»Verstehe.« Sylvie nickte.

Kate sah sie fragend an. »Es geht um diese Bestellung neulich, die gefrorenen Pizzaböden, oder?«

Sylvie seufzte. »Ja, aber da ist noch mehr.« Sie erzählte Kate alles, was vorgefallen war. »Ich habe vor, bei der Gesundheitsbehörde vorzusprechen und nach diesem Monsieur Pham zu fragen. Wenn er denn überhaupt existiert. Außerdem wüsste ich gern, ob sich derjenige, der hinter alldem steckt, in unsere E-Mails oder andere Elektronik gehackt hat. Wer weiß, vielleicht müssen wir ja bald mit einer Cyber-Attacke rechnen.«

»Das ist möglich, allerdings klingt es mir nicht danach«, antwortete Kate beschwichtigend. »Dennoch müssten Sie mir ein paar einfache Fragen beantworten. Haben Ihre Lieferanten oder Klienten irgendwelche sonderbaren Nachrichten von Ihnen erhalten? Ist Ihre Website von Ihrem Hoster gesperrt oder abgeschaltet worden? Hat Google Ihre Seite auf die schwarze Liste gesetzt?«

Sylvie schnappte entsetzt nach Luft. »O mein Gott, allein die Vorstellung, dass so etwas passieren könnte! Mein Freund Serge hat gesagt, dass eine schlechte Bewertung mitunter der Vorläufer eines Erpressungsversuchs ist. Ich würde gern vorbereitet sein, sollte es noch schlimmer werden. Nur für alle Fälle.«

»Das ist klug«, pflichtete Kate ihr bei. »An Ihrer Stelle würde ich vorsichtshalber die Passwörter ändern, und zwar für E-Mail, Social Media und Ihre Website, am besten auch die Zugangscodes für Ihre Bankkonten. Aber«, fuhr sie fort, die Stirn leicht gekraust, »für mich klingt das nicht wie eine Cyber-Attacke, sondern wie gute, altmodische Schikane. Hier geht es nicht um Erpressung, sondern um Belästigung – man will Sie unter Druck setzen. Vielleicht steckt jemand dahinter, der aus irgendeinem Grund einen

Groll gegen die Kochschule hegt. Denn tatsächlich ist es die Schule, die attackiert wird, nicht Sie persönlich.«

»Ja, das ist richtig, aber ich *bin* die Schule«, stellte Sylvie klar. »Zumindest bin ich diejenige, die man damit in Verbindung bringt. Vielleicht handelt es sich um eine Person, die ein ähnliches Unternehmen betreibt und damit weniger Erfolg hat …« Als sie sich heute den Kopf darüber zerbrochen hatte, war ihr eine vage Erinnerung gekommen: Ein Mann namens Blanchard, Richard oder Robert Blanchard, hatte sie vor zwei Jahren kontaktiert und ihr erzählt, er habe vor, eine Kochschule zu eröffnen. Er hatte sich mit ihr treffen und ihr einige Fragen stellen wollen. Sie hatte höflich abgelehnt, doch er hatte nicht lockergelassen und gefragt, ob er ihr das geplante Konzept schicken dürfe, damit sie dazu Stellung nehmen könne, doch auch das hatte sie abgelehnt. Allerdings hatte sie ihm vorgeschlagen, sich mit einer Unternehmensberatung zusammenzusetzen, und dieser Rat schien seinen Zweck zu erfüllen: Er hörte auf, ihr zu schreiben. Als sie nun Kate davon erzählte, war sie beinahe überzeugt davon, dass sie es mit ihm zu tun hatte.

»Aber warum sollte er zwei Jahre warten, bis er Sie auf diese Weise ins Visier nimmt?«, entgegnete Kate – ein durchaus gerechtfertigter Einwand. »Der Mann, der es auf Resmond abgesehen hatte, hat nicht so lange gewartet.«

Sylvie zuckte die Achseln. »Vielleicht musste er seinen Traum letztendlich aufgeben, was ihm zu schaffen macht. Ich habe im Internet nachgeschaut – es gibt keine Kochschule oder irgendein anderes Unternehmen, das mit Lebensmitteln zu tun hat und von einem Blanchard geführt wird, also ist sein Konzept offenbar nicht aufgegangen. Vielleicht hat er in letzter Zeit etwas über uns gelesen – *Le Parisien* hat im Februar einen großen Artikel über uns gebracht – und ist neidisch geworden. Möglicherweise hat er beschlossen, seinen Ärger an uns auszulassen, indem er versucht, uns zu schaden.«

Kate nickte. »Das könnte natürlich der Fall sein«, bestätigte sie. »Vielleicht sollten Sie sich an die Polizei werden, bevor sein ›Rachefeldzug‹ eskaliert.«

»Die Polizei wird das nicht interessieren. Wie Sie richtig sagen, es geht um Belästigung. Er will mich stressen – aber das ist kein Verbrechen.«

»Das nicht, sich als Regierungsbeamter auszugeben, dürfte allerdings strafbar sein«, hielt Kate dagegen.

»Sie meinen diesen mysteriösen Monsieur Pham? Nun ja, wenn es ihn nicht gibt, wende ich mich vermutlich tatsächlich an die Polizei.«

»Ich bin ebenfalls der Meinung, dass Sie persönlich beim DDPP vorstellig werden sollten.« Kate sah Sylvie an. In ihrem Blick lag Bedauern. »Es tut mir leid, dass ich Ihnen nicht helfen kann.«

Sylvie lächelte. »Aber nein, Sie haben mir sogar sehr geholfen. Es tut gut, mit einem objektiven Menschen darüber zu sprechen. Bitte verzeihen Sie, dass ich Sie mit meinen Problemen belästigt habe.«

»Machen Sie sich keine Gedanken«, sagte Kate herzlich. »Und geben Sie mir bitte Bescheid, wenn ich Ihnen irgendwie behilflich sein kann, auch wenn ich entgegen Mikes Behauptung kein IT-Genie bin.«

»Ich weiß Ihr Angebot zu schätzen«, erwiderte Sylvie, doch noch bevor sie etwas hinzufügen konnte, klingelte es. »Entschuldigen Sie mich, ich muss kurz öffnen.«

»Selbstverständlich. Und ich muss los.« Kate sprang auf. »Vielen Dank für den Tee und das Gespräch. Bis morgen!«

Sylvie folgte ihr lächelnd zur Tür. »Darf ich sagen, dass Sie eine Bereicherung für den Kurs sind, und zwar in jeder Hinsicht, Kate?« Als sie sah, wie sich Kates Wangen röteten, fügte sie eilig hinzu: »Und das meine ich absolut ernst.«

»Oh, vielen Dank. Das freut mich, aber ich weiß nicht, ob ich das verdient habe ...«

»Natürlich haben Sie das verdient.« Sylvie lachte. »Und lassen Sie sich von niemandem einreden, dass das nicht der Fall ist, auch nicht von sich selbst!« Sie ging an Kate vorbei und öffnete die Appartementtür, um den rothaarigen Mann einzulassen, den sie neulich als »Serge, mein Freund von nebenan« vorgestellt hatte.

Während Kate die Stufen zur Haustür hinunterstieg, dachte sie über Sylvies Worte nach. *Rede ich mir tatsächlich ein, ich würde kein Lob verdienen?*, fragte sie sich. *Dass es nicht gerechtfertigt ist, weil ich nicht gut genug bin?* Der Gedanke zog weitere Gedanken nach sich. Hatte sie sich etwa auch eingeredet, sie würde andere Dinge nicht verdienen? Wie zum Beispiel das grüne Notizbuch? Wie Arnauds Freundschaftsangebot? *Anscheinend verweigere ich mir vieles, weil ich tief im Innern das Gefühl habe, es nicht zu verdienen.* Hatte sie deshalb geglaubt, Josh hätte das Recht dazu, ihre Rolle im Unternehmen herabzusetzen, ihre Rolle in seinem Leben herabzusetzen und sie schließlich ganz zu ersetzen, beruflich *und* privat?

Schluss damit, dachte sie und trat ärgerlich auf die Straße hinaus. *Hör auf, dich in Selbstmitleid zu baden! So darfst du nicht denken, und das wirst du auch nicht mehr tun. Nie wieder.* Sie zog ihr Handy hervor und verschickte eine Textnachricht.

Hallo, Nina. Bitte frag deinen Diener, ob er heute Abend Lust auf eine Kochstunde hat.

Die Antwort kam prompt.

Er sagt, das wäre perfekt. Ich gehe jetzt mit ihm einkaufen. Komm um 18 Uhr.

Einen Moment lang betrachtete sie stirnrunzelnd die Achtzehn, dann fiel ihr ein, dass das die französische Schreibweise für sechs Uhr nachmittags war.

Okay. Bis dann!

Diesmal erfolgte die Antwort in Form eines Blumenstrauß-Emojis, das sie zum Lächeln brachte. Plötzlich hatte sie eine Idee. Auf dem Rückweg zum Hotel machte sie an einem Blumenladen Halt und kaufte einen Strauß Narzissen.

SECHZEHN

Gabi saß in der letzten Nachmittagssonne in einem kleinen Park nicht weit vom Hotel entfernt und vermisste Max. Er hatte sie gerade aus der Normandie angerufen und ihr alles von dem Milchbauernhof erzählt, dem er einen Besuch abgestattet hatte. Die Käse, so berichtete er, waren absolute Superklasse. Er lagerte nicht viel Rahmkäse, weil sie von so unterschiedlicher Qualität waren, aber diese hier seien fantastisch, »so zart und dennoch so unverwechselbar, dass man die Wiesenblumen schmecken kann, die die Kühe gefressen haben«, wie er es formulierte. Um den Deal zu besiegeln, wollte er mit dem jungen Paar, das den Bauernhof führte, und den Eltern der Frau, die das Startkapital dazu gegeben hatten, zu Abend essen. »Es ist im Grunde ein Familienunternehmen«, sagte er, »doch interessanterweise stammt die Frau aus der Gegend, der Mann nicht. Er kommt aus einem eher rauen Vorort von Lille im Norden Frankreichs, und seine Kindheit, so sagt er, war Lichtjahre entfernt von den friedlichen, grünen Weiden der Normandie. Sein Vater saß ein paarmal im Gefängnis, und seine Mutter musste hart kämpfen, um für ihn und seine Geschwister etwas zu essen auf den Tisch zu bringen. Clara, seine Frau, kennenzulernen, hat sein Leben von Grund auf verändert.«

»Das ist eine süße Geschichte«, sagte Gabi und betrachtete Max' Gesicht auf dem Display. Wie gern hätte sie die gehört, während sie in seinen Armen lag!

»Das stimmt. Jemanden mit einer solchen Offenheit reden zu hören ... nun, das ist ziemlich berührend.« Er lächelte. »Ich denke, du hättest die beiden gemocht. Und du hättest ihren Käse geliebt!«

»Ich hoffe, du bringst mir welchen mit und isst nicht alles allein auf«, neckte sie ihn.

Er lachte. »Das kann ich dir leider nicht versprechen. Übrigens: Wie war's denn heute in der Kochschule?«

Sie erzählte ihm, welches Gericht sie zusammen mit Pete zubereitet hatte beziehungsweise zuzubereiten versucht hatte. »Wir haben ein Rezept für Schmorhühnchen mit einer Wein-Thymian-Walnusssoße bekommen, absolut simpel und einfach nur göttlich, aber Pete hat zu viel Wein hineingegeben, und dann hat er behauptet, ich hätte das Hühnchen nicht gesalzen, und daraufhin bin ich mit ihm ... na ja, ich bin mit ihm aneinandergeraten, und er war beleidigt und meinte, es wäre wohl das Beste, wenn wir separat weitermachen. Damien hat gesehen, was passiert ist, und ist zu uns gekommen, um mit uns zu reden.«

»*Oh là là*«, sagte Max, um einen ernsten Blick bemüht – vergeblich. »Das klingt nach einem harten Tag. Wie hat das Hühnchen am Ende geschmeckt?«

»Lecker«, räumte sie ein. »Mit Damiens Hilfe haben wir die Soße gerettet, und Pete hat sich sogar dafür entschuldigt, dass er so eingeschnappt war. Die anderen haben ebenfalls behauptet, dass es ihnen schmeckt. Allerdings haben sie weit mehr Komplimente bekommen als wir.« Das galt vor allem für das himmlische Brathühnchen von Kate und Misaki. Die ganz besondere Soße aus Senf, Zitrone, Knoblauch und Fond hatte eine gehaltvolle, glatte Haut gebildet, das Fleisch war zart und saftig und erinnerte an Gerichte vom Drehspieß. »Anschließend hat Sylvie uns erzählt, dass alle Rezepte bis auf eins aus dem alten Küchenbuch ihrer Großmutter stammen. Es wäre schön gewesen, wenn wir das vorher gewusst hätten. Vielleicht hätte Pete dann mehr achtgegeben.«

»Vielleicht auch nicht«, gab Max zu bedenken. »War auch Hühnchen in Essig dabei?«

Gabi grinste. »Nein. Glück gehabt, nicht wahr? So hatte ich keine Vergleichsmöglichkeit.«

»Dreist«, erwiderte er gespielt entrüstet, dann fügte er leise hinzu: »Ich wünschte, du könntest hier sein.«

»Das wünschte ich mir auch«, pflichtete sie ihm bei. »Sehr.«

Kurz darauf hatten sie sich verabschiedet und aufgelegt.

O Gott, dachte sie jetzt und stand von der Bank auf. Vor ihr lag ein langer Abend, an dem sie nichts anderes zu tun hatte, als ein bisschen fernzusehen und irgendwo eine Kleinigkeit zu essen. Vielleicht kaufte sie auch nur etwas Brot und Käse und aß in ihrem Zimmer. Sie hatte sich noch nicht entschieden, als erneut das Telefon klingelte. Nein, es war nicht Max, der ihr sagte, dass er sie so sehr vermisste, dass er das Abendessen mit den Frischkäse-Leuten sausen ließ und auf der Rückfahrt nach Paris war. Es war Nick, ihr Agent. Wie war er an diese Nummer gekommen? Sie hatte ihre Familie gebeten, sie niemandem weiterzureichen. Gabi starrte abwechselnd die rote und grüne Taste an, doch sie tippte auf keine von beiden. Stattdessen wartete sie einfach, bis Nick aufgab und das Telefon aufhörte zu klingeln. Einen Augenblick später ging eine Nachricht ein, doch sie steckte das Handy einfach wieder weg. Sie würde den Text nicht lesen. Vielleicht sollte sie Nicks Nummer einfach löschen. Mit bleiernem Magen verließ sie den Park und verfluchte ihren Agenten stumm. Dabei konnte der arme Kerl nichts dafür, dass sie ein so verdammt hoffnungsloser Fall war, und das wusste sie nur allzu gut.

Monsieur Pham war ein kleiner Mann um die fünfzig mit klugen, dunklen Augen hinter einer Brille und gepflegtem, ergrauendem Haar. Zunächst hatte die Frau vom Empfang Sylvie und Serge nicht zu ihm lassen wollen, da sie angeblich einen Termin benötigten. Dann aber war Monsieur Pham persönlich erschienen und hatte sie in sein beengtes Büro geführt, wo sich die Aktenberge auf seinem Schreibtisch stapelten. Er sah, wie sie auf die Ordner blickten, und seufzte.

»Ja, der Frühling treibt nicht nur Blüten aus, sondern auch Probleme«, sagte er. »Also, was kann ich für Sie tun?«

»Danke, dass Sie sich Zeit für uns nehmen, Monsieur Pham«, ergriff Sylvie das Wort. »Wir kommen wegen Ihres Anrufs. Ich bin Sylvie Morel, die Leiterin der gleichnamigen Kochschule«, fügte sie hinzu, als sie seinen fragenden Gesichtsausdruck bemerkte, »und das hier ist mein Freund und Lieferant Serge Jankowski.«

»Ah.« Monsieur Pham nickte. »Erfreut, Sie kennenzulernen. Obwohl«, fügte er mit einem unerwarteten Lächeln hinzu, »Sie sind wahrscheinlich nicht ganz so erfreut, *mich* kennenzulernen.«

Sylvie warf ihm einen leicht überraschten Blick zu. »Ich nehme an, nicht viele Menschen freuen sich, wenn sie einen Anruf vom Gesundheitsamt bekommen.«

»Nein«, pflichtete Monsieur Pham ihr bei. »Außer, wenn wir grünes Licht für etwas geben.« Er tippte etwas in seinen Computer und blickte konzentriert auf den Bildschirm. »Ah, da haben wir es ja.« Er wandte sich wieder Sylvie und Serge zu. »Zwei Beschwerden, beide über Signal Conso, gegen die Kochschule Morel wegen mangelnder Hygiene, beide innerhalb der letzten Woche.«

»Innerhalb der *letzten Woche*? Das ist unmöglich!«, rief Sylvie.

»Leider doch«, versicherte ihr Monsieur Pham, ohne den Blick vom Monitor zu lösen. »In beiden steht im Grunde das Gleiche: dass Sie die grundlegenden Hygienevorschriften in Ihrer Küche missachten, die Messer zwischen den einzelnen Einsätzen nicht sterilisieren, dass die Abfalleimer nicht ordnungsgemäß abgedeckt sind – die Liste geht noch weiter.«

»Das ist gelogen!« Sylvie war außer sich.

»Nichts davon entspricht den Tatsachen«, pflichtete Serge ihr bei. »Ich kenne Sylvie und ihre Kochschule seit Jahren. Man findet nirgendwo eine Küche, in der noch peinlicher auf Sauberkeit geachtet wird als in ihrer, genauso wenig wie man ein noch sorgfältiger geführtes Unternehmen findet!«

»Sie müssen verstehen«, sagte Monsieur Pham mit leicht hochgezogener Augenbraue, »dass hier jeder seine Unschuld beteuert.«

»Selbstverständlich«, versicherte Sylvie, »aber ...«

»Aber in diesem Fall«, fiel ihr Monsieur Pham ins Wort, »bin ich geneigt, Ihnen zuzuhören.«

Sylvies Herz machte einen Satz. »Da bin ich wirklich froh«, sagte sie. »Doch ...«

»Doch warum?«, brachte er ihre Frage zu Ende. »Weil es mir seltsam erschien, dass ein Unternehmen, über das sich in all den Jahren nie jemand beschwert hat und bei dem auch die vor Kurzem erfolgte, unangekündigte Prüfung ohne Probleme vonstattenging, plötzlich gleich zweimal Grund zur Beanstandung bieten sollte, noch dazu innerhalb einer Woche.« Er tippte auf den Bildschirm. »Ja, es kam mir merkwürdig vor, deshalb habe ich unsere ITler gebeten, mal nachzuforschen. Das, worauf sie gestoßen sind, hat meinen Verdacht bestätigt. Aus dem Grund habe ich Sie auch angerufen.«

»Worauf sind sie denn gestoßen?«, wollte Sylvie wissen.

»Man kann über eine Online-Plattform eine anonyme Beschwerde an Signal Conso schicken«, erklärte er, »doch auch dafür ist es erforderlich, Namen und E-Mail-Adresse oder eine Telefonnummer zu hinterlegen. In Ihrem Fall existieren die E-Mail-Adressen der Beschwerdeführenden nicht, die Namen sind ebenfalls falsch. Offenbar wurden die Beschwerden binnen zwei Tagen aus einem großen, stark frequentierten Internet-Café im achten Arrondissement verschickt – von wem, wissen wir nicht. Es gibt keine Identitätskontrollen oder Voranmeldungen, die Leute spazieren einfach von der Straße herein. Bedauerlicherweise ist das alles, was wir wissen.«

Sylvies Schultern sackten herab. »Aber Sie haben doch bestimmt ...«

»Hören Sie, Madame Morel«, sagte er, »wir verfügen nicht über die Möglichkeiten, Angelegenheiten wie diesen nachzugehen. Selbst das hier geht bereits über meinen eigentlichen Aufgabenbereich hinaus. Nichtsdestotrotz war es mir wichtig, dass Sie davon erfahren.«

»Danke«, sagte sie. »Ich bin Ihnen sehr dankbar. Wer immer dahintersteckt, hat versucht, meinem Unternehmen zu schaden. Und das ist nicht alles. Gibt es irgendetwas, was ich dagegen tun kann?«

Er schüttelte den Kopf. »Ich weiß, dass das frustrierend ist, doch es ist nicht unsere Aufgabe, bösartigen Beschwerden auf den Grund zu gehen. Ich würde Ihnen gern raten, sich an die Polizei zu wenden, aber ...«

»Aber man wird dem Fall dort keine Beachtung schenken, solange keine direkte Drohung gegen mich ausgesprochen wurde.« Diesmal beendete Sylvie den Satz für ihn. »Ich weiß.«

»Vielleicht sollten Sie einen Privatdetektiv einschalten«, schlug Monsieur Pham vor. »Warten Sie ...« Er tippte auf seine Tastatur ein, dann drehte er den Monitor so um, dass Sylvie und Serge sehen konnten, welche Seite er aufgerufen hatte. »Ich habe gehört, dass diese Detektei sehr gut sein soll.« Er schmunzelte. »Trotz ihres Namens – oder vielleicht gerade deswegen.«

Renard & Cie, las Sylvie. Fuchs & Co. Dazu eine Adresse im neunzehnten Arrondissement. Sie warf Serge einen Blick zu und sah, dass er ebenfalls schmunzelte. Eilig notierte sie, was auf dem Bildschirm stand.

»Paul Renard und seine Leute sind dafür bekannt, dass sie Ergebnisse erzielen«, sagte Monsieur Pham und drehte den Monitor wieder zu sich. »Er ist ein ehemaliger Polizist, und er ist mit allen Wassern gewaschen.«

»Das ist gut.« Sylvie nickte. »Ich weiß, dass Sie keine Namen nennen dürfen, aber wäre es möglich, dass Sie mir zumindest die falschen E-Mail-Adressen geben? Das könnte Monsieur Renard unter Umständen helfen.«

»Es tut mir leid, das darf ich leider nicht.« Monsieur Pham schüttelte den Kopf, tippte erneut etwas ein, dann stand er auf. »Aber ich hole Ihnen ein paar Broschüren. Sie werden Ihnen helfen, sich über mögliche Schritte zu informieren.« Er verließ den Raum und schloss die Tür hinter sich.

Sylvie und Serge sahen einander an. »Glaubst du ...«, begann Sylvie und riss die Augen auf.

»Und ob ich das glaube«, sagte Serge grinsend, sprang auf und umrundete Monsieur Phams Schreibtisch. Sylvie folgte ihm. Auf dem Bildschirm war der Ausschnitt eines Online-Formulars mit einer E-Mail-Adresse zu sehen. Eilig machte Sylvie ein Foto, dann scrollte Serge runter, und sie schoss ein zweites. Sie hatten gerade wieder Platz genommen, als Monsieur Pham zurückkehrte, mehrere Broschüren in der Hand. »Bitte sehr, Madame Morel«, sagte er und reichte sie ihr. »Ich hoffe, Sie helfen Ihnen weiter. Und jetzt entschuldigen Sie mich bitte, ich habe wirklich sehr viel zu tun. Ich wünsche Ihnen viel Glück beim Aufspüren dieser lästigen Person.«

Sie reichten sich die Hände, und Sylvie sagte: »Danke, das war sehr freundlich von Ihnen, Monsieur Morel.«

Er machte eine wegwerfende Geste, als wäre er verlegen. »Keine Ursache. Unser Job beim DDPP ist es, die Öffentlichkeit davor zu schützen, dass sie vergiftet oder abgezockt wird, und das ist schwer genug, auch ohne böswillige Idioten, die das System ins Chaos stürzen.«

»Wow«, sagte Serge, als sie auf die Straße hinaustraten, »das hat mein Bild von Bürokraten aber verändert.«

Sie nickte. »Damit hatte ich auch nicht gerechnet.« Sie fühlte, wie sie wieder Mut fasste. Jetzt hatte sie etwas in der Hand. »Kommst du mit zu diesem Paul Renard?«

Serge warf ihr einen verwunderten Blick zu. »Jetzt?«

»Warum nicht?«

»Okay. Lass mich nur kurz telefonieren.« Er wandte sich ab, während Sylvie auf ihr Handy blickte und die Fotos betrachtete, die sie von Monsieur Phams Monitor geschossen hatte. Die Namen in den E-Mail-Adressen ergaben auf den ersten Blick keinen Sinn: quenunormande@hotmail.com und sagetragot@gmail.com, aber irgendetwas klingelte bei Sylvie. Sie konnte im Augenblick nur nicht sagen, was.

»Na dann«, sagte Serge und drehte sich wieder zu ihr um. »Gehen wir.«

SIEBZEHN

Die Narzissen fest in der Hand, ging Kate nervös über den Kai. Als sie die Blumen kaufte, hatte sie das für eine lustige Idee gehalten, doch mittlerweile kam sie sich ein wenig übereifrig vor. Vielleicht sollte sie den Strauß einfach in einen Mülleimer werfen, doch sie konnte keinen entdecken, außerdem waren hier noch andere Leute unterwegs, und sie wollte nicht, dass man sie dabei beobachtete, wie sie einen frischen Blumenstrauß entsorgte. Arnauds Boot war noch nicht in Sichtweite, aber in ein paar Minuten würde sie dort sein. Es war fast sechs. So pünktlich zu sein, würde ebenfalls übereifrig wirken, genau wie die Narzissen, dabei war sie einfach von Natur aus ein pünktlicher Mensch. Um etwas Zeit totzuschlagen, blieb sie einen Moment stehen und richtete die Spange, die ihr schulterlanges blondes Haar zurückhielt, dann zupfte sie den türkis-blauen Pashmina-Schal zurecht, den sie um den Hals trug, und zog den weichen, grauen Pulli etwas tiefer über ihre dunkle Jeans. Sie hatte sich warm angezogen – die Abende waren noch immer recht kühl, und sie ging davon aus, dass es auf dem Wasser noch frischer sein würde. Den Mantel hatte sie dennoch im Hotel gelassen, in der Hoffnung, der Schal und der warme Merino-Pulli würden genügen. Vielleicht hatte sie sich verschätzt, dachte sie, als ihr ein leichtes Frösteln über den Rücken lief. Oder war der Schauer etwas anderem geschuldet? *Sei nicht blöd, Evans*, wies sie sich selbst zurecht, während sie weiterging. Es war inzwischen vier Minuten nach sechs. Ha! Sie war beinahe spät dran!

Und da lag es, das gepflegte grün-weiße Boot, das, wie sie jetzt sah, *Eos* hieß. In der Kabine brannte ein warmes Licht, an Deck hingen Lichterketten. Dort war auch ein Tisch für zwei gedeckt. In der Mitte stand eine Vase mit – Narzissen. Verflixt!

Sie hatte gerade beschlossen, den Strauß in ihre Tasche zu stopfen und diese fest zu verschließen, als Nina aufgeregt bellend vom Boot stürmte und Kate ansprang. Kate blieb keine Zeit mehr, die Blumen zu verstecken, die ihr in dem Moment aus der Hand fielen, als Arnaud aus der Kabine kam und Nina zurief, sie solle sich beruhigen.

»Entschuldigung«, sagte er, als Nina von ihr abließ. »Sie hat Sie kommen sehen.«

»Kein Problem«, erwiderte Kate und versuchte, gleichzeitig Nina zu streicheln und die Blumen zu verbergen. Doch er hatte sie schon gesehen. Also tat sie das einzig Mögliche: Sie hob die Narzissen auf und reichte sie ihm. »Nina hat in ihrer Textnachricht um Blumen gebeten.«

Arnaud sah sie verwirrt an, dann lachte er. »Oh, das Emoji! Ja, natürlich. Eine gute Wahl – Nina liebt Narzissen.« Er deutete zum Tisch hinüber. »Sie denkt, dass alle anderen Narzissen genauso mögen wie sie. Und ich muss tun, was sie sagt.«

»Selbstverständlich«, bestätigte Kate und bückte sich, um den Hund zu streicheln, der an ihr schnupperte.

»Komm rein«, sagte er lächelnd. »Es ist doch okay, wenn wir uns duzen, oder?« Kate nickte, und er führte sie über die Gangway aufs Boot, das leicht unter ihren Füßen schaukelte. Nina trottete hinter ihnen her und wedelte stolz mit dem Schwanz. Vom Deck führten ein paar Stufen in die mit Holz verkleidete Kabine.

»Ich dachte, du hättest vor dem Essen vielleicht gern eine kleine Führung«, sagte Arnaud, und sie nickte erneut, beeindruckt von dem, was sie sah. Mit den Akzenten aus poliertem Holz, tiefblauen Polstern und cremefarbenen Jalousien wirkte das Boot einladend und gemütlich. Technische Geräte wie Kühlschrank, Herd und Heizung waren in dafür vorgesehenen Nischen untergebracht, sodass die Kabine geräumig und komfortabel wirkte. Der Hauptraum war eine Kombination aus Esszimmer, Wohnzimmer und Küche – Kombüse, wie man die Küche auf einem Boot nannte. Dahinter befanden sich zwei Türen, von denen eine in ein gemütliches Schlafzimmer führte, in dem auch ein Körbchen für Nina stand, die andere in ein kleines Bad mit Waschmaschine und einem hohen Regal mit Aufbewahrungskästen aus Holz.

»Das ist wirklich toll«, sagte Kate aufrichtig und sah sich im Hauptraum um. »Man fühlt sich sofort zu Hause.«

Er nickte erfreut. »Danke. Es *ist* mein Zuhause seit nunmehr ... etwas über sieben Jahren. Ja, diesen Februar waren es tatsächlich sieben Jahre.«

»Wow. Das ist großartig. Der Name des Bootes, *Eos,* was bedeutet der?«

»Eos ist die griechische Göttin der Morgenröte«, sagte er. »Das Boot hieß schon so, als ich es gekauft habe, und mir hat der Name gefallen. Ich wollte ihn nicht ändern.«

»Natürlich nicht. Eos ist ein wunderschöner Name.« Kate trat an ein Regal an einer der Wände, das mit einer Mischung aus alten und neuen Büchern bestückt war. »Hast du welche davon gebunden?«

»Ja, die hier«, sagte er und nahm zwei Bücher heraus. »Dieses hat einen Leineneinband.« Der Einband war rot und mit einer Einlegearbeit verziert, die eine Libelle auf einem Blatt zeigte. »Ich habe es für einen Mann gefertigt, der sein ganzes Leben lang Gedichte geschrieben und Aquarelle gemalt, aber nie veröffentlicht oder ausgestellt hatte. Erst im Alter beschloss er, seine Werke zusammenzustellen und für seine Kinder drucken zu lassen. Und dann hat er mich gebeten, sie zu binden. Ich habe nur fünf Exemplare hergestellt, und er bestand darauf, dass dieses hier bei mir blieb.« Er reichte ihr das Buch, und Kate berührte die Leinenstruktur des Einbands und blätterte durch die Seiten.

»Es ist großartig«, sagte sie, denn das war es in der Tat. Sie verstand nicht viel von Poesie, aber die Bilder waren bezaubernd. Und alles zusammen – das dicke, cremefarbene Papier, das zartrote Vor- und Nachsatzblatt, die Leinenbindung – war hohe Kunst.

»Das ist es«, pflichtete Arnaud ihr ohne falsche Bescheidenheit bei, »und genauso war auch der Autor. Er zählte zu meinen ersten Kunden, und sein Buch zu binden, war mir eine echte Freude – er war so glücklich damit.« Er zeigte ihr das zweite Buch. Dieses war in Leder gebunden, das einen hübschen goldbraunen Farbton hatte und marmoriertes Vor- und Nachsatzpapier. »Das hier ist ein Beispiel für das Gegenteil.«

»Oh, es ist aber ebenfalls wunderschön!«, rief Kate.

»Nun, die Materialien sind gut, doch es hat mir viel Ärger eingetragen.« Er schlug es auf und blätterte zu einer Seite, auf der das Foto eines bärtigen Mannes in einem Kostüm aus dem neunzehnten Jahrhundert zu sehen war, der neben einem Wagen mit der Aufschrift *Chocolats Marmand* stand. »Es sollte für die Hundertfünfzigjahrfeier eines kleinen Familienunternehmens sein. Aber die Familienmitglieder konnten sich auf nichts einigen, und dann ließen sie mich ein teures Musterbuch anfertigen, bevor sie sich für den Text entscheiden wollten.« Er blätterte durch die restlichen Seiten. Kate sah, dass sie leer waren, und runzelte fragend die Stirn. »Am Ende«, fuhr Arnaud fort, »gaben sie es auf und wollten nicht bezahlen.«

»O je«, sagte sie mit aufrichtigem Bedauern, »zwei so gegensätzliche Erfahrungen – die beste und die schlechteste sozusagen.«

»Ja, zumindest, was meine Anfangsjahre betrifft. Natürlich habe ich seitdem noch viele andere Bücher gebunden, aber nur diese beiden habe ich behalten.«

»Als Erinnerung daran, was einen erwarten kann?«

»Genau«, erwiderte er. »Im positiven wie im negativen Sinne.«

»Dann arbeitest du hier?«, fragte sie, als er die Bücher ins Regal zurückstellte.

»Ja, zumindest manchmal. Ich bewahre meine Materialien und Werkzeuge in dem Schrank auf, den du gesehen hast.« Er klopfte auf den eingebauten Tisch mit der Bank und lächelte. »Der hier hat viele Flüche gehört, als ich versuchte, mein Handwerk zu erlernen.«

»Bist du nicht immer Buchbinder gewesen?«, fragte sie.

»Nein. Ich habe meine Leidenschaft fürs Buchbinden ein paar Monate, nachdem ich das Boot gekauft hatte, entdeckt – nachdem ich von Australien zurück war. Davor ...« Er zögerte, dann fuhr er fort: »Davor war ich bei der Armee. Zehn Jahre lang.«

»Oh«, sagte Kate. »Das ist ... eine lange Zeit.«

»Ja.« Er zog eine Vase aus dem Schrank unter der Spüle und stellte die leicht lädierten Narzissen hinein. Kate entnahm seinem Gesichtsausdruck, dass das Thema »Armee« für ihn abgehakt war, daher fragte sie: »Was hat dazu geführt? Ich meine, ich verstehe, nein, ich *sehe,* was dich daran fasziniert, aber wie bist du zu dem Handwerk gekommen?«

»Das ist ganz einfach. Ich war in einem Antiquariat – in dem Laden, in dem du mich gesehen hast«, er lächelte sie entschuldigend an, »und dort habe ich einen Aushang für einen Buchbinderkurs entdeckt. Ich dachte, warum nicht?«

»Und der Rest ist sozusagen Geschichte.« Kate lächelte.

Er erwiderte ihr Lächeln und nickte.

Kate öffnete ihre Tasche, nahm das grüne Notizbuch heraus – in dem mittlerweile schon einige Seiten gefüllt waren – und schlug die Seite mit dem Fischgericht auf. »Ich denke, damit beginnen wir die heutige Kochstunde.«

»Sehr gern. *Nein!* Nina!«

Kate lachte. Die Hündin war auf die Bank gesprungen und hatte ihre Vorderpfoten auf den Tisch gestemmt, als wäre sie Gast in einem Café und wartete darauf, bedient zu werden.

»Nina«, sagte Arnaud, um eine strenge Stimme bemüht. »Du weißt, dass du das nicht darfst – zumindest nicht, wenn andere Leute in der Nähe sind.«

Ohne sich vom Fleck zu rühren, sah Nina ihn mit ihren Knopfaugen an und bellte kurz auf, als wollte sie sagen: *Unsinn!*

»Sie wird beaufsichtigen, was wir tun, tut mir leid«, sagte Arnaud und schüttelte mit gespieltem Bedauern den Kopf. Kate schmunzelte. »Nun, das setzt uns natürlich unter Druck! Also gut – wo sind die Zutaten, die wir benötigen?«

Nina war ein Schatz, dachte sie, während Arnaud die Kochutensilien aus dem Schrank unter der Spüle nahm und die Kühlschranktür öffnete, um die Lebensmittel herauszuholen. Ihre Anwesenheit nahm ihnen irgendwie die Verlegenheit. Ohne sie hätte Kate niemals hier gestanden und einem Mann eine Kochstunde gegeben, der ihrer Meinung nach mehr als fähig war, dieses Gericht auch ohne ihre Hilfe zustande zu bringen.

Während sie anfingen, die Lebensmittel vorzubereiten – Kate las das Rezept vor und erteilte Anweisungen, und Arnaud schnippelte, würzte und briet –, beobachtete die kleine Hündin mit schräg gelegtem Köpfchen jeden Handgriff und gab dann und wann ein kurzes Bellen von sich, als wollte sie ihre Ungeduld oder ihre Zustimmung bekunden oder einfach nur sagen: *Mensch, ist das nicht schön?* Und das war es, dachte Kate, als sie den köstlich duftenden Fisch schließlich auf einen Teller legten und ihn zusammen mit einem gemischten Salat, einem Korb mit Brot und einer Flasche Wein an Deck trugen, die schwanzwedelnde Nina auf den Fersen.

Während des Essens erkundigte sich Kate nach dem Leben auf dem Boot, und Arnaud fing an zu erzählen. Er verbrachte hier den Großteil des Jahres, mit Ausnahme eines Monats. »Das gehört zu den Regeln«, erklärte er. »Man hat den Hafen jedes Jahr für mindestens einen Monat zu verlassen, da die Hafenbehörde gelegentlich Anlegeplätze für Gastboote zur Verfügung stellen muss. Aber das ist in Ordnung, ich steuere dann jedes Mal einen anderen Ort an.« Er berichtete, dass über zweihundert Boote im Port de l'Arsenal vertäut waren, »daher ist es hier wie in einem Dorf. Man kennt sich, und man hilft einander.« Er lächelte.

»Ein Dorf auf dem Wasser, in Paris – klingt optimal«, sagte Kate sehnsüchtig.

»Na ja, wie in jedem Dorf kann es auch zu Problemen kommen – nicht jeder fügt sich ein. Mitunter gibt es Streit.«

»Und außerdem schauen immer wieder naseweise Touristen vorbei«, ergänzte Kate mit einem verschmitzten Lächeln.

»Naseweis«, wiederholte er lachend. »Das Wort habe ich schon seit Jahren nicht mehr gehört. Du meinst, dass sie ihre Nase überall reinstecken?« Sie nickte. »Nun, das Interesse macht mir nichts aus. Außerdem kommt es immer auf den Touristen an – oder die Touristin«, fügte er mit einem Seitenblick hinzu, was dazu führte, dass Kate leicht errötete. »Aber genug von mir. Erzähl mir etwas von deinem Leben in Melbourne.«

»Es ist nicht halb so interessant wie deins«, sagte sie leichthin. »Ich lebe in einer Etagenwohnung. Ich arbeite bei einem Tech-Unternehmen, zumindest habe ich dort gearbeitet, bis …« Sie verstummte, dann fügte sie eilig hinzu: »Es ist seltsam, aber ich bin in einem Vorort zur Welt gekommen und aufgewachsen, ganz in der Nähe von dem, wo ich gelebt habe, bis ich hierhergekommen bin. So ist das in Melbourne, zumindest bei mir und meiner Familie. Wir sind dort ansässig, seit meine Urgroßeltern aus Wales ausgewandert sind, ich bin also ein waschechtes Melbourne-Girl! Nach meinem Uniabschluss habe ich ein Jahr lang in Sydney gewohnt, aber ich bin dort nie heimisch geworden – Sydney ist einfach nicht meine Stadt.«

»Was ist mit Paris?«, fragte er und musterte sie aufmerksam.

»Ich liebe es hier«, antwortete sie schlicht. »Ich fühle mich nicht zu Hause, das nicht, aber es kommt mir irgendwie richtig vor, hier zu sein. Als wäre die Stadt so zufrieden mit sich selbst, dass es auf einen abfärbt und man sich gut fühlt. Oh, tut mir leid, ich erkläre es nicht richtig«, fügte sie hinzu, als sie seinen Gesichtsausdruck bemerkte.

»Ich weiß, was du meinst«, sagte er, und sie sah, dass er nicht nur höflich war, sondern dass er sie wirklich verstand. »Paris hat diese Wirkung. Deshalb lebe ich hier.« Er lächelte. »Und, hast du noch Platz für ein Dessert?«

»Immer!«, rief Kate begeistert, und beide brachen in Gelächter aus.

ACHTZEHN

Gabi sah zu Max hinüber, der friedlich neben ihr schlief. Gestern Nacht war er bei ihr im Hotel geblieben. Heute Abend würden sie bei seiner Großmutter essen – Max aß offenbar immer mittwochs bei ihr.

»Ich hoffe, du hast nichts dagegen«, hatte er gestern gesagt, »aber sie würde dich wirklich gern kennenlernen.«

»Damit sie herausfinden kann, ob ich standesgemäß für ihren Lieblingsenkel bin?«, hatte Gabi neckend erwidert, und er hatte lachend den Kopf geschüttelt.

»Keine Sorge, so ist sie nicht.« Er hatte Gabi ein bisschen von ihr erzählt, und es klang so, als wäre sie eine großartige Frau. Früh verwitwet, hatte sie das Familienunternehmen am Laufen gehalten, was zu jener Zeit und noch dazu in einer Branche, in der es nur wenige Frauen in leitenden Positionen gab, eher ungewöhnlich war. Max hatte behauptet, es sei allein ihrer Klugheit und Entschlossenheit zu verdanken, dass sich die Domaine Taverny zu dem Unternehmen entwickeln konnte, das es heute war. »Anfangs musste sie sich mit allem möglichen Unsinn auseinandersetzen, doch sie hat sich einfach darüber hinweggesetzt und ihren Weg verfolgt. Jetzt zählt sie zu den angesehensten Winzerinnen der ganzen Region.«

»Dann ist sie also immer noch aktiv?«, hatte Gabi sich erkundigt.

»Absolut! Sie tritt mittlerweile etwas kürzer, und nominell ist mein Vater zuständig, aber alles, was über das Tagesgeschäft hinausgeht, muss mit ihr besprochen werden.«

»Klingt respekteinflößend«, hatte Gabi erwidert. »Ich glaube, ich habe ein bisschen Angst vor ihr.«

»Sei nicht albern«, hatte Max sie beschwichtigt und sie geküsst. »Sie wird dich lieben, davon bin ich überzeugt.«

Sie hatten sich am Vortag gleich nach der Kochschule getroffen und waren direkt ins Hotel und ins Bett gegangen. Irgendwann hatten sie sich aufgemacht und bei einem *traiteur* in der Nähe eine Auswahl köstlicher Fertiggerichte gekauft – Forellentartar und Hasenterrine, Mini-Quiches und herb-würzigen Selleriesalat. Am Ufer der Seine, inmitten anderer Paare und Familien, hatten sie anschließend gepicknickt und die Köstlichkeiten sowie den Käse, den Max aus der Normandie mitgebracht hatte, mit einer Flasche kaltem Rosé hinuntergespült. Es war ein wunderschöner Abend, und als die Lichter der Stadt angingen, fuhren Boote voller Touristen an ihnen vorbei, die alles mit ihren Handykameras festhielten – nicht nur die Gebäude und die Landschaft, sondern auch die Picknickenden. »Als wären wir Teil der Landschaft«, hatte Gabi gesagt, »wie Seehunde auf einem Felsen.«

Max hatte gelacht. »Dann sollen sie auch etwas zu sehen bekommen.« Und damit war er aufgestanden und hatte sie auf die Füße gezogen. »Sollen wir tanzen?«

Sie hatte ihn einen Moment lang verblüfft angestarrt, dann hatte sie erwidert: »Warum nicht?«

Er suchte eine schnulzige Musik auf seinem Handy heraus, und sie tanzten Wange an Wange, als wären sie in einem alten Film. Die Leute in ihrer Nähe sahen ihnen schmunzelnd zu, auf einem der vorbeifahrenden Boote flammten Blitzlichter auf. Als die Musik endete, ertönte Beifall, und sie verbeugten sich lachend, dann setzten sie sich wieder, um den restlichen Wein zu genießen. Ja, es war ein zauberhafter Nachmittag gewesen und ein zauberhafter Abend, und deshalb hatte Gabi beinahe die Nachricht von Nick vergessen, zumindest aber hatte sie sie verdrängt.

> Gabi, ich weiß, dass du nicht gestört werden möchtest, aber bitte ruf mich so schnell wie möglich an. Es ist dringend. Danke! Nick

Sie hätte den Text ungelesen löschen sollen, dachte sie, als sie jetzt unter die Dusche ging. Doch obwohl ihr Finger mehrmals über dem Zeichen für den Papierkorb geschwebt hatte, war es ihr nicht gelungen, tatsächlich darauf zu tippen. Sie hatte keine Ahnung, was so »dringend« sein konnte, und sie wollte es auch gar nicht wissen. Dennoch nagte die Ungewissheit an ihr, ein kleiner, beunruhigender Splitter der Besorgnis. Sie hatte Max gegenüber nichts davon erwähnt, natürlich nicht. Sie hatte ihm ja auch noch nichts von ihrem Dilemma erzählt, nicht einmal, dass sie eine Künstlerin war, so inständig wünschte sie sich, dass nichts diese perfekte Zeit trübte. Doch als sie sich nun abtrocknete und anzog, fragte sie sich, ob sie wirklich das Richtige tat. Vielleicht würde er das gern wissen. Vielleicht würde es ihr sogar helfen, mit ihm zu reden.

Sie kehrte ins Zimmer zurück, und er setzte sich auf und lächelte sie verschlafen an. Dann streckte er die Arme nach ihr aus, und das Letzte, das Allerletzte, was Gabi wollte, war, dass der Schlamassel aus ihrem Leben in Australien diese wunderschöne Zeit mit ihm beeinträchtigte.

Immerhin gelang es ihr, sich loszureißen und sich ohne Frühstück auf den Weg zur Kochschule zu machen. Es war ein bewölkter Tag, und ein frischer Wind blies durch ihre Jacke, sodass sie einen Schritt zulegte. Sie kam gerade rechtzeitig zum Unterrichtsbeginn, zog, Entschuldigungen murmelnd, ihre Jacke aus, band die Schürze um und versuchte, sich auf das Geschehen zu konzentrieren.

Gestern war es um Wurst und Schinken gegangen, inklusive der fantastischen Würste aus Toulouse und dem Elsass sowie dem zart-süßlichen Bayonne-Schinken, *jambon de Bayonne,* heute befassten sie sich mit Suppen. Gabi war in einer Familie groß geworden, in der oft Suppe gegessen wurde, allerdings nur im Winter. Doch Sylvie erklärte ihnen, dass Suppe auch ein typisches Frühlingsgericht sein konnte, und zwar sowohl heiß als auch kalt.

»Im Garten meiner Großeltern«, berichtete sie, »schoss nach dem Winter als erstes Grün der Sauerampfer aus dem Boden, und deshalb kam er auch als erste Frühlingssuppe auf den Tisch, gefolgt von Spargelsuppe, Spinatsuppe, Erbsensuppe, Bärlauchsuppe … Die Basis bestand aus Hühnerbrühe, hergestellt aus den Knochen eines Brathähnchens vom Wochenende oder mit den Brühwürfeln, die man in dem Verkaufswagen erhielt, der jeden Donnerstag kam. Sie sollten sich übrigens nicht schämen, Brühwürfel zu verwenden: Gute *cubes de bouillon,* wie wir sie nennen, findet man in jeder französischen Speisekammer.«

Gabi versuchte, sich zu konzentrieren, aber ihre Gedanken schweiften immer wieder zu Nicks Nachricht. Schließlich verließ sie unter dem Vorwand, die Toilette aufsuchen zu müssen, den Raum. Im Flur rief sie die Nachricht auf und betrachtete sie einen Moment lang, bevor sie auf Antworten tippte. *Versuch, unbefangen zu klingen,* sagte sie sich. *Lässig. Cool.*

Hey, Nick, der Zeitunterschied macht es schwierig, dich anzurufen. Was gibt's denn? Viele Grüße, Gabi

So, gesendet. Jetzt könnte sie aufhören, sich den Kopf zu zerbrechen und sich wieder den Suppen zuwenden. Sie wollte gerade zu den anderen zurückkehren, als ihr Handy pingte. Ein Text war eingegangen, nicht von Nick, sondern von Max. Nur ein Satz, doch er erfüllte sie mit Wärme.

Ohne dich ist der Tag lang.

Ohne dich auch

schrieb sie zurück.

Zu lang. Vielleicht gehe ich früher.

Tu's nicht. Möglicherweise bringt man dir bei, etwas zu kochen, was ich gern essen würde. 😊

Grinsend tippte sie:

Das könnte dir so passen, Max Rousseau oder Taverny oder wie immer du heißt!

Klar

erwiderte er.

Du könntest mir passen.

Hör auf damit

schrieb sie zurück.

Wie soll ich mich sonst konzentrieren?

In diesem Moment kam Damien aus der Küche und erblickte sie. »Alles okay?«, fragte er. »Sie sind schon eine ganze Weile weg, und Sylvie hatte Sorge, dass es Ihnen vielleicht nicht gut geht. Sie fand, dass Sie heute Morgen ein bisschen blass aussehen.«

»Oh, nein, mir geht's prima.« Gabi steckte das Handy ein, ohne die letzte Nachricht zu senden. »Entschuldigung. Ich wollte nicht so lange fortbleiben.«

»Kein Problem«, erwiderte er lächelnd. »Sylvie ist nur vorsichtig, seit eine Schülerin vor drei Jahren im Bad zusammengebrochen ist.«

»O nein! Das ist ja furchtbar!«

»Es war schon ein Schreck, aber zum Glück steckte nichts Schlimmes dahinter, nur der Kreislauf – zu niedriger Blutdruck. Der Rettungswagen kam, und es gab allerhand Durcheinander.«

»Das kann ich mir vorstellen«, räumte Gabi ein.

Sie kehrten in die Küche zurück. Gabi fing Sylvies Blick auf. Sie wirkte eher ungeduldig als besorgt, doch sie sagte nichts, und Gabi lächelte nur entschuldigend und begab sich wieder an ihren Platz.

Sylvie war bereits nervös, weil sie auf das versprochene Update von Paul Renard, dem Privatermittler, wartete, das bislang nicht erfolgt war. Sie wusste, dass ihre Präsentation heute Morgen nicht so fesselnd gewesen war, wie sie hätte sein sollen. Gabis lange Abwesenheit hatte ihr das Gefühl gegeben, dass noch etwas anderes schieflief, und sie war ernsthaft besorgt gewesen, dass die junge Frau krank sein könnte. Doch das war offenbar nicht der Fall. Sylvie hatte natürlich eine schwache Ahnung, warum Gabi so abgelenkt war, und das war absolut in Ordnung und ging sie ganz und gar nichts an, trotzdem war sie ein wenig verärgert, weil der Unterricht dadurch gestört wurde. Oder lag es daran, dachte sie plötzlich, dass sie ein wenig eifersüchtig war? Auf diesen ersten, unbändigen Liebesrausch, die wundervolle sexuelle Erregung? Genauso war es am Anfang bei ihr und Claude gewesen, doch jetzt war es nicht mehr so ... Schon vor ihrer letzten Auseinandersetzung war es zwischen ihnen nicht mehr wie am Anfang gewesen, der Schatten von Marie-Laure, der auf ihre Beziehung fiel, wurde immer länger. War es falsch gewesen, ihn deswegen unter Druck zu setzen? War sie wirklich bereit, das, was sie hatten, für etwas aufzugeben, was sie nicht haben konnten, weil es nur ihren Wünschen entsprach, aber fern der Realität war?

Nein, das war Unsinn. Sie fühlte sich im Augenblick einfach nur verletzlich, das war alles. Sobald sich Renard bei ihr mit handfesten Informationen meldete, wer der Schule schaden wollte, würde es ihr wieder besser gehen. Würde sie wieder klarsehen können.

Entschlossen schob sie die unbequemen Gedanken beiseite und wandte sich wieder ihrer Aufgabe zu, den Schülerinnen und Schülern zu zeigen, wie sie den Geschmack und das Aussehen einer Frühlingssuppe variieren und sie so zum unvergesslichen Mittelpunkt einer Mahlzeit machen konnten, statt nur zu einem bescheidenen Gaumenkitzler für das, was als Nächstes folgen würde.

Voller Bedauern leerte Kate ihre Schüssel Sauerampfer-Knoblauch-Suppe und wischte die letzten köstlichen Tropfen mit einer dicken Scheibe Brot auf, das sie zuvor mit Butter bestrichen hatte. »Wow«, sagte sie zu Stefan und Anja, die neben ihr saßen, »das war fantastisch!«

Die beiden strahlten, denn sie waren es, die die Suppe zubereitet hatten. »Danke, Kate! Meine Großmutter hat ebenfalls Sauerampfersuppe gekocht«, erklärte Anja stolz. »Diese ist nur ein bisschen anders.«

»*Same, same but different* – genauso, nur anders«, scherzte Kate, und die zwei, die diese Redewendung offenbar nicht kannten, sahen sie verwundert an. »Wie schmeckt die Suppe von Ethan und Pete?«, fragte sie daher schnell. Die Deutschen hatten sich entschieden, die Spargel-Kartoffelsuppe von Ethan und Pete zu probieren.

»Exzellent«, antwortete Stefan und reckte die Daumen in die Höhe, um den beiden seine Begeisterung zu bekunden.

Pete lachte. »Ha! Wusste ich doch, dass ein bisschen Muskat den Geschmack verfeinert«, sagte er.

Ethan zog eine Augenbraue in die Höhe. »Ich habe keine Ahnung, warum ständig alles optimiert werden muss.«

»Darum geht es im Leben nun mal«, entgegnete Pete unbeeindruckt. »Dinge zu optimieren und sie so den eigenen Bedürfnissen anzupassen.«

Ethan zuckte die Achseln, doch er erwiderte nichts.

Kate fand Pete amüsant, zumindest in kleinen Dosen, doch Ethan offenbar nicht. Überhaupt schien es nicht leicht zu sein, mit ihm im Team zu arbeiten: Gabi beispielsweise hatte klar und deutlich geäußert, dass sie nicht scharf darauf war, noch einmal mit ihm zusammengespannt zu werden. *Vielleicht bin ich als Nächste an der Reihe,* dachte sie. *Das wird ein Test sein, ob ich wirklich so umgänglich bin, wie ich denke.*

Sie schaute zum anderen Tischende, wo Misaki und Mike mit Damien plauderten. Während des Unterrichts hatten Mike und Kate ein Team gebildet, um eine samtige Lattich-Erbsen-Suppe zu kochen, und Gabi und Misaki hatten eine fantastische Gazpacho aus grünen Bohnen und Fenchel zubereitet, bestreut mit Tomaten und *piment d'Espelette*. Alles war hervorragend angekommen und sah auch brillant aus, wie ein aufwendiges Stillleben in verschiedenen Grüntönen, kontrastiert mit unterschiedlichen Farbsprenkeln: rot, weiß, gold vor dem Hintergrund der blau-weißen Suppenschüsseln. Dazu hatte es die in Scheiben geschnittenen Wurst- und Schinkenreste gegeben, außerdem Brot und Salat – beides wurde bei den Mittagessen in der Kochstunde stets gereicht –, und zum Abschluss Käse und Obst. Kate freute sich schon darauf, diesbezüglich ein paar Worte in ihrem grünen Notizbuch festzuhalten. *Es war eine tief befriedigende Freude, die Suppe zuzuberei-*

ten und zu essen, würde sie schreiben, *wie etwas, woran man sich seit seiner Kindheit erinnerte. Ich sehe immer noch die Hühnersuppe mit Nudeln vor mir, die Mum uns gekocht hat, wenn wir krank waren. Manchmal habe ich sogar so getan, als würde es mir nicht gut gehen, nur damit sie sie für mich zubereitete. Leah fand das albern – wer machte sich schon etwas aus Hühnersuppe mit Nudeln? Mittlerweile kann sie jedoch nicht genug davon bekommen. Es ist seltsam, wie wir von Gleichgültigkeit zu absoluter Besessenheit überwechseln können!*

Kate zögerte. Stimmte der letzte Satz wirklich? Jahrelang hatte Kate gedacht, sie würde sich nichts aus Kindern machen, wollte keine eigenen bekommen, nur um am Boden zerstört zu sein nach ihrer Entdeckung, dass Josh nicht nur mit Indira fremdging, sondern die glamouröse Marketing-Managerin von Resmond noch dazu geschwängert hatte – und begeistert darüber war! Kate hatte er gleich zu Beginn ihrer Beziehung klargemacht, dass Kinder nicht auf seiner Agenda standen: Sie waren ein Hemmschuh, lästig, lenkten einen von der Arbeit ab, und wahrscheinlich waren sie auch schädlich für den Planeten (nicht, dass er sich dafür interessierte). Und weil sie ihn liebte, hatte sie so getan, als wäre sie einer Meinung mit ihm, und einer Vasektomie zugestimmt – immerhin wollte er den Eingriff bei sich vornehmen lassen und hatte nicht versucht, sie zu überreden, ihre Eileiter blockieren zu lassen. Sie hatte ihre Sehnsucht nach Kindern unterdrückt, und im Laufe der Zeit hatte sie ihren Frieden damit geschlossen, kinderlos zu bleiben, war stattdessen Billy und Mia eine liebevolle Tante gewesen. Sie hatten ihre Liebe erwidert, und das hatte ihr genügt – bis Josh die Bombe platzen ließ. In ihr war eine wilde Mischung aus Zorn und Trauer hochgekocht, so gewaltig, dass sie für einen Moment dachte, sie würde ihn körperlich attackieren. Die Heftigkeit ihrer Reaktion hatte sie schockiert und Josh für einen kurzen Moment erschreckt, dann hatte sie sich abgewandt und das Haus verlassen, ihr gemeinsames Haus. Seitdem war sie nicht mehr dorthin zurückgekehrt. Sie hatte jemanden geschickt, der ihre Sachen zusammenpackte und sie in das möblierte Apartment brachte, das sie gemietet hatte, nachdem sie eine Weile zu Hause bei ihren Eltern untergetaucht war.

Es war die schlimmste Art von Betrug gewesen: nicht die Tatsache, dass er mit Indira geschlafen hatte, die sie nicht einmal ein naives Dummchen nennen konnte, denn die Frau war alles andere als das; auch nicht die Tatsache, dass er versucht hatte, sich zu rechtfertigen, indem er Kate vorwarf, sie habe das Interesse an ihm und Resmond verloren. Und nicht einmal, dass er Indira geschwängert hatte – sondern dass der Bastard ein Kind mit ihr haben *wollte*. Und zwar so sehr, dass er die Vasektomie rückgängig gemacht hatte, heimlich, versteht sich. Damit war jegliche Sehnsucht, die sie vielleicht nach ihrem früheren, gemeinsamen Leben gehabt hatte, unwiederbringlich verschwunden, denn dieses Leben war eine Lüge gewesen, ein Fake, eine groteske Parodie, die Verschwendung so vieler Lebensjahre, und Kate wünschte sich nur, dass sie jedes einzelne davon aus ihrem Gedächtnis löschen könnte.

Ihr Zorn und ihre Trauer hatten im Laufe der Monate nachgelassen und sich in etwas verwandelt, von dem sie befürchtete, dass es sie für den Rest ihres Lebens begleiten könnte: eine Mischung aus Misstrauen und Wehmut. Und genau das spürte sie mittlerweile auch bei anderen. Sie hatte es bei Arnaud gespürt, auf dem Boot, trotz seiner Freundlichkeit und obwohl der Abend großartig gewesen war. Sie hatte es gespürt, als sie ihn nach seiner Tätigkeit vor dem Buchbinden gefragt hatte und noch einige weitere Male während ihres Gesprächs, immer dann, wenn sie den Eindruck hatte, er würde ihr nur halb zuhören, immer dann, wenn er abwesend mit der Hand über Ninas Fell strich, die neben ihm saß, den Blick nach innen gerichtet, einen Ausdruck der Trostlosigkeit im Gesicht.

Als er sie später zu Fuß zurück zum Hotel gebracht hatte, Nina an seiner Seite, hatte sie sich gefragt, ob er wohl erwartete, dass sie ihn zu sich einlud, und sich vorsorglich eine Ausrede zurechtgelegt. Doch das wäre gar nicht nötig gewesen, denn er blieb vor dem Hoteleingang stehen und wünschte ihr eine *bonne nuit*, was sie erwiderte. Nina hatte größeres Aufhebens um den Abschied veranstaltet als die Menschen und war an Kate hochgesprungen, um gestreichelt zu werden, und nachdem sie und ihr Herrchen fort waren, hatte sich ein Kloß in Kates Kehle gebildet. Anders als seine Hündin machte Arnaud einen einsamen Eindruck. Trotz allem, was er über die warme, dörfliche Atmosphäre innerhalb der Hausbootgemeinschaft im Port de l'Arsenal gesagt hatte, schien sie ihm weniger zu geben, als er sich eingestehen wollte.

Kate hatte ihm am nächsten Morgen eine Textnachricht geschickt, um ihm für den Abend zu danken, und er hatte geantwortet, es sei ihm eine Freude gewesen. Allerdings hatte er kein weiteres Treffen vorgeschlagen und sie auch nicht. Es war besser so. Sie konnte immer noch zum Hafen spazieren, und sollten Nina und Arnaud dort sein, würden sie sich gewiss freuen, sie zu sehen, sie mussten sich nicht aktiv verabreden. Ein zufälliges Wiedersehen. Und wenn das nicht der Fall war, auch gut. Sie hatte keinerlei Erwartungen. Und das fühlte sich richtig an.

NEUNZEHN

Gabi und Max hatten beschlossen, die Metro zum Louvre zu nehmen und von dort aus zu Fuß zum Appartement seiner Großmutter zu gehen, eine Vierzig-Minuten-Strecke über die Champs-Élysées zu der Straße im achten Arrondissement, in der die alte Dame wohnte.

Es war ein wundervoller Abend. Am späten Nachmittag hatten sich die Wolken gehoben, und nun schien alles in dem sanften Licht zu glänzen. Sie sprachen über Gabis Kurs und Max' Vormittag – er hatte Käse für den Markt am nächsten Tag sortiert –, über Pläne für ein etwaiges gemeinsames Wochenende außerhalb von Paris, über Bücher und Filme und Musik. Und dann fragte Max Gabi nach der Zeichnung von Marguerite Yonan, die sie gekauft und die er in ihrem Zimmer gesehen hatte. Er hatte noch nie von der Künstlerin gehört, was keine Überraschung war, denn sie hatte sich in Australien einen Namen gemacht, nicht in Frankreich. Gabi antwortete leichthin, dass sie vor eine Weile in einer Kunstgalerie ein Werk von Yonan gesehen und daher den Stil erkannt habe. Sie habe die Skizze für ein passendes Souvenir gehalten. Max lächelte und sagte: »Komm schon, Gabi, bei mir musst du dich nicht verstellen«, und dann erzählte er ihr wie beiläufig, dass er sie gegoogelt und herausgefunden hatte, dass sie in Wirklichkeit »eine berühmte junge Künstlerin« war, deren letzte Ausstellung große Anerkennung gefunden hatte. Als er ihren erschrockenen Gesichtsausdruck bemerkte, fügte er hinzu: »Keine Sorge, ich werde dein Geheimnis nicht verraten. Ich verstehe, dass du inkognito sein möchtest.«

Seinem Zwinkern entnahm sie, dass er es nicht wusste, dass er das *eigentliche* Geheimnis nicht kennen *konnte*. Online war nichts zu finden, was auf die beschämende, entsetzliche Wahrheit hinwies, dass die so brillante, originelle junge Künstlerin Gabrielle Picabea eine Blenderin war, ein One-Hit-Wonder, das seine Muse verloren hatte und wohl nie wieder etwas Bedeutungsvolles erschaffen würde.

»Nun, weißt du«, sagte sie mit einem Seitenblick, »es ist manchmal ein bisschen anstrengend, eine berühmte Künstlerin zu sein – nicht, dass ich eine bin, ich habe bloß Glück gehabt.«

Es war das erste Mal, dass sie sich in Max' Gegenwart verstellte, eine Rolle spielte.

»Glück gehabt ... Von wegen!«, widersprach er. Im selben Moment kamen sie am Haus seiner Großmutter an, und erst da fiel ihr auf, dass er gar nichts zu ihrer Arbeit gesagt hatte – sie wusste nicht, ob ihm gefiel, was er gesehen hatte, oder nicht. Allerdings konnte sie ihn kaum fragen, ohne bedürftig zu wirken und so das Bild der gelassenen Künstlerin zu zerstören.

Das Appartement von Max' Großmutter befand sich in einer der teuersten Gegenden von Paris. Die Straße war gesäumt von den heiß begehrten klassischen Pariser Wohnhäusern aus dem neunzehnten Jahrhundert, entworfen von dem berühmten Baron Haussmann, und alle verfügten über die typische, reich verzierte cremeweiße Kalksteinfassade mit den gemeißelten Balkonen und den steil abfallenden silberglänzenden Schieferdächern.

Das Appartement der alten Dame befand sich im zweiten Stock. Sie hatte auf den elektrischen Türöffner gedrückt, bat die beiden über die Sprechanlage ins Haus und forderte sie auf, hochzukommen und sich wie zu Hause zu fühlen, sie müsse nur noch schnell etwas in der Küche erledigen.

»Sie mag es nicht, dass jemand sie unterbricht, wenn sie gerade dabei ist, eine Mahlzeit zuzubereiten«, erklärte Max, während sie im Eingangsbereich ihre Schuhe auszogen und in die roten Lederslipper für Besucher schlüpften, damit der Parkettboden geschützt wurde. »Aber ich bin mir sicher, sie hat schon etwas zu trinken für uns bereitgestellt.«

Das hatte sie in der Tat. Auf einem niedrigen Glastisch im Wohnzimmer stand ein hübsch geschnitztes Holztablett mit zwei verschiedenen Aperitifs, Kristallgläsern und zwei kleinen Kristallschalen mit Chips und Nüssen.

Gabi sah sich um und schnappte unweigerlich nach Luft. Das Appartement war prachtvoll, mit hohen Decken und wunderschönen Perserteppichen auf einem gebohnerten Parkettboden, einem traumhaften Kristalllüster und einem prächtigen Jugendstilspiegel über dem Kamin im Wohnzimmer. Die klassisch-eleganten Polstermöbel waren bezogen mit weiß-hellbraun gestreiftem Satinstoff, an den Wänden hingen verschiedene erstklassige traditionelle Gemälde, darunter eines, das wie das Original des Bildes auf dem Etikett der Domaine-Taverny-Flaschen aussah. Allerdings handelte es sich keineswegs um die Art von Pracht, die einschüchternd oder abschreckend wirkte: Dieses Appartement war einfach nur schön, ein Ort, den man liebend gern betrat. Das lag zum Teil an dem warmen, goldenen Licht, das durch die Fenster hereinfiel, zum Teil auch daran, dass die Wohnung genau richtig möbliert war: Es standen weder zu viele noch zu wenige Möbel darin, und die einzelnen Stücke waren nicht zu wuchtig oder zu verschnörkelt, sondern wirkten bequem und elegant zugleich.

Max schenkte ihnen einen Drink ein, und Gabi trat an eines der Fenster, neugierig auf die Aussicht.

»Schau dir das an!«, rief sie. »Man hat von hier aus sogar einen Blick auf den Eiffelturm!«

Max lächelte. »Stimmt.«

»Und in diesem Appartement hast du gewohnt, als du zur höheren Schule gegangen bist?«

Er nickte.

»Das muss wirklich hart gewesen sein«, sagte sie mit hochgezogener Augenbraue.

»Ja«, pflichtete er ihr todernst bei. »Die ganze Zeit über auf den *Tour Eiffel* zu blicken, wird irgendwann langweilig.«

»Darauf wette ich.« Gabi wollte noch etwas hinzufügen, doch da öffnete sich eine Tür am Ende des Raumes, und eine Frau kam herein.

Sie war schlank und zierlich, und Gabi wusste zwar von Max, dass seine Großmutter gerade achtzig geworden war, doch sie sah mindestens zehn Jahre jünger aus. Sie hatte karamellbraune, kunstvoll-elegant frisierte Haare, eine feinporige helle Haut, fast ohne Falten, eine gerade Nase und einen kleinen, mit dunkelrosa Lippenstift betonten Mund, außerdem dieselben leuchtenden dunklen Augen wie ihr Enkel. Sie trug eine marineblaue Seidenbluse zu einer cremefarbenen Hose, und der einzige Schmuck waren zwei Ringe – einer ein Ehering, der andere ein Siegelring. Nachdem sie ihren Enkel mit zwei Wangenküssen begrüßt hatte, streckte sie Gabi die Hand entgegen. »Guten Abend, Mademoiselle Picabea, und herzlich willkommen«, sagte sie mit angenehmer, ruhiger Stimme.

In ihrem roten Samtrock aus dem Charity-Secondhand-Laden, dem schwarzen Pulli, der Kette aus Muranoglasperlen und den Ohrhängern fühlte sich Gabi neben der mondänen alten Dame entschieden fehl am Platz. »Oh, vielen Dank, Madame Rousseau – ähm – Taverny, ähm ...« Sie warf Max einen verzweifelten Blick zu, doch bevor er ihr zu Hilfe eilen konnte, sagte seine Großmutter: »Rousseau de Taverny, aber Madame genügt.«

Gabi war sich nicht sicher, was sie damit anfangen sollte – sie hatte nicht erwartet, dass die alte Dame ihr anbot, sie beim Vornamen zu nennen, und es wäre ihr auch nicht wohl dabei gewesen. Und natürlich konnte sie sie auch nicht *mamieli* nennen, wie Max es tat – eine ungewöhnliche Kombination aus *mamie* – Oma oder Omi – und Liliane, dem Vornamen seiner Großmutter. Aber nur »Madame«, das kam ihr doch ein bisschen merkwürdig vor. Und Rousseau *de* Taverny! Max hatte nicht erwähnt, dass die Namen mit einem Adelsprädikat verbunden waren. Anscheinend benutzte er es nicht, seine Großmutter dagegen schon. »Selbstverständlich, Madame«, sagte sie, »aber bitte nennen Sie mich Gabi. Oder Gabrielle, wenn Ihnen das lieber ist.«

»Es *ist* mir lieber«, erwiderte Max' Großmutter seelenruhig, »vorausgesetzt, es macht Ihnen nichts aus.«

»Natürlich nicht«, versicherte Gabi. »Das ist absolut in Ordnung, Madame.« *Herrgott, Mädchen, hör auf zu schleimen*, tadelte sie sich selbst. *Diese Frau wird sich davon nicht beeindrucken lassen.* Und Max war ihr keine große Hilfe. Vollkommen entspannt ging er zu dem niedrigen Glastisch, um sich eine Handvoll Nüsse zu nehmen, während seine Großmutter und seine Freundin einander gegenüberstanden und sich gegenseitig musterten.

»Nun, Gabrielle«, sagte Madame, »Sie kommen also aus Australien.«

»Ja, aber meine Eltern ...«

»Setzen wir uns doch«, fiel die alte Dame ihr ins Wort und deutete ein wenig ungeduldig aufs Sofa, als hätte Gabi sie dazu genötigt, im Raum stehen zu bleiben. »So, hier können wir uns etwas entspannter unterhalten«, fügte sie in freundlicherem Ton hinzu, nachdem sie Platz genommen hatten. »Ach, Max«, wandte sie sich an ihren Enkel, »iss bitte nicht so viele Nüsse, du verdirbst dir nur den Appetit. Deck lieber den Tisch und bring die Vorspeisen heraus.«

Er warf sich grinsend eine weitere Nuss in den Mund. »Klar, *mamieli*.« Gabi konnte den Jungen in ihm sehen, der er gewesen war, als er glücklich bei dieser Frau gelebt hatte, weit weg von seinen schwierigen Eltern, und fühlte sich gleich etwas weniger eingeschüchtert. Max verließ den Raum, und seine Großmutter warf ihr einen kühlen, abschätzenden Blick zu.

»Das ist ein hinreißendes Appartement, Madame«, stieß Gabi hervor, bevor die ältere Frau anfangen konnte, sie auszufragen. »Was für eine fantastische Aussicht!«

Madames Lippen zuckten. »Danke. Ja, es ist nicht schlecht.«

Gabi deutete auf das Gemälde hinter ihr. »Das Anwesen an der Loire ist ebenfalls sehr schön, mit dem hübschen Schloss inmitten der Weinberge.«

Zu spät fiel ihr ein, dass es sich laut Max um ein »befestigtes Herrenhaus« handelte, obwohl es in den Augen aller anderen definitiv die Bezeichnung »Schloss« verdient hatte. Madame zog eine schön geschwungene Augenbraue in die Höhe und erwiderte: »Ja, das Anwesen ist wunderschön, genau wie das *Haus*. Es befindet sich schon seit Langem im Besitz der Familie.« Die Betonung des Wortes »Haus« war nicht zu überhören, und Gabi zuckte innerlich zusammen.

»Es muss sehr interessant sein, Wein herzustellen«, sagte sie und nippte nervös an ihrem Aperitif, der einen Namen hatte, den sie nicht kannte, der jedoch ziemlich gut schmeckte.

»*Interessant?*« Die Augenbraue schoss erneut in die Höhe. »Nun, hauptsächlich ist es harte Arbeit.«

»Selbstverständlich. Ich habe mich nur gefragt ...«

»Ihre Eltern«, fiel Madame ihr erneut ins Wort, »Sie wollten mir von Ihren Eltern erzählen.«

Es gab keine Möglichkeit, sich der Befragung zu entziehen, daher antwortete Gabi: »Oh, richtig, ja. Mein Bruder, meine Schwester und ich wurden in Australien geboren, aber meine Eltern stammen von hier.«

Madame sah sie an. »Aus Paris? Ich dachte ...«

Jetzt war es an Gabi, sie zu unterbrechen. »Verzeihung, ich meinte, aus Europa.«

»Europa ist groß«, sagte Madame mit einem Fragezeichen in der Stimme.

Gabi errötete. »Mein Vater kommt aus dem Baskenland, nahe Cambo, meine Mutter von der Insel Guernsey.«

»Wie interessant, ein ziemlicher Gegensatz«, fing Madame an, doch in diesem Moment kehrte Max ins Zimmer zurück. »Alles ist bereit, *mamieli*«, sagte er und warf Gabi einen fragenden Blick zu, woraufhin sie leicht mit den Schultern zuckte.

»Gut.« Max' Großmutter stand auf. »Dann werden wir jetzt essen.«

Das Esszimmer grenzte an die Küche und war genau wie das Wohnzimmer sowohl elegant als auch gemütlich eingerichtet, mit einem kleinen runden Tisch, umgeben von vier Art-Deco-Stühlen mit gepolsterter dunkelgrüner Sitzfläche und einer wunderschönen Art-Deco-Lampe an der Decke. Der Tisch mit einem bestickten, hellgrünen Leinentuch war für drei Personen gedeckt, Gabi sah weiße Teller mit Silberrand, Besteck aus Edelstahl mit dunkelgrünen Griffen sowie Kristallgläser für Wein und Wasser. In der Mitte standen ein Brotkorb, eine Karaffe mit Wasser und eine offene Flasche Taverny Sancerre, auf jedem Platzteller wartete ein kleinerer Teller mit der Vorspeise: eine Scheibe Räucherlachs auf frischem grünem Salat.

»Ich dachte, ihr würdet gern etwas Einfaches, Frisches essen«, sagte Madame lächelnd und wirkte nun sehr viel weniger Furcht einflößend als noch vor ein paar Minuten.

Der Lachssalat war so gut, wie er aussah, und der Sancerre passte perfekt dazu. Während sie aßen, sprachen Max und seine Großmutter über den Milchbauernhof, den er besucht hatte, und Gabi hörte zu und kam zu dem Schluss, dass die zwei anscheinend eine gute Beziehung zueinander hatten. Sollte Madame anfangs gegen diese unkonventionelle Käse-Karriere gewesen sein, so war sie das mittlerweile nicht mehr. Gabi musste an ihre eigenen beiden Großmütter denken. An die Mutter ihrer Mutter erinnerte sie sich kaum noch – sie war an Krebs gestorben, als Gabi erst vier oder fünf gewesen war –, doch sie erinnerte sich noch gut an die Mutter ihres Vaters. Sie war erst vor zwei Jahren von ihnen gegangen, ein knappes Jahr, nachdem ihr Mann nach über fünfzig Jahren Ehe gestorben war. *Amatxi*, baskisch für Großmutter, war eine toughe Frau gewesen, mit hartem Blick und harter Schale, doch gelegentlich zeigte sie eine unerwartete Zärtlichkeit, die so berührend wie selten war. Nach dem Tod von Gabis Großvater, ihrem *aitatxi*, wurde sie noch seltener. Er war ein so liebenswerter Mann gewesen, freundlich, warmherzig, und nachdem er von ihnen gegangen war, hatte man den Eindruck, das Sonnenlicht über dem rot-weißen Haus in den Hügeln wäre erloschen.

»Entschuldigung, wie bitte?« Max und seine Großmutter sahen Gabi erwartungsvoll an. Anscheinend hatten sie sie etwas gefragt, was sie nicht mitbekommen hatte.

»*Mamieli* fragt, ob dir Sylvies Kochkurs gefällt«, sagte Max, was ihm einen scharfen Ich-kann-für-mich-selbst-sprechen-Blick von seiner Großmutter eintrug, den er geflissentlich ignorierte.

»Oh. Ja, es gefällt mir sehr in der Kochschule Morel«, antwortete Gabi hastig. »Sylvie ist ... es geht dort sehr kreativ zu.«

»Aber warum belegen Sie einen Kochkurs?«, fragte Madame. »Hat Ihre Mutter Ihnen das Kochen nicht beigebracht, oder kommt sie vielleicht aus dem englischen Teil von Guernsey?«

»Also wirklich, *mamieli!*«, entrüstete sich Max mit einem Lachen, doch nun war sie es, die ihn ignorierte.

»Ich frage deshalb, weil Sie Französin sind, zumindest zum Teil, und trotzdem besuchen Sie eine Kochschule in Paris. Verstehen Sie, was ich meine?«

»Ich denke schon«, antwortete Gabi vorsichtig. »Na ja ...« Sie blickte die beiden an, die einander so ähnlich waren und doch nicht, und fuhr fort: »Ich habe zu Hause das Kochen gelernt, von beiden Elternteilen. Sowohl meine Mutter als auch mein Vater kochen gut, dennoch bin ich der Überzeugung, dass man immer etwas Neues dazulernen kann.«

»Das ist richtig. Aber planen Sie, damit Ihren Lebensunterhalt zu bestreiten, oder dient das allein Ihrem Vergnügen?«

Gabi warf Max unauffällig einen Blick zu, der verstohlen den Kopf schüttelte. Er hatte seiner Großmutter also nicht erzählt, dass sie Künstlerin war. Sie überlegte, ob sie sich etwas einfallen lassen sollte, was die alte Dame beeindrucken würde, doch sie entschied sich dagegen. »Weder noch. Ich möchte lediglich lernen.«

»Hm.« Madame wirkte nicht zufrieden, doch sie hakte nicht weiter nach. Stattdessen sagte sie zu Max: »Wärst du so freundlich, die Teller abzuräumen und das Hauptgericht zu holen?«

»Ich kann helfen«, bot Gabi an und machte Anstalten aufzustehen, doch Madame runzelte die Stirn. »Nein. Sie sind Gast.«

Also musste sie dableiben. Sie wünschte sich, sie hätte Max folgen können, wünschte sich, sie könnten sich einfach zur Hintertür hinausstehlen. Sie war bei der Aussicht, diese Frau kennenzulernen, nervös gewesen, aber Max' Beteuerungen und der Anblick des Appartements hatten sie dann in falscher Sicherheit gewiegt. Jetzt kehrte ihre Nervosität zurück.

»Also, Gabrielle«, sagte Madame erneut, und diesmal war der Ausdruck in ihren Augen stahlhart, »wissen Sie, worauf Sie sich da einlassen?«

»Verzeihung?« Gabi sah sie verwirrt an.

»Wir sind eine alte Familie, Gabrielle. Und alte Familien funktionieren anders.«

Gabi spürte einen Hitzestoß in der Brust. »Alle Familien sind alt, selbst wenn sie nicht über die Stammbücher und Ahnentafeln verfügen, die andere vorweisen können.«

»Stammbücher und Ahnentafeln – denken Sie, darum geht es?« Madame beugte sich über den Tisch. »Es geht um Land. Wurzeln.«

»Die besitzt meine Familie im Überfluss«, entgegnete Gabi, die langsam ärgerlich wurde. »Von beiden Seiten. Wahrscheinlich mehr als ...«

»Ja?« Madames Blick wirkte herausfordernd.

»Egal«, murmelte Gabi, gerade in dem Moment, als Max zurückkam, ein Tablett mit drei abgedeckten Schüsseln in den Händen.

Er sah die Gesichtsausdrücke der beiden Frauen und runzelte die Stirn. »Was ist los?«

»Nichts«, erwiderte seine Großmutter ruhig. »Gabrielle und ich haben uns nur unterhalten.« Sie warf Gabi einen Blick zu, die nichts dazu sagte. Sie konnte nicht, sonst wäre sie explodiert.

»Na gut.« Max behielt seine Munterkeit eisern bei, als er die Schüsseln auf den Tisch stellte und die Hauben abnahm. Darunter kam ein köstlich duftendes Rindergulasch zum Vorschein, außerdem winzige neue Kartoffeln. In der dritten, kleineren Schale befanden sich frische grüne Erbsen. »Du wirst begeistert sein, Gabi«, sagte er.

»Davon bin ich überzeugt«, pflichtete sie ihm bei, um den gleichen fröhlichen Tonfall bemüht.

Es schmeckte in der Tat ausgezeichnet. Wieder zeigte der Sancerre bei diesem Gericht seine Vielseitigkeit, und das Gespräch drehte sich während des Essens um unverfänglichere Themen, sodass sich Gabi, als Max auf die Bitte seiner Großmutter hin erneut aufstand, um die Teller abzutragen und das Dessert zu holen, beinahe entspannt hatte. Doch das entpuppte sich umgehend als Fehler, denn Madame war noch nicht fertig mit ihr.

»Waren Sie schon mal verheiratet, Gabrielle?«, wollte sie wissen und fixierte Gabi mit ihren harten dunklen Augen, als würde sie einen Schmetterling aufspießen.

»Nein.« *Nicht, dass dich das etwas angehen würde,* hätte sie am liebsten hinzugefügt, doch das tat sie nicht, weil sie immer noch die Hoffnung hegte, dass sie sich unterhalten konnten, ohne dass es zum großen Knall kam.

»Dann verstehen Sie nicht, welche Kompromisse man eingehen muss«, sagte Madame.

»Kompromisse? Wovon reden Sie?«, fragte Gabi aufrichtig erstaunt.

Max' Großmutter schüttelte den Kopf. »Es ist schon schwer genug, wenn ein Mann und eine Frau denselben familiären Hintergrund haben, aber ...«

»Das ist absolut lächerlich«, unterbrach Gabi sie und stand auf. »Ich verstehe nicht, was ich getan habe, um mir Ihren Unmut zuzuziehen, Madame, und ich möchte mich nicht mit Ihnen streiten. Doch es ist offensichtlich, dass Sie mich lieber nicht hier haben möchten, daher denke ich, es ist besser, wenn ich gehe.« Damit verließ sie hoch erhobenen Hauptes das Zimmer. Im Eingangsbereich streifte sie rasch die roten Lederpantoffeln ab, schlüpfte in Mantel und Stiefel und verließ das Appartement, wobei sie darauf achtete, sorgfältig die Tür hinter sich zu schließen.

Sie war erst ein kleines Stück die Straße entlanggegangen, als Max hinter ihr hergerannt kam. »Gabi, Gabi, bitte! Bleib stehen! Was ist denn passiert?«

Er sah völlig aufgelöst aus, und sie wäre beinahe weich geworden, aber sie kochte noch immer vor Wut, also stieß sie angewidert hervor: »Deine Großmutter ist ein großkotziger Snob, der mich nicht in der Nähe seines kostbaren Enkels haben möchte!«

»Wie bitte? Nein! Wie meinst du das?«

»Offensichtlich bin ich nicht gut genug für dich, weil ich nicht aus der richtigen Art von Familie komme«, fauchte sie. »Anscheinend haben wir nicht die Wurzeln, die ihr habt, obwohl das nichts ist als ein Haufen *merde!*«

»Selbstverständlich ist es das«, pflichtete er ihr bei, »selbstverständlich. Aber du musst verstehen ... Sie ist alt, und manchmal, nun ...«

»Alt genug, um es besser zu wissen«, entgegnete Gabi scharf.

»Ich verstehe das nicht«, sagte er und fuhr sich nervös mit den Händen durch die Haare. »Das passt nicht zu ihr. Bist du dir sicher, dass du nicht ... ähm ..., dass du nicht etwas missverstanden hast?«

Gabi sah ihn an. »Da gab es nichts misszuverstehen«, erwiderte sie, um eine ruhige Stimme bemüht. »Sie hat sich absolut klar ausgedrückt.«

»Aber ...« Er runzelte die Stirn. »Sie hat nichts dergleichen zu mir gesagt. Sie schien überrascht, dass du gegangen bist.«

»Natürlich hat sie so getan. Sie hat ja auch dafür gesorgt, dass du nicht im Zimmer warst, als sie mich schikaniert hat.«

»G... Gabi«, stammelte er, »um Himmels willen, du redest so, als hätte sie das geplant.«

»Ich denke, das hat sie auch. Sie wollte mich vergraulen, nur nicht in deinem Beisein. Deshalb hat sie dich mit dem Auf- und Abtragen der Gänge beauftragt.«

»Das ist absurd.« Sein Gesichtsausdruck wurde schärfer.

»Du denkst, dass ich übertreibe.« Gabi wandte den Blick nicht von ihm.

»Um ehrlich zu sein, habe ich keine Ahnung, was eben passiert ist, Gabi. Mir ist bewusst, dass ein paar der Dinge, die sie zu dir gesagt hat, als ich im Zimmer war, ein bisschen ... direkt waren, aber so ist sie nun mal. Und ja, sie hat tatsächlich ein paar abstruse Vorstellungen, die Familie betreffend. Aber dich vergraulen! So was hat sie noch nie getan.«

Gabi schnaubte und verspürte trotz allem einen Stich der Eifersucht. »Du meinst, das hat sie noch nie mit einer Frau aus der langen Reihe deiner Freundinnen gemacht?«

Max lief rot an. »Sei nicht albern, so lang ist die Reihe gar nicht. Nach Floriane gab es nur zwei. Das ist wirklich untypisch für sie – die Dinge zu sagen, von denen du gesprochen hast. Hast du vielleicht irgendeine Bemerkung gemacht, irgendetwas getan ...« Er verstummte abrupt, als er den Ausdruck auf ihrem Gesicht bemerkte. »Gabi, das habe ich nicht so gemeint ...«

»Doch, das hast du.« Ihre Stimme klang hohl. »Deine Großmutter wusste genau, was sie tat. Sie wusste, dass du mir nicht glauben würdest. Sie wusste, dass du dich auf ihre Seite schlagen würdest, weil du nicht anders kannst, Monsieur Max Rousseau *de* Taverny aus dieser *alten* Familie, mit diesem Schloss, das ja angeblich nur ein *Haus* ist wie alle anderen ...«

»Hör auf, Gabi, bitte. Du weißt nicht, was du sagst.« Sein Gesicht war verzerrt vor Emotionen.

»Ha, du denkst, das weiß ich nicht?« Sie ballte die Hände zu Fäusten. »Du hast mich nicht vor ihr gewarnt, du hast mir sogar weisgemacht, sie würde sich freuen, mich kennenzulernen. Das war gelogen!«

Seine Augen blitzten. »*Gelogen?* Das war das, was sie zu mir gesagt hat! Ich dachte, es wäre die Wahrheit. Genau wie ich dachte, deine Behauptung, du würdest eine Kochlehre machen, wäre die Wahrheit. Aber das stimmte ja auch nicht, oder?«

Perplex öffnete Gabi den Mund, um etwas zu erwidern, aber er war noch nicht fertig. »Warum denkst du dir so was aus? Vielleicht weil ich für dich in Wirklichkeit nur Teil einer exotischen Szenerie bin, Teil der ›Glamouröse, sexy Künstlerin inkognito in Paris‹-Story?«

Ihr Magen brannte. »Du ... wie kannst du ...«, stieß sie hervor, doch die Worte blieben in ihrer Kehle stecken. Abrupt drehte sie sich um und marschierte von dannen. Tränen, gegen die sie zornig ankämpfte, verschleierten ihre Sicht und ließen sie stolpern, als wäre sie betrunken.

Max folgte ihr nicht. Und sie sah sich nicht um. Kein einziges Mal.

ZWANZIG

Es war ein stürmischer, kühler Morgen, wattierte Jacken waren der vorzeitigen Einmottung entronnen, doch auf dem Markt ging es genauso geschäftig zu wie immer, und die Teilnehmerinnen und Teilnehmer von Sylvies Kurs schlenderten voller Vorfreude an den Ständen entlang, Notizbücher und Körbe in den Händen. Heute bestand die Herausforderung darin, Produkte zu finden, die nicht weiter als im Fünfzig-Kilometer-Umkreis vom Zentrum von Paris entfernt angebaut beziehungsweise hergestellt wurden, und daraus nach ihrer Rückkehr in die Kochschule eine Mahlzeit für die Gruppe zuzubereiten.

Am gestrigen Nachmittag hatten Sylvie und Damien die Einkaufsliste zusammengestellt und vorhin, als sie sich am Rand des Marktes versammelten, die Aufgaben verteilt. Alle hatten zufrieden gewirkt – bis auf Gabi. Sylvie hatte gedacht, sie würde sich freuen, für den Käse zuständig zu sein, aber sie hatte nur den Kopf geschüttelt und ausdruckslos gesagt: »Ich würde lieber etwas anderes besorgen.« Kate hatte gern mit ihr getauscht – Pete und sie hatten das Gemüse zugeteilt bekommen –, dennoch machte Sylvie sich Gedanken. Gestern hatte Gabi abgelenkt, aber glücklich gewirkt, heute dagegen wirkte sie abgelenkt und traurig. Obwohl ... vielleicht nicht traurig, sondern ziemlich sauer. Das konnte man an ihren Augenrändern und der angespannten Kieferpartie erkennen. Sylvie seufzte. Max sollte am Mittwoch einen Vortrag nebst Verkostung vor dem Kurs halten. Dieser Unterrichtsteil erfreute sich stets großer Beliebtheit, und sie wollte auf keinen Fall, dass irgendwelche Liebesquerelen, sollte es sich denn darum handeln, den gut geölten Rädern des Schulbetriebes einen Stock zwischen die Speichen warfen.

Sylvie schlängelte sich durch die Menge der Marktbesucher zu Max' Stand. Kate war zwar noch nicht dort eingetroffen – sie schaute sich zunächst bei anderen Käseanbietern um –, doch Max bediente gerade Kunden. Er wirkte nicht anders als sonst, dennoch war sie fest entschlossen, das Thema diskret anzusprechen, um den Vortrag nicht zu gefährden. Während sie wartete, kam ihr eine Erinnerung – eine Episode aus einem Buch, das sie während ihrer Teenagerzeit verschlungen hatte, *Le Ventre de Paris – Der Bauch von Paris –*, ein Klassiker von Émile Zola, einem berühmten Autor des neunzehnten Jahrhunderts. Der Roman drehte sich um die lebendige, chaotische Gemeinschaft von Erzeugern, Käufern und Händlern auf den legendären Frischwarenmärkten von Les Halles, den riesigen Markthallen, die sich bis in die frühen 1970er-Jahre im Zentrum von Paris befanden, nun jedoch nach Rungis verlegt worden waren. In diesem Buch gab es eine berühmte Passage, die unter der Bezeichnung »Käse-Symphonie« bekannt war. Sylvie hatte die Stelle mit ihren begeisterten, ausschweifenden Beschreibungen geliebt – »Drei Weichkäse, auf runden Brettern liegend, blickten trübselig drein wie erloschene Monde«, »Die Roquefortkäse unter den Glasstürzen machten sich vornehm breit, zeigten ihre marmorierten, fetten, blau und gelb geäderten Vorderseiten, gleichsam von einer hässlichen Krankheit ergriffen, wie sie bei reichen Leuten vorkommt, die zu viel Trüffeln gegessen haben«. Dann gab es da noch diese außergewöhnlichen Zeilen über die »übel duftenden« Käse wie »die rot gefärbten Livarotkäse, die die Gurgel packen wie ein Schwefeldampf«, und einen anderen Käse, der so sehr stank, dass er Fliegen umbrachte. Was Sylvie jetzt plötzlich auffiel, war nicht die Ähnlichkeit mit Max'

Stand – um seinen Käse herum waren nirgendwo tote Fliegen zu entdecken! –, sondern dass der Zola-Text sie an etwas erinnerte, was sie neulich in Monsieur Phams Büro gesehen hatte.

Sie holte ihr Handy hervor und scrollte zu den Fotos von den E-Mail-Adressen, unter denen die angeblichen Beschwerden an Signal Conso geschickt worden waren: quenunormande@hotmail.com und sagetragot@gmail.com. Ja, sie war sich beinahe sicher. Eilig trat sie ein paar Schritte vom Stand zurück und tippte erst *quenu Zola*, dann *saget Zola* ein und landete sofort Treffer. Ja! Die Quenus waren wichtige Charaktere in dem Buch, und Normande lautete der Spitzname einer weiteren Figur, wohingegen Fräulein Saget im Roman eine notorische Klatschtante war und *ragot* das französische Wort für Klatsch.

Sylvie rief die Detektei von Paul Renard an und wurde beinahe umgehend zu ihm durchgestellt.

»Ah, Madame Morel«, sagte Renard. »Ich wollte Sie ebenfalls gerade anrufen.«

»Dann gibt es also Entwicklungen?«, fragte sie angespannt.

»In gewisser Hinsicht. Wir haben den Mann ausfindig gemacht, der Ihrer Ansicht nach hinter alldem stecken könnte. Robert Blanchard.«

Sie verstärkte den Griff um ihr Handy. »Und? Was sagt er?«

»Nichts.« Eine Pause. »Er ist vor einem Jahr an Krebs gestorben.«

Ihre Kehle wurde eng. »Sind Sie sicher, dass es sich um den richtigen Blanchard handelt?«

»Hundertprozentig. Ich habe seine Schwester aufgesucht. Sie hat uns erzählt, dass ihr Bruder tatsächlich verbittert war, weil Sie ihm nicht geholfen haben – so hat sie es formuliert.«

»So war das nicht ... ach, egal. Und was ist mit ihr? Halten Sie sie für fähig, so etwas zu tun, um Rache zu nehmen für ihren Bruder?«

»Nein. Sie stand nicht hinter seinen Behauptungen, sagte, ihr Bruder habe schon immer gern übertrieben.«

»Gibt es eine andere Person aus seinem Umfeld, die womöglich ...«

»Nein«, unterbrach Paul Renard sie. »Zumindest haben wir niemanden ausfindig machen können. Wir halten weiterhin die Augen offen, doch ich fürchte, diese Spur entpuppt sich als Sackgasse.«

Sylvie seufzte. »Vermutlich haben Sie recht«, räumte sie ein, dann fügte sie ein wenig aufgeregt hinzu: »Ich habe vielleicht einen anderen Hinweis für Sie. Er hat mit Zola zu tun.«

»Mit *Zola*?«, fragte er überrascht.

»Lassen Sie mich erklären ...« Eilig setzte sie ihn ins Bild.

»Interessant«, sagte er, nachdem sie geendet hatte. »Womöglich handelt es sich um das Lieblingsbuch desjenigen, der hinter den Schikanen steckt.«

»Ja, vielleicht bringt uns das weiter.«

»Möglich, aber im Grunde ist es wie die berühmte Suche nach der Nadel im Heuhaufen. Oder – in diesem Fall – nach einem bestimmten Wort in Zolas Roman«, fügte er hinzu, und sie konnte das Lächeln in seiner Stimme hören.

»Das ist richtig, aber man kann ja nie wissen«, entgegnete sie, schon etwas weniger euphorisch.

»Nein, das kann man nicht«, pflichtete er ihr bei. »Aber keine Sorge, wir werden dem nachgehen.«

»Danke, Monsieur Renard.« Sylvie beendete das Gespräch und steckte gerade das Handy wieder ein, als sie Kate auf Max' Stand zukommen sah. Kein guter Moment, um wegen Mittwoch diskret ein Wort mit ihm zu wechseln. Aber das machte nichts, dann würde sie ihn später einfach anrufen.

Kate hatte Sylvie in der Nähe von Max' Stand stehen sehen, das Handy ans Ohr gedrückt, doch bevor sie bei ihr ankam, war die Leiterin der Kochschule weitergegangen. Sie fragte sich, ob der geistesabwesende Ausdruck auf Sylvies Gesicht womöglich etwas mit der Kampagne gegen die Schule zu tun hatte. Nicht, dass schon wieder etwas vorgefallen war! *Arme Sylvie*, dachte sie. Es war mit Sicherheit belastend, die Identität und das Motiv von jemandem herausfinden zu müssen, der ihr schaden wollte.

»Guten Morgen«, begrüßte sie Max fröhlich. »Ich möchte einen Käse aus der Region kaufen. Vielleicht auch zwei. Für unseren heutigen Unterricht.«

Er lächelte flüchtig. »Selbstverständlich«, sagte er auf Englisch. »Heute ist der Tag, an dem ihr Produkte aus der Region auswählen sollt. Innerhalb eines Radius von fünfzig Kilometern, stimmt's?«

Sie nickte, erleichtert, dass er genau wusste, was sie benötigte. »Das ist richtig.«

»Na ja, wie du weißt, verwenden wir im Französischen das Wort *terroir*, um den besonderen Ort zu bezeichnen, an dem eine Kulturpflanze, zum Beispiel Weintrauben, angebaut und geerntet oder ein Nahrungsmittel, zum Beispiel Käse, hergestellt wird. Bodenbeschaffenheit, Klima, landwirtschaftliche Praktiken, jahrhundertelange Erfahrung – all dies prägt ein *terroir*. Und der großartige Käseklassiker aus dem hiesigen Île-de-France-*terroir* ist natürlich der Brie de Meaux, der in Meaux hergestellt wird, einer Stadt fünfzig Kilometer östlich von Paris.« Er deutet auf ein schönes, großes Käserad mit dicker, weißer Rinde. »Angeblich zählt der Brie de Meaux zu den ältesten Käsesorten Frankreichs, denn er wird bereits in einem Dokument aus dem achten Jahrhundert erwähnt. Und angeblich hat König Ludwig XVI. bei seiner letzten Mahlzeit darum gebeten, bevor man ihn guillotinierte.«

»Das ist ja mal ein Stammbaum!« Kate nickte anerkennend und beäugte den Käse. »Ich liebe Brie, und ich bin mir sicher, dass deiner hervorragend schmeckt.« Mittlerweile duzten sich die Kursteilnehmerinnen und -teilnehmer auch mit Max.

Sein Lächeln wirkte nun schon etwas weniger flüchtig. »Das tut er, ganz bestimmt«, versicherte er ihr. Keine falsche Bescheidenheit, typisch französisch, dachte Kate amüsiert. »Wie du dir denken kannst, gibt es jede Menge Brie-Hersteller«, fuhr er fort, »aber ich beziehe diesen hier von einem herausragenden kleinen Anbieter. Der Käse ist komplett Bio und wird aus Rohmilch hergestellt. Möchtest du etwas davon?«

»Ich denke, da kann ich nicht widerstehen.« Kate erwiderte sein Lächeln. »Was empfiehlst du mir sonst noch?«

»Den hier«, sagte er und deutete auf einen Käse mit hellbrauner Rinde und einem Etikett, auf dem *Cabrichou* stand. »Ein köstlicher Rohmilchkäse von der Ziege, von einem weiteren exzellenten regionalen Hersteller, diesmal aus dem wunderschönen Chevreuse-Tal, nur vierzig Kilometer südwestlich von Paris gelegen. Ich gebe dir ein Stück zum Probieren.« Er schnitt eine Scheibe ab, legte sie auf ein Stück Brot und reichte es ihr.

Der Cabrichou hatte das typische Ziegenaroma, aber nicht allzu stark. Die gewaschene Rinde war weich, die Textur innen so cremig, dass sie förmlich auf der Zunge zerging, der Geschmack würzig. »Oh, der schmeckt absolut fantastisch!«, rief Kate aus. »Davon nehme ich ganz bestimmt etwas.« Sehnsüchtig betrachtete sie die anderen Käse. »Sylvie meinte, ich solle für den Kurs nicht mehr als zwei kaufen … aber vielleicht sollte ich doch noch mehr mitnehmen. Etwas, was sich für ein abendliches Picknick am Fluss eignet.«

Ein Anflug von Traurigkeit huschte über sein Gesicht, doch dann wurde sein Ausdruck wieder freundlich-professionell. »Du nimmst am besten keinen zu weichen Käse, wenn du ihn über eine größere Entfernung transportieren willst. Soll er immer noch aus der Region sein?«

»Nein, ich denke, wir können den Radius etwas erweitern«, sagte Kate und nickte, als er einen blauen Käse aus der Normandie und einen halbfesten aus der Bretagne empfahl. Sie probierte beide und fand sie köstlich. Während sie zusah, wie er Stücke von den gewünschten Käsesorten abschnitt und einzeln verpackte, dachte sie, wie wundervoll es sein musste, sein Leben dem zu widmen, worüber man so viel wusste und was man so sehr liebte wie er seinen *fromage*. Und noch besser war es, wenn man damit anderen Menschen eine Freude bereiten und dafür sorgen konnte, dass die Vielfalt der Esskultur weiterhin gedieh, auf Hunderten, Tausenden Milchbauernhöfen im ganzen Land.

»Danke«, sagte sie, als er ihr die Päckchen reichte und sie sie in ihrem Einkaufskorb verstaute. Nachdem sie bezahlt hatte, erkundigte sie sich, ob er etwas dagegen hätte, wenn sie Fotos machte und auf Instagram postete.

Er schüttelte den Kopf. »Kein Problem.«

»Danke auch, dass du dir die Zeit genommen hast, mich zu beraten«, fügte sie hinzu. »Ich weiß das wirklich zu schätzen.«

»Es war mir ein Vergnügen«, sagte er und schien noch etwas hinzufügen zu wollen, doch plötzlich verschwand das Lächeln von seinen Lippen, und sein Gesicht wurde ausdruckslos. Er erwiderte kaum ihr *au revoir*, nachdem sie rasch ein paar Fotos geschossen hatte, und schaute auf einmal konzentriert auf irgendetwas vor der Verkaufstheke. Hatte sie etwas Falsches gesagt? Sie drehte sich um, und jetzt sah sie, was er gesehen hatte: Gabis Rücken, der in der Menge verschwand. Kate dachte daran, wie sie die beiden in der Nähe des Hafens getroffen hatte, an dem Abend, an dem sie Arnaud begegnet war. Sie hatten einander voller Leidenschaft geküsst, die gegenseitige Anziehungskraft war nicht zu übersehen gewesen. Nun – anscheinend herrschte Ärger im Paradies.

Mit zusammengeschnürter Kehle und aufgewühltem Magen eilte Gabi zurück ins Hotel. Sie fühlte sich nicht wohl, hatte sie doch in der letzten Nacht kaum geschlafen. Sie hatte sich nicht in die Nähe von Max' Stand begeben wollen, aber Pete hatte sich zu ihr gesellt, um in Erfahrung zu bringen, was sie gekauft hatte. »Nur damit wir nicht dasselbe besorgen«, hatte er erklärt, und dann bestand er darauf, dass sie ihn zu einem bestimmten Stand begleitete. Zu spät realisierte sie, dass dieser viel zu nah an Max' lag. Kate stand dort und sprach mit ihm. Gabi hatte ihren Korb Pete in die Hand gedrückt und gesagt: »Es tut mir echt leid, aber ich fühle mich nicht wohl, könntest du Sylvie bitte ausrichten, dass ich ins Hotel gehe und mich ausruhe?«

»O nein«, hatte Pete erwidert, »ist alles in Ordnung bei dir?«

Das war eine blöde Frage, wenngleich nett gemeint, wie sein Gesichtsausdruck bekundete, also antwortete sie freundlich: »Nicht wirklich, aber es wird bestimmt besser, wenn ich mich ein bisschen hingelegt habe. Mach dir keine Sorgen.«

Pete nickte. »Sicher. Das ist das Beste, was du tun kannst. Ich gebe Sylvie Bescheid.« Er wandte sich zum Gehen, doch dann legte er plötzlich die Stirn in Falten und fragte: »Schaffst du es denn allein zurück? Ich meine, das ist eine ganz schöne Strecke.« Sie versicherte ihm, dass sie die Metro nehmen würde und dass er sich wirklich keine Gedanken um sie machen müsse, und er nickte erneut und strebte auf Kate zu, zu der er ein freundschaftlicheres Verhältnis hatte. Aber Kate hatte zu allen ein freundschaftlicheres Verhältnis, diese kleine Miss Sunshine ... *Mein Gott, bin ich fies,* dachte Gabi und eilte mit schnellen Schritten davon. Im Grunde war sie nicht sauer auf Kate, sondern auf Max. Wie unbeschwert er gewirkt hatte, während er mit Kate plauderte, als wäre nichts passiert, und dann hatte er aufgeblickt und sie gesehen, und der starre Ausdruck auf seinem Gesicht hatte ihr einen so schmerzhaften Stich versetzt, dass sie auf der Stelle die Flucht ergreifen musste.

Als sie in ihre Straße eingebogen war, kaufte sie sich einen Kaffee zum Mitnehmen und betrat damit das Hotel. Die Frau am Empfang blickte auf und sagte: »Es ist ein Anruf für Sie eingegangen, Mademoiselle, ich habe eine Nachricht für Sie.« Sie gab ihr ein zusammengefaltetes Blatt Papier. *Max,* dachte Gabi sofort. *Max, der versucht, sich zu entschuldigen, und der denkt, ich würde nicht ans Handy gehen, wenn er mich darauf anruft – und er hat verdammt noch mal recht.* Sie hatte ihr Handy heute Morgen mit Absicht in ihrem Zimmer liegen lassen, damit er sie nicht erreichen konnte.

Die Augen der Rezeptionistin waren immer noch auf sie geheftet, daher bedankte sie sich lächelnd, anstatt das Blatt zusammenzuknüllen und in den Papierkorb zu schleudern, und ging hinauf in ihr Zimmer. Dort angekommen, stellte sie den Kaffee auf den Tisch, warf ihre Tasche und das Blatt auf den Boden und sich selbst aufs Bett. Die Augen fest geschlossen, blieb sie eine Weile liegen und zwang sich, sich zusammenzureißen. *Hör auf, so eine Dramaqueen zu sein!* Er war bloß ein Mann, auf den sie eine Zeit lang gestanden hatte, mehr nicht, ein Mann, der gut im Bett war und gut kochen konnte. Zum Glück war sie ihn los, genau wie die anderen Typen, die sich als Weicheier entpuppt hatten. Trotzdem wollte das Stimmchen tief in ihrem Innern nicht verstummen, das ihr zuflüsterte, dass Max eben kein Weichei war und dass noch kein Mann solche Gefühle in ihr hervorgerufen hatte wie er, weder in guten noch in schlechten Zeiten. Der Schmerz, den sie jetzt empfand, ging nicht nur auf gerechten Zorn über sein Benehmen oder verletzten Stolz zurück, es handelte sich schlicht und ergreifend um den Schmerz des Verlusts, und der tat weh, verdammt weh.

Ohne es zu merken, dämmerte sie ein und schreckte erst ein paar Stunden später aus dem Schlaf hoch, desorientiert, mit trüben Augen. Als sie aufstand, um sich Wasser ins Gesicht zu spritzen, fiel ihr Blick auf das Blatt Papier auf dem Fußboden. Sie hob es auf und entfaltete es mit zitternden Fingern.

Die Nachricht war nicht von Max, sie war von Nick.

Bin in Delhi beim International Arts Festival. Kein so großer Zeitunterschied, lass uns heute zoomen. Bitte diese Nachricht NICHT IGNORIEREN! Nick

Seufzend nahm Gabi ihr Handy aus der Nachttischschublade und schrieb:

Hi, Nick, auf diesem Handy ist kein Zoom installiert.

Die Antwort kam umgehend.

Dann lade die App runter. Ich schick dir einen Meeting Link.

Noch während sie genervt auf die Nachricht blickte und nach einem Vorwand suchte, warum sie Zoom nicht herunterladen würde, pingte das Handy erneut.

Keine Ausreden, Gabi. Es ist dringend. Aber positiv.

Sie zögerte. Noch immer hätte sie sich am liebsten vor einem Gespräch gedrückt, aber Nick würde keine Ruhe geben, deshalb sollte sie es lieber bald hinter sich bringen, ganz gleich, worum es ging.

Okay,

tippte sie,

gib mir fünf Minuten.

Sie hörte beinahe seinen erleichterten Seufzer, als die Antwort aufpoppte.

Großartig. Bis gleich.

Verdammt. Wie spät war es in Delhi? Sie rief die Zeitverschiebung in ihrem Handy auf: dreieinhalb Stunden später als in Paris, in Delhi war es also früher Abend. Genervt lud sie die Zoom-App herunter und schickte ihm ein einziges Wort:

Erledigt.

Anschließend ging sie ins Bad, wusch sich das Gesicht und bürstete ihre Haare. Als sie ins Zimmer zurückkehrte, sah sie, dass Nick ihr den Link per E-Mail geschickt hatte. Sie drehte den Tisch so, dass sie mit dem Rücken zum Fenster saß, und stellte das Handy auf. Dann setzte sie sich, holte tief Luft und tippte auf den Link.

Fast sofort erschien sein breites, dunkles Gesicht mit dem Schopf ergrauender Haare auf dem kleinen Display, eine Sekunde später hörte sie seine dröhnende Stimme: »Hallo, Fremde!«

»Selber hallo«, erwiderte Gabi, darum bemüht, fröhlich auszusehen und zu klingen. Sie mochte Nick, er war ein netter Kerl, und er hatte sie schon lange vor *Shadow Life* unter Vertrag genommen – es war also nicht so, als wäre er irgendein Abzocker, der versuchte, aus ihrem jüngsten Erfolg Kapital zu schlagen. »Also, wo brennt's?«

»Die Galerie möchte ...«, setzte er an, aber sie unterbrach ihn.

»Nick, ich arbeite an etwas ...« *Lügnerin!* »... aber ich bin noch nicht bereit, darüber zu reden.« *Lügnerin!* »Ich bleibe noch zwei Wochen hier, und anschließend ...«

Jetzt war es Nick, der sie unterbrach. »Du bist so weit, wenn du so weit bist«, sagte er. Mit dieser Lockerheit hatte sie nicht gerechnet, nicht nach dem letzten Gespräch, das sie vor ein paar Wochen mit ihm geführt hatte. Sie wollte sich gerade diesbezüglich äußern, als er fortfuhr: »Hier geht es um etwas anderes. Die Galerie wurde gebeten, eine vielversprechende australische Kunstschaffende oder einen vielversprechenden australischen Kunstschaffenden für eine prestigeträchtige Künstlerresidenz in der Provence auszuwählen. Sie wollen dich nominieren!«

Gabi erstarrte. »Wie bitte?«

»Drei Monate, ab Ende Mai, sämtliche Kosten werden übernommen, außerdem erhältst du eine wöchentliche Vergütung. Es besteht kein Zwang, etwas Fertiges zu produzieren – du kannst einfach deine Kreativität ausleben und mit anderen Künstlerinnen und Künstlern zusammen sein. Das ist brillant, Gabi, und du bist die perfekte Wahl, vor allem, weil du bereits in Frankreich bist, außerdem besitzt du die doppelte Staatsbürgerschaft und sprichst die Sprache. Der Nominierungszeitraum endet übermorgen, sie benötigen also dringend dein Einverständnis, damit sie dich vorschlagen können. Also, was sagst du?«

»Ich ... ich weiß nicht«, stammelte Gabi. Ihre Gedanken wirbelten wild durcheinander. »Ich ... ich muss darüber nachdenken.«

Nick runzelte die Stirn. »Denk nicht zu lange nach. Eine Gelegenheit wie diese bekommst du nicht jeden Tag. Tatsächlich auch nicht jedes Jahr. Ich muss ihnen bis spätestens morgen Nachmittag antworten. Heute wäre natürlich besser.«

»Aber ich kann nicht ...«, fing sie an, dann änderte sie den Kurs. »Warum erfahre ich so spät davon? Ich meine, es muss doch schon früher möglich gewesen sein, sich zu bewerben.«

»Es geht nicht um eine Bewerbung«, stellte er klar. »Die dafür in Frage kommenden Künstlerinnen und Künstler werden nominiert.«

»Wie auch immer – das kommt mir seltsam vor. Ich wette, ich war nicht ihre erste Wahl. Bestimmt hatten sie zunächst jemand anderen, berühmteren auf dem Schirm.« Sie wusste, wie ungnädig sie klang, aber sie war zu verwirrt, um es zu ändern.

»Hör mal, Gabi, ich weiß, wie sehr du in letzter Zeit gekämpft hast ...«

»Hab ich nicht«, log sie, wenngleich sie selbst nicht wusste, warum.

»… aber ich kann mir nicht ständig irgendwelche Entschuldigungen für dich einfallen lassen«, brachte er seinen Satz zu Ende. »Du bist seit Ewigkeiten nicht erreichbar. Du beantwortest weder E-Mails, noch nimmst du Anrufe entgegen. Du hast deine sozialen Medien deaktiviert. Die Galerie kann sich nicht mit dir in Verbindung setzen. *Ich* konnte mich nicht mit dir in Verbindung setzen und musste erst deine Mutter unter Druck setzen, um herauszufinden, wie ich an dich herantreten kann. Sie hat mir erzählt, dass du in Paris bist und dir eine einmonatige Auszeit nimmst – um zu *kochen! Herrgott noch mal!* Und jetzt schaust du einem geschenkten Gaul ins Maul! Und was für einem! Versuchst du wirklich mit aller Kraft, deine Karriere zu ruinieren? Wenn ja, gib mir bitte Bescheid, denn ich habe nicht vor, mit dir zusammen unterzugehen!«

»Das verlangt auch keiner von dir«, hielt Gabi dagegen und spürte, wie sie wütend wurde. »Und ich ganz bestimmt nicht!«

»Tja, nun, du hast nicht gerade …« Doch Nick schluckte das, was er hatte sagen wollen, hinunter, und sagte stattdessen nur: »Lass dir die Nominierung durch den Kopf gehen und teil mir deine Entscheidung so bald wie möglich mit, okay?«

Sie nickte zögernd. »Okay«, erwiderte sie schließlich, doch da hatte er das Gespräch bereits beendet.

Leise fluchend sprang sie auf und tigerte im Zimmer auf und ab. Ihr schwirrte der Kopf, ihr Magen schnürte sich zu einem festen Knoten zusammen. Früher hätte sie vor Freude über die Aussicht auf eine Künstlerresidenz einen Luftsprung gemacht, jetzt dagegen wusste sie weder, was sie denken, noch, was sie fühlen sollte, nicht in dieser Situation, nicht mit Max …

In diesem Moment tauchte unerwartet ein Bild vor ihr auf: gütige blaue Augen; buschige schwarze Brauen, durchsetzt mit Grau;

volles, graues Haar; ein Lächeln, das langsam aufging, wunderschön, wie die Sonne ... Weitere Bilder kamen ihr in den Sinn – lange Schritte, die die geliebten alten Hügel durchstreiften und geduldig warteten, bis kleine Beine aufschlossen; schwielige Hände, die überraschend sanft ein kleines Mädchen auf leicht gebeugte Schultern hoben; eine tiefe, volltönende Stimme, die Geschichten erzählte, Lieder sang ... Ihr baskischer Großvater, ihr liebenswerter *aitatxi,* der vor drei Jahren gestorben war und von der Familie noch immer schmerzlich vermisst wurde. Den ihre starke Großmutter, ihre *amatxi,* so geliebt hatte, dass sie nach seinem Tod nur noch ein Jahr auf dieser Welt geblieben war. Ihrem *aitatxi* hätte sie all ihre Probleme anvertrauen können, denn er hätte sie verstanden, weil er so weise war und so vieles über die Menschen und die Welt wusste, obwohl er nie über Bayonne hinausgekommen war.

Und plötzlich wusste sie, was sie mehr als alles andere brauchte. Sie nahm ihr Handy und buchte ein Zugticket in einem TGV nach Biarritz, der in ein paar Stunden fuhr. In Biarritz würde sie einen Wagen mieten und in die Hügel fahren.

EINUNDZWANZIG

Es war ein strahlender, windiger Freitagmorgen am Bassin de la Villette, und Kate, Pete, Stefan und Anja warteten in der Schlange vor einer der Bootsvermietungen. Stefan und Anja hatten für den Tag ein Boot reserviert, um durch die Kanäle zu schippern, und sie hatten alle aus dem Kurs eingeladen, sie zu begleiten. Doch Gabi war übers Wochenende weggefahren, Mike und Ethan hatten schon etwas anderes vor, und Misaki wollte den Tag im Musée d'Orsay bei den Impressionisten verbringen, also würden nur Kate und Pete das Paar aus Deutschland begleiten.

Als die beiden ihr am Tag zuvor von ihrem Vorhaben berichteten, hatte Kate sofort an den Port de l'Arsenal gedacht, doch Stefan hatte sich bereits erkundigt und herausgefunden, dass man dort kein Boot für einen Tagesausflug bekam; dafür musste man zum Bassin de la Villette fahren.

»Wir hätten eine Bootstour mit Skipper buchen können«, sagte er, »aber dann sind wir auf einen Anbieter gestoßen, der elektrische Motorboote vermietet, die sich leicht selbst steuern lassen. Wir dachten, das macht bestimmt mehr Spaß!« Doch wenn es um Spaß ging, wusste Kate, legten seine Frau und er großen Wert darauf, dass alles gut vorbereitet war. Aus dem Grund hatten sie einen *guide touristique* gebucht, denn sonst, so sagte Stefan, wüssten sie ja gar nicht, was sie sich ansahen. Außerdem hatten sie zur Mittagszeit ein ausgiebiges Picknick mit allem Drum und Dran organisiert. Sie hatten ein Boot für elf Personen bestellt, was Kate ein wenig übertrieben fand, zumal sie nur zu viert sein würden – zu fünft, wenn man den Touristenführer mitzählte, der allerdings bis jetzt nicht aufgetaucht war. Anja beharrte jedoch darauf, dass es besser war, zu viel Platz zu haben als zu wenig.

Es musste Stefan und Anja ein Vermögen gekostet haben, aber sie hatten rundweg abgelehnt, als Pete und Kate anboten, sich zu beteiligen. »Wir feiern an dem Datum unseres vierzigsten Hochzeitstag«, hatte Anja lächelnd erklärt, »und weil Katrin und ihre Familie weit weg sind« – sie hatte erwähnt, dass ihre Tochter einen Amerikaner geheiratet hatte und in den USA lebte –, »haben wir beschlossen, mit Freunden zu feiern. Und Freunde bittet man nicht zur Kasse.«

Jetzt schaute Kate sich um und betrachtete die offenen roten und weißen Boote, die auf das funkelnde Wasser hinausfuhren. Ein Schwanenpaar glitt elegant zwischen ihnen hindurch, überall waren Touristen und Familien, sämtliche Sprachen der Welt begleiteten das fröhliche Treiben, und Kate war froh, dass sie dabei war, anstatt den Tag wie geplant mit einem Bummel durch die Geschäfte zu verbringen. Ja, auch Pete kam mit, aber er war ganz in Ordnung, und Stefan und Anja mochte sie wirklich. Die beiden wirkten so ungekünstelt und schienen sich an allem so sehr zu erfreuen. Passend zum Anlass trugen sie aufeinander abgestimmte marineblau-weiß gestreifte Oberteile, cremefarbene Leinenhosen und flotte Bootsmützen – was Kate unweigerlich zum Lächeln brachte.

Anja fing ihren Blick auf und reckte die Daumen in die Höhe. »Ist das nicht herrlich!«, rief sie.

»Ihr werdet voll und ganz auf eure Kosten kommen«, pflichtete Kate ihr bei.

Anja lachte. »Davon bin ich überzeugt!« Dann trat ein leicht besorgter Ausdruck auf ihr Gesicht. »Unser *guide* müsste längst da sein«, sagte sie. »Ich hoffe, er verspätet sich nicht noch mehr.«

Sie gelangten zum Anfang der Schlange und nahmen Schlüssel, Schwimmwesten und das Handbuch für ihr Boot entgegen, dann wurden sie in den Einweisungsbereich geführt, wo ihnen eine junge Frau in einem ganz ähnlichen gestreiften Oberteil, wie Anja und Stefan es trugen, Anweisungen und Ratschläge erteilte, wie sie mit dem Boot umgehen und was sie unbedingt vermeiden sollten. Noch immer war der *guide* nicht aufgetaucht. Er traf erst ein, als die einzelnen Gruppen zu ihren jeweiligen Booten geführt wurden, und entschuldigte sich für die Verspätung.

»Es tut mir wirklich leid, ich wurde zu Hause aufgehalten, ein kleines Problem mit ...« Sein Blick fiel auf Kate, und seine Augen weiteten sich. »Oh. Hallo.«

»Hallo, Arnaud.« Kate versuchte, ihre freudige Überraschtheit zu überspielen. »Ist Nina nicht mitgekommen?«

Er schüttelte lächelnd den Kopf. »Sie würde sofort das Ruder an sich reißen – bildlich gesprochen. Ich habe sie bei Nachbarn gelassen, die ebenfalls einen Hund haben.«

Die anderen drei verfolgten das Gespräch erstaunt. »Seid ihr befreundet?«, erkundigte sich Stefan.

Kate sah Arnaud an, der ihren Blick erwiderte. »Ja«, sagte er dann, und Kate verzichtete darauf zu widersprechen. Machte es einen Unterschied, ob sie Freunde waren, Bekannte oder einfach nur zwei Menschen, die einander flüchtig kennengelernt hatten? Sie freute sich, ihn wiederzusehen, und auch er schien sich zu freuen. Nicht mehr, aber auch nicht weniger.

»Noch ein Freund, der unseren Tag bereichert«, stellte Anja fröhlich fest und lächelte breit in die Runde. »Also gut, lasst uns aufbrechen, Freunde!«

Arnaud entpuppte sich als ausgezeichneter Touristenführer – informativ, unterhaltsam, aber nicht aufdringlich. Offensichtlich machte er das nicht zum ersten Mal. Pete zeigte sich von seiner besten Seite – es stellte sich heraus, dass er auf dem Wasser ein bisschen nervös war und deshalb etwas zurückhaltender als üblich. Stefan und Anja jubelten über alles, hielten Händchen und wirkten so unfassbar glücklich, dass Kate einen Kloß in der Kehle verspürte. Und während sie über das Wasser glitten und sich dabei mit Ausnahme von Pete beim Steuern abwechselten, spürte Kate, wie sie sich angesichts der Schönheit der Stadt, der angenehmen Gesellschaft und der ruhigen Bewegung des Boots restlos entspannte. Es war einfach perfekt.

Sie tranken ein Glas Champagner an Bord, und später vertäuten sie das Boot an einem Anleger, um auf einer Rasenfläche ein üppiges Picknick zu sich zu nehmen: kalter Entenbraten mit frischem Brot, *terrine* mit Schweinefleisch aus einer Glasform, Räucherlachs und *jambon de Paris* in saftigen Scheiben, Gewürzgürkchen, Artischockenherzen und gedämpfter weißer Spargel, eine Käseplatte – einschließlich der Käse, die Kate bei Max gekauft hatte – und zum Schluss Törtchen, die aussahen wie Schmuckstücke: Zitrone, Erdbeere, Schokolade, Karamell und Mandel. Dazu wurde kein Wein, sondern ausgezeichneter Fruchtsaft und heißer Kaffee aus der Thermoskanne gereicht. Stefan hatte ihnen erklärt, dass es strikte Auflagen gab, wenn man sich ein Boot ausleihen wollte – mehr Alkohol als der Champagner, den sie bereits zu sich genommen hatten, war nicht erlaubt. Es machte ihnen nichts aus, sie saßen fröhlich in der Sonne, plauderten miteinander und sahen einigen Leuten zu, die in der Nähe *boules* spielten. Pete schlenderte hinüber und plauderte mit ihnen, woraufhin sie ihn lächelnd zu einem Spiel einluden. Stefan folgte ihm, dann Anja, sodass Kate und Arnaud allein mit den Resten des Mittagessens zurückblieben. Kate war viel zu satt und träge, um etwas anderes zu tun, als einfach nur dazusitzen, und auch Arnaud machte einen rundum zufriedenen Eindruck. Sie unterhielten sich, und Kate erfuhr, dass er sich während der vergangenen Jahre öfter als Touristenführer verdingt hatte, weil das Buchbinden kein regelmäßiges Einkommen darstellte. Er tue das gern, sagte er, und Kate musste daran denken, dass er neulich einen eher einsamen Eindruck auf sie gemacht hatte. Offenbar hatte sie sich getäuscht – er war einfach nur ein selbstgenügsamer Mensch.

Entspannt plauderte sie über die gestrige Lektion in der Kochschule und das regionale Mittagessen, das sie hatten zubereiten müssen. Es hatte großen Spaß gemacht und war wegen der Geschichten, die sich um die verschiedenen Zutaten rankten, noch dazu äußerst spannend gewesen – zum Beispiel konnte Kate die Geschichte weitererzählen, dass König Ludwig XVI. sich den Brie de Meaux als Teil seiner Henkersmahlzeit gewünscht hatte. Daraufhin erzählte Arnaud ihr, dass der berühmte Gourmet Jean Anthelme Brillat-Savarin – nach dem ein weiterer Käse benannt war und dessen viel gefeiertes Buch über die »Physiologie des Geschmacks« mit dem gleichnamigen Titel auch zweihundert Jahre nach seinem Tod noch gedruckt wurde – die Geschichte verbreitet hatte, dass er als Aristokrat während der Französischen Revolution auf der Flucht vor den Soldaten gewesen war und dennoch beschloss, in einem Gasthaus zu Mittag zu essen. Auch die Soldaten kehrten in einem Gasthaus ein, bevor sie weiter auf ihn Jagd machten. Eine gute Mahlzeit war in Frankreich nun mal eine ernst zu nehmende Angelegenheit, ganz gleich, unter welchen Umständen!

ZWEIUNDZWANZIG

Gabi saß auf der felsigen Hügelspitze und atmete die duftende Frühlingsluft ein. Es war ein außergewöhnlich schöner Anblick, der sich ihr bot. Das Tal unter ihr und die angrenzenden Hügel waren getupft mit roten und weißen Häusern inmitten der leuchtend grünen Weiden, während sich in der Ferne die scharfe Linie der Pyrenäen, die immer noch unter einer Schneekappe lagen, abzeichnete und daran erinnerte, dass der Winter längst nicht restlos aus den Höhenlagen gewichen war. Sie hörte das Bimmeln einer Kuhglocke, das fragende Blöken der Lämmer, die nach ihren Müttern riefen, und das ferne Brummen eines Traktors. Es war kalt, aber herrlich, und sie konnte den Geist ihres Großvaters auf diesem Hügel spüren, auf den sie so oft gemeinsam gestiegen waren. Das war ihr ein bittersüßer Trost. »Ach, *aitatxi*«, sagte sie laut, »ich bin so froh, dich hier zu fühlen, aber ich würde so viel darum geben, dich zu *sehen*, mit dir zu sprechen. Ich habe mich verirrt, *aitatxi,* und ich finde offenbar keinen Weg zurück.«

Nachdem sie heute Morgen das Gemeinschaftsgrab ihrer Großeltern besucht hatte, war sie zu dem Haus gegangen, in dem die beiden gelebt hatten, aber es war verschlossen. Die Leute, denen es nun gehörte, waren nicht da. Ihre Großeltern hatten einst einen kleinen Lebensmittelladen in Cambo betrieben, doch der war schon lange verkauft. Als ihre verwitwete Großmutter gestorben war, hatte Gabis Onkel Mikel als ältester Sohn das Haus mit seinen zwei Morgen Land geerbt, während der jüngere Sohn, ihr Vater Ander, das Geld bekam, das die Großeltern über die Jahre gespart hatten. Es klang nach einer Entscheidung, die ihre praktische, nüchterne Großmutter für passend hielt: Der Sohn, der im Baskenland geblieben war, sollte das Land bekommen, während der Sohn, den es in die Ferne gezogen hatte, Geld dringender brauchte als Grund und Boden. Eine Entscheidung, die nach dem Tod der Mutter für Spannungen zwischen den Brüdern sorgte, doch es gelang ihnen, die Sache zu klären, indem sie übereinkamen, beides zu teilen. Allerdings hatte Mikel darauf bestanden, das Haus mitsamt dem Land zu verkaufen, und Gabis Vater hatte zögernd eingewilligt. *Ach,* aitatxi, dachte Gabi nun, *ich weiß, dass du und* amatxi *dachten, das Richtige zu tun, doch ich wünschte ...*

Ja, was genau wünschte sie sich? Es war ausgeschlossen, dass sie oder jemand aus ihrer Familie auf Dauer hierher zurückkehren würden, das hatte ihr Onkel ihrem Vater auf unmissverständliche Weise klargemacht. Nostalgie war kein goldenes Ticket ins Paradies. Mikel hatte das Landesinnere so schnell wie möglich verlassen und einen Job in der Autowerkstatt eines Cousins in der Nähe von Bayonne angenommen, wo er sich mit den Jahren ein florierendes Frachtunternehmen aufgebaut hatte. Als zweites Standbein betrieb er eine Van- und Lastwagenvermietung. Manchmal sah man seine Fahrzeuge mit dem knallroten Logo *Picabea & Fille*, Picabea & Tochter, durch die Gegend fahren. Es war seine Tochter Amaya gewesen, nicht sein Sohn Marc, der ins Geschäft einstieg. Gabi mochte sie beide, aber mit Marc verstand sie sich besser. Amaya war eine harte Nuss, genau wie ihre Großmutter gewesen war, wenn nicht sogar noch schroffer, noch härter, und obwohl sie sich ihr gegenüber stets freundlich gab, wusste Gabi, dass ihre Cousine ihren Versuch, als Künstlerin ihren Lebensunterhalt zu verdienen, für ziemlich naiv hielt, wusste doch jeder, dass das nicht möglich war. Nicht dass Amaya tatsächlich mit den Gegebenheiten des Künstlerlebens vertraut war, doch sie hatte zu allem eine feste Meinung. Genau wie ihr Vater. Marc kam mehr nach der Mutter, Gabis Tante Aline: ruhig, lächelnd, umgänglich.

Sie alle hatten Gabi willkommen geheißen, als sie am Donnerstagabend unerwartet bei ihnen aufgekreuzt war. Marc hätte sie heute gern begleitet, doch er hatte Schicht in dem Krankenhaus, in dem er als Oberpfleger arbeitete. Also hatte er ihr das Fernglas geliehen, und Aline hatte ihr ein frisches Baguette, belegt mit dicken Scheiben *jambon de Bayonne* und eingelegter Paprika aus der Region eingepackt, dazu ein Stück von ihrer wundervollen *Gateau Basque*, der reichhaltigen, mit Vanillecreme gefüllten Torte, die typisch war für diese Region.

Gabi hatte ihr Mittagessen an der frischen Luft zu sich genommen und mit einer Flasche Orangina hinuntergespült, der bitzelnden Orangenbrause, die sie an ihre Kindheit erinnerte. Sie hatte sie immer zur Belohnung von ihrem Großvater bekommen, wenn sie oben auf einem der Hügel angekommen waren. »Mein kleines *pottok* liebt Orangina«, hatte er gesagt, sie also mit einem der störrischen Ponys verglichen, die man in dieser Gegend fand, denn er war der Ansicht, dass sie besser hügelaufwärts steigen konnte als alle anderen, ihn eingeschlossen. Was nicht stimmte, aber als Kind hatte es ihr gefallen, *pottok* genannt zu werden, denn diese kleinen Ponys waren absolut beeindruckend und unglaublich robust. Als Teenagerin hatte sie realisiert, dass der Vergleich auch bedeuten konnte, dass man eher stämmig und kräftig gebaut war, das genaue Gegenteil des zierlichen, gertenschlanken Frauentyps, der hierzulande gefragt war. Es hatte ihr auch damals nicht viel ausgemacht, denn zierlich und gertenschlank zu sein bedeutete, dass man ständig Diät halten musste, und das war verdammt langweilig, wenn einem das Essen so großen Genuss bereitete. Außerdem wusste sie, dass ihr Großvater den Spitznamen definitiv als Kompliment meinte.

Plötzlich entdeckte sie hoch oben am klaren Himmel einen dunklen Fleck. Als er sich bewegte, schlug ihr Puls schneller. Sie hielt sich das Fernglas vor die Augen, legte den Kopf in den Nacken und fokussierte den Fleck, der träge durch die Luft glitt. »Oh, *aitatxi*, sieh nur«, flüsterte sie, »ich weiß immer noch, um welchen von beiden es sich handelt.« Ihr Großvater hatte sie und ihre Geschwister gelehrt, die zwei bedeutendsten Raubvögel der Region auseinanderzuhalten: den Gänsegeier, *vautour fauve* auf Französisch, im Baskischen *sai arrea*, und den *arrano beltza*, im Baskenland als Schwarzer Adler, im Französischen unter dem Namen *aigle royal* – Königlicher Adler – bekannt. Der Adler war seltener als der Geier, doch aus der Ferne wurden sie oft verwechselt. *Dabei muss man sie gar nicht von Nahem sehen, um sie zu unterscheiden,* hatte ihr Großvater gesagt. *Man weiß es, wenn man geduldig ist, wartet und beobachtet.* Und nun saß Gabi hier, beobachtete und wartete, unsäglich glücklich darüber, dass sie sich immer noch daran erinnerte, während der Adler hoch oben in der Luft große Kreise zog. Sie war sich sicher, dass seinen scharfen Augen kein einziges Detail am Boden unter ihm entging.

Wie fühlte es sich wohl an, so hoch hinaufzusteigen, so scharf zu sehen und völlig fokussiert zu sein? Das Fernglas, das sie sich noch immer vor die Augen hielt, vermittelte ihr zumindest einen kleinen Eindruck, doch nichts von der Kraft dieses wilden Vogels, der so hoch über ihr schwebte und geduldig Ausschau nach seiner nächsten Mahlzeit hielt. Oder genoss er lediglich den klaren Himmel, die reine Luft und das pure Glück, ein Adler zu sein?

Früher einmal hatte *aitatxi* ihr und den anderen Kindern erzählt, dass er als Junge mit seinem eigenen Großvater in den Bergen einen verletzten jungen Adler gefunden hatte. Sie hatten ihn gepflegt, bis er wieder gesund war. Der Vogel war kein einfacher Patient gewesen, und mehr als einmal hatte er vor Furcht und

Zorn wie wild mit den Flügeln geschlagen. Als sie ihn freigelassen hatten, war er dreimal über ihnen gekreist, bevor er für immer davonflog. *Ist er nie zurückgekommen?*, hatten die Kinder wissen wollen, und als er verneinte, hatten sie gesagt, wie traurig sie das fänden, doch er schüttelte den Kopf. *Nein*, hatte er erwidert, *selbst wenn ich ihn nicht mit den Augen sah, so sah ich ihn doch mit dem Herzen, und ich wusste, dass er mich nie verlassen würde, selbst dann nicht, wenn ich so alt bin wie jetzt.*

Ein Kloß bildete sich in Gabis Kehle. Sie hatte noch immer seine Stimme in den Ohren, spürte, wie er sanft ihre Hand berührte, während sie den Vogel beobachtete, der weiter seine Kreise zog, verharrte und in der Luft hing wie ein Segen. Oder eine Warnung. Und dann stieß er herab, so schnell, dass er durch das Fernglas nur noch als dunkler, verschwommener Fleck zu erkennen war, bevor sie ihn vollends aus den Augen verlor. Dennoch wusste sie, dass irgendwo tief unten ein kleines Geschöpf so abrupt sein Leben hatte lassen müssen, als wäre es erschossen worden. Sie schauderte leicht, ließ das Fernglas sinken und griff zu ihrem Handy. Nachdem sie Nicks Nachricht aufgerufen hatte, tippte sie eilig:

Bin einverstanden mit der Nominierung. Danke

und drückte auf Senden, bevor sie weiter darüber nachdenken konnte. In diesem Moment fühlte es sich richtig an. Es fühlte sich an, als wäre es das, was ihr Großvater versuchte, ihr zu sagen, obwohl sie das niemals jemandem erzählt hätte.

Sobald sie das erledigt hatte, schickte sie eine Nachricht und Fotos in ihre WhatsApp-Familiengruppe.

Wochenendtrip zur Family, alle lassen grüßen. Habe gerade einen Adler auf aitatxis Hügel gesehen!

Ihre Eltern antworteten beinahe sofort, denn sie standen immer früh auf, und ganz bestimmt früher als ihre Geschwister.

> Ein Adler! Da kannst du dich glücklich schätzen! Ich bin froh, dass du dir ein freies Wochenende gönnst. Grüße zurück!

schrieb ihre Mutter. Die Nachricht von ihrem Vater lautete:

> Gut zu wissen, dass du dir eine Auszeit von den Parisern nimmst, andererseits musst du dich jetzt mit dem wichtigtuerischen alten Mik herumschlagen, stimmt's? 😊

Die Brüder führten nach wie vor keine unbeschwerte Beziehung – laut ihrem Vater hatten sie das auch nie getan, weil sie in fast allen Dingen völlig verschiedener Ansicht waren. Zum Teil war dies ihrem unterschiedlichen Lebensstil geschuldet: Mikel war ein erfolgreicher, mitunter rücksichtsloser Geschäftsmann, während Ander – benannt nach dem Vorfahren, der während der Pariser Weltausstellung Kuchen verkauft hatte – an der Highschool unterrichtete und sich nie sonderlich viel aus Geld gemacht hatte, solange es für seine Familie reichte. Er fand nicht, dass Reichtum einen Menschen von anderen abhob, Mikel hingegen dachte, sein Wohlstand berechtigte ihn dazu, sich wichtig zu machen. Allerdings waren es nicht nur simple Unstimmigkeiten über Dinge wie diese, die die Brüder gegeneinander aufbrachten. Sie waren beide so überzeugt von sich selbst und ihren Ansichten, so stur, dass sie einander die Köpfe einrannten – wie zwei kämpferische Widder, die aufeinander losgingen.

> Er ist beschäftigt und hat nicht viel von mir mitgekriegt

antwortete sie,

> aber er scheint erfreut zu sein, mich zu sehen.

Eine kurze Pause, dann poppte die Antwort ihres Vaters auf.

Warum sollte er sich nicht freuen?

Grinsend schrieb sie zurück:

Wie läuft's zu Hause?

Dies bewog ihre Mutter dazu, ihr die Familienneuigkeiten mitzuteilen: Bens Zwillinge hatten in der Schule einen Preis gewonnen, Joanas kleiner Sohn fing an, die ersten Worte zu sprechen – sie war eine sehr stolze Großmutter –, und ab und zu schob ihr Vater Bemerkungen ein, die ihre Mum foppen sollten, was immer funktionierte. Das alles war ausgesprochen vertraut und lustig und gleichzeitig frustrierend, so wie es immer war. Und als Gabi nach einer ganzen Weile schrieb, dass ihr Akku fast leer war und sie daher aufhören musste, hatte sie fast das Gefühl, sie wäre zu Hause und hätte am Sonntag nach dem Mittagessen auf ein Pläuschchen mit ihrer Familie zusammengesessen, was ein tröstliches Gefühl war. Niemand hatte sie nach ihrer Kunst gefragt, niemand hatte gefragt, wie ihr der Kochkurs gefiel, und das war ebenfalls gut.

Langsam fing sie an zu frösteln, also rappelte sie sich etwas steif auf und marschierte den Hügel hinunter zu ihrem Wagen, der in einiger Entfernung am Straßenrand parkte.

Auf halber Strecke blieb sie plötzlich stehen. Der Adler saß genau dort, nur etwa fünfzig Meter entfernt, aber er hatte sie nicht bemerkt, so eingehend war er damit beschäftigt, das Kaninchen, seine Beute, in Stücke zu reißen.

Gabi beobachtete ihn, vollkommen reglos, wagte kaum zu atmen, so lange, bis er ihre Anwesenheit zu bemerken schien. Er hob den Kopf und blickte sie an. Er war elektrisierend, dieser glühende, goldene Blick, und er schien Ewigkeiten zu dauern. In Wirklichkeit jedoch handelte es sich lediglich um den Bruchteil einer Sekunde, bis der Adler aufsprang, seine breiten Flügel aufspannte und ohne Eile davonflog.

DREIUNDZWANZIG

Am Nachmittag war Claude zerknirscht bei Sylvies Appartement aufgetaucht und hatte sich für sein schlechtes Benehmen neulich entschuldigt. Er hatte geschworen, er habe mit Marie-Laure geredet, »sehr entschieden«, wie er betonte. Er glaubte, Fortschritte erzielt zu haben, glaubte, dass sie langsam, aber sicher begriff, dass es zwischen ihnen definitiv aus war. Er hatte Marie-Laure mitgeteilt, er habe eine andere Frau kennengelernt, Sylvies Namen hatte er ihr jedoch nicht genannt. »Ich hielt das für das Beste«, sagte er. Und dann hatte er Sylvie angesehen, ein zögerliches Lächeln auf den Lippen, als suche er ihre Anerkennung für seine Tapferkeit, und sie brachte es nicht übers Herz, ihm mitzuteilen, dass er das schon vor sehr langer Zeit hätte tun sollen. Genauso wenig wie sie es übers Herz brachte, ihm zu widerstehen, als er die Arme um sie schlang und anfing, sie zu küssen – und dann übernahm der vertraute, lustvolle Rhythmus ihrer beider Körper.

Als sie sich nun aufsetzte und Claude betrachtete – er schlief tief und fest neben ihr, er hatte schon immer ein beneidenswertes Talent dafür besessen, unmittelbar nach dem Sex einzuschlafen –, fand sie wieder einmal, dass es ihm auf bewundernswerte Weise gelungen war, das Thema zu wechseln und den Augenblick der Wahrheit hinauszuzögern.

Doch ihre Probleme mit Claude waren nichts, verglichen mit den Sorgen wegen ihres Unternehmens, die wieder einmal eskalierten.

Sie hatte eine E-Mail von einem Lieferanten bekommen – von einer der kleinen *charcuteries*, bei denen sie bestellte –, mit der Bitte um sofortige Begleichung der Rechnung, die erst nächste Woche fällig war und wie immer von Yasmine bearbeitet werden würde. Sylvie hatte angerufen, um den Grund für diese plötzliche Änderung zu erfahren und Einspruch dagegen zu erheben, und man teilte ihr mit, es gehe das Gerücht, ihre Kochschule stecke in finanziellen Schwierigkeiten. Erschrocken antwortete sie, dass dies völlig aus der Luft gegriffen war, und erkundigte sich, wo die Metzgerin das aufgeschnappt habe. Nach einigem Hin und Her stellte sich heraus, dass sie es auf einer lokalen Facebook-Seite gelesen hatte. Was Sylvie umso wütender machte, denn wieso um alles in der Welt glaubte sie lieber irgendeinem Troll, anstatt bei ihr nachzuhaken? »Sie werden die volle Summe noch heute erhalten«, unterbrach sie die verlegenen Stammeleien der Frau, »allerdings denke ich nicht, dass unsere Geschäftsbeziehung unter diesen Umständen fortbestehen kann.« Zu ihrem Entsetzen brach die Metzgerin in Tränen aus und teilte ihr schluchzend mit, dass sie selbst schwere Zeiten durchmachten, mächtig unter Druck standen und deshalb gerade nicht klar denken konnten.

Sylvie hörte die aufrichtige Verzweiflung in der Stimme der Frau und schlug einen freundlicheren Ton an. Das Gespräch endete mit der Übereinkunft, dass die Rechnung wie gewohnt beglichen würde, vorausgesetzt, Sylvie gab eine neue Bestellung auf. Sie hatte sich die URL der Facebook-Seite geben lassen und sie mit einer kurzen Erklärung an Paul Renard weitergeleitet. Sie selbst wollte die Seite nicht lesen, das hätte sie nur noch mehr aufgewühlt. Aber sie hatte Serge davon erzählt, wohl wissend, dass er dies eifrig für sie erledigen und seine eigenen Nachforschungen anstellen würde. Sylvie selbst war nicht auf Facebook, und sie würde es auch niemals sein. Soziale Medien lehnte sie grundsätzlich ab. Yasmine pflegte die Seite der Kochschule auf Instagram, und Sylvie folgte ihr, genau wie sie Julien folgte, aber weiter gingen ihre Social-Media-Aktivitäten nicht.

Ping! Auf ihrem Handy poppte eine Nachricht auf. Sie griff danach und verließ das Schlafzimmer, da sie nicht wollte, dass Claude aufwachte und sie zusätzlich beunruhigte.

Die Nachricht war von Serge.

> Sylvie, ich bin auf diesen Chat gestoßen. Habe einen Screenshot gemacht, hier ist er.

Und da war es, das hinterhältige Gift des Trolls.

> KSM hat Probleme – habe gehört, die bezahlen ihre Rechnungen nicht.

Ein anderer User fragte:

> Was ist KSM?

Jemand, nicht der Troll, antwortete:

> Die Kochschule Morel in Paris.

Ein weiterer User schaltete sich ein:

> Kein Wunder, so viel Geld wie die raushauen

woraufhin jemand kommentierte:

> Die scheffeln aber auch jede Menge, knöpfen es den dämlichen reichen Ausländern ab!!

Ein anderer fügte scheinheilig hinzu:

> Aber für die armen Einheimischen, die auf den offenen Rechnungen sitzen bleiben, reicht es nicht.

Jemand pflichtete ihm bei:

> Wäre ich einer der Lieferanten, würde ich mir Sorgen machen.

Danach wandte sich der Chat einem anderen Thema zu, jemand anderes wurde mit Anspielungen, Klatsch und Gerüchten in Stücke gerissen, sein Ruf ruiniert.

Sylvie rief Serge an und bedankte sich, dann fragte sie: »Die Person, die den Chat begonnen hat – sie hat nichts mehr geschrieben, oder?«

»Nein«, antwortete er. »Ich habe die Seite gecheckt und mir die Chatverläufe davor und danach angeschaut. Sie hat sich nicht an den anderen Diskussionen beteiligt, zumindest nicht unter diesem Benutzernamen.« Der natürlich frei erfunden war, diesmal klingelte es allerdings nicht bei Sylvie.

»Das bedeutet, er oder sie hat die Seite speziell besucht, um die Kochschule in Verruf zu bringen«, schlussfolgerte sie.

»Ja«, pflichtete Serge ihr bei. »Davon gehe ich aus.«

Dann hatte also die Person, die dahintersteckte, absichtlich einen Stein ins Wasser geworfen und sah nun zu, wie die Oberfläche zunehmend Wellen schlug. Was im trüben Tümpel des Internet-Chats nicht schwer war. Und es gab nichts, was Sylvie dagegen tun konnte. Schlussendlich blieb ihr nichts anderes übrig, als darauf zu hoffen, dass kein weiterer Lieferant die Posts las und leichtgläubig oder paranoid genug war, darauf reinzufallen.

»Es gibt doch etwas, was wir tun können«, sagte Serge, als hätte er ihre Gedanken gelesen. »Der Troll hat vielleicht einen erfundenen Namen benutzt, aber andere User verwenden möglicherweise ihre Klarnamen. Ich kann versuchen, mit ihnen in Kontakt zu treten, um herauszufinden, ob sie wissen, wer der Troll ist.«

Das schien ein Schuss ins Blaue zu sein, dennoch sagte Sylvie seufzend: »Tu das, vielleicht hast du ja Erfolg.«

»Möchtest du später auf einen Drink rüberkommen?«, fragte er einfühlsam.

»Nein. Ich meine ... heute nicht.« Sie hatte mitbekommen, wie Claude durchs angrenzende Zimmer ging. »Aber morgen gern. Lass uns ausgehen.«

»Okay«, willigte er ein, und sie hörte das Lächeln in seiner Stimme.

»Mit wem hast du geredet?«, fragte Claude, als er zu ihr kam, kurz nachdem sie das Gespräch beendet hatte.

»Mit einem Freund«, antwortete sie.

Er schnitt eine Grimasse. »Muss ich eifersüchtig sein?«

»Sei nicht albern«, gab sie leicht schnippisch zurück. »Das war Serge von nebenan.«

Seine Mundwinkel zuckten spöttisch in die Höhe. »Ah. Serge, der loyale *toutou*.« Serge und er waren sich ein paarmal begegnet, schienen sich allerdings nicht ganz grün zu sein. Doch selbst wenn sie das berücksichtigte, war es eine Unverschämtheit von Claude, ihren Freund als »Hündchen« zu bezeichnen, und genau deshalb sah Sylvie rot.

»Wag es nicht, so über meine Freunde zu sprechen«, fauchte sie. »Sie sind mehr wert als ...« Sie bremste sich, doch es war zu spät.

»Mehr wert als ich, hm?« Claude starrte sie an. »Mehr wert als dein Geliebter? Ha, dein kleines *toutou* trottet schwanzwedelnd neben dir her und tut, was du sagst, aber ich wette, er hat nicht einmal versucht, dich zu verführen, in all den Jahren, die er nun schon dein Nachbar ist. Er ist einfach kein echter Mann!«

Eisiger Zorn durchflutete Sylvie. »Raus«, sagte sie, die Hände zu Fäusten geballt. Ihr Puls raste. »Verschwinde, sofort!«

Er sah sie an, seine Augen blitzten. Dann schien er etwas sagen zu wollen, marschierte aber schließlich wortlos aus dem Zimmer. Einen Moment später hörte sie die Wohnungstür zuschlagen.

Sie lehnte sich gegen die Wand und spürte, wie ihr die Galle hochkam. Was für ein Dummkopf sie war! Was für eine unverbesserliche dumme Kuh. Claude tat ihr nicht gut, er liebte sie nicht, für ihn war sie nicht mehr als eine Annehmlichkeit. Serge war mehr wert als Hunderte Männer wie Claude!

Aus einem Impuls heraus griff sie zum Telefon und rief Serge an. »Der Drink heute Abend – steht das Angebot noch?«, fragte sie.

»Klar«, erwiderte er überrascht, aber gleichzeitig erfreut. »Sollen wir ausgehen?«

»Ja«, sagte sie. »Von mir aus können wir gleich los.«

»Okay. Wohin?«

»In das kleine Café in der Nähe der Pont Marie«, sagte sie. »Wo wir schon einmal waren. Deine Eltern sind sich dort zum ersten Mal begegnet.«

»Oh, du erinnerst dich.« Wieder hörte sie das Lächeln in seiner Stimme. Er hatte ihr erzählt, wie Filip, sein Vater, gerade erst aus Polen in Paris eingetroffen war und in dem Café nahe der Pont Marie nach einem Job fragte. Er war mit einer jungen Kellnerin namens Delphine ins Gespräch gekommen, deren Familie seit Generationen in der Gegend lebte …

»Selbstverständlich«, bestätigte sie leichthin. »Das ist eine wundervolle Geschichte, eine echte Paris-Geschichte, wie könnte ich die vergessen?«

»Das freut mich«, sagte Serge im gleichen lockeren Ton wie sie. »Aber lass uns keine Zeit verschwenden, nicht dass denen noch unser Lieblingswein ausgeht.«

Es wurde ein schöner Abend. Sylvie erwähnte nichts, was in irgendeiner Form mit Claude zu tun hatte – sie konnte es kaum ertragen, dass er ihr durch den Kopf schwirrte, geschweige denn über ihn reden –, daher sprachen sie über das, was in der Kochschule passierte. Sylvie war eingefallen, dass sich jemand aus einem Kurs vor zwei oder drei Jahren darüber beschwert hatte, dass er keine Rückerstattung für einen Tag erhielt, an dem er nicht am Unterricht teilnehmen konnte, obwohl dies in den Stornierungsbedingungen der Schule klar festgelegt war. Die Betreffende war gar nicht glücklich darüber gewesen und hatte sogar gedroht, deswegen vor Gericht zu ziehen, was sie am Ende doch nicht getan hatte. Der Vorfall war Sylvie nicht weiter von Bedeutung erschienen, aber Serge sagte, sie solle trotzdem in ihren Unterlagen nachsehen und Paul Renard den Namen weiterleiten.

Bald wandte sich das Gespräch anderen Dingen zu, und aus einem Drink wurden zwei, dann bestellten sie etwas zu essen. Sie plauderten über Juliens Neuigkeiten und darüber, ob Sylvie seine Einladung annehmen und zu ihm fliegen sollte, außerdem über Serges Korrespondenz mit einem neu entdeckten Cousin in Polen, der ihn vielleicht besuchen kommen würde. Es folgte eine lebhafte Diskussion darüber, dass der Frühling in Paris nicht nur die Blumen wieder aufblühen ließ, sondern auch die ständigen lärmigen Demonstrationen, und anschließend kabbelten sie sich wegen der jeweiligen Vorzüge von Tintin und Asterix (er war seit seiner Kindheit ein Asterix-Fan, sie liebte Tintin).

Während des kurzen Fußwegs zurück zu ihrem Wohnhaus stellte Sylvie fest, dass sie Serge in letzter Zeit ziemlich vernachlässigt hatte. Der Gedanke versetzte ihr einen Stich. Bevor sie Claude kannte, waren sie und Serge öfter zusammen zum Essen oder auf einen Drink ausgegangen, und es hatte stets Spaß gemacht. *Ich habe das vermisst,* dachte sie nun. *Ich habe es mehr vermisst, als mir bewusst war – mit einem echten Freund zusammen zu sein, mit einem Menschen, der sich über meine Gesellschaft freut, genau wie ich mich über seine.* Serge musste gespürt haben, dass sie nichts mehr für ihre Freundschaft tat. Es musste ihm wehgetan haben. Dennoch hatte er sich nie etwas anmerken lassen, war nie anders gewesen als sonst: *sympa* – sympathisch. Heute Abend jedoch, als sie sich so angeregt unterhalten hatten wie in alten Zeiten und er mit ausladenden Gesten seine Argumente vorbrachte, während sein drahtiges Haar in alle Richtungen abstand und seine grauen Augen vor Lachen strahlten, hatte er völlig unbeschwert gewirkt. Und das hatte Sylvie sowohl mit Freude erfüllt als auch mit Schuld.

VIERUNDZWANZIG

Einer von Kates Lieblingsorten in Melbourne war die Block Arcade, eine spätviktorianische Einkaufspassage im zentralen Geschäftsviertel der Stadt. Schon während ihrer Kindheit war sie fasziniert gewesen, wenn sie in den Sommerferien mit ihrer Mutter und Leah die atemberaubenden Hopetoun Tea Rooms besucht hatte. Mit den gewölbten Decken, dem Mosaikboden und den Glasdächern war die Block Arcade, zusammen mit der in der Nähe gelegenen Royal Arcade, ihre erste Berührung mit einer glamourösen Welt gewesen, weit weg von ihrer ganz gewöhnlichen Vorortstraße. Kate hatte sich sehr erwachsen und kultiviert gefühlt, wenn sie die Auslagen der Geschäfte betrachtete, und die prächtigen Törtchen in den Tea Rooms hatten sie glauben lassen, dass man ihr Speisen aus dem Märchenland servierte.

Das alles hatte einen besonderen Platz in ihrem Herzen eingenommen, und wenn sie sich jetzt in der Galerie Vivienne umsah und deren friedliche Schönheit in sich aufnahm, gelangte sie zu der Überzeugung, dass die Bauherren aus Melbourne sich davon inspirieren lassen und beschlossen hatten, ein Stück Paris ans andere Ende der Welt zu holen ...

Die Galerie Vivienne, 1823 erbaut, also fast fünfzig Jahre vor der Royal Arcade und siebzig Jahre vor der Block Arcade, war ein Juwel der Pariser Prä-Haussmann-Ära und eine der wenigen verbliebenen klassischen *passages couverts* der Stadt – überdachte Passagen oder Arkaden. Berühmt als elegante, lichtdurchflutete Einkaufsoase fernab der schmutzigen, lärmigen Straßen des frühen neunzehnten Jahrhunderts, durchlief die Galerie Vivienne später eine Zeit des zunehmenden Verfalls, bevor sie renoviert wurde und bald darauf in einstiger Pracht wieder erstrahlte. Mittlerweile beherbergte sie – elegant wie eh und je – zeitgenössisches Modedesign, Antiquariate und Kunstgalerien, eine Buchhandlung sowie gehobene Einrichtungsgeschäfte, außerdem eine alteingesessene Weinhandlung und mehrere kleine Restaurants.

Bei ihrem vorherigen Besuch in Paris war es Kate natürlich nicht gelungen, diese Passage aufzusuchen, aber an diesem ziemlich nieseligen Samstagmorgen hatte sie es endlich geschafft: Da war sie nun und hatte mehr vor, als nur einen Schaufensterbummel zu machen und die architektonische Schönheit aus Holz, Glas, Schmiedeeisen und Mosaiken zu bestaunen. Sie wollte Geld ausgeben, und zwar für alles, worauf sie Lust hatte. Es würde ein Tag werden, wie sie ihn sich seit Jahren nicht mehr hatte gönnen können, nicht seit … Nein, heute würde sie sämtliche Gedanken an die Vergangenheit verbannen, das hatte sie sich fest vorgenommen. Der heutige Tag würde ein reiner Verwöhntag werden, ein Tag nur für sie.

Ein paar Stunden lang schlenderte sie glücklich von Geschäft zu Geschäft und erstand dabei wunderschöne Dinge. In einer Boutique verliebte sie sich in eine weiche, ausgestellte Hose in einem zarten Hellgrün, kombiniert mit einem kurzärmeligen, geknöpften Strickoberteil in einem tieferen Grünton und rosa Verzierungen an den Ärmelrändern und den Knopflöchern sowie winzigen eingestickten Blättern am Kragen. In einer anderen Boutique wählte sie einen niedlichen Glockenhut aus Stroh und Seide aus, einen Eingang weiter fand sie einen umwerfenden Schal für ihre Mutter. Sie verweilte in der Buchhandlung und kaufte für Billy und Mia zwei Pop-up-Dioramen von berühmten

Pariser Arkaden: dieser und der nächsten, die sie aufsuchen wollte.

Anschließend erholte sie sich bei einer Tasse Kaffee und machte dann einen kleinen Spaziergang zu der nächsten überdachten Passage, die sie sich vorgemerkt hatte: der Galerie Véro-Dodat. Sie hatte strikte Anweisungen von Leah: »Du *musst* dich im Schuhhimmel umsehen«, hatte ihre Schwester gesagt, »sonst entgeht dir wirklich was!« Kate hatte lachend versprochen, dass sie genau das tun würde, obwohl Leahs Vorstellung von »Schuhhimmel« nicht unbedingt mit ihrer eigenen übereinstimmte. Protzig, sündhaft teuer und einfach nicht ihr Stil – das war es, was sie über die berühmten Christian-Louboutin-Schuhe dachte. Sie stellte sich vor, wie hochnäsiges Verkaufspersonal auf ihre Wenigkeit herabblickte, aber sie hatte es Leah versprochen, also würde sie hingehen, ein paar Fotos machen und wieder verschwinden.

Und dann war alles ganz anders. Der Laden mochte auf den ersten Blick an eine Fashionista-Kunstgalerie mit überkandidelten Schuhen aussehen, doch die Verkaufskräfte waren freundlich und hilfsbereit, der kurze Blick in die Werkstatt faszinierend, das Stöbern in der Auswahl der Modelle ein echtes Erlebnis. Die Stilettos und Stiefel waren nach wie vor nicht Kates Stil, nun aber konnte sie die Handwerkskunst darin erkennen und bewundern. Und dann entdeckte sie das perfekte Paar für sich: fabelhafte silberne Ballerinas aus Mesh-Stoff, mit Strasssteinen verziert. Wie konnte sie da widerstehen?

Noch etwas gekauft

schrieb sie Leah per WhatsApp, während sie etwas später auf ihr einfaches, aber köstliches Mittagessen wartete: eine Lachs-Spinat-Quiche, gefolgt von einer Vanille-Honig-Madeleine.

Leider hat das Geld nicht gereicht, um auch ein Paar für dich zu erstehen 😊, aber ich habe ein ziemlich cooles Souvenir für dich entdeckt, in derselben Farbe wie diese Stilettos, die du so liebst.

Sie schickte ihr ein Foto von dem knallroten Lippenstift der Marke Christian Louboutin in einer wunderschönen Hülle.

Es war noch immer bewölkt, als sie das Bistro verließ, um ihr nächstes Ziel anzusteuern, doch es nieselte nicht mehr. Schon bald fand sie sich vor der gepflegten grünen Fassade einer weiteren Pariser Legende wieder: E. Dehillerin, das berühmteste Geschäft für Kochgeschirr in der ganzen Stadt. 1820 gegründet von der Familie, in deren Besitz es sich noch immer befand, residierte E. Dehillerin seit 1890 in den heutigen Räumlichkeiten und hatte im Laufe der Jahrhunderte eine beeindruckende Klientel aufgebaut, von berühmten Chefköchen bis hin zu Präsidenten, Filmstars, Fünf-Sterne-Hotels und Ozeanriesen. Kate hatte gelesen, dass eine Bain-Marie von E. Dehillerin aus dem Wrack der gesunkenen *Titanic* geborgen worden war … Dieses beheizbare Küchengerät zum Warmhalten von Speisen zählte zu den Lieblingsutensilien der berühmten amerikanischen Köchin und Kochbuchautorin Julia Child, und bis heute sah man es in Filmen oder Fernsehsendungen. Sylvie hatte bestätigt, dass das Geschäft für *cuisiners* ein absolutes Muss war – ganz gleich, ob es sich um professionelle Köchinnen und Köche oder Amateure handelte. Sie selbst hatte wohl dort im Laufe der Jahre vieles gekauft, und auch ihr allererstes richtig gutes Kochgeschirr, eine hübsche kleine Bratpfanne aus Kupfer, die sie angeblich immer noch benutzte, stammte von E. Dehillerin.

Und jetzt war Kate hier, betrat durch die schmale Eingangstür das fröhliche, vollgestopfte Königreich des Küchenzubehörs mit seinen knarzenden alten Fußböden, der beeindruckenden Auswahl an von der Decke hängenden Kupfertöpfen und -pfannen in den verschiedensten Größen, den vom Boden bis zur Decke reichenden Regalen mit glänzenden Stahlpfannen und -schüsseln, dekorativen Modeln, Kuchenformen, Schneebesen, Nudelhölzern, Salz- und Pfefferstreuern, Brätern, Schürzen, Messerblöcken und allen möglichen anderen Utensilien – einfach allem, was man sich in einer Küche vorstellen konnte, und noch vielem mehr, woran man vermutlich noch nie gedacht hatte. Doch alles war für irgendetwas von Nutzen, und vieles davon hatte eine praktische, zeitlose Schönheit, die Kate am liebsten in einer Zeichnung eingefangen hätte. Stattdessen machte sie Fotos, während sie durch die schmalen Gänge streifte, von Regal zu Regal, von Reihe zu Reihe. Dann und wann tauschte sie ein Lächeln mit den anderen Kundinnen und Kunden oder mit dem freundlichen Personal in schwarzen Schürzen, das sich erkundigte, ob sie Hilfe benötige. Schließlich gelangte sie durch das riesige Untergeschoss, wo noch mehr erstaunliche Dinge angeboten wurden – darunter die größten Paella-Pfannen, die sie je gesehen hatte –, zurück in den Hauptbereich des Geschäfts und suchte einen Löffel aus Olivenholz sowie ein schönes Käsemesser mit Holzgriff aus, beides mit dem Stempel E. Dehillerin versehen, außerdem eine Backform für Madeleines – die Madeleine zum Mittagessen hatte ihr Appetit auf mehr gemacht! – sowie mehrere kleine Kupferformen. Sie hätte gern noch mehr gekauft, aber sie konnte einfach nicht mehr tragen.

Gerade als sie dem Verkäufer zur Kasse folgen wollte, hörte sie eine leise vertraute Stimme hinter ihr sagen: »Dann hast du den Laden also auch entdeckt, Kate!«

Es war Misaki, die sie mit leicht gerötetem Gesicht und leuchtenden Augen ansah, beide Hände voller Waren.

»Ja, ist es hier nicht wundervoll?«, rief Kate begeistert.

»Es ist der Himmel«, pflichtete Misaki ihr bei. »Ich habe jahrelang davon geträumt.«

Misaki war eine professionelle Köchin, erinnerte Kate sich. »Warst du schon mal hier?«, fragte sie.

»Nie. Weder hier noch überhaupt in Paris. Es war immer nur ein Traum, solange ich das Restaurant geführt und die Kinder großgezogen habe. Mein Mann«, fügte sie in einem ungewöhnlichen Anflug von Selbstbewusstsein hinzu, »mein Mann hat mich verlassen, als die Kinder noch klein waren. Ich musste arbeiten. Die ganze Zeit über.«

»Das war sicher nicht leicht«, stellte Kate fest.

»Nein. Aber das war es wert. Wegen der Kinder.«

Kate schluckte gegen den Kloß an, der plötzlich in ihrer Kehle aufstieg, als sie erneut den scharfen Schmerz über Joshs Betrug verspürte. Man musste es ihr angesehen haben, denn Misaki erkundigte sich ein wenig besorgt: »Ist alles in Ordnung, Kate?«

»Ja, ja, danke.« Kate bemühte sich, überzeugend zu wirken. »Ich bin bloß ein bisschen müde.« Sie deutete auf ihre Taschen. »Ich habe heute ziemlich viel eingekauft, nicht nur hier.«

»Ja, das sehe ich.« Ein Lächeln huschte über Misakis Gesicht. »Vielleicht sollten wir eine Tasse Tee zusammen trinken, wenn wir hier fertig sind. Ich glaube, das täte uns beiden gut.«

»Das ist eine ausgezeichnete Idee«, pflichtete Kate ihr lächelnd bei. Sie bezahlten, verließen mit ihren neuen Errungenschaften den Laden und fanden ein ruhiges Café in der Nähe, wo sie Platz nahmen und bei einer Kanne grünem Tee plauderten. Kate spürte, wie die Freude langsam zurückkehrte und die Wunde des erinnerten Schmerzes verheilte.

Gabi lehnte sich in ihrem Sitz zurück und beobachtete die Landschaft, die am Fenster vorbeiflog, während der Zug Kilometer um Kilometer der Strecke zwischen Biarritz und Paris zurücklegte und der Sonntagnachmittag zunehmend schneller in den Abend überging. Es war ein schönes Wochenende gewesen, aber sie bedauerte es nicht, nach Paris zurückkehren zu müssen. Im Kreis der Familie konnte es erholsam sein, denn dort wurde man für selbstverständlich erachtet und musste nicht viel erklären. Man genoss die Momente, in denen man an einem Tisch, voll beladen mit gutem Essen und gutem Wein, zusammensaß und wo die gemeinsamen Erinnerungen und das instinktive Wissen um die Blutsverwandtschaft eine Atmosphäre heimeliger Vertrautheit schufen. Eine Atmosphäre, in der man die Unterschiede nicht bewertete. Sie gehörten dazu. Aber man musste auch nicht alles hinnehmen. Musste weder schlechtes Benehmen noch beleidigende Worte dulden. Natürlich musste man mit den Konsequenzen klarkommen, aber auch das gehörte dazu, war Teil des Familienabkommens.

Gabi dachte an eine Geschichte, die Genevieve, ihre Mutter, erzählt hatte und die davon handelte, wie sie die Familie ihres Ehemanns kennengelernt hatte, als sie als junges Paar in den Flitterwochen nach Europa gereist waren. Die erste Zusammenkunft hatte eher holprig begonnen, denn ihre Schwiegermutter war gar nicht glücklich darüber gewesen, dass sie in Australien geheiratet hatten. »Sie ging davon aus, dass ich dahintersteckte, dabei war es in Wirklichkeit unsere gemeinsame Entscheidung gewesen«, hatte Gabis Mutter gesagt. »Angeblich hatte ich dafür gesorgt, dass ihr geliebter jüngerer Sohn nie wieder nach Hause zurückkehren würde und sie nicht einmal bei seiner Hochzeitsfeier dabei sein konnte. Es machte mich wütend – weil es so unfair war.« Ander hatte mit Verstörung auf den Zorn seiner Mutter reagiert; es war sein Vater gewesen, der Genevieve behutsam klargemacht hatte, was hinter dem unfreundlichen Verhalten seiner Frau steckte. Nicht, um es zu entschuldigen, sondern damit sie es verstand. »Es ging nicht um mich«, hatte Gabis Mutter erklärt. »Es war nicht so, dass sie mich vom ersten Moment an nicht mochte, obwohl es sich so anfühlte. Allerdings war sie davon ausgegangen, ihr rastloser Junge würde nur für kurze Zeit weg sein, doch stattdessen hatte er sich am anderen Ende der Welt niedergelassen und wollte dort eine Familie gründen. Sie hatte das Gefühl, ihn und potenzielle Enkelkinder für immer verloren zu haben.«

Aus diesem Grund war es Gabis Eltern so wichtig gewesen, für Familienbesuche in Europa zu sparen. Es ging auch nicht nur um die baskische Seite, denn auch wenn sich die Familie auf Guernsey diplomatischer im Ausdruck ihrer Gefühle zeigte und realistischer im Umgang mit der unwahrscheinlichen Aussicht, dass ihre Tochter auf der Insel bleiben würde, empfand sie doch Schmerz. Wie dem auch sei, es hatte irgendwie funktioniert, und Gabi und ihre Geschwister hatten fantastische Ferien bei den Familien an beiden Orten verbracht, und mit den Jahren hatte sich auch die anfangs so holprige Beziehung zwischen Genevieve und ihrer Schwiegermutter entspannt, und das nicht nur, weil Genevieve die Mutter der geliebten Enkelkinder war. Gabi erinnerte sich mit einem Lächeln daran, wie ihre *amatxi* ihr sogar dabei geholfen hatte, eine Überraschungsparty zum vierzigsten Geburtstag ihrer Mutter auszurichten, bei der sie einen von Herzen kommenden Toast auf ihre Schwiegertochter ausgebracht hatte.

Verlust. Das war es, was ihr Großvater ihrer Mutter verständlich gemacht hatte. Auch er musste den Verlust gespürt haben, doch er war ein so gütiger Mann, dass er niemals jemand anderem die Schuld für seine Gefühle gegeben hätte.

Verlust ... Gabi verspürte ein Kribbeln auf der Kopfhaut, als ihr ein unliebsamer Gedanke in den Sinn kam. Was, wenn es das war, was Max' Großmutter empfand? Was, wenn Verlustangst hinter ihrem unfreundlichen Benehmen steckte? Nein, bestimmt nicht – Gabi und Max befanden sich schließlich nicht in derselben Position wie damals ihre Eltern. Ihre Beziehung hatte gerade erst begonnen, und es stand außer Frage, dass Max mit ihr ans andere Ende der Welt gehen würde. Es war viel zu früh, um so etwas auch nur in Erwägung zu ziehen. Außerdem hatte er schon andere Beziehungen gehabt, laut seiner Aussage darunter auch zwei ernstere. Anscheinend hatte sich die alte Dame bei den anderen Frauen nicht so aufgeführt. *Das liegt daran, dass sie spürt, dass du anders bist,* flüsterte ein leises Stimmchen in ihrem Kopf. *Sie fürchtet, dass du diejenige sein könntest, die ihr den Enkelsohn wegnimmt.*

Nein. Das war lächerlich. Gabi richtete sich kerzengerade auf und starrte aus dem Fenster. Madame Rousseau de Taverny mochte vielleicht alt sein, aber sie war immerhin eine souveräne, erfolgreiche Geschäftsfrau! Sie würde sich nicht davor fürchten, ihren Enkel zu verlieren, dafür hatte sie ihn viel zu fest um den kleinen Finger gewickelt. Außerdem gab es doch noch den Rest ihrer Familie.

Oder zählte das nicht? Gabi dachte an das wunderschöne Appartement im Zentrum, weit weg vom Familienanwesen an der Loire – ganz gleich, ob es sich um ein Haus oder ein Schloss handelte. Sie hatte in diesen prachtvollen Räumlichkeiten gelebt, während Max heranwuchs und in Paris zur Schule ging, und es war wichtig gewesen, dass auch sie ständig dort war. Doch später, später hätte sie zurückkehren können, hätte das Appartement in der Stadt nur für gelegentliche Auszeiten nutzen können. Warum hatte sie das nicht getan?

Wen interessiert's?, dachte Gabi trotzig. Selbst wenn die alte Dame einsam war und fürchtete, Max zu verlieren, selbst wenn sie kein herzliches Verhältnis zu ihrer Familie hatte, entschuldigte das nicht ihr arrogantes Benehmen. *Aber es entschuldigte auch nicht das Verhalten deiner* amatxi, *nörgelte die Stimme in ihrem Kopf. Dennoch hat deine Mutter beschlossen, Verständnis zu zeigen. Du hast deine* amatxi *geliebt, und du hättest sie jederzeit verteidigt, obwohl du wusstest, was für eine schwierige Frau sie sein konnte. Auch Max weiß, was für eine schwierige Frau seine Großmutter ist, und trotzdem liebt er sie.*

Das ist nicht das Gleiche!, widersprach sie sich selbst. *Er hätte mich warnen müssen!* Ihre Gedanken kamen nicht zur Ruhe, ihr Magen brannte. Hatte sie so heftig reagiert, weil sie der alten Dame zu ähnlich war, indem sie nur ihren eigenen Standpunkt gelten ließ? Hatte sie Max auf die Probe stellen wollen? Und hatte Gabi überhaupt *versucht*, ihn zu verstehen, als sie ihn verurteilte – weil er sich weigerte, seine Großmutter zu verurteilen, obwohl er fassungslos über deren Verhalten war? Was sagte das über sie aus?

Aber das Ganze kann man nicht nur mir zur Last legen, dachte sie. *Der alte Dragoner ist genauso dafür verantwortlich.* Das musste Max doch verstehen. Aber das tat er nicht. Vielleicht wollte er es auch nicht. Genau wie er nicht verstand – oder verstehen wollte –, warum sie ihm nicht erzählt hatte, dass sie Künstlerin war. *Wie sollte er auch?*, nörgelte das Stimmchen. *Du kapierst doch selbst nicht, warum.*

Als sie in Paris ankam, war die Kakophonie in ihrem Kopf verstummt. Und sie hatte eine Entscheidung getroffen.

FÜNFUNDZWANZIG

Am Montagmorgen wachte Kate viel zu früh auf. Sie blieb noch ein wenig im Bett liegen und dachte an den Tag zuvor. Arnaud hatte sie zu einem Vortrag mit Vorführung über das Buchbinden eingeladen, den er und ein Freund am Nachmittag hielten, und es war ein faszinierendes Erlebnis gewesen.

Nicht nur die dafür erforderlichen handwerklichen Fertigkeiten sowie die Materialien, sondern auch die Anekdoten, die hinter dem Entstehen der einzelnen Bücher steckten, waren überaus interessant. Arnaud und sein Freund hatten vier Bücher vorgestellt, hergestellt zwischen dem achtzehnten Jahrhundert und den 1930er-Jahren, deren Fertigungsgeschichte sie recherchiert hatten. Sie berichteten, worauf sie gestoßen waren und welchen Einfluss dies auf ihre eigene Arbeit genommen hatte, außerdem erzählten sie Geschichten über die Menschen, die an der Entstehung der Bücher beteiligt gewesen waren. Eine davon berührte Kate ganz besonders. Es ging um einen talentierten jungen Buchbinder im neunzehnten Jahrhundert, der ein wunderschönes marmoriertes Muster für das Vorsatz- und das Nachsatzblatt eines Buches entworfen hatte, an dem er arbeitete. Er hatte das Muster »Mathilde« genannt, nach seiner Herzensdame. Ihr hatte er das Original-Vorlagenbuch schenken wollen, das er als Muster für die Verleger gefertigt hatte, doch eine Woche vor der Veröffentlichung wurde er von einem durchgehenden Pferd getötet.

Was anschließend passiert war, wollte das Publikum wissen. Hatte seine Freundin das Geschenk trotzdem erhalten, und hatte der Verleger sein Andenken gewürdigt? »Das wissen wir nicht«, hatte Arnaud ernst erwidert, »aber wir hoffen es sehr. Und selbst wenn nicht – wir haben immer noch das Muster, das er aus Liebe geschaffen hat, und es hat uns dazu inspiriert, etwas Ähnliches zu entwerfen.« Alle drängten sich um das Mathilde-Original in dem alten Buch und verglichen es mit der Nachbildung von Arnaud und seinem Freund. Oohs und Aahs über die Pfauenfarben und das verschnörkelte Design wurden laut.

Als Kate Arnaud später zu seinem Boot zurückbegleitete, erkundigte sie sich genauer nach dem Erschaffer des Mathilde-Musters.

Er lächelte. »Wir kennen den Namen des Musters, und wir wissen, dass ein junger Verlagsbuchbinder es entworfen hat. Den Rest dagegen – na ja, es fühlte sich richtig an.«

Für einen Moment hatte Kate Enttäuschung verspürt. Natürlich war ihr bewusst gewesen, dass »die richtige Geschichte« Marketingzwecken diente, aber in diesem Zusammenhang kam ihr das eben nicht richtig vor. Sie musste an Sylvies Geschichten über die Zutaten denken und an die kleinen Anekdoten um Rezepte und Zubereitung, die sie stets in ihre Lektion einflocht.

»Die Leute erinnern sich an Geschichten«, hatte Kate nachdenklich gesagt. »Und zwar besser als an nüchterne Informationen und Fakten.«

»*Exactement*«, hatte Arnaud ihr beigepflichtet. »Wir Menschen haben stets durch Geschichten gelernt, und zwar nicht nur in Wortform. Vor vielen Jahren habe ich mir die Höhenmalereien in Niaux angesehen, in den Pyrenäen. Sie sind nicht so berühmt wie die in Lascaux, aber nicht weniger grandios. Die Ziegen, Bisons und Pferde an den Wänden waren so schön, so lebendig! Ich dachte, die Menschen, die dies vor Tausenden von Jahren geschaffen hatten ... vielleicht wollten sie damit Geschichten erzählen. Um zu lehren. Zu warnen. Zu unterhalten. Zu erfreuen. Zu trösten ...«

Sein Gesicht strahlte vor ungetrübtem Staunen. Kate spürte, wie ihr ein Prickeln den Rücken hinunterlief. »Das klingt wundervoll«, sagte sie leise.

»Die Malereien sind mir noch immer lebhaft in Erinnerung.« Er zögerte, dann fügte er hinzu: »Ich war zu einer Zeit in Niaux, als mein Leben mehr als düster war. In dieser Höhle jedoch ...« Kopfschüttelnd brach er ab, bis er nach einer Weile weitersprach. »Es klingt ironisch, aber kann es wohl sein, dass es an diesem finsteren Ort unter der Erde mitunter mehr Licht gibt als im hellen Sonnenschein?«

Sie warf ihm einen Blick zu. »Ich weiß, was du meinst«, sagte sie. »Es ist seltsam, aber so etwas kann vorkommen. Genau wie man mitunter nicht in einem friedlichen Wald zur Ruhe kommt, sondern inmitten einer lärmigen Stadt.«

»Wie hier, meinst du«, sagte er lächelnd, während ein Motorroller geräuschvoll an ihnen vorbeiknatterte.

Sie erwiderte sein Lächeln. »Vielleicht ...« Sie sahen einander in die Augen, und in diesem Moment spürte Kate, wie sich etwas zwischen ihnen veränderte. Wenn Stefan und Anja sie vor zwei Tagen gefragt hätten, ob Arnaud und sie Freunde waren, wäre sie unsicher gewesen. Hätte es für irrelevant gehalten. Jetzt dagegen wusste sie es. Es *war* relevant, und ja, sie *waren* Freunde. Das hier *war* eine echte Freundschaft. Und das war Balsam für ihr gequältes Herz.

Nichts war ausgesprochen. Nichts musste ausgesprochen werden. Die Frage, ob ihre Freundschaft zu etwas anderem führen könnte, ergab sich nicht. Keiner von ihnen war bereit für »etwas anderes«, und für den Augenblick war es gut so, wie es war.

Sie streckte sich wohlig. Es war noch immer zu früh, um aufzustehen – 5:30 Uhr –, aber sie war zeitig zu Bett gegangen und hatte ausgezeichnet geschlafen. Sie fühlte sich großartig. Doch das Gefühl sollte nicht lange dauern, denn nun pingte ihr Handy und zeigte eine private Facebook-Nachricht von Leah an.

Hast du das gesehen?

Es folgte ein Screenshot von einem kleinen Artikel mit der Überschrift:

RESMOND-BOSS MUSS SICH ZIVILKLAGE STELLEN
Der Gründer und CEO des hoch bewerteten Technologieunternehmens Josh Hannon-Bell muss möglicherweise wegen angeblicher Verletzung von geistigem Eigentum vor Gericht. Die freiberufliche Designerin Jaime Noura behauptet, Hannon-Bell habe bei der Erstellung eines neuen Looks für die Resmond-App, die in dieser Woche lanciert werden sollte, wissentlich gegen ihr Recht auf geistiges Eigentum verstoßen. Die Nachricht von der Klage hat bereits zu einem Rückgang der Resmond-Aktienkurse geführt. Hannon-Bell bestreitet den Vorwurf, weigert sich jedoch, dazu Stellung zu nehmen.

Kate hatte gerade zu Ende gelesen, als Leah erneut schrieb.

Bist du schon aufgestanden? Hast du Zeit zu reden?

Yep

antwortete Kate und drückte auf Video-Verbindung. Das Gesicht ihrer Schwester erschien. Leah hatte ihr typisches schiefes Grinsen aufgesetzt. »He, wie läuft's in Paris?«, erkundigte sie sich.
»Großartig. Ich liebe es!«

»Das sieht man an deinen Insta-Pics. Einfach umwerfend! Und erst diese Shopping-Tour – ich bin so neidisch! Sicher, dass du das nicht alles nur aufhübschst?«

Kate lachte. »Keine Tricks, Schwesterherz, versprochen. Alles echt.«

»Du Glückliche! Ich wünschte, ich könnte einfach mal schnell zu dir düsen. Billy und Mia sind im Moment total außer Rand und Band, und ihr Vater reagiert gewohnt gelassen, was mich verrückt macht.«

Kate wusste nicht, ob sie Leahs Beschwerden ernst nehmen sollte, wusste sie doch, dass sie ihre Familie vergötterte. »Das ist das Leben«, erwiderte sie daher nur. »Wie geht's Mum und Dad?«

»Wie immer. Mums Blutdruck scheint sich normalisiert zu haben, die Tabletten zeigen die gewünschte Wirkung, es ist also alles in Ordnung. Aber diese Sache mit Josh ...«

»Ja«, pflichtete Kate ihr bei. »Das ist gar nicht gut.«

»Dann stimmt der Vorwurf also?«, fragte Leah aufgeregt.

»Leah! Woher soll ich das wissen?«

»Kennst du die Frau, die das behauptet?«

»Nein, nicht wirklich. Aber bei dem Namen klingelt etwas. Ich meine, sie war mal zum Vorstellungsgespräch da.« Kate erinnerte sich vage an den Namen *und* an die Person, zu der er gehörte: jung, rosa Haare, nervös. Anstelle des üblichen iPad-Portfolios hatte sie eine große, altmodische schwarze Ledermappe bei sich, prall gefüllt mit ihren Entwürfen. Genau deshalb war sie Kate im Gedächtnis geblieben. Sie war vor über achtzehn Monaten zu ihnen ins Büro gekommen, noch bevor Kates und Joshs Beziehung in die Brüche ging.

»Hast du mit ihr geredet?«

Kate schüttelte den Kopf. »Mit Design-Leuten habe ich keine Vorstellungsgespräche geführt, nur bei Marketing-Kandidatinnen und -Kandidatin war ich manchmal dabei. Josh hat sich um das Personal für Design und Entwicklung gekümmert, in der Regel mit jemandem aus der Personalabteilung. Aber auch nicht immer. In diesem Fall kann ich mich nicht mehr erinnern.«

»Dann wäre es also denkbar, dass er allein mit ihr gesprochen hat? Vielleicht hat er ja ihre Entwürfe gesehen und sie gefragt, ob sie ihm ein paar dalässt, damit er noch mal darüber nachdenken kann?«, mutmaßte Leah.

»Möglich. Ich weiß es wirklich nicht. Für gewöhnlich bittet er niemanden, etwas dazulassen, weil er anschließend nicht mit nervigen E-Mails belästigt werden will, ob er schon Zeit hatte, sich die Sachen anzusehen.«

Leah lachte. »Das klingt nach Josh! Trotzdem … Wenn sie ihm tatsächlich ein, zwei Entwürfe zur Begutachtung gegeben und er beschlossen hat, sich diese unter den Nagel zu reißen, könnte er jetzt in echten Schwierigkeiten stecken.«

»Es stünde ihr Wort gegen seins.«

»Du willst das Arschloch doch nicht etwa verteidigen?«, fragte Leah.

»Nein, ganz bestimmt nicht! Ich weise nur auf das Offensichtliche hin – und ich habe keinen blassen Schimmer, ob diese Jamie Noura die Wahrheit sagt oder nicht.«

»So oder so ist das ein Desaster für Resmond. Wenigstens hast du dir deine Anteile rechtzeitig ausbezahlen lassen, oder?«

»Ja.« Das Geld war inzwischen auf ihrem Konto. »Aber können wir jetzt über etwas anderes reden als über Resmond und Josh?«

»Klar, Schwesterherz.« Leah wirkte ein wenig überrascht. »Möchtest du etwas über meine äußerst spannende Auseinandersetzung mit der Gemeinde wegen der Wassergebühren erfahren? Ober über Billys verschwundenes Schulzeugnis?«

»Okay, okay«, wehrte Kate lachend ab. »In dem Fall ist es sicherlich besser, wenn ich dir erzähle, was ich hier so mache.« Und das tat sie. Sie berichtete Leah ausführlich von ihrem Einkaufsbummel am Samstagmorgen, bis ihre Schwester seufzte und Kate das Versprechen abnahm, weitere Fotos zu schicken. Kate fügte eine Kurzversion von allem anderen Erwähnenswerten ein, wobei sie Arnaud nur am Rande und nicht einmal namentlich erwähnte. Sie wusste, dass ihre Schwester sich darauf gestürzt und die einzelnen Versatzstücke zu einer ganz eigenen, aufgebauschten Geschichte zusammengefügt hätte. Zum Glück schien Leah nichts zu ahnen, und so verabschiedeten sich die beiden Schwestern nach einer Weile fröhlich voneinander.

Kate blieb noch einen Moment im Bett liegen und dachte nach. War es möglich, dass es stimmte, was man Josh vorwarf? Vor achtzehn Monaten hätte sie dies strikt verneint. Er mochte rücksichtslos und ehrgeizig sein, aber der Diebstahl geistigen Eigentums war nicht sein Stil. Jetzt war sie sich allerdings nicht mehr so sicher. Was ihn betraf, war sie sich in keinerlei Hinsicht mehr sicher. Das brachte sie auf einen anderen Gedanken, und der bereitete ihr wirklich Kopfschmerzen: Wenn der Vorwurf gegen ihn stimmte, würde sie dann ebenfalls unter Verdacht geraten? Für einen Anwalt wäre es ein Leichtes zu behaupten, dass sie als seine damalige Ehefrau *und* Führungskraft in seinem Unternehmen an dem mutmaßlichen Verstoß beteiligt gewesen sein musste, schließlich hatte man als Ehepaar ja keine Geheimnisse voreinander. Lächerlich, einfach lächerlich! Ja, sie hatte sich aus der Firma zurückgezogen, bevor der »neue Look« überhaupt spruchreif gewesen war, doch ob das zu ihrer Verteidigung reichte?

Ihr Telefon summte erneut. Sie erstarrte. Die Nummer von Joshs Anschluss bei Resmond erschien auf dem Display. Ihr Finger schwebte über Ablehnen, dann über Antworten. Am Ende ließ sie es einfach klingeln und den Anrufbeantworter übernehmen. Sie zögerte eine Weile, dann entschied sie, dass sie sich genauso gut anhören konnte, was er zu sagen hatte. Sie musste schließlich nicht persönlich mit ihm sprechen, nur zuhören.

»Ich nehme an, du hast schon davon erfahren«, sagte die vertraute Stimme an ihrem Ohr. »Wir müssen reden, Kate. Bitte.«

Ihr Puls raste. *Nein*, sagte sie zu sich selbst. *Denk an die wunderbare Zeit, die du an diesem wunderbaren Ort erlebst, wo du Frieden gefunden hast. Echten Frieden. Und den wirst du nicht aufgeben. Nicht für alles auf der Welt. Und ganz bestimmt nicht für diesen Bastard. Soll er doch im eigenen Saft schmoren. Soll das Karma zurückschlagen. Antworte nicht. Antworte nicht!*

Doch auch wenn sie sich ermahnte, den Anruf einfach zu ignorieren, wusste sie gleichzeitig, dass sie unablässig daran denken würde. Dabei wollte sie heute Morgen doch eigentlich wieder eintauchen in die Düfte der Pariser Kochschule, wollte die Kostproben, die Vorbereitungen, die Geschäftigkeit, die Kameradschaft innerhalb der Gruppe genießen. Sie musste das hier also hinter sich bringen, wenn sie es aus dem Kopf bekommen wollte, daher setzte sie sich im Bett auf, stopfte sich ein Kissen in den Rücken und wählte seine Nummer.

»Kate«, stieß Josh hervor, noch bevor sie ein Wort sagen konnte. Offenbar hatte er besorgt auf ihren Anruf gewartet. »Danke, dass du zurückrufst. Es muss in Frankreich noch ziemlich früh sein.« Seine Stimme klang unerwartet freundlich, und sie biss sich auf die Lippe. Sie war froh, dass es sich um einen Audio-Call handelte. »Es *ist* früh«, bestätigte sie ruhig.

»Hör mal, Kate, ich weiß, dass dies vermutlich das Letzte ist, was du tun möchtest, aber wenn du eine Erklärung für uns verfassen könntest, dass du mit dieser Frau gesprochen und festgestellt hast, dass ihre Entwürfe absolut nicht ...«

»Moment«, fiel sie ihm ins Wort. »Ich habe nicht mit der Frau gesprochen. Ich bin ihr nur flüchtig begegnet, und ihre Entwürfe habe ich auch nie gesehen. Das weißt du.«

»Ja, aber du hast die Frau *gesehen*, richtig? Also ...«

»Also nichts! Ich habe keine Ahnung, was für Entwürfe in ihrem Portfolio waren!«

»Wirklich nicht?« Seine Stimme wurde härter.

Kate kämpfte darum, ihre Selbstbeherrschung zu bewahren. »Das weißt du ganz genau! Ich werde nicht lügen. Solltest du Jaime Noura reingelegt und ihren Entwurf gestohlen haben ...«

»Als ob ich so etwas tun würde!«, rief er entrüstet. »Was denkst du denn von mir? Ich dachte, du kennst mich!«

Sehr ruhig erwiderte sie: »Nein, Josh, ich kenne dich nicht. Ich dachte, ich würde dich kennen, aber mittlerweile habe ich keine Ahnung mehr, wozu du noch fähig bist.«

»Du blöde Kuh«, knurrte er, »kapierst du nicht, dass die Sache auch deinen Ruf schädigen könnte? Schreib einfach diese verdammte Erklärung!«

»Fick dich, Josh«, sagte sie. Sie fluchte nie, und noch bevor er sich von dem Schock erholen konnte, unterbrach sie die Verbindung, schaltete ihr Handy aus und schleuderte es aufs Bett.

Sie war so wütend, dass sie kaum atmen konnte. Sie sprang auf, eilte ins Bad und duschte so kalt, dass sie es kaum aushielt. Heiße Tränen strömten über ihr Gesicht, vermischten sich mit dem eisigen Wasser, das an ihr hinablief und Zorn, Ekel und Schmerz abspülte. Als sie aus der Dusche trat, war sie sehr viel ruhiger. Sie zog sich an, verließ das Zimmer und ging nach unten, dann trat sie auf die Straße hinaus. Es war noch etwas frisch, aber es würde ein schöner Tag werden.

Beinahe wäre sie in Richtung Port de l'Arsenal gegangen, dann überlegte sie es sich anders. Es war noch zu früh, um an Arnauds Tür zu klopfen. Außerdem würde es das falsche Signal senden. Stattdessen schlug sie die Gegenrichtung ein und war erst ein kleines Stück weit gekommen, als ihr jemand unerwartet einen Gruß zurief. Sylvie. Mit geröteten Wangen, in T-Shirt, Jogginghose und -schuhen, die Haare mit einer Spange hochgesteckt, sah sie ganz anders aus als die gepflegte, lässig-elegante Frau, die Kate aus der Kochschule kannte. Vielleicht hatte sie eine Laufrunde gedreht. Oder Powerwalking gemacht. »Guten Morgen«, sagte Sylvie und blieb neben ihr stehen. »Sie sind ja genauso früh auf den Beinen wie ich!«

Kate nickte. »Ich musste mir ein paar Dinge von der Seele laufen«, gab sie zu. »Dinge, die nichts mit Essen zu tun haben.«

Sylvie seufzte. »Ich weiß, was Sie meinen.« Sie sah Kate fragend an. »Sind Sie schon bereit für einen Kaffee?«

»Immer«, erwiderte Kate erfreut. »Aber so früh hat doch noch kein Café geöffnet, oder?«

»Ich kenne da einen Ort ...« Sylvie lächelte und führte sie durch die Straßen zu einem ziemlich ramponierten Van. Ein großer, rothaariger Mann mit einer Beanie stand vor der offenen Heckklappe und sortierte Kisten, doch als sie näher kamen, drehte er sich um, sah sie und lächelte. Kate erkannte Serge, Sylvies Freund und Nachbarn.

»Hast du vielleicht noch zwei Tassen Kaffee in deiner Thermoskanne, Serge?«, fragte Sylvie ihn auf Französisch.

»Du kennst mich doch«, erwiderte Serge, dessen Augen hinter den Brillengläsern funkelten, »ich mache immer zu viel.« Er nickte Kate freundlich zu. Sie waren einander mehrmals in der Kochschule begegnet. »*Bonjour*, Kate.«

»*Bonjour*, Serge«, erwiderte sie.

Serge kramte eine Thermoskanne hervor und holte zwei Tassen aus dem Laderaum, die er mit heißem, starkem Kaffee füllte, der ganz anders schmeckte als der Thermoskannenkaffee, den Kate kannte. In sorgfältigem Französisch sagte sie: »Der Kaffee ist gut, danke.«

»Danke«, echote er, dann fügte er in ebenso sorgfältigem Englisch hinzu: »Sylvie sagt, die Australier lieben Kaffee und halten nicht viel von dem, den wir hier trinken. Daher ist das ein nettes Kompliment.«

Kate nahm einen weiteren Schluck. »Aber es ist wahr. Der Kaffee *ist* gut.«

»Dann sind Komplimente in Australien also nicht immer ernst gemeint?«, fragte Serge ein wenig skeptisch.

Sie errötete. »Ich habe keine Ahnung.«

Sylvie verspürte einen Stich. Flirtete Serge etwa mit Kate? Wenn ja, dann war das sicherlich eine schöne Sache. Er war ein guter Mann. Und er war viel zu lange allein gewesen, seit seine Frau ihn vor fast fünf Jahren verlassen hatte. Warum also fühlte sie sich irgendwie – beraubt? Eilig schob sie diesen albernen Gedanken beiseite und trank ihren Kaffee, dann sagte sie auf Englisch zu Kate: »Nun, ich muss jetzt los. Es ist noch so einiges für den heutigen Kurs vorzubereiten.« Mittlerweile war es schon fast sieben.

»Oh. Natürlich.« Kate zögerte, bevor sie eilig hinzufügte: »Könnte ich Ihnen vielleicht dabei helfen?«

Sylvie sah sie überrascht an, dann nickte sie. »Gern. Wenn Sie sicher sind, dass Sie nicht noch mal ins Hotel wollen ...«

»Da bin ich mir sicher«, bestätigte Kate. Sie hatte ihr Handy auf dem Bett liegen lassen, und dort sollte es bleiben. Wenn sie nicht ins Hotel zurückkehrte, würde sie auch nicht in Versuchung kommen, es doch einzustecken. Sie wollte allen weiteren Kontaktversuchen von Josh aus dem Weg gehen. Wollte nicht an ihn, an das, was ihm vorgeworfen wurde, oder das, was er von ihr verlangte, denken. »Ich würde Ihnen sehr gern helfen. Wenn Sie nichts dagegen haben.«

»Ein weiteres Paar Hände ist immer gut.« Sylvie lächelte.

»Passen Sie auf, dass Sylvie Sie nicht zu sehr einspannt«, warnte Serge mit einem neckenden Seitenblick auf Sylvie. Serge *war* anders heute Morgen, dachte sie. Vielleicht lag es an der Frühlingsluft. Vielleicht lag es an Kate. Vielleicht lag es auch einfach nur daran, dass er gute Geschäfte auf dem Markt gemacht hatte. Was auch immer – es bekam ihm. Er wirkte jünger, fröhlicher.

»Es war schön, Sie zu treffen«, sagte Kate. »Und vielen Dank noch mal für den Kaffee. Jetzt bin ich für harte Arbeit gewappnet!«

Kate und Sylvie schlenderten davon. Nachdem sie ein paar Schritte gegangen waren, drehte Sylvie sich noch einmal um und stellte fest, dass Serge ihnen nachsah. Er winkte ihr lächelnd, und sie spürte, wie sich ihre Stimmung hob, als hätte sich seine gute Laune auf sie übertragen und die Schatten der Furcht, die die ganze Nacht über auf ihr gelegen und sie vom Schlafen abgehalten hatten, verscheucht.

SECHSUNDZWANZIG

Gabi war bis halb vier morgens aufgeblieben und hatte infolgedessen nur vier Stunden geschlafen, doch als sie duschte und sich bereitmachte, zum Frühstück hinunterzugehen, fühlte sie sich erstaunlich fit. Schmunzelnd betrachtete sie die verstreuten Blätter auf dem kleinen Tisch, an dem sie die ganze Nacht gesessen und gearbeitet hatte. Sie war nicht fertig geworden, noch nicht, aber das konnte warten, bis sie heute Nachmittag zurückkehrte.

Nachdem sie am Abend zuvor wieder in Paris eingetroffen war, hatte sie am Bahnhof ein paar Kleinigkeiten gekauft: eine Schere, mehrere Zeitschriften, einen Klebestift und Buntstifte. In der Nähe hatte sie einen Laden entdeckt, der länger geöffnet war und in dem man drucken und kopieren konnte. Sie hatte mehrere Fotos von ihrem Handy ausgedruckt – eigene Fotos und Website-Fotos, die sie im Zug heruntergeladen hatte. Anschließend hatte sie in einem Café etwas gegessen und dann ein Taxi zurück zum Hotel genommen. Kaum war sie wieder in ihrem Zimmer gewesen, hatte sie sich voller Vorfreude ans Werk gemacht.

Während sie arbeitete, fühlte es sich an, als könnte sie kaum mithalten mit dem, was aus ihr herausbrach. Ihr Bleistift flog über das Papier, zeichnete Umrisse und Muster; sie schnitt Teile aus den Magazinen aus und klebte Fotos darauf. Eine Seite folgte auf die andere, es war wie eine Geschichte – wie eine Filmrolle, die abgespult wurde. *Was ich dir nicht sagen konnte*, hatte sie ihr Werk genannt, das mit einem Foto von ihr selbst am Tag der Eröffnung der *Shadow-Life*-Ausstellung begann. Es stammte von der Website der Galerie, allerdings hatte sie es verändert, hatte ihren Körper zur Hälfte ausgeschnitten und durch einen verwischten schwarzen Schemen ersetzt, während der Rest so geblieben war – die Leute um sie herum, der Galerist, ihr Agent, ihre Familie, irgendein hohes Tier, ein paar Personen, an die sie sich nicht erinnern konnte. Sie hoben die Gläser, während hinter ihnen Gabis Kunstwerke aufragten. Mixed-Media-Kunstwerke: Collagen, Farbe, Tinte, Fundstücke – zusammen bildeten sie eine seltsame, traumhafte Welt, in der Gebäude, Innenräume und Objekte mehr Substanz zu haben schienen als die Menschen, die nicht mehr als Schatten waren. Keine Silhouetten, nichts klar Umrissenes, Definiertes – nicht einmal die Art Schatten, die man von einem sonnigen Tag kannte, schwarz, scharf gezeichnet. Nein, das hier waren flackernde, staubgraue Schatten, Schatten, die man bei schlechten Lichtverhältnissen wahrnahm, in der Früh oder spät am Abend oder bei Mondschein. Die Schatten waren mit allen möglichen Alltagsaufgaben beschäftigt, aber es gab auch einige darunter, die ausgesprochen seltsam aussahen – ein Schatten mit einem Bett auf dem Kopf zum Beispiel oder ein Schatten, der versuchte, einen Wolkenkratzer zu stützen.

Die *Shadow-Life*-Kunstwerke waren entweder sehr groß oder sehr klein, und als Ganzes hatten sie eine erstaunliche Wirkung hervorgerufen, sowohl beim Publikum als auch bei den sich vor Begeisterung überschlagenden Kritikern. Alle möglichen Leute hatten ihnen alle möglichen Bedeutungen zugeschrieben, dabei hatte die Sache in Wahrheit als spielerisches Projekt begonnen. Ein Projekt, entstanden aus einer Kindheitserinnerung an eine Geschichte, in der sich der Schatten von der dazugehörigen Person gelöst hatte und davongelaufen war. Eine etwas gruselige Vorstellung, wie Gabi damals fand, aber gleichzeitig faszinierend und lustig. Was würden diese Schatten in ihrem Schattenleben tun, wenn es ihnen tatsächlich gelänge, ihre Menschen zu verlassen? Genau diese Überlegungen waren ihr durch den Kopf gegangen, als sie *Shadow Life* entworfen hatte. Doch nur wenige Leute schienen das Spielerische zu erkennen. Und die Kritiker nahmen ohnehin alles so ernst, betrachteten ihr Werk als eine Darstellung emotionaler Abkopplung, des kulturellen Niedergangs, als antikapitalistisches Manifest oder die Auslöschung der menschlichen Vielfalt …

Doch es waren nicht nur die Kritiken, die *Shadow Life* in den sozialen Medien viral gehen ließen. Die Leute diskutierten endlos darüber, deshalb war es für Gabi im Grunde keine Option gewesen, einzuwenden, dass es ihr einfach Spaß gemacht hatte, dem *Was-wäre-wenn* ihrer Kindheit nachzugehen. Es hätte ihr ohnehin niemand geglaubt. Und wenn doch, dann hätten sie sie womöglich als Spinnerin abgetan, die nicht wusste, was sie tat. Nick hatte ihr geraten, auf nichts davon zu reagieren. »Geheimnisvoll zu sein, ist interessanter«, hatte er gesagt, und der Galerist hatte ihm beigepflichtet. Sogar ihre Familie war dieser Ansicht gewesen. *Überlass das Feld den professionellen Erklärern*, so der allgemeine Konsens. *Du bist einfach nur die Künstlerin, lass deine Kunst für sich selbst sprechen.*

Ich dachte, ich würde meine Kunst für sich selbst sprechen lassen, hatte Gabi letzte Nacht auf die zweite Seite geschrieben. *Aber die Leute legten mir Worte in meinen Künstlerinnenmund.* Dies hatte sie anhand von Fotos von Prominenten veranschaulicht, die sie aus Zeitschriften ausgeschnitten hatte. Sie hatte ihnen Sprechblasen vor die Münder gemalt, in denen sie das sagten, was sie über ihre Arbeit gesagt hatten. Auf die dritte Seite hatte sie mit schwarzem Edding einen Cartoon gezeichnet – ein Schattenspiel mit sich selbst als eine der Schattenspielfiguren –, versehen mit dem schlichten Titel *Verwandlung in einen Schatten*. Das vierte Blatt folgte mit wild durcheinander gewürfelten Schnipseln von Kunststücken und Rezensionen, darüber prangte in schwarzen Buchstaben *Kunst unter neuer Leitung*, dann kam eine Seite mit einer groben Skizze, die sie vor einer riesigen leeren Leinwand zeigte – ein kleiner, zittriger Schatten, hinter den schwarzen Strichen nichts als bedrohliches Weiß. Diese Seite war nicht betitelt.

Auf der nächsten war sie erneut als Schatten zu sehen. Diesmal lang und dünn, rannte sie hinter der leeren Leinwand her, die sehr viel kleiner war und in der Ferne zu verschwinden schien. Auf diesen drei Blättern war alles in Schwarz-Weiß gehalten, während die folgende Seite zu Grau verblasst war und sie nicht mehr als ein Schemen im grauen Nebel. Um sie herum waren Sprechblasen unsichtbarer Menschen eingezeichnet, in denen mit Rotstift stand: *Die zweite Ausstellung – mit Spannung erwartet!*, und: *Wir wollen mehr – jetzt!*, und: *Bleib dran!*, und: *Eintagsfliege*. Letzteres gleich in drei Sprechblasen, einmal klein, dann mittelgroß und schließlich in riesigen, überlauten Buchstaben, die aussahen wie in Blut getaucht.

Das nächste Blatt war leer bis auf ein einziges Wort: *Flucht* stand in winzigen Buchstaben ganz unten auf der Seite – als wollte es sich in einem Mauseloch verstecken oder ganz auflösen.

So weit war sie in der Nacht gekommen, doch heute Nachmittag nach dem Kurs würde sie weitermachen. Gabi wusste genau, wohin sie mit ihrer Arbeit wollte, und das erfüllte sie mit einer tiefen Freude. Einer Freude, die sie schon so lange nicht mehr verspürt hatte. Es war die unverfälschte, kreative Freude, die sie als Kind verspürt hatte, wenn sie stundenlang gezeichnet, gemalt, ausgeschnitten, geklebt und Sammelalben, kleine Bücher und Karten für ihre Familie, Freundinnen und Freunde angefertigt hatte. Was sie jetzt erschuf, würde sie der Öffentlichkeit nicht präsentieren, es würde nicht ausgestellt werden, denn es war privat, war einzig und allein für Max gedacht – als Erklärung, als Entschuldigung, Geschenk, ohne Bedingungen oder Erwartungen. Doch es war gleichzeitig auch für sie selbst, das war ihr nachts mit jeder Stunde, die verstrich, bewusster geworden. Die kreative Arbeit half ihr zu sprechen, zu erklären, was geschehen war. Sie ließ die Kunst für sich selbst sprechen, ja, aber auch für sie. Genau das hatte sie gebraucht. Sie wusste nicht, ob die Freude, die Leichtigkeit, mit der sie diese Sache anging, ihre Blockade lösen würde, aber das war ihr gleich. Zumindest für den Augenblick.

Alle hatten sich pünktlich in der Küche versammelt, und alle wirkten ausgesprochen fröhlich, dachte Kate, sogar Gabi. Sie berichteten, wie sie das Wochenende verbracht hatten – erstaunte Rufe wurden laut, als Gabi in die Runde warf, sie wäre in den Süden Frankreichs gereist, obwohl auch Mike und Ethan einen Zwei-Tages-Trip nach Rouen unternommen hatten. Es gab ein paar gutmütige Frotzeleien über Pete, der im Jardin des Tuileries eine Schottin kennengelernt hatte. Sie hatte ihm gefallen, doch leider hatte er es versäumt, sich nach ihrem Namen oder ihrer Nummer zu erkundigen. Stefan und Anja erzählten voller Begeisterung, dass sie mit Misaki durch ein weiteres atemberaubendes Museum gestreift waren, welches diese vor Kurzem entdeckt hatte. Paris war in der Tat voller atemberaubender Museen, fand Kate.

Niemand hatte eine Bemerkung darüber fallen lassen, dass Kate schon vor allen anderen in der Kochschule gewesen war, vermutlich gingen sie davon aus, sie wäre einfach früh dran gewesen. Kate hatte es genossen, vor Kursbeginn dort zu sein, die Küche in der frühmorgendlichen Stille zu erleben und bei den Vorbereitungen zu helfen.

Damien war zwanzig Minuten nach ihr eingetroffen. Er wirkte überrascht, sie zu sehen, doch diskret, wie er war, stellte er keine Fragen, sondern widmete sich gelassen seinen Aufgaben. Die

Vorbereitungen erfolgten in einem angenehmen Rhythmus, und Kate fand Freude an der ruhigen, effizienten Vorgehensweise, die ihr half, das Telefonat mit Josh zu vergessen. Als die anderen ankamen, war sie schon einigermaßen entspannt.

Bei der Vorbereitung für den morgendlichen Unterricht hatte Kate Damien geholfen, die besten Fette aus den Lagerräumen zu holen: Butter aus der Normandie, der Bretagne und Zentralfrankreich; verschiedene Olivenöle aus der Provence, alle versehen mit dem begehrten AOC-Zertifikat – *appellation d'origine contrôlée* –, das nicht nur die Qualität des Produkts, sondern auch dessen Herkunft garantierte. Außerdem standen Gänse- und Entenfett von kleinen Biohöfen aus dem Südwesten des Landes zur Auswahl.

Jetzt schaute Kate aufmerksam zu und machte sich Notizen, während Sylvie zuerst über Butter sprach und dazu sechs Proben auf der Arbeitsplatte aufgereiht hatte: gesalzene, ungesalzene und *demi-sel*, leicht gesalzene Butter. Jeder von ihnen sollte von jeder Sorte ein klein wenig auf eine Scheibe Brot streichen und kosten. Dann bat Sylvie darum, die Butter mit nur einem Wort zu beschreiben. Sie hatten ziemlich viel Spaß, zumal sie alle versuchten, einander mit immer anschaulicheren Bezeichnungen zu übertreffen. Anschließend ließ Sylvie sie etwas probieren, was sie als »gewöhnliche Butter« bezeichnete, und nun schienen selbst diejenigen, die zuvor skeptisch gewirkt hatten, überzeugt zu sein, dass man den Unterschied schmecken konnte. Vielleicht lag das aber auch nur an Sylvies Persönlichkeit – in Kates Augen war Sylvie Morel einer der bodenständigsten Menschen, denen sie je begegnet war; sie fühlte sich wohl in ihrer Haut und versuchte nicht, jemand zu sein, der sie nicht war.

Und trotzdem ... Während der morgendlichen Vorbereitungen hatte Kate sie gefragt, ob es weitere Versuche gegeben hatte, die Kochschule in Misskredit zu bringen. Sylvie hatte sie auf den aktuellen Stand gebracht, in aller Kürze, beinahe beiläufig. Dennoch wirkte sie verunsichert – kein Wunder, fand Kate. Jemand untergrub ihr Selbstvertrauen, versuchte, ihr den Boden und den Füßen wegzuziehen, ausgerechnet an dem Ort, den sie für sich geschaffen hatte. Kate kannte das Gefühl nur zu gut. Man hatte auch ihr den Boden unter den Füßen weggerissen – und die Landung war ausgesprochen schmerzhaft gewesen.

Der Anruf von Paul Renard kam während einer kurzen Kaffeepause, genau gesagt, zwischen Butter und Öl. »Sie haben doch diesen Zola-Roman erwähnt, Madame Morel«, sagte er. »Sie erinnern sich? Die E-Mail-Adressen, die für die Beschwerden beim DDPP verwendet wurden?«

Sylvie musste nicht extra nachschlagen, sie sah sie auch so klar und deutlich vor sich: quenunormande@hotmail.com und sagetragot@gmail.com, Anspielungen auf Émile Zolas *Der Bauch von Paris*. »Ja, ich erinnere mich. Was haben Sie herausgefunden?«

»Es sieht so aus, als hätte der Mann vom Gesundheitsamt recht: Es handelt sich um Fake-Adressen. Bei unseren weiteren Recherchen sind wir noch auf etwas anderes gestoßen«, fuhr er fort, »und zwar auf ein kleines Restaurant namens Chez Quenu. Es befindet sich in einer Seitenstraße im fünften Arrondissement. Kennen Sie es?«

Sylvies Nacken fing an zu kribbeln. »Nie davon gehört.«

»Ein kleines, unprätentiöses Lokal, das hauptsächlich von Anwohnern besucht wird, nicht sehr viele Tische, kleine Speisekarte. Keine Website, nur eine einfache Facebook-Seite, doch darauf steht, dass der Name von Zolas Roman inspiriert wurde. Der Besitzer, der in dem Laden kocht, ist ein gewisser Martin Cahuzac. Sagt Ihnen der Name etwas?«

»Nein, gar nichts«, antwortete sie verwirrt.

»Sind Sie sicher? Vielleicht hat er für Sie gearbeitet, einen Kurs belegt oder Ihnen irgendwelche Lebensmittel geliefert?«

»Ich bin mir ziemlich sicher«, erwiderte sie zögernd, »aber ich werde vorsichtshalber noch einmal in meinen Unterlagen nachsehen.«

»Vielleicht steckt ja gar nichts dahinter und der Name ist tatsächlich ein Zufall, doch wir sollten sichergehen.«

Ich werde nicht nur in meinen Unterlagen nachsehen, ich werde dem Restaurant noch heute einen Besuch abstatten, dachte Sylvie, doch sie sagte nichts.

»Es tut mir leid, dass wir nichts Konkreteres finden konnten«, entschuldigte sich Renard, »ich wollte es aber auf alle Fälle erwähnt haben. Und natürlich suchen wir weiter.«

Nachdem sie das Telefonat beendet hatten, blieb Sylvie noch einen Moment sitzen. Ihre Gedanken rasten. Sie schickte Serge eine kurze Textnachricht, um ihm die Neuigkeiten mitzuteilen. Er schrieb sofort zurück.

Interessant! Geh aber bitte nicht allein dorthin. Ich würde gern mitkommen.

Sie wollte ihm antworten, das brauche er nicht, was sollte ihr dort schon passieren, doch dann überlegte sie es sich anders. Einfach so dort aufzutauchen und Fragen zu stellen, war keine gute Idee.

Okay,

tippte sie,

lass uns dort zu Abend essen.

Sehr gut. Ich buche unter meinem Namen einen Tisch, dann wissen sie nicht, dass du kommst. Nur für alle Fälle.

Wenn du meinst. Ich gehe davon aus, dass nichts dahintersteckt.

Dann essen wir eben einfach nur etwas. Ich schaue auf der Facebook-Seite nach, ob sie heute Abend geöffnet haben.

In Paris waren montags viele Restaurants geschlossen. In ihrer Eile hatte Sylvie gar nicht daran gedacht.
Eine kurze Pause, dann meldete sich Serge wieder.

Heute Abend ist zu, aber für morgen kann man online einen Tisch buchen. Ist schon erledigt, morgen, 19 Uhr. Wir treffen uns um 18:15 Uhr, okay?

So würden sie es machen. Es brachte nichts, sich heute dort umzusehen. Wenn alles geschlossen war, würde sie nichts in Erfahrung bringen.

Perfekt. Danke, Serge.

Bis morgen.

Sylvie steckte das Handy wieder ein und kehrte zu ihrem Kurs zurück. Ihre Stimmung hob sich, befeuert von dem Gedanken, dass sie morgen vielleicht, ganz vielleicht, Antworten auf ihre Fragen finden würde. Vorausgesetzt, das Chez Quenu hatte tatsächlich etwas mit der Sache zu tun. Wie auch immer – sie hatte das Gefühl, die Kontrolle über ihr Leben zurückzugewinnen. Und das genügte ihr für den Augenblick.

SIEBENUNDZWANZIG

Gabi lehnte sich auf dem Stuhl in ihrem Hotelzimmer zurück und betrachtete ihr fertiges Projekt. Die letzten Seiten, die ihre Reise nach Paris und die Begegnung mit Max beinhalteten, hatten sie einige Arbeit gekostet. Sie war lange aufgeblieben und hatte prompt verschlafen, was bedeutete, dass sie erst um halb elf in der Kochschule erschienen war und die Verteilung der Aufgaben verpasst hatte. Zum Glück war das nicht allzu schlimm, weil die heutige Lektion im Grunde nur die Fortsetzung vom Vortag war, doch sie musste allein arbeiten, da alle anderen bereits in Kochgruppen eingeteilt waren. Selbst das wäre nicht schlimm gewesen, hätte sie nicht ständig ihr Projekt im Kopf gehabt, weshalb sie sich nur halb aufs Kochen konzentrieren konnte. Am Ende misslang ihr die Soße aus Butter, Knoblauch und Rotwein, die zu den sautierten Artischockenherzen und Pilzen von Stefan und Anja gereicht werden sollte. Die zwei versicherten ihr, sie müsse sich deswegen keine Gedanken machen, sie würden schnell eine eigene Soße zubereiten, doch Gabi wusste, dass sie die beiden hatte hängen lassen.

Trotzdem konnte sie an nichts anderes als an ihr Projekt denken, und sobald der Kurs für den heutigen Tag vorbei war, eilte sie zurück ins Hotel, um weiter daran zu arbeiten. Sie legte nur eine kurze Pause ein – um einen Spaziergang zu machen und etwas zu essen. Dennoch hatte sie erst am späten Dienstagnachmittag das Gefühl, wirklich fertig zu sein.

Die letzten fünf Seiten hatten nach dem Schwarz-Weiß und Grau-Rot wieder mehr Farbe bekommen, sodass ihre Zeit in Paris in hellem Glanz erstrahlte. Auf die vorletzte Seite hatte sie ein Foto von der Marguerite-Yonan-Zeichnung geklebt, die sie gleich zu Beginn ihres Aufenthalts bei dem Trödler gekauft hatte, und eine Frau in rotem Rock und schwarzem Pullover hinzugefügt. Die Frau stand mit dem Rücken zum Betrachter und hatte die Augen auf die Zeichnung geheftet. Darunter hatte Gabi geschrieben: *Manchmal dient es lediglich dem Schutz, sich zu verstellen.* Das war eine Anspielung auf etwas, was Max zu ihr gesagt hatte, als sie zum Appartement seiner Großmutter gegangen waren, vor ihrem großen Streit: »Komm schon, Gabi, bei mir musst du dich nicht verstellen.« Auf die letzte Seite hatte sie dieselbe Frau gemalt. Diesmal stand sie an einer Kreuzung, neben einem Wegweiser mit verblassten, unleserlichen Worten darauf. Die Frau hatte den Blick jedoch nicht auf den Wegweiser gerichtet, sondern auf etwas, was darauf saß: ein Adler, mit dicken schwarzen Strichen aus dem Gedächtnis skizziert – jener unvergessliche Moment, als sie auf dem Lieblingshügel ihres Großvaters gesessen hatte. Darunter stand: *Wir wissen nicht, wohin die Wege führen. Daher können wir nur unserem Herzen folgen.*

Bei Letzterem war sie sich nicht sicher gewesen, deshalb hatte sie die beiden Sätze viele Male auf ein Blatt Papier geschrieben, stets in einer anderen Variante. War das kitschig? Banal? Einer von diesen »inspirierenden Sprüchen«, wie man sie auf Social Media fand? Beinahe hätte sie sich dafür entschieden, gar nichts zu schreiben, doch dann dachte sie: *Ach, zur Hölle, das ist das, was ich empfinde, und es ist mir egal, ob es klingt wie etwas, das schon einmal gesagt wurde.* Denn wenn es tatsächlich schon mal jemand gesagt hatte, dann hatte er sicher etwas ganz Ähnliches empfunden wie sie – das Gefühl, sich verirrt zu haben, an eine Kreuzung gelangt zu sein, ohne zu wissen, welche Richtung er einschlagen sollte. Und wie sie hätte er Ausschau nach einem Zeichen gehalten und anschließend seinen Mut zusammengenommen und sich für einen Weg entschieden. Ganz gleich, wohin dieser führen mochte.

Gabi holte tief Luft und fotografierte jede Seite sorgfältig ab, dann tackerte sie die Blätter zusammen, steckte sie in einen großen Umschlag, schrieb Max' Namen und die Adresse darauf und machte sich auf den Weg durch die abendlichen Straßen.

Nur ein Hund kann einem Menschen von einem Moment auf den anderen so viel Freude bereiten, dachte Kate, als Nina sie aufgeregt begrüßte und dabei begeistert mit dem Schwanz wedelte. Arnaud hatte ihr eine Nachricht geschickt und sie zu einem spontanen Abendessen auf dem Boot eingeladen: Ein befreundeter Buchbinder aus der Normandie besuchte seinen Bruder, der in Paris als Architekt arbeitete, und Arnaud dachte, Kate würde ihn vielleicht gern kennenlernen.

Sie hatte freudig zugesagt und traf etwas zu früh ein. Er war noch beim Kochen, aber es schien ihm nichts auszumachen, dass sie ihm dabei zusah, also schenkte sie ihnen ein Glas Wein ein und machte es sich auf der Sitzbank in der Kombüse bequem. Es war leicht, sich in der gemütlichen kleinen Kajüte zu Hause zu fühlen. Nina sprang neben sie auf die Bank und legte den Kopf in Kates Schoß. Kate streichelte ihr lockiges Fell. Arnaud schien sich zu freuen, dass sie schon da war, und der Wein, ein vollmundiger dunkler Bordeaux, schmeckte ausgezeichnet. Vielleicht lag es an der Kombination all dessen, dass sie plötzlich meinte, es wäre in Ordnung, sich ihm zu öffnen und von Josh zu erzählen.

Sie erzählte nicht alles, ging nicht ins Detail, doch in diesem Augenblick fühlte es sich richtig an, sich Arnaud anzuvertrauen. Er hörte ihr aufmerksam zu, während er am Herd stand und ab und zu einen Schluck Wein trank, und auch das fühlte sich richtig an. Kate benötigte keinen Kommentar, kein Mitgefühl, keinen

Trost von ihm, wollte nur, dass er ihr zuhörte. Alle anderen, mit denen sie geredet hatte, waren zu nah dran gewesen, als ihre Ehe in die Brüche ging: ihre Familie, ihre Freundinnen, Kolleginnen und Kollegen, Anwälte. Und nun konnte sie diesem Mann, diesem Fremden, der ihr ein Freund geworden war, offen davon erzählen, ohne Bitterkeit, wenngleich nicht ohne Schmerz.

Als sie geendet hatte, legte er einen Deckel auf den Topf, nahm sein Glas und setzte sich zu ihr und Nina, um kurz die Hand auf ihre zu legen. »Die Wunden des Lebens sitzen tief, nicht wahr?«, stellte er fest, und als sie mit Tränen in den Augen nickte, erzählte er ihr, dass er jung geheiratet hatte. Die Ehe hätte den Belastungen des Militärlebens beinahe nicht standgehalten, besonders seine ständige Abwesenheit war schwer. Doch als er die Armee schließlich verließ, fest entschlossen, mit seiner Frau und ihrem gemeinsamen kleinen Sohn ein Leben als Zivilist zu führen, war es ihm nahezu unmöglich gewesen, sich anzupassen. Er wurde ein sehr schwieriger Mensch, trank zu viel, war voller Wut, und irgendwann verließ ihn seine Frau und nahm den Jungen mit.

»Ich dachte, sie wären besser ohne mich dran«, sagte er, »daher versuchte ich nicht, sie zurückzuhalten. Ich habe auch nicht versucht, sie zu kontaktieren, monatelang nicht, fast ein Jahr. Und dann war es zu spät. Sie hatten Frankreich verlassen. Ich fand heraus, dass sie nach Kanada gegangen waren, mehr nicht. Ich habe sie nie wieder gesehen oder etwas von ihnen gehört.«

Kate sah den Schmerz in seinem Blick und wusste, dass sie all die Fragen, die sie beschäftigten – warum er nicht versucht hatte, sie aufzuspüren, wie er es ertragen konnte, es einfach dabei zu belassen –, nicht stellen konnte. Offenbar litt er an einer posttraumatischen Belastungsstörung, und sie wollte nicht in der Wunde stochern. Außerdem hatte er das, was sie ihm erzählt hatte, auch nicht hinterfragt. Also tat sie, was er getan hatte, und berührte kurz seine Hand. Sie sagte nichts, füllte nur ihre Gläser nach. Das

Schweigen zwischen ihnen dehnte sich, aber nicht unangenehm. Irgendwann setzte Nina sich auf. Über ihnen waren Schritte zu vernehmen, und eine Stimme rief munter: »Arnaud! Wo versteckst du dich?«

Gleich darauf schlug die Stimmung von melancholischer Nachdenklichkeit zu heiterer Geselligkeit um. Kate fürchtete, der plötzliche Wechsel würde bei ihr ein emotionales Schleudertrauma hervorrufen, doch zu ihrer Überraschung kam sie gut damit zurecht. Marcel, der befreundete Buchbinder, war groß und hatte eine Löwenmähne, während sein Bruder Matthieu das genaue Gegenteil war: klein, quirlig, fast kahl. Sie sahen sich nicht sonderlich ähnlich, abgesehen von den braunen Augen. Später stellte sich heraus, dass sie verschiedene Väter hatten, aber bei ein und demselben Stiefvater aufgewachsen waren, dem dritten Ehemann ihrer Mutter. Es stellte sich außerdem heraus, dass beide recht gut Englisch sprachen. Sie rissen sogar ziemlich lustige Witze, was Kate aufrichtig bewunderte, da sie im Französischen nicht annähernd so bewandert war.

Es war ein unterhaltsames Abendessen, oben an Deck, mit Arnauds wunderbarem korsischem Lammtopf mit Rotwein und Tomaten. Dazu wurde Brot gereicht, und zum Nachttisch gab es eine Schokoladen-Minze-Mousse, die köstlichste Mousse, die Kate je gegessen hatte.

»Die beiden Ms«, wie Arnaud Marcel und Matthieu nannte, verabschiedeten sich gegen halb zehn, aber Kate blieb noch ein bisschen länger, auf einen schnellen Absacker und um Arnaud beim Abwasch zu helfen – obwohl er protestiert und darauf bestanden hatte, dass das nicht nötig war. Als er sie, begleitet von Nina, zum Hotel brachte und sie vor dem Eingang stehen blieben, sagte er leise: »Danke, dass du mir deine Geschichte anvertraut hast.«

Sie sah ihn an und erwiderte: »Danke, dass du mir *deine* Geschichte anvertraut hast.« Dann streckte sie sich und küsste ihn –

auf die Wange, nicht auf die Lippen, aber auch das fühlte sich richtig an. Er nahm ihre Hand in seine, und sie sah in seinen Augen denselben Ausdruck, den er in ihren sehen musste. Lächelnd sagte er: »Gute Nacht und bis bald.«

»Ja, hoffentlich bis ganz bald«, erwiderte sie auf Französisch und lächelte ebenfalls. Er rief Nina, die geschäftig den Gehsteig beschnüffelte, dann wandten sich die beiden zum Gehen. Kate sah ihnen nach. Bevor sie hinter der Ecke verschwanden, drehte Arnaud sich um und winkte, und sie winkte zurück, bis sie nicht mehr zu sehen waren.

Das Chez Quenu war ein ziemlich beengtes Lokal mit mehreren langen Banktischen und drei kleinen, runden Tischen. Vor einer Tür, die offenbar in die Küche führte, diente eine hohe Holztheke als Ausschank und Ausgabe, an der Wand dahinter hingen Regale mit ordentlich aufgereihten Gläsern und Tellern. Trotz der Enge herrschte eine heitere Atmosphäre, und obwohl sich das Restaurant in einer ruhigen Seitenstraße befand, schien es sich großer Beliebtheit zu erfreuen – sämtliche Tische mit Ausnahme von dem, den Serge reserviert hatte, waren bei ihrer Ankunft besetzt. Es gab eine junge Kellnerin, die hin und her flitzte und lächelnd Bestellungen entgegennahm oder servierte – offensichtlich kannte sie die meisten Gäste, daher ging Sylvie davon aus, dass es sich um Stammgäste handelte. Sie schien sich auch um die Getränkeausgabe zu kümmern. Der Besitzer, Martin Cahuzac, war nirgendwo zu sehen, doch von Renard wussten sie, dass er gleichzeitig der Koch war, vermutlich war er in der Küche beschäftigt.

Die Speisekarte war einfach und kurz – es gab nur vier Vorspeisen, Hauptgerichte und Desserts, außerdem zwei Tagesgerichte. Die festen Gerichte waren allesamt französische Bistro-Klassiker, die Tagesgerichte – zumindest heute – etwas überraschend, mit einer Tendenz zum Exotischen: ein georgisches Schweineschaschlik und eine argentinische Fischsuppe. Normalerweise war das für Sylvie ein No-Go. Sie war der Ansicht, dass es nur selten wirklich gelang, mehrere Nationalitäten kulinarisch unter einen Hut zu bringen. Doch heute Abend hatte sie andere Probleme als eine überambitionierte Küche. Es stellte sich heraus, dass das Essen wirklich gut war. Beim Hauptgericht war sie auf Nummer sicher gegangen und hatte sich für *steak frites* entschieden. Das Steak war zart und saftig, die Pommes frites knusprig, die Sauce Bernaise perfekt. Serge bestellte die argentinische Fischsuppe, die, wie er betonte, vorzüglich schmeckte.

»Mir gefällt es hier«, stellte er fest. »Gutes Ambiente, gutes Essen. Ich hoffe wirklich, dass der Laden nichts mit den Vorkommnissen zu tun hat.«

»Ich auch.« Sylvie sah sich um und kam sich ein wenig albern vor. Die Gäste wirkten glücklich und zufrieden, die junge Kellnerin schwirrte lächelnd von Tisch zu Tisch. »Ich bin mir sicher, der Name ist reiner Zufall.«

Sie warteten auf ihr Dessert – beide hatten ein Stück *Pithiviers* geordert, einen köstlichen Mandel-Blätterteigkuchen aus der Stadt Pithiviers in der Mitte Frankreichs. Sylvie liebte dieses klassische Gebäck seit ihrer Kindheit. Serge schenkte ihnen von dem angenehmen Rosé-Hauswein nach. »Wir haben gut zu Abend gegessen, und wir haben ein neues Lokal entdeckt!«

»Ja«, pflichtete Sylvie ihm bei. »Noch dazu an einem Dienstagabend.«

Er lachte. »Darauf trinken wir.« Er hob das Glas. »Auf den Dienstagabend! Auf dass wir weitere Dienstagabende wie diesen erleben!«

»Unbedingt«, sagte sie und stieß mit ihm an. Sie sahen einander in die Augen, und Sylvie verspürte ein unerwartetes Kribbeln unter der Haut.

In diesem Moment kam ein stämmiger Mann mit Kochmütze und langer Schürze aus der Küche. Mit seinem welligen, dunklen

Haar, der spitzen Nase und den haselnussbraunen Augen in einem lächelnden Gesicht war er die ältere, kräftigere, männliche Ausgabe der jungen Kellnerin. Er war definitiv mit ihr verwandt, höchstwahrscheinlich ihr Vater. Das musste Martin Cahuzac sein. Sylvie war sich sicher, dass sie ihn noch nie zuvor gesehen hatte. Darüber hinaus hatte Yasmine sich vergewissert, dass in den Unterlagen der Kochschule niemand mit diesem Namen auftauchte.

Cahuzac verließ den Thekenbereich und ging zu dem größeren der langen Banktische, wo mehrere Leute einen Geburtstag feierten. Er kannte sie offensichtlich, denn er blieb eine Weile stehen und plauderte mit ihnen. Dann schlenderte er weiter zum zweiten Banktisch und anschließend zu den beiden kleinen runden Tischen, bis er zuletzt bei Sylvie und Serge Halt machte.

Sylvie hatte ihn fasziniert bei seiner Runde beobachtet – hier erlebte sie einen waschechten, traditionellen Gastronomen in Aktion. So etwas hatte sie schon lange nicht mehr gesehen. Nachdem sie ein, zwei Höflichkeiten ausgetauscht hatten, sagte Sylvie: »Wir haben Ihr Restaurant gerade erst entdeckt. Betreiben Sie es schon lange?«

»Seit zwei Jahren«, antwortete er. »Zuvor hatte ich ein anderes Lokal, im Süden. Doch dann wurde meine Tochter an der Sorbonne angenommen, und ich wollte nicht, dass sie allein geht – seit dem Tod meiner Frau gab es immer nur uns beide –, deshalb bin ich ebenfalls hergekommen.«

»Es sieht so aus, als hätten Sie in nur zwei Jahren eine loyale Stammkundschaft gewonnen«, stellte Serge fest.

Cahuzacs Augen fingen an zu leuchten. »Ja. Wir hatten großes Glück: Die Leute aus dem Viertel scheinen uns zu mögen. Manche kommen sogar jeden Tag. Sie fühlen sich hier zu Hause. Wir müssen keine Werbung machen.«

»Dann haben Sie offenbar das richtige Gespür«, sagte Sylvie.

Er zuckte die Achseln. »Wir sind ein bescheidenes Lokal für die Leute aus der Gegend. Zum Glück haben wir einen anständigen

Vermieter, der keine allzu hohe Miete verlangt, außerdem sind wir ein Familienbetrieb – ein Cousin von mir hilft tagsüber aus, wenn Amandine an der Uni ist. Es gehört also nicht allzu viel dazu, das Restaurant am Laufen zu halten.«

»Im Gegenteil, Monsieur, ich denke, Sie können sehr stolz auf sich sein«, sagte Sylvie herzlich. »Unzählige Lokale in Paris scheitern, schließlich haben wir hier die Qual der Wahl.« Sie zögerte kurz, dann fragte sie. »Der Name Ihres Restaurants – ich nehme an, er bezieht sich auf Émile Zolas Roman *Der Bauch von Paris?*«

Er nickte. »Ich habe das Buch in der Schule gelesen, und ich habe es geliebt. *Chez Quenu* kam mir passend vor für unser neues Restaurant hier.«

»Dann hieß Ihr Restaurant im Süden nicht so?«

»Aber nein! Das hieß *Le Clin d'Oeil.*« Dem Namen entsprechend, zwinkerte er ihnen zu.

Sie lachten. »Das ist ein guter Name«, sagte Serge. »Warum haben Sie ihn nicht behalten?«

Er zuckte erneut die Achseln. »Neuer Anfang, neuer Name.«

»Wollten Sie nichts Größeres aufziehen?«, erkundigte sich Sylvie.

Er schüttelte den Kopf. »Nein, keinesfalls. Wir sind zufrieden. Unsere Gäste sind zufrieden. Unsere Lieferanten sind zufrieden und unser Vermieter ebenfalls. Warum sollten wir das ändern?«

»Weise Entscheidung«, pflichtete Serge ihm bei und warf Sylvie einen Blick zu, bevor er hinzufügte: »Ich bin selbst in dem Geschäft.«

Cahuzacs Blick wurde schärfer. »Sie sind ebenfalls Gastronom, Monsieur?«

»O nein, so talentiert bin ich nicht. Ich beliefere Restaurants und andere Lebensmittelunternehmen mit Bioobst und -gemüse, darunter auch die Kochschule Morel.«

Cahuzac legte die Stirn in Falten. »Wir sind sehr zufrieden mit unseren Lieferanten, Monsieur, genau wie sie mit uns.«

»Oh, so meinte ich das nicht«, sagte Serge hastig. »Ich wollte nur zu verstehen geben, dass ich genau weiß, wie viel Arbeit ein Restaurant mit sich bringt. Ein erfolgreicher gastronomischer Betrieb ist keineswegs reine Glückssache.«

Plötzlich kam Sylvie eine Idee. »Monsieur Cahuzac«, sagte sie, »wir sind beeindruckt von der Qualität Ihrer Gerichte und der Atmosphäre hier. Ich betreibe die Kochschule, die Serge erwähnt hat. Wären Sie bereit, meinen Schülerinnen und Schülern einen kleinen Einblick zu geben, vielleicht in Form eines Vortrags? Ich würde mit ihnen herkommen, und anschließend würden wir hier zu Mittag essen.«

Cahuzac starrte sie verdutzt an. »Ich? Aber bei mir gibt es doch gar kein *cordon bleu!*«

»Bei mir auch nicht«, erwiderte sie eilig. »Meine Schule konzentriert sich darauf, Schülerinnen und Schülern – überwiegend aus dem Ausland – einen einfachen, aber befriedigenden Zugang zu französischem Essen zu vermitteln. Das ist genau das, was Ihr Restaurant in vollem Umfang bietet.«

Cahuzac errötete vor Freude. Seine Tochter, die bemerkt hatte, wie lange er an ihrem Tisch verweilte, trat zu ihnen. »Ist alles in Ordnung?«, erkundigte sie sich.

»Absolut«, versicherte Sylvie. »Ich habe Ihren Vater lediglich gefragt, ob ich eine Gruppe ausländischer Schülerinnen und Schüler zum Mittagessen herbringen kann und ob er vielleicht bereit wäre, mit ihnen über seine Kochkunst zu reden. Zum Beispiel am Donnerstag.«

»Oh.« Amandine Cahuzac sah ihren Vater an, dann fragte sie: »Sie unterrichten ausländische Schülerinnen und Schüler?«

»Ja, in der Kochschule Morel.«

Amandines Augen weiteten sich. »Oh. *Wow.*« Anders als ihr Vater schien sie die Schule zu kennen. »Ich habe so viel Gutes darüber gehört! Ich kann nicht glauben, dass Sie hier sind.« Ihr

Blick schweifte zurück zu ihrem Vater. »Papa, du hast doch hoffentlich Ja gesagt?«

»Ich kann keinen Vortrag halten«, protestierte er. »Ich bin doch kein Akademiker!«

»Du konntest schon immer gut reden, du schaffst das«, wischte Amandine seine Bedenken beiseite. »Mittagessen am Donnerstag ... Wie viele Personen?«

»Zehn, eventuell zwölf«, antwortete Sylvie prompt. »Acht Teilnehmende, mein Freund Serge und ich. Sollten meine Assistenten Damien und Yasmine ebenfalls mitkommen, gebe ich Ihnen kurz Bescheid.«

»Vielleicht sind wir schon ausgebucht«, wandte Cahuzac ein, dem die Panik ins Gesicht geschrieben stand.

Doch Amandine schüttelte den Kopf. »Nein, die üblichen Mittagsgäste werden da sein, aber der große Tisch ist noch frei.« Sie sah Sylvie an. »Das geht in Ordnung, Madame ... ähm ...«

»Morel«, antwortete Sylvie. »Sylvie Morel, ich leite die Kochschule.«

Amandine strahlte über das ganze Gesicht. »Vielen Dank, Madame Morel. Wir erwarten Sie und Ihre Gruppe am Donnerstag um 11:30 Uhr zu einem kleinen Vortrag, und um halb eins findet das Mittagessen statt. Passt es Ihnen so?«

»Perfekt.« Sylvie nickte lächelnd. Auf keinen Fall hatten diese aufrichtigen, liebenswerten Menschen etwas mit ihrem geheimnisvollen Schikaneur zu tun. Und im Augenblick war es ihr egal, dass sie nach wie vor nicht wusste, um wen es sich dabei handelte.

ACHTUNDZWANZIG

»Heute haben wir einen besonderen Gast«, sagte Sylvie, als sich die Kursteilnehmerinnen und -teilnehmer am nächsten Morgen um sie scharten. »Seine Veranstaltung erfreut sich stets besonderer Beliebtheit, und wie Sie sehen werden, ist das kein Wunder!« Mehr sagte sie nicht. Sie wehrte das Fragenbombardement, das auf sie einprasselte, mit einem Lächeln ab und begann mit der ersten Aufgabe des Tages: Alle sollten berichten, was sie am Tag zuvor zu Abend gegessen hatten, vor allem, wenn etwas dabei gewesen war, was sie nicht kannten oder ganz besonders genossen hatten – eine Speise oder eine bestimmte Zutat. Dies entfachte eine lebhafte Diskussion, denn anscheinend hatte es jedem ausgezeichnet geschmeckt.

Jedem außer mir, dachte Gabi, die sich beinahe für den schlichten *croque monsieur* schämte, den sie auf dem Rückweg von Max' Wohnhaus bei einem kleinen Imbissladen gekauft hatte. Seit sie das Päckchen mit dem Kunstwerk in seinen Briefkasten gesteckt hatte, hatte sie noch nichts von ihm gehört. Hatte weder einen Anruf noch eine Textnachricht bekommen. Nichts. Vielleicht hatte er es noch gar nicht entdeckt. Oder doch, und es hatte ihm nichts bedeutet.

Das ist nicht wichtig, redete sie sich ein. Sie hatte es genauso für sich selbst wie für ihn angefertigt. Wenn er das nicht verstand, würde sie damit klarkommen. Es akzeptieren.

Heute Morgen vor dem Frühstück hatte sie sich mit Papier und Bleistift hingesetzt und aus dem Gedächtnis sein Gesicht skizziert. Ihr Puls hatte sich beschleunigt, als sie es betrachtete, und sie war sich nicht sicher, ob es an seinem Gesicht lag oder daran, dass die Zeichnung, die unter ihren Fingern entstand, die Hoffnung in ihr aufkeimen ließ, dass ihre innerliche Blockade tatsächlich zu bröckeln begann.

Sie hörte den anderen nur halb zu, und als Sylvie ihren Namen nannte und sich alle erwartungsvoll zu ihr umdrehten, platzte sie mit der Wahrheit heraus, zumindest mit einem Teil davon: dass sie so mit Zeichnen beschäftigt gewesen war, dass sie das Essen fast vergessen und sich deshalb mit einem *croque monsieur* begnügt hatte. »Als wir Kinder waren, haben meine Geschwister und ich das überbackene Sandwich über alles geliebt, nicht zuletzt wegen des Namens: *knackiger Herr*. Meine Mutter erklärte uns, dass das bloß eine alberne französische Bezeichnung für ein ekeliges Schinken-Käse-Sandwich war, das vermutlich die Amerikaner erfunden hatten. Tut mir leid, Mike«, fügte sie hinzu, woraufhin die anderen in Gelächter ausbrachen.

Mike zuckte mit den Achseln und erwiderte ungerührt: »Die guten alten United States of America sind gern bereit, sich auch den *croque monsieur* und den *croque madame* einzuverleiben, kein Problem, Leute!«

»Ein guter *croque monsieur* ist in der Tat eine feine Sache«, bestätigte Sylvie schmunzelnd. »Auch ich habe ihn in meiner Kindheit geliebt, aus demselben Grund. *Der arme knackige Herr,* dachte ich scheinheilig, während ich unbarmherzig die Zähne in sein käsiges Herz schlug.«

Alle fingen erneut an zu lachen. In dem Moment klingelte es. »Wie aufs Stichwort«, sagte Sylvie. »Ich nehme an, unser besonderer Gast ist da. Damien, würdest du bitte kurz mit mir kommen?«

»Du hast gesagt, du hättest gezeichnet«, ergriff Misaki das Wort, nachdem Sylvie und Damien weg waren. »Bist du Künstlerin?«

Gabi nickte, und eine Last schien von ihren Schultern zu fallen. »Ich bin hauptsächlich Konzeptkünstlerin«, sagte sie. »Aber ich liebe es zu zeichnen.«

»Vor allem, weil man das überall machen kann!« Anja schien begeistert zu sein.

»Ich zeichne selbst ab und zu«, sagte Pete aufgeräumt, »auch wenn ich nicht möchte, dass andere es sehen. Weißt du, was ich meine?«

»Ja.« Gabi nickte. Sie wollte gerade etwas hinzufügen, als sich die Küchentür öffnete. Die Worte erstarben auf ihren Lippen.

»*Bonjour, tout le monde*«, grüßte Max in die Runde und trug eine Lattenkiste in die Küche. Sein Blick blieb an Gabi hängen, die nicht einmal ein simples *Bonjour!* hervorbrachte. Was ihm nichts auszumachen schien. Er stellte die Box auf die Arbeitsfläche und drehte sich zu Damien um, der eine zweite Kiste hereinbrachte, die ziemlich schwer zu sein schien.

»Würdest du die bitte dort drüben hinstellen?«, bat Max auf Französisch. »Ach, Sylvie, ich brauche die Leinwand und den Beamer. Könntest du sie bitte holen?«

Sylvie wirkte überrascht, aber sie tat, worum er sie gebeten hatte.

Gebannt beobachtete Gabi, wie Max durch die Küche wuselte und seine Vorbereitungen traf. Im Gegensatz zu ihr wirkte er vollkommen entspannt. Die Lattenkisten enthielten natürlich alle möglichen Käse, alle unter Keramikglocken, daher konnte man sie nicht sehen. Aber man konnte sie riechen. Zumindest einige. Gabis Gedanken wirbelten wild durcheinander. Was hatte Max vor? Hatte er ihr Päckchen bekommen? Würde er sich dazu äußern? *Nicht vor den anderen,* dachte sie. Vielleicht auch gar nicht. Vielleicht …

Die anderen drängten sich um Max, plapperten durcheinander und bestürmten ihn mit Fragen, nur Gabi stand da, als wäre sie unfähig, sich von der Stelle zu rühren. Sylvie seufzte. Es ging nicht nur um Gabi, auch Max benahm sich anders als sonst. Für gewöhnlich waren seine Vorbereitungen längst nicht so aufwendig. Für gewöhnlich fing er einfach an zu reden und erzählte zu jedem Käse irgendwelche Anekdoten. Heute musste er mindestens fünfzehn verschiedene Sorten dabeihaben. Wie umfangreich sollte sein Vortrag ausfallen, und bliebe dann noch Zeit für die Verkostung? Sie fing Damiens Blick auf. Auch er wirkte verwirrt. Sie hoffte nur, dass es keinen Ärger, keine Szene geben würde.

»Wir können auf viele Arten über Käse sprechen«, begann Max auf Englisch. »Wir können über Herkunft, *terroir* und die Herstellung reden. Über die Unterschiede zwischen Kuhmilch, Ziegenmilch und Schafsmilch. Wir können uns die Käse der alten Römer vornehmen und die der Ägypter und Sumerer. Ich kann euch jedoch auch einfach das hier erzählen.« Er klickte auf die Fernbedienung, und ein Foto erschien auf der Leinwand. Es zeigte einen Jungen im Alter von dreizehn, vierzehn Jahren, der ein großes Käserad in den Armen hielt und übers ganze Gesicht strahlte. Offensichtlich war das der junge Max, dachte Kate. Er hatte sich nicht sonderlich verändert, nur dass er jetzt natürlich größer war. »Ich könnte euch meine eigene Käse-Story erzählen, und genau das war mein Plan, doch gestern Abend habe ich es mir anders überlegt.« Er drückte erneut auf die Fernbedienung, und das Foto verschwand. Mit einem feinen Lächeln sagte er: »Ich habe mich entschieden, stattdessen über zwei Dinge zu reden, die bei der Käseherstellung von zentraler Bedeutung sind – genau wie im Leben.« Er machte eine Pause, und während der erwartungsvollen Stille, die daraufhin folgte, bemerkte Kate überrascht, dass Sylvie und Damien genauso verwirrt dreinblickten wie die anderen. Sie schaute zu Gabi hinüber und sah, dass diese ihre Hände fest verschränkt hatte und Max' Blick absichtlich auszuweichen schien, obwohl er in ihre Richtung sah. *Ach du liebe Güte,* dachte sie, *was hat denn das zu bedeuten? Was hat Max vor?*

»Sagst du's uns, oder sollen wir raten?« Es war Ethan, der das gebannte Schweigen voller Ungeduld durchbrach.

Max lächelte, diesmal noch breiter als auf dem Foto, doch er antwortete ihm nicht direkt. »Liebe. Fehler.« Er machte eine neuerliche Pause, und diesmal sah er sie alle an, nicht nur Gabi. »Das ist es, was guten Käse ausmacht. Manchmal braucht es nur eines, manchmal beides. Liebe. Und Fehler.«

Diesmal hörte Kate ganz deutlich, wie Gabi nach Luft schnappte.

Liebe. Und Fehler. Die Worte hingen zwischen ihnen in der Luft. *Gestern Abend habe ich es mir anders überlegt*, hatte er gesagt. *Gestern Abend.* Sie stellte sich vor, wie er vor seinem Briefkasten gestanden und das Päckchen entdeckt hatte. Aber hatte er das tatsächlich getan? Er hatte nicht angerufen. Ganz sicher nicht. Auch nicht geschrieben. Er war einfach hier aufgetaucht mit seiner Präsentation, ohne sie vorzuwarnen, ohne ihr etwas davon zu sagen. Sie war völlig durcheinander. Aufgewühlt. Verärgert. Traurig. Kam sich dumm vor ... und konnte dennoch nicht umhin, ihm weiter zuzuhören.

»Ohne Liebe hätten wir nur dieses fabrikgefertigte Plastikzeug«, fuhr Max fort. »Und ohne Fehler würde es viele großartige Käsesorten gar nicht geben. Liebe ist es, was die fermentierte Milch in einen wunderschönen, köstlichen Käse verwandelt. Durch Fehler lernen wir, dass ein perfekter Herstellungsprozess noch lange keinen guten Käse garantiert.«

Er ging zur Anrichte und hob die Glocken von den beiden ersten Tellern. Ein grün geäderter Roquefort und ein herzförmiger Weichkäse mit einer weißen Rinde wie ein Brie kamen darunter zum Vorschein. Er deutete auf den Weichkäse und sagte: »Das ist ein *Cœur de Neufchâtel*, ein Herz aus Neufchâtel-en-Bray, der einzige Käse in dieser Form, der mit einem AOC-Siegel versehen ist.« Er klickte auf die Fernbedienung, und ein Bild erschien, das eine Gruppe mittelalterlich gekleideter Mädchen auf einer Wiese zeigte, in der Ferne näherten sich Männer zu Pferde. »Der Käse wurde während des Hundertjährigen Kriegs von den jungen Frauen aus dem Städtchen Neufchâtel hergestellt, als geheimes Zeichen für ihre englischen Geliebten. Sollten sie entdeckt werden –«, er lächelte, »hätten sie den Beweis für ihre Liebschaft aufessen können.«

Alle lachten, sogar Gabi, die aus ihrer Schockstarre erwacht war.

»Vielleicht ist das nur eine Legende«, fuhr er fort und sah sie direkt an. »Aber die Liebe ist echt, die Liebe, die diesen Käse zu dem macht, was er ist.« Er wandte sich dem Roquefort zu. »Kommen wir nun zu den Fehlern.« Ein weiterer Tastendruck auf der Fernbedienung, und diesmal erschien eine Kohlezeichnung von Männern in Schaffellmänteln, die sich um das Feuer in einer Höhle drängten und Brot und Käse aßen. »Vor mehr als tausend Jahren, so heißt es, stellten Schäfer Käse aus der Milch ihrer Herde her und ließen ihn zum Reifen in der Höhle zurück. Doch dann vergaßen sie ihn, genau wie die Reste des dunklen Brots, das sie gegessen hatten. Als sie nach einer ganzen Weile wiederkehrten, war das Brot verschimmelt und der Käse ebenfalls. Sie warfen das Brot weg und wollten auch den Käse wegwerfen, doch dann probierten sie ihn ...«

»Und der Rest ist, wie man so schön sagt, Geschichte.« Gabi hatte endlich ihre Stimme wiedergefunden.

Max lachte. »Genau«, pflichtete er ihr bei, und der Ausdruck in seinen Augen sagte ihr mehr als jede Erklärung: So wie sie das Kunstwerk für ihn angefertigt hatte, hatte er sich diese Präsentation für sie überlegt. Er hatte verstanden, was sie ihm hatte sagen wollen, und nun hoffte er, dass sie auch ihn verstand.

»Welcher von beiden ist großartiger?«, fragte Sylvie und deutete auf die zwei Käse. »Die Liebe oder der Fehler?« Es würde alles glattgehen, dachte sie erleichtert. Es würde keine Probleme geben, sondern … etwas anderes. Aber das ging sie nichts an. Trotzdem musste sie lächeln, wenn sie Max und Gabi ansah. Liebe. Und Fehler. Nun, Letztere, worum auch immer es dabei gegangen sein mochte, waren offenbar aus der Welt geschafft, sodass Ersteres bereit für einen Neuanfang war. Was sie glücklich machte. Sogar, wenn *ihr* Leben momentan wohl von Fehlern bestimmt wurde. Ihr Leben erinnerte sie im Augenblick nicht an einen Roquefort-Käse, sondern an einen dieser grauenhaften Schmelzkäse, denen man etwas Unpassendes beigemischt hatte, süße Kekskrümel oder Chiliflocken zum Beispiel, nur um »anders« zu sein. Der Gedanke brachte sie zum Lächeln. Claude wäre empört, wenn er wüsste, dass sie ihn mit einem dieser schrecklichen Käse verglich.

»Vielleicht sollten wir die Probe aufs Exempel machen«, sagte Max, anstatt ihre Frage zu beantworten, und nickte Damien zu, der ein Brett auf die Anrichte legte und anfing, ein Baguette in dünne Scheiben zu schneiden. »Dann kann sich jede und jeder selbst eine Meinung bilden.«

»Lassen wir unsere Geschmacksknospen entscheiden«, sagte Pete, der sich als Erster bediente. »Das gefällt mir. Obwohl ich diese Art von Weichkäse eigentlich nicht so gern mag. Der ist doch eher etwas für Babys.«

»Dann ist es wohl ein Fehler, ausgerechnet deine Geschmacksknospen sprechen zu lassen«, frotzelte Mike und schnitt sich ein Stück von dem Neufchâtel ab.

»Ich liebe alle Sorten von Käse«, gestand Stefan. »Vielleicht zu sehr«, fügte er hinzu, als er sich ein viel zu großes Stück Roquefort abschnitt, während Anja nachsichtig lächelnd den Kopf schüttelte.

»In meinem Land halten die meisten nicht viel von Käse«, sagte Misaki und nahm winzige Kostproben von beiden Sorten, »ich hingegen finde ihn köstlich.«

»Ich habe mal gehört«, meldete sich Pete erneut zu Wort und nahm sich entgegen seiner vorherigen Geringschätzung ein weiteres Stück Neufchâtel, »um eine Frau zu verzaubern, müsse man ihr nur ein Stück Käse geben.«

»Nun, dann solltest du deine Taschen wohl besser mit Käse füllen«, schlug Gabi vor, »aber nimm dich vor den Mäusen in Acht.« Alle lachten über ihren schlechten Witz, sogar Pete.

»Aber was, wenn die Liebe ein Irrtum ist und der Fehler nur ein Fehler?«, fragte Kate und aß ihren Roquefort.

»So etwas kommt vor«, entgegnete Max gelassen, »sowohl bei der Käseherstellung als auch im Leben. Doch wenn wir Garantien verlangen, noch bevor wir überhaupt etwas ausprobieren, dann werden wir niemals Erfolg haben. Wir lassen uns von unseren Fehlern dominieren. Und wir haben Angst, in der Liebe ein Risiko einzugehen. Und dann ...«

»Dann leben wir nicht«, fiel Gabi ihm leise ins Wort, bevor sie augenzwinkernd hinzufügte: »Außerdem könnten wir keinen anständigen Käse essen, weil wir Angst vor dem Geruch hätten.«

»Genau.« Max' Gesicht leuchtete.

Jegliche Spannung war aus dem Raum gewichen, als er nun mit seiner Präsentation fortfuhr, ihnen die übrigen Käsesorten vorstellte und sie mit Geschichten, Scherzen und überraschenden Einblicken erfreute. Und natürlich mit den köstlichsten Geschmacksvarianten, obwohl sie am Ende feststellen mussten, dass die einzelnen Sorten miteinander zu verschmelzen begannen.

Anschließend waren Sylvie und Damien sich einig, dass dies die beste Präsentation war, die Max je gehalten hatte.

NEUNUNDZWANZIG

Die Dämmerung senkte sich auf den Fluss hinab, und die Menschen strömten zusammen, um den milden Abend mit einem Picknick an den Ufern der Seine zu begrüßen. Manche hatten ein bescheidenes Mahl, bestehend aus Wein, Baguette, Käse und Schinken mitgebracht; andere waren schwer beladen mit Körben voller sorgfältig zubereiteter Speisen, karierten Tischdecken, Geschirr und Besteck. Paare, Familien, Freunde, Studentengruppen und Touristen: Die Seine zog sie alle an und trug ihre Fracht aus Historie und Legende an den plaudernden Menschen vorbei – und an den Tauben, die wachsamen Auges auf Krumen spekulierten.

»An diesem Anblick werde ich mich wohl nie sattsehen«, sagte Max zu Gabi, während sie Arm in Arm durch die Picknickenden schlenderten. »Er kommt mir vor wie ein aktualisiertes Gemälde von Bruegel – es gibt so viel zu sehen, und jedes Mal entdeckt man etwas, was einem zuvor entgangen ist.«

Gabi wusste genau, was er meinte. Sie konnte sich die Szene ebenfalls als Gemälde vorstellen – und vielleicht spielte sich irgendwo in einem Eckchen, fast schon außer Sichtweite, ein großes Drama ab, unbemerkt von den meisten anderen Personen auf der Leinwand, genau wie in Bruegels *Landschaft mit dem Sturz des Ikarus*.

»Vielleicht gibt es ein solches Bild längst«, sagte sie lächelnd, und er erwiderte, ebenfalls lächelnd: »Oder auch nicht, und der Anblick wartet nur darauf, von dir eingefangen zu werden.«

»Möglich«, räumte sie leise ein. »He, das ist die perfekte Stelle für uns, findest du nicht?«

Wie durch ein Wunder hatten sie ein freies Plätzchen entdeckt, nicht groß, dafür nicht weit vom Wasser entfernt. Sie breiteten die einfache, aber üppige Mahlzeit, die sie mitgebracht hatten, auf ihrer Picknickdecke aus: Gabi hatte frisches Brot, Bayonne-Schinken und Enten-*rillettes* gekauft, Max einen Salat aus neuen Kartoffeln, Erbsen und Minze zubereitet und eine Flasche kalten Beaujolais in einem Weinladen in der Nähe besorgt, außerdem eine köstliche süße, klebrige *baba au rhum* – einen runden, in Rum getränkten, zuckrigen Kuchen aus Hefeteig – zum Teilen. Keinen Käse, für heute hatten sie genug davon.

Es war wunderbar, auf den Kopfsteinen zu sitzen, zu essen und den leichten, lieblichen Wein zu trinken, der Gabi wegen ihrer Müdigkeit und all der Emotionen sofort zu Kopf stieg. Aber das war ihr gleich – sie waren hier, zusammen, und es bestand kein Grund zur Eile, kein Zwang, etwas zu erklären, es gab nur diesen Moment, der sich dehnte und weitere Momente verhieß ...

Im Anschluss an den heutigen Kurs war sie zu Max getreten, der gerade seine Kisten packte, und hatte die schlichten Worte gesagt: »Ich habe dich vermisst. Sehr.«

Zunächst hatte er nichts erwidert, sie einfach nur in seine Arme gezogen, und für eine Weile hatten sie so verweilt, hatten eng umschlungen den Atemzügen des anderen gelauscht, bis er flüsterte: »Verzeih mir.«

»Ich bin diejenige, die das sagen müsste«, entgegnete sie kaum hörbar, und er protestierte. Sie lachte und behauptete, er wolle nur das letzte Wort haben, und er küsste sie auf den Scheitel und murmelte: »Irgendetwas sagt mir, dass das schwierig werden dürfte.«

Und damit war alles wieder in Ordnung gewesen. Nein, Gabi wusste, dass das nicht ganz stimmte. In ihrem Kunstwerk und seiner Käse-Präsentation hatten sie vieles gesagt, was sie auf andere Weise nicht auszudrücken vermochten. Sie hatten zu einem Verständnis gefunden, wie es auf anderem Wege sicher nicht möglich gewesen wäre.

Sie stellte fest, dass sie nun ohne Bitterkeit nach seiner Großmutter fragen konnte, und ihr entging nicht, dass er froh darüber war, auch wenn er die Grobheit der alten Dame nicht beschönigte. Er erzählte ihr, er habe seiner Großmutter zu verstehen gegeben, dass sie zu weit gegangen war, und obwohl sie sich nicht direkt entschuldigt hatte (so etwas lag einfach nicht in ihrer Natur), hatte sie ihr Bedauern darüber ausgedrückt, dass der Abend so geendet hatte. Vielleicht, sagte Max, wäre Gabi ja eines Tages bereit, eine neuerliche Einladung von ihr anzunehmen, aber Gabi meinte, nein, jetzt sei *sie* an der Reihe. Als er sie überrascht ansah, fügte sie hinzu: »Ein Restaurant meiner Wahl. Am Samstag, zum Mittagessen. Okay?«

Er hatte einen leisen Pfiff ausgestoßen. »Wirklich? Bist du dir sicher?«

»Sonst würde ich es nicht vorschlagen«, hatte sie lächelnd entgegnet. »Aber diesmal sollte sie gewarnt sein: Ich werde nicht davonlaufen. Genauso wenig wie ich es zulassen werde, dass sie mich erneut schikaniert.«

»Ich auch nicht«, hatte er leise versprochen.

Und während sie jetzt hier saßen, den Rest des duftigen jungen Weins tranken und mehrere Tauben beobachteten, die die letzten Krümel ihres Festmahls aufpickten – nicht, dass noch viele übrig waren –, verspürte Gabi einen inneren Frieden, wie sie ihn seit Langem nicht mehr verspürt hatte. Gleich würden Max und sie sich auf den Rückweg zum Hotel machen, und er würde die Nacht bei ihr verbringen, doch für den Augenblick genügte es, einfach hier zusammenzusitzen, während der Fluss an diesem perfekten Frühlingsabend an ihnen vorbeiströmte.

Auch Kate und Arnaud feierten, in einiger Entfernung auf einem Boot im Port de l'Arsenal. Arnaud hatte sie und seine Nachbarn zum Abendessen eingeladen, und sie verputzten gerade den Rest Confit vom Schwein mit Bratkartoffeln und grünem Salat, bevor sie sich auf die exquisiten kleinen Kuchen stürzten, die Kate aus einer Konditorei im Marais mitgebracht hatte, von der alle in den höchsten Tönen schwärmten. Die Nachbarn wiederum hatten einen hervorragenden Armagnac als Digestif beigesteuert, der auf einen vollmundigen Rotwein aus der Provence folgte.

Nach dem Essen schaltete Arnaud die Lichterketten ein und warf seinen alten Plattenspieler an. Für ihn kam es laut eigener Aussage ganz und gar nicht infrage, Musik zu streamen.

Zuerst ertönten klassische französische Chansons von Edith Piaf, Jacques Brel und Maxime Le Forestier. Ihre kraftvollen Stimmen, die vom Leben, von Liebe und Verlust sangen, schallten voller Emotionen über den Kanal, was auch andere Nachbarn aufmerksam machte, die herüberkamen, um zu plaudern und zu lachen und ebenfalls ein Glas Armagnac zu trinken. Nach einer Weile legte Arnaud eine Platte von einer brillanten Siebzigerjahre-Band aus dem Senegal auf, die sich »Orchestra Baobab« nannte. Kate hatte noch nie davon gehört, aber die anderen schienen sie gut zu kennen. Alle fingen an zu tanzen, und weil an Deck nicht genügend Platz war, tanzten sie auf dem Kai, während Nina, die anfangs laut gebellt hatte, verstummte und sie vom Boot aus voller Nachsicht beäugte.

Kate bemerkte den Gesichtsausdruck der Hündin und schmunzelte. Das alles war Teil des Abends – es spielte keine Rolle, dass sie die Musik und die meisten Leute nicht kannte, auch nicht, dass sie sich leicht beschwipst fühlte, sie tanzte einfach, tanzte und tanzte, spürte die Freude, die in ihr aufstieg, die Ungezähmtheit, die Kraft, loszulassen. Als Teenagerin hatte sie unglaublich gern getanzt, genau wie mit Anfang zwanzig, doch Josh hatte es gehasst, hatte behauptet, die Leute sähen dabei albern aus. Er hatte nie irgendwohin gehen wollen, wo er Gefahr lief, dass später noch getanzt wurde. Kate hatte dies akzeptiert, wie so vieles andere auch. Sie hatte so vieles unterdrückt. Viel zu viel! Doch das gehörte der Vergangenheit an, von jetzt an würde sie nie wieder Einschränkungen und Grenzen akzeptieren. Davon hatte sie die Nase voll, und zwar gründlich.

Während sie sich zur Musik bewegte, funkelten ihre silbernen Louboutins, ihr Gesicht war gerötet von der körperlichen Anstrengung, ihre Haare flogen, andere fingen an zu klatschen, und sie war nicht im Mindesten verlegen, sondern voller Freude und Kraft. Sie hatte den Eindruck, sie könnte alles tun, überall hingehen, jede Person sein, die sie sein wollte. Nein, nicht jede Person. *Sie selbst*. Die Person, die sie nach so langer Zeit endlich wiederfand.

Sie sah den Ausdruck auf Arnauds Gesicht, das herzliche Lächeln, dem ein Anflug von Traurigkeit innewohnte, und sie streckte die Hand aus. »Komm schon, sei nicht so schüchtern!« Und dann war er bei ihr, bewegte sich ebenfalls zur Musik, umkreiste sie inmitten der tanzenden Nachbarn. Er war ganz und gar nicht verlegen, offenbar tanzte er selbst leidenschaftlich gern. Das hatte sie nicht gewusst – woher auch? Allerdings passte es zu ihm. Sie wusste, dass ihre Füße später schmerzen würden, genau wie ihr Kopf, wenn sie erschöpft ins Bett fiele, doch das war ihr gleich. Es interessierte sie nicht, jetzt nicht und später auch nicht.

DREISSIG

Sylvie hatte sich ein simples, aber saftiges Kräuteromelette zubereitet, dazu gab es Brot und ein sprudelndes Perrier zum Runterspülen. Anschließend erledigte sie den Abwasch und wollte es sich gerade mit einem Roman gemütlich machen, den zu lesen sie bisher noch keine Zeit gefunden hatte, als das Telefon klingelte. Eine unbekannte Nummer. Nun, sie würde den Anruf nicht entgegennehmen. Einen Moment später verstummte das Klingeln, und der Anrufbeantworter übernahm. Sylvie zögerte, dann hörte sie die Nachricht ab. Sie war auf Englisch.

»Madame Morel, mein Name ist Christine Clements. Ich bin mir nicht sicher, ob Sie sich an mich erinnern. Ich bin freiberufliche Journalistin, spezialisiert auf Essen und Reiseberichte. Vor zwei Jahren habe ich einen Artikel über Ihre Kochschule geschrieben.«

Ja, Sylvie erinnerte sich. Christine Clements war freundlich, wenn auch ein wenig forsch gewesen; sie war nicht lange geblieben, doch sie hatte positiv über die Schule berichtet. Der Artikel war in einem renommierten britischen Food-Magazin erschienen, und in dem Jahr waren einige Buchungen aus Großbritannien eingegangen.

Die Nachricht ging noch weiter: »Ich rufe an, weil mir zu Ohren gekommen ist, dass die Kochschule in ernsthaften Schwierigkeiten steckt, und ich möchte mich bei Ihnen vergewissern, dass diese Information korrekt ist.«

Sylvie zögerte nicht. Sie tippte auf »Anruf erwidern« und wartete. Es klingelte und klingelte, dann übernahm der AB. Sie hinterließ eine Voicemail, ebenfalls auf Englisch.

»Hallo, Ms Clements, hier spricht Sylvie Morel. Es tut mir leid, dass ich Ihren Anruf nicht entgegennehmen konnte. Bitte rufen Sie mich so bald wie möglich zurück.«

Jetzt war ihr Abend ruiniert. Sie konnte sich nicht mehr auf den Roman konzentrieren, also schaltete sie den Fernseher ein und versuchte, einen Film zu schauen, aber ihre Gedanken schweiften immer wieder ab. Schließlich drückte sie den Aus-Knopf, zog eine Jacke an und verließ das Appartement. Vielleicht würde sie bei einem Spaziergang am Fluss einen freien Kopf bekommen. Doch selbst als sie am Wasser entlangschlenderte, dachte sie permanent an das Handy in ihrer Tasche und wünschte sich inständig, es würde endlich klingeln. Was es dann auch tat. Ein Videocall. Allerdings war nicht diese Journalistin am anderen Ende der Leitung, sondern ihr Sohn.

»Hallo, mein Schatz«, sagte sie, als sein Gesicht auf dem Display erschien.

»Ebenfalls hallo, meine herzallerliebste kleine *maman*«, erwiderte er grinsend. »Oh – du bist unterwegs! Störe ich?«

»Nein, ganz und gar nicht. Ich gehe bloß ein wenig spazieren. Allein. Und du? Wo bist du?«

»Schau mal ...« Julien drehte die Kamera so, dass sie zwei unverwechselbare Sehenswürdigkeiten erblickte.

»Sydney! Du bist in Sydney!«, rief sie. »Ich dachte, du wärst in Queensland ...«

»Wir gönnen uns eine kleine Pause, nur ein paar Tage«, sagte er, und bevor sie fragen konnte: »Wer ist *wir*?«, schwenkte er die Handykamera weiter. Sylvie entdeckte eine dunkelhaarige Frau am Wasser. Sie betrachtete den Hafen, während sie telefonierte, und hatte ihnen den Rücken zugekehrt, doch als Julien »Mila!«

rief, drehte sie sich um. Auf dem Display erschien ein umwerfend hübsches, lächelndes Gesicht mit bernsteinfarbenen Augen und schwarzen Augenbrauen. Die junge Frau winkte, dann konzentrierte sie sich wieder auf ihr Gespräch.

»Oh.« Sylvie dachte an das Mädchen, das sie beim letzten Telefonat mit Julien gesehen hatte. »Verstehe.«

»*Maman*, ich bin verliebt«, sagte er schlicht. Ihr Sohn war immer schon in der Lage gewesen, frei über seine Gefühle zu sprechen, mitunter nahezu schockierend ehrlich.

Sie lächelte und spürte, wie ihr die Tränen in die Augen traten. »Das freut mich, mein Schatz. Du wirkst so glücklich. Sie ist übrigens wunderhübsch.«

»Innerlich und äußerlich«, pflichtete er ihr bei. »Sie ist die schönste Person, der ich je begegnet bin. Ich kann es kaum glauben. Wie glücklich ich bin, meine ich.« Eine Pause, dann sah er sie direkt an und fuhr mit strahlendem Gesicht fort: »*Maman*, ich habe sie gerade gebeten, mich zu heiraten.«

Sylvie hätte beinahe das Handy fallen lassen. »Du … o mein Gott, Julien … das ist …« *Ein Schock. Zu früh. Verrückt. Du bist zu jung. Du kennst sie kaum.* All dies ging ihr durch den Kopf, dann sah sie seinen Gesichtsausdruck, der sich verfinsterte, und plötzlich wusste sie, was sie zu sagen hatte, was sie sagen *wollte*. »Das ist sicherlich eine Überraschung, Julien Morel« – sie achtete darauf, gespielt streng zu klingen –, »aber für Überraschungen warst du ja immer zu haben! Überraschungen bedeuten Lebensfreude. So wie jetzt. Oh, Julien, was hat sie gesagt?«

Sein Gesicht hellte sich auf, als er die aufrichtige Freude in ihrer Stimme vernahm. »Sie hat Ja gesagt, *maman*!«

»Das ist wundervoll! Wirklich wundervoll.« Die Tränen, die ihr in die Augen getreten waren, begannen zu fließen, als sie nun hinzufügte: »Sieh mal, du hast mich zum Weinen gebracht. Vor Freude.«

»Meine herzallerliebste kleine *maman*«, sagte er liebevoll, »du weißt gar nicht, wie glücklich du mich gemacht hast. Nicht bloß gerade eben, sondern mein Leben lang.«

»Ach, Julien.« Nun musste sie beinahe schluchzen. Eilig wandte sie sich ab, da sie feststellte, dass zwei Passanten sie neugierig anstarrten. »Du ... du hast mich ebenfalls glücklich gemacht, seit du auf der Welt bist. Immer.«

»Sogar als ich ein nerviger Teenager war?«, fragte er lachend.

»Nun ...«, sagte sie, nach Fassung ringend, »zugegebenermaßen gab es tatsächlich gewisse Momente ...«

Er lachte, dann wurde er wieder ernst. »*Maman*, wir werden in Australien heiraten.« Bevor sie sich dazu äußern konnte, fügte er eilig hinzu: »Mila ist aus Mexiko. Ich bin aus Frankreich. Zwischen den beiden Ländern zu entscheiden, ist zu schwer. In Australien haben wir uns kennengelernt, deshalb fühlt es sich richtig an. Wir hoffen sehr, dass unsere Familien dies verstehen.«

Ein Kloß bildete sich in Sylvies Kehle, als sie erwiderte: »Ich verstehe es.« Und das tat sie, auch wenn es sie ein wenig schmerzte. Sie hätte es so gern gesehen, wenn die beiden hier, in Paris, geheiratet hätten. Sie hätte eine wunderschöne Hochzeit am Fluss für sie planen können. »Und natürlich werde ich kommen«, fügte sie hinzu, als sie die unausgesprochene Frage in seinen Augen bemerkte. »Selbst wenn die Hochzeit schon nächste Woche stattfinden sollte.«

»Wow, *maman*, was ist denn plötzlich in dich gefahren?«, fragte er lachend. »Keine Sorge, wir haben den September angepeilt. Am Meer, im australischen Frühling.«

»Das klingt perfekt«, sagte Sylvie und spürte, wie eine Woge reinen, unerwarteten Glücks über sie hinwegschwappte. »Was ist mit Milas Familie?«

»Sie ist gerade dabei, es ihnen zu erzählen, und so, wie es aussieht, läuft es ganz gut.«

»Aber sicher doch.« Sylvie nickte. »Welche Eltern wünschen sich nicht, dass ihre Tochter Julien Morel heiratet?«

»Vielleicht bist du da ein kleines bisschen voreingenommen«, entgegnete Julien grinsend, »aber sieh mal, hier kommt sie, sie kann es uns selbst erzählen.«

Jetzt erschien Mila auf dem Display. »*Bonjour, Madame*«, sagte sie schüchtern.

»Bitte nenn mich nicht Madame. Ich bin Sylvie. Es freut mich sehr, dich kennenzulernen, Mila.«

»Oh, mich freut es auch«, sagte Mila, dann fügte sie auf Englisch mit leichtem Akzent hinzu: »Verzeih, Sylvie, aber mein Französisch ist noch nicht gut genug, um mehr zu sagen. Dabei liegt mir so vieles auf dem Herzen.«

»Dann sprechen wir eben Englisch«, erwiderte Sylvie berührt. »Und in dieser Sprache, die für mich ist wie meine eigene, sage ich dir, dass ich mich sehr für dich und meinen Sohn freue. Ich freue mich, dass du Teil unserer Familie sein wirst.«

»Vielen Dank, Sylvie«, sagte Mila leise. »Ich bin überaus glücklich, dass du so denkst. Das bedeutet mir viel. Ich weiß, wie nahe ihr euch steht, Julien und du. Deshalb quillt mir das Herz über.«

»Meins ebenfalls«, gestand Sylvie, erneut den Tränen nahe. »Ich freue mich so sehr für euch, und ich kann es kaum erwarten, bald euren ganz besonderen Tag mit euch zu feiern.« Sie hielt kurz inne, dann fügte sie hinzu: »Vielleicht kann ich ja schon vorher kommen?«

»Oh, *maman*, du kannst jederzeit kommen, wenn du möchtest, von mir aus gleich nächste Woche!«, rief Julien, ebenfalls auf Englisch.

Sylvie lachte. »Nun, nächste Woche vielleicht nicht, aber in zwei Monaten. Dann habe ich genug Zeit, hier alles zu organisieren und mich zu vergewissern, dass Damien sich freut, die Kochschule für eine Weile zu übernehmen. Außerdem muss ich zuvor jemanden finden, der ihm zur Hand geht.«

»Das klingt nach einem guten Plan«, sagte Julien.

Sylvie konnte den verschmitzten Ausdruck in seinen Augen sehen und wusste, was er dachte. »Okay, dann ist dir diese Idee also zuerst gekommen«, stellte sie lächelnd fest. »Auf diese Weise habe ich auch Gelegenheit, herauszufinden, wie es um deine Kochkünste bestellt ist. Ich nehme an, der Job, von dem du mir bei unserem letzten Telefonat berichtet hast, steht noch?«

»Na klar, aber jetzt, da Mila meinen Antrag angenommen hat, werde ich vielleicht kündigen«, sagte er. »Sie hat gerade ihr Medizinstudium abgeschlossen, mit Auszeichnung. Sie wird eine brillante Ärztin werden. Ihre Berufsaussichten sind um einiges besser als meine. Vielleicht kann ich einfach zu Hause bleiben und leckere Mahlzeiten für sie zubereiten.«

»Ich hoffe, du weißt, auf was für einen dreisten Burschen du dich einlässt, Mila!«, rief Sylvie lachend.

»Ich denke, das habe ich bereits erkannt«, antwortete Mila und schaute Julien an. »Aber ich kann genauso gut austeilen wie einstecken, das versichere ich dir.«

»Da bin ich aber froh!« In diesem Augenblick blinkte der Hinweis auf Sylvies Handy auf, dass Christine Clements versuchte, sie zu erreichen. »Es tut mir leid, meine Lieben«, entschuldigte sie sich. »Ich bekomme gerade den Anruf, auf den ich schon länger gewartet habe. Ich muss auflegen.«

»Okay, *maman*, wir hören bald voneinander«, versprach Julien und warf ihr einen Luftkuss zu, genau wie Mila, und dann waren sie weg.

Erfüllt von Euphorie wegen dieses Telefonats, nahm Sylvie Christine Clements' Anruf entgegen – ohne die Anspannung, die sie zuvor empfunden hatte. »Hallo, Ms Clements. Danke, dass Sie mich zurückrufen.«

»Danke für das Gespräch, Madame Morel.«

»Also, worum geht es?«

»Ich habe eine E-Mail mit gewissen Informationen erhalten. Darf ich freiheraus sprechen?«

Sylvie seufzte innerlich. »Selbstverständlich«, war alles, was sie sagte.

»In der E-Mail werden schwerwiegende Vorwürfe erhoben. So sei es angeblich vor Kurzem zu Beanstandungen wegen mangelnder Hygiene gekommen, außerdem hätten Sie Ihre Lieferanten nicht bezahlt und würden in finanziellen Schwierigkeiten stecken. Es soll Beschwerden gegen Sie gegeben haben. Es heißt, Sie hätten industriell hergestellte Produkte gekauft und ...«

»Schluss damit«, sagte Sylvie. »Nichts davon entspricht der Wahrheit. Außer, dass es tatsächlich Beschwerden gegeben hat. Bösartige Anschuldigungen. Falsche Anschuldigungen. All das gehört zu einem gezielten Angriff.«

Schweigen am anderen Ende der Leitung, dann sagte Christine Clements: »Das klingt ein wenig ... dramatisch.«

»Mag sein. Doch es *ist* dramatisch.« Sylvie holte tief Luft, dann stieß sie hervor: »Jemand hat die Kochschule ins Visier genommen, Ms Clements. Ich weiß nicht, wer. Ich weiß nicht, warum. Doch es laufen Ermittlungen.«

»Die Polizei ermittelt?«

»Nein. Ein Privatdetektiv.«

»Und?« Die Stimme der Journalistin wurde eindringlicher. Vielleicht, überlegte Sylvie, witterte sie eine Story, die noch interessanter war, als sie vermutet hatte.

»Er ist noch auf der Suche nach tragenden Beweisen, doch es steht jetzt schon fest, dass man es konkret auf die Kochschule Morel abgesehen hat.«

»Das ist ja ungeheuerlich!«, rief Christine Clements. »Sie sagen, Sie wissen noch nicht, wer hinter der Sache steckt und warum – aber Sie haben doch sicher jemanden in Verdacht?«

»Verdächtigungen helfen nicht weiter, Ms Clements. Ich brauche handfeste Beweise, und daran arbeiten wir. Darf ich Ihnen erzählen, was vorgefallen ist?«

»Selbstverständlich«, sagte die Journalistin. »Macht es Ihnen etwas aus, wenn ich das Gespräch mitschneide?«

»Nein, ganz und gar nicht«, versicherte Sylvie und berichtete kurz, was passiert war. Nachdem sie geendet hatte, schwieg die Journalistin erneut für einen kurzen Moment, dann sagte sie: »Das muss ziemlich stressig sein, Madame Morel.«

»Sylvie, bitte. Und ja, ehrlich gesagt, Ms Clements, ist es die Hölle. Zum Glück habe ich gute Freunde. Und einen guten Ermittler.«

»Chris«, sagte die Journalistin. »Sie können mich Chris nennen. Vielleicht kann ich Ihnen helfen. Es klingt so, als würde Ihnen großes Unrecht zugefügt. Das gefällt mir nicht.«

»Danke.« Sylvie versuchte, ihre Überraschung zu verbergen. Sicher, Christine Clements war sympathisch, und der Artikel, den sie geschrieben hatte, war schmeichelhaft, aber nicht überschwänglich gewesen. Jetzt allerdings wirkte sie anders. Sie klang aufrichtig bewegt.

»Ich hasse Rufmord«, sagte die Journalistin, als hätte sie Sylvies unausgesprochene Frage gehört. »Vor allem, wenn er anonym betrieben wird, noch dazu online.« Sie zögerte, dann fügte sie hinzu: »So etwas ist Menschen zugestoßen, die mir etwas bedeuten. Es ist schrecklich, und es muss aufhören.«

»Ich bin Ihnen sehr dankbar für Ihre Worte, Chris«, sagte Sylvie, »aber ich weiß nicht, was Sie für mich tun könnten ...«

»Zunächst einmal kann ich die E-Mail an Ihren Ermittler weiterleiten«, sagte Chris. »Das wäre ein erster Schritt. Anschließend könnte ich meine Kontakte in Paris bitten, einige der Vorfälle zu untersuchen. Außerdem ...«

»Moment, Moment!«, rief Sylvie. In ihrem Kopf überschlugen sich die Möglichkeiten. »Ja, bitte leiten Sie die E-Mail weiter. Ich schicke Ihnen die Kontaktdaten. Aber reagieren Sie bitte auch persönlich darauf. Teilen Sie der Absenderin oder dem Absender mit, dass Sie an einem persönlichen Gespräch interessiert sind. Sagen Sie ihr oder ihm, dass Sie sich berufsbedingt in Paris aufhalten, und schlagen Sie ein Treffen vor. Dann geben Sie mir Bescheid, wie diejenige oder derjenige darauf reagiert hat. Sie müssen sich nicht mit ihr oder ihm treffen – das übernehme ich.«

»Es ist kein Problem für mich, nach Paris zu kommen«, erwiderte Chris. »Doch was, wenn die Person ein persönliches Treffen ablehnt?«

»Dann sagen Sie, dass Sie nicht ins Geschäft kommen. Sie können ein großes Magazin nur dann für die Story interessieren, wenn es sich um ein verifiziertes Gespräch mit einem echten Whistleblower handelt.«

Chris lachte leise. »Mein Gott, Sylvie, Sie haben ja selbst den Instinkt einer Journalistin!«

»Mag sein, aber ich bin keine. Sie hingegen schon. Man hat sich an Sie gewandt, weil Sie in der Vergangenheit über die Kochschule berichtet haben und weil man darauf aus ist, meinen Ruf bei allen, die für die Kochschule wichtig sind, zu zerstören: Klienten, Lieferanten, Angestellten, Behörden, Kritikerinnen …«

»Und über mich will man die Öffentlichkeit erreichen«, stellte Chris fest. »Ja, das ergibt Sinn. Ich werde Ihren Vorschlag befolgen. Mal sehen, ob wir den Übeltäter auf frischer Tat ertappen können!« In ihrer Stimme schwang echte Begeisterung mit, und Sylvie musste unwillkürlich lächeln. Christine Clements mochte zwar in den Ressorts Essen und Reisen bekannt sein, nicht im investigativen Bereich, doch Sylvie vermutete, dass in jeder Journalistin und in jedem Journalisten, die oder der diesen Namen verdient hatte, ein gewisser Jagdinstinkt, zumindest aber das Neugier-Gen steckte.

»Vielen, vielen Dank, Chris.«

»Es ist mir ein Vergnügen. Ich melde mich. Gute Nacht, Sylvie.« Damit legte sie auf.

Nun, dachte Sylvie, nachdem sie ihr Handy wieder eingesteckt hatte und gemächlich den Heimweg antrat, das war eine weitere Überraschung. Was für ein Abend! Alles andere als ruiniert, sondern voller Möglichkeiten.

Als sie zu Hause ankam, ging sie aus einem Impuls heraus nicht zu ihrer eigenen Appartementtür, sondern zu Serges. Es war schon etwas spät, aber vielleicht war er ja noch wach.

Als er öffnete, sprudelte sie los: »Serge, ich habe gute Neuigkeiten: Julien heiratet, und sie ist entzückend, seine Freundin, meine ich, und ich freue mich so!« Und dann – die dritte Überraschung des Abends und in ihren Augen die größte – schlang sie die Arme um ihn und brachte ihr Gesicht ganz nah an seins. »Ich wollte, dass du als Erster davon erfährst«, sagte sie und küsste ihn auf die Lippen.« Er reagierte sofort, und der Kuss dauerte an, länger und länger, und dann zog er sie herein, schloss mit dem Fuß die Tür hinter ihnen, und sie taumelten ins Schlafzimmer. Dort fielen sie aufs Bett, und es kam, wie es kommen musste. Es war, als hätte Serge seit Jahren davon geträumt, während Sylvie es sich nie hatte vorstellen können – bis jetzt. Oder doch? Denn plötzlich wusste sie genau, wo sie sein wollte.

EINUNDDREISSIG

Gabi war früh am Morgen in ihrem Bett im Hotel aufgewacht. Max lag schlafend neben ihr, Arme und Beine von sich gestreckt. Obwohl es sich um ein Doppelbett handelte, bot es kaum genug Platz für zwei, vor allem dann nicht, wenn einer von beiden – in diesem Fall Max – ein ziemlich bewegungsfreudiger Schläfer war, wie ein Kind. Sie spürte, dass sie lachen musste, als sie sich auf die Bettkante setzte und ihn betrachtete. Nach einer Weile beugte sie sich zu ihm und küsste ihn sanft auf den Kopf. Er regte sich nicht, also stand sie auf, duschte und zog sich an. Anschließend trat sie hinaus in den grauen, frühen Morgen und kaufte in der Bäckerei zwei noch ofenwarme Croissants und zwei Tassen Kaffee zum Mitnehmen. Dann machte sie sich auf den Weg zurück ins Hotel.

Als sie das Zimmer betrat, war Max wach und schaute sie leicht verwirrt, aber lächelnd an. »Das nenne ich Service«, sagte er, als sie einen Kaffee und ein Croissant neben ihn auf den Nachttisch stellte.

»Ich weiß, du denkst, ich würde dich verwöhnen, dabei geht es nur darum, dass du mich nicht in Versuchung bringst, den ganzen Morgen im Bett zu bleiben«, entgegnete sie vorlaut und biss beherzt in ihr Croissant.

»Weil du mir nicht widerstehen kannst, stimmt's?«, fragte er und warf ihr einen so unfassbar sexy Blick zu, dass sie beinahe ihr Croissant durch den Raum geschleudert und sich auf ihn gestürzt hätte.

»Stimmt!«, krächzte sie, »aber es bleibt mir nichts anderes übrig. Denn ich werde in der Kochschule erwartet, und du musst ziemlich bald auf dem Markt sein. Heute ist Donnerstag.«

»*Oh, merde!*«, rief er und sprang aus dem Bett. »Scheiße, Scheiße, Scheiße!«, wiederholte er mit einem Blick auf die wunderbar altmodische Uhr, die er auf dem Nachttisch abgelegt hatte, und stürmte unter die Dusche. Wenige Augenblicke später kehrte er zurück und zog sich an. Anschließend stürzte er seinen Kaffee hinunter, verschlang das Croissant und küsste Gabi voller Leidenschaft. Dann eilte er zur Tür und sagte: »Ich hole dich heute Nachmittag von der Kochschule ab.«

»Das passt heute nicht, weil wir in irgendein Restaurant im fünften Arrondissement gehen – ein Vortrag mit anschließendem Mittagessen«, sagte Gabi. »Treffen wir uns stattdessen gegen drei bei dir?«

»Okay«, stimmte er zu und schenkte ihr ein letztes Lächeln, dann war er fort.

Allein im Hotelzimmer – es war noch zu früh, um sich auf den Weg zur Kochschule zu machen –, setzte sich Gabi mit Block und Bleistift an den Tisch und skizzierte mit wenigen Strichen den Nachttisch, so wie er ihn zurückgelassen hatte: ein leerer Pappbecher in trunkener Schieflage, verstreute Croissantkrümel, die vergessene Armbanduhr. Es war ein außergewöhnliches Stillleben, aber, dachte sie, als sie die Zeichnung betrachtete, aber es funktionierte. Sie summte zufrieden vor sich hin und wollte gerade zum letzten Schliff ansetzen, als ihr Handy vibrierte. Ihre Mutter rief an.

»Liebling, ich habe dich hoffentlich nicht geweckt.« In der Stimme ihrer Mutter mit dem Guernsey-Akzent, den sie trotz all der Jahre in Australien nicht ganz verloren hatte, schwang leichte Besorgnis mit.

»Hast du nicht, Mam«, versicherte Gabi. »Was gibt's?«

»Es geht um deinen Vater«, begann Genevieve.

Sofort fiel Gabi ihr ins Wort. »Was ist los? Stimmt etwas nicht?« Als Kind hatte sie mal einen Albtraum gehabt, in dem ihr Vater bei einem Autounfall starb. Tagelang hatte sie ihr Entsetzen nicht abschütteln können, und obwohl es mit der Zeit nachließ, hatte sie den Traum nie vergessen. Und jetzt ...«

»Es ist alles in Ordnung«, versicherte ihre Mutter ruhig. »Es geht ihm gut und mir ebenfalls. Es ist nur so, dass ...«

»Jetzt sag nicht, dass ihr euch scheiden lasst«, unterbrach Gabi sie erneut.

»Um Gottes willen!« Ihre Mutter lachte überrascht auf. »Wie kommst du denn darauf?«

»Weil ich immer denke, dass es bei euch einfach zu perfekt läuft«, stieß Gabi aufgeregt hervor. »Ich habe schon seit Ewigkeiten Angst, dass irgendetwas passiert, was das Ganze aus der Bahn geraten lässt.«

»Nun, wir lassen uns nicht scheiden«, sagte Genevieve. »Und es ist weder etwas aus der Bahn geraten, noch läuft es bei uns perfekt. Wir kommen einfach nur gut miteinander klar. Aber wie dem auch sei, Liebling, ich wollte dir erzählen, dass dein Vater Tickets gekauft hat. Er will, dass wir nach Paris fliegen und dich besuchen. Ich konnte ihn nicht davon abhalten. Man kann die Tickets nicht zurückgeben. Außerdem«, fügte sie hinzu, offenbar ein wenig nervös, weil Gabi nichts dazu sagte, »sind sie schon für nächste Woche. Wir werden am Dienstag in Paris ankommen. Ich habe ihm gesagt, dass dein Kurs noch läuft und dass du beschäftigt bist – du kannst ja auch nicht einfach so schwänzen –, aber er hat die Tickets trotzdem gekauft, weil es wohl irgendein besonderes Angebot gab. Es tut mir leid ...«

»Das muss es nicht«, sagte Gabi, die kurz davorstand, in erleichtertes Gelächter auszubrechen. »Es muss dir wirklich nicht leidtun. Ich freue mich sehr und kann es kaum erwarten, euch zu sehen.«

»Wirklich? Es macht dir also nichts aus?« Ihre Mutter hätte nicht erstaunter sein können, was Gabi ein schlechtes Gewissen bereitete. Was hatte ihre Familie während der letzten Monate ertragen müssen? War sie wirklich eine so selbstsüchtige Kuh gewesen, dass sie sich nur noch auf Zehenspitzen um sie herumzuschleichen wagten? Möglich. Sie war in der Tat eine verdammte Nervensäge gewesen. Außerdem hatte sie sich in den vergangenen Wochen kaum bei ihnen gemeldet, abgesehen von einer gelegentlichen Textnachricht oder E-Mail.

»Es macht mir nicht im Geringsten etwas aus«, sagte sie mit fester Stimme. »Im Gegenteil: Ich freue mich riesig! Es wird Zeit, dass Dad das echte Paris sieht und endlich die verqueren Vorurteile der Menschen aus dem Süden Frankreichs loswird. Es wird auch Zeit, dass er dich endlich mal zu einem romantischen Urlaub einlädt. Außerdem ...«, sie zögerte einen Moment, doch dann fuhr sie fort: »Außerdem möchte ich euch jemanden vorstellen und jede Menge Dinge zeigen und erzählen, und von Angesicht zu Angesicht ist das sehr viel schöner als am Telefon, findest du nicht?«

»Doch«, sagte Genevieve erfreut. »Ich bin so froh. Ich habe mir ...«

»Ich weiß, liebste Mam«, sagte Gabi leise. »Du hast dir Sorgen um mich gemacht. Und dazu hattest du auch allen Grund. Ich war ein bisschen ... neben der Spur. Aber jetzt ist alles wieder gut. Mir geht es gut. Mehr als das.«

»Oh, Gabi. Liebling.« Und zu Gabis Erstaunen ging plötzlich eine Auf-Video-Umschalten-Anfrage bei ihr ein. Sie tippte auf »Akzeptieren«, und das lächelnde Gesicht ihrer Mutter erschien. Genevieves blaue Augen glänzten verräterisch. »Ach du liebe Güte! Ich hab's hingekriegt!«, freute sie sich voller Stolz.

»Ja, hast du, Mam«, bestätigte Gabi. »Es ist schön, dein Gesicht zu sehen.«

»Und deins erst mal«, sagte ihre Mutter ein wenig abgelenkt, weil das Bild in Schieflage geriet, sodass Gabi nun auf den Kopf ihrer Mutter und nicht mehr in ihr Gesicht blickte. »Am besten, du lehnst das Handy irgendwo gegen, Mam«, schlug sie vor. »Ja, so ist es gut.« Das Gesicht rückte wieder in den Fokus, und sie sprachen noch eine Weile, bis Genevieve sagte, sie müsse sich langsam Gedanken wegen des Abendessens machen und würde ihr gleich noch die Flugdaten mailen. »Dad soll bitte kein Hotel buchen«, sagte Gabi, »das mache ich. Er kennt sich in Paris nicht aus und entscheidet sich garantiert für die falsche Ecke.«

»Ich werde es versuchen«, versprach ihre Mutter mit einem schiefen Grinsen. »So, mein liebes Mädchen, gute Nacht oder vielmehr guten Morgen. Und bis bald. Ich kann es kaum glauben!«

»Ich auch nicht.« Gabi musste ebenfalls grinsen. »Gute Nacht, Mam. Und alles Liebe für dich und Dad. Grüß meine Geschwister, wenn du mit ihnen sprichst.«

»Das mache ich, Schätzchen, bye-bye.« Genevieve hauchte ihr einen Kuss zu. Das Bild wackelte so heftig, dass es Gabi beinahe schwindelig wurde, trotzdem lächelte sie noch immer, selbst als das Display schon schwarz und der Anruf beendet war.

Sylvie erwachte in einem fremden Bett aus einem tiefen, traumlosen Schlaf, weil eine vertraute Stimme ihren Namen rief und ihr der Duft nach frisch gebrühtem Kaffee in die Nase stieg. Sie kämpfte sich hoch und fand sich in einem Raum wieder, den sie bisher nur flüchtig gesehen hatte. Serges Schlafzimmer. Und da war Serge: Angezogen und rasiert, reichte er ihr lächelnd eine Tasse Kaffee.

»Guten Morgen«, sagte er. »Ich wollte dich nicht wecken, aber es ist fast acht.«

»O mein Gott!« Sylvie schwang die Beine aus dem Bett und griff nach ihrer Kleidung. »Ich muss mich beeilen!«

»Trink doch zuerst deinen Kaffee«, schlug er vor. »Und anschließend huschst du rüber zu dir, immerhin hast du es nicht weit! Ich muss ebenfalls los – ein Termin auf dem Großmarkt Rungis in einer knappen Stunde.«

Er war genauso wie immer: freundlich, liebenswert, praktisch. Sylvie schluckte, aber nicht nur wegen des heißen Kaffees, der sie angenehm wach machte. »Danke. Ich ... letzte Nacht ...«

»Keine Sorge«, versicherte er ihr in demselben liebenswürdigen Tonfall. »Ich verstehe. Und ich erwarte nichts.«

»O nein, das meine ich nicht.« Sylvie trank einen weiteren Schluck Kaffee. »Es war ... Nein, ich bereue nichts. Tatsächlich ...« Sie verstummte.

Er sah sie an, und obwohl sie nicht weitersprach – ganz einfach, weil sie nicht konnte –, machte er ihr keinen Druck. Stattdessen sagte er: »Wenn du es nicht möchtest, wird sich nichts zwischen uns ändern, Sylvie. Ich bin und werde dir immer ein Freund sein, ganz gleich, was kommt.« Bevor sie etwas erwidern konnte, fuhr er fort: »Jetzt muss ich aber wirklich los. Würdest du bitte abschließen? Es ist der gleiche Mechanismus wie an deiner Tür.«

»Selbstverständlich«, sagte sie. Sie hätte gern noch etwas hinzugefügt, doch er eilte bereits zur Tür hinaus, lächelnd, winkend, so normal, als wäre zwischen ihnen nichts passiert.

Doch es war etwas passiert. Und Sylvie hatte keine Ahnung, was das zu bedeuten hatte. Aber Serge. Zumindest schien er zu wissen, was es *ihm* bedeutete. Als sie nach dem ersten Mal zusammen im Bett gelegen hatten, hatte sie ihm mehr von Julien und Mila erzählt. Er hatte sich genauso gefreut wie sie, denn er kannte ihren Sohn gut und war immer ausgezeichnet mit ihm klargekommen. Anschließend hatten sie sich noch ein weiteres Mal geliebt, und bevor sie in ihren traumlosen Schlaf gefallen war, meinte sie, ihn so leise, dass sie ihn kaum verstehen konnte, wispern zu hören: »Ich liebe dich, Sylvie ...« Jetzt, als sie sich anzog und zwischendurch den Kaffee austrank, wusste sie, dass sie sich das nicht eingebildet hatte. Er *hatte* die Worte gesagt. Denn für ihn stand fest: Er liebte sie. Und zwar nicht so, wie man eine gute Freundin liebte.

Allerdings hatte er ihr das bisher nie gesagt. Hatte nie versucht, sie ins Bett zu bekommen. Hatte ihr nie gezeigt, dass sich die Freundschaft für ihn in mehr verwandelt hatte. Warum nicht? *Weil ich ihm nie ein entsprechendes Signal gesendet habe*, dachte sie. *Weil er ein ehrenwerter Mann ist. Er ist mein Freund. Mein wahrer Freund. Er hätte diese Linie niemals überschritten, hätte ich dies nicht ebenfalls tun wollen. Gestern Abend habe ich es getan. Obwohl ich mir nie zuvor vorgestellt hatte, mit ihm Sex zu haben. Zumindest nicht bis vor Kurzem; erst in den letzten Tagen hatte ich angefangen, meinen zuverlässigen, liebenswerten Freund auf eine andere Weise wahrzunehmen.*

Claudes abscheuliche Behauptung, Serge sei bestimmt völlig unfähig im Bett, hatte sich gestern Abend als so falsch erwiesen, dass es beinahe lachhaft war. Sylvie stellte die Kaffeetasse ab und schlang für einen Moment die Arme um ihre Mitte. Ein Prickeln durchlief sie bei der Erinnerung an die vergangene Nacht. Sie dachte an den zärtlichen Ausdruck in Serges grauen Augen, an seine Hände auf ihrem Körper, an den Duft seiner Haut, seiner Haare, an ihren wundervollen gemeinsamen Höhepunkt …

O Gott. Sie steckte noch immer in einer Beziehung mit Claude, auch wenn diese mehr als nur angeknackst war. Nun, sie musste sie beenden, und zwar richtig. Nicht wegen Serge. Sie wusste nicht, was die Zukunft nach der letzten Nacht für sie beide bringen würde, doch sie hoffte, dass …

Nein, so weit wollte sie noch nicht denken. Wollte sich auf ihre Trennung von Claude konzentrieren, weil sie ihn nicht mehr liebte. Wenn sie ehrlich zu sich selbst war, liebte sie ihn schon seit einer ganzen Weile nicht mehr. Ihm das Ultimatum zu stellen, war ein Test gewesen, sowohl für ihn als auch für sie selbst – sie hatte herausfinden wollen, ob sie ihn noch liebte, ob er ihr noch etwas bedeutete. Jetzt kannte sie die Antwort. Nein. Es war vorbei. Er bedeutete ihr nichts mehr. Und das musste er erfahren. Heute.

Sie verließ Serges Appartement, achtete darauf, dass das Schloss hinter ihr einrastete, und ging durch den Flur zu ihrer eigenen Wohnung. Eilig sprang sie unter die Dusche und zog sich etwas Frisches an, dann machte sie sich noch einen Kaffee, aß ein paar getoastete Scheiben Brot von gestern mit Butter und Marmelade und schickte Claude eine Nachricht:

> Wir müssen reden. Heute Abend. Treffen uns um 18 Uhr in unserer Bar.

Er schrieb umgehend zurück.

> Habe gestern Abend versucht, dich anzurufen. Zwei Mal. Wollte mich entschuldigen. Warum bist du nicht drangegangen?

> Ich war unterwegs.

tippte sie. Genervt. Schuldbewusst.

> Tut mir leid.

Sie hatte die Anrufe in Abwesenheit nicht einmal bemerkt. Er hatte nicht auf die Mailbox gesprochen, dabei wäre das kein Problem gewesen, hätte er sich wirklich entschuldigen wollen.

> Schaffst du es denn heute Abend?

> Ja.

Sein Widerwille war aus seiner Antwort herauszuspüren, doch sie setzte sich darüber hinweg und textete:

Okay. Dann bis später.

Diesmal reagierte er nicht. Aber er würde kommen. Oder auch nicht. Sie zog es vor, von Angesicht zu Angesicht mit ihm zu sprechen, aber wenn es sein musste, würde sie auch einen anderen Weg finden.

Kate wachte ziemlich spät auf, schweißgebadet. Benommen taumelte sie aus dem Bett und schluckte zwei Paracetamol gegen ihre Kopfschmerzen. Sie hatte am Abend zuvor etwas zu viel getrunken. Nicht, dass sie es bereute, es war ein fantastischer Abend gewesen, und selbst jetzt musste sie lächeln, wenn sie daran dachte. Die Party hatte erst nach Mitternacht geendet, und anschließend hatten Arnaud und Nina sie zum Hotel begleitet. Vor dem Eingang hatte er gesagt: »Ich gebe an diesem Freitagnachmittag einen Workshop in Amiens. Am Samstag geht es schon wieder zurück. Hast du Lust, mitzukommen?«

»Fährst du mit dem Boot dorthin?«, hatte sie gefragt, und er hatte gegrinst.

»Nein, ich habe mir einen Wagen gemietet. Nina kommt auch mit.«

»Na, wenn das so ist, bin ich natürlich ebenfalls dabei.« Auch Kate hatte gegrinst, dann hatte sie in ernsterem Ton gefragt: »Amiens liegt an der Somme, in der Nähe der Schlachtfelder des Ersten Weltkriegs, oder? Mein Urgroßvater hat dort gekämpft – Dad wollte immer mal dorthin, vielleicht kann ich das für ihn übernehmen.«

»Wir könnten gleich Freitag früh hinfahren, bevor der Workshop beginnt«, schlug Arnaud vor. »Der Ort birgt viele Erinnerungen, sowohl für euch Australier als auch für uns Franzosen. Die Familie meines Vaters stammt aus Korsika, die meiner Mutter von der Somme. Ihre Urgroßeltern besaßen ein Geschäft in Amiens. Sie mochten die australischen Soldaten, die sie dort kennenlernten ...«

Es war das erste Mal, dass er seine Herkunftsfamilie erwähnte. »Vielleicht ist *mein* Urgroßvater ihnen begegnet«, sagte sie.

»Vielleicht.« Er lächelte. »Also – soll ich dich Freitagmorgen um halb neun abholen? Selbstverständlich buche ich dir in dem Hotel in Amiens ein separates Zimmer.«

»Selbstverständlich«, wiederholte Kate schmunzelnd. Sie streckte sich und gab ihm einen Kuss auf die Wange. »Danke, Arnaud. Ich freue mich sehr darauf.«

»Ich auch.« Er nahm ihre Hand und drückte sie sanft. Dann pfiff er nach Nina, die interessiert die Gegend beschnüffelte. Arnaud winkte Kate zum Abschied und setzte sich in Bewegung.

Während sie sich für die Kochschule fertig machte, fragte Kate sich, ob sich an diesem Wochenende etwas zwischen ihnen ändern würden. Sie war hin- und hergerissen, konnte keine Entscheidung treffen, ob sie wollte, dass etwas passierte, oder nicht. Schließlich beschloss sie, die Dinge auf sich zukommen zu lassen. *Que sera, sera,* wie ihr Dad zu sagen pflegte.

ZWEIUNDDREISSIG

Die nächste Woche ist schon die letzte, die wir zusammen verbringen werden«, sagte Sylvie, sobald sich die Kursteilnehmerinnen und -teilnehmer um sie herum versammelt hatten. »Daher werden wir uns in der finalen Woche auf das Finale einer Mahlzeit konzentrieren: das Dessert. Torte, süßes Gebäck, Mousse, Eiscreme und mehr. Auf die *douceurs,* wie wir sie im Französischen nennen, die süßen, geschmeidigen, zarten Freuden. In Frankreich ist eine *douceur* eine Kardinaltugend. Wenn wir von *la douce France* sprechen, meinen wir damit, dass Frankreich ein wundervolles Land zum Leben ist; als *un temps doux* bezeichnen wir angenehm mildes Wetter, und mit *la douceur de la vie* meinen wir das Vergnügen, die Süße des Lebens, die Freude, am Leben zu sein. Beim Essen geht es nicht immer nur um Süßes, sondern auch um weiche, cremige Speisen wie das Neufchâtel-Herz, das Max Ihnen mitgebracht hatte. Wir werden Mehlspeisen und Desserts zubereiten, welche die Französinnen und Franzosen zu Hause für ihre Freunde und Familien kochen. Aus diesem Grund möchte ich, dass Sie sich vorbereiten, indem Sie am Wochenende Läden und Orte aufsuchen, an denen *les douceurs* professionell gefertigt und gefeiert werden: *patisseries,* Bäckereien, *chocolateries,* Süßigkeitengeschäfte. Wir werden nicht versuchen, den Profis nachzueifern, dazu bedarf es eines eigenen Kurses, doch wir werden uns mit dem Stellenwert befassen, den die *douceurs* in Frankreich innehaben. Machen Sie Fotos, Notizen, nehmen Sie

Kostproben, wo immer Sie möchten! Und am Montag berichten Sie uns von Ihrer französischen Lieblingssüßigkeit.«

Die Kursteilnehmenden starrten sie an. »Ach du lieber Himmel«, stöhnte Ethan, »das ist ja eine gefährliche Mission, auf die Sie uns da schicken!«

»Sprich nur für dich selbst, Kumpel«, frotzelte Mike.

»Das ist doch easy-peasy.« Pete kicherte. »Torten, ich komme!«

»Wir haben uns dieser Herausforderung schon vom ersten Tag an gestellt, nicht wahr, Stefan?« Anja lachte.

»Ich habe sogar zahlreiche Fotos gemacht«, pflichtete er ihr stolz bei.

»Ich auch«, sagte Kate. »Es dürfte also nicht allzu schwer werden.«

Misaki fragte leicht besorgt: »Wie viele Geschäfte müssen wir wohl aufsuchen, um einen angemessenen Überblick zu bekommen?«

»Ich würde sagen, so viele oder so wenige, wie du möchtest, Misaki«, erwiderte Gabi beschwichtigend, und Sylvie nickte.

»Es gibt kein Limit. Keine Vorschriften. Und jetzt lassen Sie uns mit der heutigen Lektion beginnen, die Damien übernehmen wird.«

Sie hatte für diesen Morgen nur eine kurze Unterrichtseinheit geplant, eine Diskussion über alltägliche Gerichte in französischen Haushalten. So blieb ihnen genügend Zeit, um sich um 11:30 Uhr im Chez Quenu Martin Cahuzacs Vortrag anzuhören und anschließend dort zu Mittag zu essen. Sylvie hatte keine Ahnung, ob der Mann wusste, wie er vor dem Kurs sprechen sollte, aber das war ihr gleich. Es wäre eine Abwechslung, und das Mittagessen bot eine gute Möglichkeit, die vorletzte Unterrichtswoche abzuschließen. Nur Serge und sie würden die Schülerinnen und Schüler begleiten, da Damien und Yasmine schon etwas anderes vorhatten.

Gerade als Damien anfing zu sprechen, vibrierte Sylvies Handy. Sie nickte Damien entschuldigend zu und eilte hinaus. Der Anruf kam von Chris Clements.

»Hallo, Chris«, sagte sie, nachdem sie ihn entgegengenommen hatte.

»Ich wollte Ihnen nur mitteilen, dass der Fisch den Köder geschluckt hat«, sagte die Journalistin. »Wir haben ein Rendezvous.«

Sylvie spürte, wie ihre Pulsfrequenz in die Höhe schnellte. »Wo? Wann? Wer?«

»In der Cafeteria in den Galeries Lafayette«, sagte Chris. »Samstagmittag. Kennen Sie den Ort?«

»Sicher«, antwortete Sylvie. Die Selbstbedienungscafeteria war groß und bei Touristen wie bei Parisern sehr beliebt. »Das ist eine gute Wahl, denn dort kann man mit der Menge verschmelzen. Niemand wird Notiz von einem nehmen.«

»Genau. Was das Wer betrifft: Der Name lautete Émilie Zola, vermutlich ein Pseudonym, denn hieß so nicht ein berühmter französischer Schriftsteller?«

»Ja«, erwiderte Sylvie nachdenklich, »aber es handelte sich um einen Mann. Émile Zola. Émilie ist ein Frauenname.«

»Das muss nicht zwingend bedeuten, dass es sich tatsächlich um eine Frau handelt«, gab Chris zu bedenken.

»Ich weiß«, räumte Sylvie ein. »Trotzdem ist es interessant.«

»Wer auch immer dahintersteckt, hat klar und deutlich gesagt, dass er oder sie weiß, wie ich aussehe, und dass ich allein kommen muss. Ich habe mir für morgen ein Ticket für den Eurostar gebucht, um am Samstag wie verabredet in der Cafeteria zu erscheinen. Allein.«

»Nein. Ich werde ebenfalls dort sein«, widersprach Sylvie.

»Das könnte gefährlich sein«, gab Chris zu bedenken. »Diese Person hat es offensichtlich auf Sie abgesehen.«

»Für Sie könnte es ebenfalls gefährlich sein«, wandte Sylvie ein. »Offenbar ist diejenige oder derjenige ziemlich gestört.«

»Das glaube ich nicht«, entgegnete Chris. »Ich denke, er oder sie ist fest entschlossen, Ihr Unternehmen zu zerstören. Anscheinend steckt etwas Persönliches dahinter. Mit einer direkten Konfrontation werden Sie kaum etwas erreichen. Lassen Sie mich lieber so viel wie möglich über die Person herausfinden, und dann leiten wir entsprechende Schritte ein.«

»Einverstanden«, sagte Sylvie. Sie hatte nicht vor, sich im Hintergrund zu verstecken, aber sie wollte auch nicht mit Chris streiten. »Kommen Sie doch bitte morgen Abend zum Essen zu mir.«

»Liebend gern. Dann können wir uns eine Strategie zurechtlegen.«

Nach dem Gespräch rief Sylvie Paul Renard an. Ja, sagte er, er habe die weitergeleitete E-Mail von Chris Clements bekommen und sei dabei, sie auszuwerten. Als sie ihm erzählte, dass Chris ein Treffen mit der Absenderin – Émilie Zola – vereinbart hatte, pflichtete er ihr bei, dass dies eine gute Idee war, auch wenn er sich der Meinung der Journalistin anschloss, Sylvie solle sich lieber heraushalten. »Ich rate Ihnen dringend, sich nicht in die Nähe dieser Person zu begeben«, sagte er. »Sie hegt offensichtlich eine starke persönliche Feindseligkeit gegen Sie, und wer weiß, was passiert, wenn Sie versuchen, sie zur Rede zu stellen? Ich könnte an Ihrer Stelle hingehen, um Madame Clements, wenn nötig, Rückendeckung zu geben. Ich werde mich im Hintergrund halten, aber sollte es irgendwelche Schwierigkeiten geben, kann ich helfen.«

»Das wäre sehr gut«, pflichtete Sylvie ihm nach kurzem Zögern bei. Sollten sie denken, was sie wollten – sie würde sich die Gelegenheit, ihrer Peinigerin in Fleisch und Blut zu begegnen, ganz sicher nicht entgehen lassen.

Sie denken, sie wissen, was das Beste für mich ist, dachte sie, nachdem sie das Telefonat beendet hatte. *Aber sie wissen nicht, wie ich mich fühle. Für sie ist das alles nur ein Job oder eine faszinierende Story, die es zu enthüllen gilt.* Nur ein einziger Mensch würde sie wirklich verstehen, und das wäre Serge. Aber sie wollte ihn nicht anrufen. Sie würde ihn ohnehin beim Mittagessen im Chez Quenu sehen, dann konnte sie es ihm immer noch erzählen.

Douceur. Das Wort schoss wie ein Querschläger durch Gabis Kopf und schlug dabei kleine Funken. *Douceur.* Sie stellte sich vor, wie sie in die Fenster einer *patisserie* blickte, in ein *éclair* biss, dachte an die Himbeertorte ihrer Mutter, an den *Gateau Basque* ihrer Großmutter, daran, wie weich das Gebäck war, wie üppig die cremige Füllung. Da war die Erinnerung an die intensive Süße der goldenen Reneklomen, die sie im Obstgarten ihres Großvaters direkt vom Baum gepflückt hatte, und an ihre erste richtige heiße Schokolade in Bayonne. Mit einem Schmunzeln dachte sie an Max, der sie bei ihrem ersten Treffen in seinem Appartement einen Löffel voll *crème caramel* hatte probieren lassen, und daran, wie sie anschließend das Dessert von den Lippen des anderen geleckt hatten ... Sie sah ihren Ahnen Ander Picabea mit seinem Kuchentablett über die Weltausstellung von 1900 schlendern, stellte sich vor, wie er am Käsestand ihrer Vorfahren aus Guernsey vorbeikam, den Ogiers, und sie einen Kuchen von ihm kauften, bevor er seinen Weg fortsetzte, ohne dass sich irgendjemand von ihnen der Tragweite dieser Begegnung bewusst war. In der Metro, auf dem Weg zum Chez Quenu, lauschte Gabi nur mit halbem Ohr der Diskussion um sie herum und dachte, dass *douceur* auch in dieser Gruppe von Menschen war – nicht länger Fremde, noch keine Freunde, doch auch nicht nur Bekannte, Kollegen. Am ehesten konnte man wohl von Peers sprechen – alle völlig verschieden und doch vereint durch ihre geteilte Leidenschaft. Ihr Rückgrat kribbelte, ihre Finger verlangten nach Bleistift und Papier, um etwas davon festzuhalten, ihre Ideen, die Bilder, die Möglichkeiten ... Bei *Shadow Life* war es um Düsterkeit gegangen, um Angst, Bedrohung. Um Auslöschung. Was spielerisch gedacht gewesen war, ohne Furcht und Dunkelheit, hatte sie schlussendlich verschluckt. *Amertume* – Bitterkeit – war im Französischen das Gegenteil von *douceur*. Bei *Shadow Life* war es um *amertume* gegangen. Vielleicht war es nun an der Zeit, sich mit der anderen Seite zu befassen.

Als sie das Restaurant betraten, dachte auch Kate über das nach, was Sylvie am Morgen gesagt hatte. Sie allerdings erinnerte sich an ihren ersten Nachmittag in Paris, an die köstliche kleine Erdbeer-*tartelette,* die sie aus einem Impuls heraus gekauft und auf der Straße gegessen hatte. Es war ein Symbol für den Geschmack von Freiheit gewesen, für Freude und die Möglichkeit, dem schmerzhaften emotionalen Schlachtfeld zu Hause in Australien zu entrinnen. Seitdem war sie ein paarmal in jene *patisserie* zurückgekehrt und hatte auch andere Konditoreien in der Gegend erkundet. Bevor sie morgen mit Arnaud nach Amiens fahren würde, hatte sie vor, zwei von den kleinen Törtchen zu kaufen und sie zum Mittagessen beizusteuern. Sie würde ein Foto davon schießen. Und anschließend, vielleicht am Samstag, würde sie einen Eintrag in das wunderschöne grüne Notizbuch machen, das er ihr geschenkt hatte und das schon zu fast drei Vierteln voll mit ihren Beobachtungen und Rezepten war – einen Eintrag darüber, was ihr diese ganz bestimmte *douceur* bedeutete, im Rückblick und jetzt. Weil sie nicht wusste, wie es verlaufen würde, das Wochenende. Weil sie sich nicht einmal sicher war, welchen Verlauf sie sich wünschte. Es war aufregend und Furcht einflößend zugleich.

Das Restaurant war klein, gemütlich und sehr schlicht eingerichtet. Die junge Frau, die auf sie zukam, um sie zu begrüßen, strahlte. »Willkommen, willkommen!«, rief sie und führte sie zu einem eingedeckten Tisch. »Mein Vater wird gleich da sein.« Ihr Englisch hatte einen leichten Akzent. »Er hat wohl ein wenig Lampenfieber.«

Sie waren die Einzigen im Gastraum. Die junge Frau, die sich als Amandine vorgestellt hatte, brachte ihnen Wasser sowie Karaffen mit Rot- und Weißwein, außerdem mehrere Schälchen mit exzellenten Oliven, grün und schwarz. Sylvie ging in die Küche, um Amandines Vater das Lampenfieber zu nehmen, während die anderen miteinander plauderten, die Oliven aßen und den durchaus annehmbaren Wein tranken.

»Es wäre mir auch recht, wenn wir keinen Vortrag, sondern bloß ein Mittagessen bekommen würden«, flüsterte Mike Kate zu, die neben ihm saß. »Ich bin am Verhungern! Heute musste ich das Frühstück auslassen, weil Ethan mich zu einem Spaziergang gezwungen hat. Er behauptet, ich würde mich nicht genug bewegen.« Er klopfte auf seinen beginnenden Bauchansatz. »Er ist sieben Jahre älter als ich und gleichzeitig sieben Jahre fitter – auch das behauptet er. Meinetwegen kann er dieses Fitness-Ding für uns beide durchziehen. Was denkst du?«

»Oh, beim Thema sportliche Betätigung gehen die Ansichten weit auseinander«, befand Kate.

»Ja, aber wir sind hier bei einem *Kochkurs,* Herrgott noch mal!«

Kate lachte und ließ den Blick über die anderen schweifen. Dabei fiel ihr auf, dass Pete heute untypisch still war. In sich gekehrt saß er da und ließ den Wein in seinem Glas kreisen.

»*Chez Quenu* – ein seltsamer Name für ein Restaurant, findet ihr nicht?«, sagte Misaki.

»Vielleicht ist das der Name des Besitzers«, überlegte Kate, aber Mike googelte bereits. »Hier steht, dass das Restaurant nach einer Figur aus einem Roman von Émile Zola benannt ist. Zugegebenermaßen hab ich nie etwas von ihm gelesen.«

»Zola zählt zu den Lieblingsschriftstellern meines Vaters«, sagte Gabi. »Ein großartiger Autor des neunzehnten Jahrhunderts mit einem sozialen Gewissen wie Dickens, aber fokussierter.«

»Fokussierter?«, wiederholte Misaki fragend.

Doch bevor jemand antworten konnte, kehrte Sylvie zusammen mit Amandine und einem stämmigen Mann zurück.

»Das ist mein Vater, Martin Cahuzac, Besitzer und Koch des Chez Quenu«, stellte die junge Frau ihn vor.

»Martin wird uns eine kurze Rede halten, anschließend gibt es Mittagessen«, verkündete Sylvie und setzte sich.

Cahuzac räusperte sich, blickte auf ein Blatt Papier, faltete es zusammen, dann schaute er auf und sagte in sehr langsamem, sorgfältigem Englisch: »Danke, dass Sie gekommen sind. Herzlich willkommen! Meine Speisen sind schlicht, und ich ...« Er brach ab und errötete.

»Keine Sorge, Papa«, sagte seine Tochter ermutigend. »Sprich Französisch, und ich übersetze.«

Die Eingangstür des Restaurants öffnete sich, und Serge kam herein. »Entschuldigung«, raunte er Sylvie zu, »bei mir ist in letzter Minute eine Bestellung eingegangen, die ich noch ausliefern musste.« Trotz ihrer Anspannung lächelte sie und flüsterte zurück: »Schon okay, es hat noch gar nicht richtig angefangen.«

»Ja«, sagte er, und für einen Moment begegneten sich ihre Blicke, und sie meinte, eine Doppeldeutigkeit aus seinem Wort herauszuhören. Oder bildete sie sich das bloß ein? »Ich muss dir später etwas erzählen«, murmelte sie, und er nickte, doch er erwiderte nichts, denn in dem Moment fing Cahuzac endlich an zu reden.

Sobald er begonnen hatte, schien er gar nicht mehr aufhören zu können. Er erzählte ihnen Geschichten aus seiner Kindheit und Jugend in der Provence und wie sehr er sich schon früh gewünscht hatte, Koch zu werden. Er schilderte ausführlich die Vielfalt der

Gerichte, die er gekocht hatte, bis er zu den Speisen seiner Kindheit zurückgekehrt war, als es darum ging, ein eigenes Restaurant zu eröffnen, und so weiter und so fort. Manches davon war interessant, anderes zu ausschweifend und detailliert. Die arme Amandine hatte Mühe, mit der Übersetzung nachzukommen, während die Kursteilnehmenden den Wortschwall über sich hinwegschwappen ließ. Alle hatten Hunger und waren leicht beschwipst von dem Wein in ihren fast leeren Mägen. Sylvie wollte Amandine gerade ein Zeichen geben, zum Ende zu kommen, als sie aus dem Augenwinkel ein Paar Hand in Hand vor dem Restaurantfenster vorbeischlendern sah. Die beiden hatten ihr den Rücken zugewandt, dennoch meinte sie, nein, sie war sich *sicher*, dass sie den Mann kannte.

Mit einem erstickten Aufschrei schob sie ihren Stuhl zurück und stand auf, was Cahuzac abrupt verstummen ließ. Fassungslos beobachteten die anderen, wie die für gewöhnlich so ruhige und gelassene Sylvie zur Tür hinausstürmte.

Als sie draußen auf der Straße stand, war das Paar verschwunden, vielleicht in einem Gebäude, vielleicht war es um eine Ecke gebogen – sie wusste es nicht. Für einen kurzen Moment überlegte sie, ob sie die Verfolgung aufnehmen sollte, doch dann verwarf sie die Idee. Es wäre würdelos. Lächerlich. Absurd.

»Sylvie! Was ist los?« Serge hatte ebenfalls das Chez Quenu verlassen und trat zu ihr. »Ist alles in Ordnung?«

Sie schluckte. »Alles okay. Ich dachte nur, ich hätte gerade …« Er wartete, doch sie schüttelte den Kopf. »Nein. Nein, es ist nichts.«

»Wirklich nicht? Du siehst blass aus.«

Mit einiger Mühe versicherte sie ihm: »Es geht mir gut, ganz bestimmt. Lass uns bitte wieder reingehen.«

Sie erkannte die Enttäuschung in seinen Augen, doch sie konnte es nicht ändern. Dies war nichts, was sie ihm anvertrauen wollte, nicht jetzt, wo sich zwischen ihnen gerade erst alles entwickelte.

Es fühlte sich irgendwie falsch an, ihm zu erzählen, dass sie glaubte, soeben ihren Liebhaber Hand in Hand mit einer anderen Frau gesehen zu haben. Nein, sie glaubte es nicht, sie *wusste* es. Mit einer Frau mit glänzenden blonden Haaren, einem rosa Oberteil und einem engen, kurzen Rock. Noch weniger konnte sie ihm anvertrauen, dass der Anblick so viel Schmerz und Zorn in ihr hervorgerufen hatte, dass ihr übel war. Das alles war beschämend. Sie liebte Claude nicht mehr. Sie würde ihm sagen, dass es vorbei war. Sie hatte sogar schon mit einem anderen Mann geschlafen. Warum also stiegen diese Gefühle in ihr auf, jetzt, da sie wusste, dass er sie mit einer anderen betrog? Es verschaffte ihr doch immerhin die Möglichkeit, die Beziehung sauber zu beenden. Eigentlich hätte sie erleichtert sein müssen. Stattdessen fühlte sie sich leer. Und das war nichts, worüber sie genauer nachdenken, geschweige denn reden wollte.

DREIUNDDREISSIG

»Tja, ist noch jemand der Meinung, dass das ein bisschen seltsam war?«, fragte Pete.

Nach dem Mittagessen war er mit Anja, Stefan und Kate auf eine Tasse Kaffee in einem Café in der Nähe eingekehrt, während die anderen getrennter Wege gegangen waren.

»Es war doch nett«, fand Kate, »und das Essen ausgezeichnet.«

»Sicher«, pflichtete Pete ihr bei. »Ich meine auch eher die Atmosphäre ... der Koch, der immer weitererzählte, bis ich dachte, ich würde vor Langeweile oder Hunger sterben. Und dann Sylvie – total nervös, und plötzlich stürmt sie auch noch aus dem Lokal! Was das wohl zu bedeuten hatte?«

»Ich denke, das geht uns nichts an«, sagte Kate in scharfem Ton, doch auch sie musste zugeben, dass Sylvies Verhalten ungewöhnlich gewesen war.

»Ich weiß, aber wir werden doch wohl ein wenig spekulieren dürfen!« Pete grinste. Seine düstere Stimmung von zuvor schien sich gelegt zu haben, und er war wieder ganz der Alte. Er wandte sich an Anja und Stefan. »Was haltet ihr von dem heutigen Tag?«

»Wir haben ihn genossen«, antwortete Anja und warf Stefan einen Blick zu.

Stefan nickte. »Sehr gutes Essen. Sehr nette Besitzer.«

»Und sonst?« Pete ließ nicht locker. »Was hat Sylvie da draußen gesehen? Warum ist sie so plötzlich rausgestürmt?«

»Vielleicht war ihr einfach nicht gut?«, mutmaßte Anja.

»Ja, vielleicht brauchte sie etwas frische Luft«, pflichtete Stefan ihr bei. »Es war ziemlich stickig in dem Restaurant.«

Pete schüttelte den Kopf. »Ich verzweifle an euch«, seufzte er und bedeutete dem Kellner, ihm noch eine Tasse Kaffee zu bringen. »Keine Fantasie, das ist euer Problem.«

»Es geht dir nicht um Fantasie«, widersprach Kate, halb amüsiert, halb verärgert. »Es geht dir um Tratsch.«

Er zuckte mit den Achseln. »*Was ist ein Name? Was uns Rose heißt ...*, würde ich sagen, Ms Kate.«

»Das ist doch so ein Sprichwort, nicht wahr?«, erkundigte sich Stefan. »*Was ist ein Name? Was uns Rose heißt ...* Das habe ich schon einmal gehört, aber ich weiß nicht mehr, wie es weitergeht.«

»Es ist von Shakespeare«, sagte Kate. »*Was ist ein Name? Was uns Rose heißt, wie es auch hieße, würde lieblich duften.* Es bedeutet, dass sich Dinge nicht verändern, nur weil man sie anders nennt«, fügte sie todernst hinzu.

Alle starrten sie für einen kurzen Moment an, dann fing Pete an zu lachen. »Na, dann ist ja jetzt alles klar!« Als er Anjas und Stefans höflich amüsiertes Lächeln bemerkte, fuhr er fort: »Wie so viele Dinge im Englischen, lässt sich dies am besten mit einer Geschichte erklären. Hier kommt eine aus dem echten Leben, nur für euch: An seinem fünfzehnten Geburtstag vor zwei Monaten beschloss der Sohn meiner Nachbarin in Toronto, seinen Nachnamen zu ändern. Seine Mutter war zunächst gar nicht glücklich darüber, doch schließlich kam sie damit klar, denn, so sagte sie zu mir, änderte das nichts an der Tatsache, dass er noch immer ihr Sohn war. Wie er heißt, ist nicht so wichtig wie das, was er ist. *Was ist ein Name? Was uns Rose heißt ...*«

»Verstehe«, erwiderte Stefan bedächtig.

»Das ist eine gute Erklärung«, bestätigte Anja lächelnd.

»Ja, aber *warum* wollte er seinen Nachnamen ändern?«, fragte Kate.

»Na ja, er führte den Nachnamen seiner Mutter – sie ist alleinerziehend –, doch er beschloss, zusätzlich den seines Vaters anzunehmen, sodass er jetzt einen Doppelnamen hat: Perret-Rocca. Geht nicht gerade leicht von der Zunge, aber was soll's!«

Kate lächelte. »Genau, was soll's …« Plötzlich klingelte etwas bei ihr und ließ sie innehalten. »Wie war noch gleich sein Nachname?«

»Perret. Er war Lucas Perret, jetzt heißt er Lucas Perret-Rocca.«

Rocca. *Rocca.* Das war Arnauds Nachname. Er hatte ihr erzählt, dass sein Vater aus Korsika stammte. Und dass seine Frau das gemeinsame Kind mit nach Kanada genommen hatte. Wahrscheinlich war es ein Zufall, dennoch … »Sind deine Nachbarn Kanadier?«, erkundigte sie sich. »Ursprünglich, meine ich.«

Pete sah sie überrascht an. »Louise Perret ist Französin, und ihr Junge – ich bin mir nicht sicher. Keine Ahnung, ob er in Frankreich oder in Kanada zur Welt gekommen ist. Warum?«

Auch Anja und Stefan schauten nun neugierig zu ihr herüber. Kate spürte, wie ihr die Röte in die Wangen stieg. »Ich …«, stammelte sie. »Perret klingt für mich wie ein französischer Name.«

»In Toronto leben viele Franzosen«, sagte Pete. »Keine Ahnung, woher der Name ›Rocca‹ stammt, klingt irgendwie italienisch. Es gibt in Kanada auch viele Menschen mit italienischen Vorfahren, genau wie in den USA. Vielleicht lebt der Vater dort.«

Vielleicht auch nicht, dachte Kate. *Vielleicht lebt er auf einem Boot auf der Seine, und seine Vorfahren sind keine Italiener, sondern Korsen.* »Hat deine Nachbarin das nie erwähnt?«

»Nein. Louise lebt sehr zurückgezogen, sie nutzt nicht mal die sozialen Medien.« Sein Ton klang ungläubig. »Lucas interessiert sich auch erst seit Kurzem für seinen Dad, eigentlich erst, seit er fünfzehn geworden ist. Keine Ahnung, woher das plötzliche Interesse rührt. Aber mit dem alten Mann von nebenan wird er wohl kaum darüber reden.« Er lachte.

Der Rest der Zeit im Café verstrich mit belanglosem freundschaftlichem Geplänkel, dann zerstreuten sie sich in unterschiedliche Richtungen.

Ob ich gleich zu Arnaud gehen soll?, überlegte Kate, die allein davonschlenderte. *Soll ich ihm erzählen, was Pete gesagt hat? Was, wenn es falscher Alarm war? Wenn sie ihm falsche Hoffnungen machte?* Es konnte alles nur Zufall sein. Er hatte ihr den Namen seiner Ex-Frau nicht genannt – und den seines Sohnes auch nicht. Offenbar war es zu schmerzhaft für ihn, ihn auszusprechen. Außerdem wusste sie nicht, wie alt der Junge gewesen war, als seine Mutter ihn mit nach Kanada genommen hatte, nur dass er noch jung gewesen war. Petes Nachbar war im Teenageralter, vielleicht passte das, vielleicht nicht.

Nach einigem Überlegen kam sie zu dem Schluss, dass sie Arnaud davon berichten musste. Sie musste es wenigstens erwähnen. Aber nicht heute. Nicht bis sie und Arnaud unterwegs waren, gemeinsam. Aber ... Moment – vielleicht wusste er bereits davon. Vielleicht hatte er seine Ex-Frau mittlerweile gegoogelt und herausgefunden, wo sie und der gemeinsame Sohn gelandet waren. Und trotzdem nichts unternommen. Er hatte behauptet, er hätte nicht versucht, die beiden ausfindig zu machen, da er glaubte, sie wären ohne ihn »besser dran«. Aber dachte er das immer noch? Oder hatte er einfach zu große Angst, es herauszufinden? Würde es etwas ändern, wenn er wüsste, dass sein Sohn inzwischen auch den Namen seines Vaters trug?

Ich weiß es nicht, dachte Kate. Das war das Problem. Vielleicht würde sie mehr Schaden anrichten als Gutes bewirken, wenn sie sich einmischte. *Ich sollte es einfach dabei belassen,* sagte sie zu sich selbst, denn sie war fest entschlossen, das gemeinsame Wochenende zu genießen. Aber sie wollte auch ehrlich zu Arnaud sein. Wollte ihm nichts verheimlichen, nur weil sie Angst hatte.

Sie würde sich also entscheiden müssen, was sie tun wollte. Und zwar bald.

»Ich muss dir etwas erzählen«, sagte Gabi.

»Das klingt ja ominös.« Max bedachte sie mit einem trägen Lächeln. In seiner Wohnung hatten sie es nicht einmal bis ins Bett geschafft, nur bis aufs Sofa, und jetzt hielten sie einander in den Armen, halb zugedeckt mit der Decke, die auf der Sofalehne gelegen hatte, während sich ihre Kleidung in einem unordentlichen Haufen auf dem Fußboden türmte.

»Es ist nichts Dramatisches«, sagte Gabi, »obwohl ... in gewisser Hinsicht schon. Meine Eltern kommen am nächsten Dienstag hierher.«

»Hierher?«, fragte Max überrascht, löste sich vorsichtig aus ihren Armen und setzte sich auf. »In meine Wohnung?«

»Nein. Ich meinte, sie kommen nach Paris. Mein Vater hat einfach die Tickets gebucht. So ist er nun mal.«

»Oh«, sagte Max. »Dann nehme ich an, dass du nächste Woche sehr beschäftigt sein wirst. Mit deinen Eltern. Und deshalb ...«

»Und deshalb brauche ich deine Hilfe«, sagte Gabi mit fester Stimme.

Sie wusste genau, was er dachte. Er fürchtete, sie würde ihm sagen, sie könne sich nächste Woche wegen des Besuchs ihrer Eltern nicht mit ihm treffen.

Er starrte sie an. »Ich soll dir helfen?«

»Sie kennen Frankreich natürlich, aber nur den Süden. Sie waren noch nie in Paris. Mein Vater wollte nie hierhin, und meine Mutter hatte als Jugendliche nie die Gelegenheit dazu, obwohl sie auf Guernsey lebte. Meine Vorfahren, die nach Paris gekommen sind, du weißt schon, die, von denen ich dir bei unserem ersten Treffen erzählt habe ...«

»Ich erinnere mich, wenn auch nur noch verschwommen«, gab er grinsend zu und duckte sich, als sie ihm einen spielerischen Klaps verpasste.

»Sie haben hier nicht gerade die besten Erfahrungen gemacht, folglich heißt es in unserer Familie, man solle sich von Paris fernhalten.«

»Vielleicht hat es deshalb zwischen deinen Eltern gefunkt«, sagte er mit einem noch breiteren Grinsen. »Wegen ihrer gemeinsamen Abneigung gegen diese Stadt.«

»Ha, sehr witzig«, gab sie zurück, doch sie lachte dabei. »Ich möchte sie auf alle Fälle herumführen, ihnen das echte Paris zeigen, nicht nur die üblichen Touristenorte. Allerdings komme ich nicht aus Paris, du hingegen ...«

»Ich hingegen bin ein *plouc* aus der Provinz, ein Landei«, vervollständigte er ihren Satz, »aber ich gebe mein Bestes, um so zu tun, als wäre ich ein waschechter *Parisien*.«

Gabi zog amüsiert eine Augenbraue in die Höhe. »Das muss genügen. Bist du bereit?«

»Wozu?«, fragte er neckend, doch als er ihre leicht gerunzelte Stirn bemerkte, zog er sie in seine Arme und sagte in ihre Haare: »Du meinst, ob ich einen Plan aushecken werde, um deine Eltern dazu zu bringen, sich in Paris zu verlieben, nur um dich lächeln zu sehen? Ob ich nicht nur die nächste Woche mit dir verbringen möchte, sondern auch all die, die darauf folgen? Ja, dazu bin ich bereit. Ja und nochmals ja.«

»Oh, Max«, flüsterte sie. Voller Freude reckte sie ihm ihr Gesicht entgegen, und sie küssten sich zärtlich, geborgen in den Armen des anderen.

Sylvie konnte ihn an einem Fenstertisch sitzen sehen, ein Glas Whisky vor sich. In Frankreich war Whisky die beliebteste Spirituose, doch Claude würde es nicht im Traum einfallen, sich mit einer der gängigen Marken zu begnügen. Bestimmt hatte er sich wieder das Ultraschickste aus der kleinstmöglichen Craft-Destillerie bestellt. Er hatte sie noch nicht gesehen, denn er hielt den

Blick aufs Handy gerichtet und tippte offenbar eine Textnachricht ein. Aber nicht an Sylvie, denn ihr Telefon blieb stumm. Ob er der Blonden schrieb? Ein Anflug von Übelkeit erfasste sie. Sie sah ihn so, wie jeder andere ihn sehen würde: kunstvoll gepflegter silberner Schopf, über das Handy gebeugt; teures Leinenjackett, nonchalant auf der Stuhllehne drapiert; Snob-Whisky auf dem Tisch vor ihm; voll und ganz überzeugt von dem ihm gebührenden Platz auf der Welt. Sie fühlte sich, als würde sie einen Fremden betrachten. Was hatte *sie* mit diesem Fremden zu tun?

Beinahe hätte sie kehrtgemacht und wäre davongegangen, doch dann sah er auf, entdeckte sie und winkte. Auf seinem Gesicht lag ein Lächeln, das zweifelsohne der vorangegangenen Textnachricht geschuldet war – wem auch immer sie gegolten haben mochte.

Sie schob die Tür zur Bar auf und ging direkt zu seinem Tisch.

»Hallo«, sagte er. Nun galt das Lächeln ihr. »Was möchtest du trinken?«

»Nichts, danke.« Sie warf einen Blick auf sein Handy, das er mit dem Display nach unten auf den Tisch gelegt hatte. Natürlich. Er wollte nicht, dass sie mitbekam, womit er beschäftigt gewesen war.

Er zog eine Augenbraue in die Höhe und fragte: »Gar nichts? Nun, dann setz dich doch wenigstens.«

»Nein. Es wird nicht lange dauern, Claude.«

Er nahm einen Schluck Whisky, augenscheinlich gelassen, doch ihr entging nicht, wie sich sein Blick verfinsterte. »Sei nicht albern, Sylvie. Was immer du mir zu sagen hast – und ich kann mir vorstellen, was es ist –, wird nicht besser, wenn du stehen bleibst. Also setz dich.«

Ein scharfer Unterton schwang in seiner Stimme mit, der ihre Kopfhaut zum Kribbeln brachte. Sie setzte sich wortlos und spürte Übelkeit in sich aufsteigen. Nicht wegen dem, was er gesagt hatte, sondern weil es jetzt kein Zurück mehr gab.

»Siehst du? Ist doch gar nicht schwer«, sagte er und trank einen Schluck Whisky. »Und? Wirst du mir jetzt mitteilen, dass du Schluss machen willst? Deshalb bist du doch gekommen, oder nicht?«

Sie antwortete noch immer nicht, stattdessen sah sie ihn einfach nur an.

»Verstehe«, sagte er. »Du möchtest, dass ich mich unwohl fühle. Damit du dir nicht so schlecht vorkommst, wenn du eiskalt mein Herz brichst.«

Ihre Mundwinkel zuckten voller Ironie in die Höhe, doch noch immer sagte sie nichts.

»Nun, da du dich offenbar weigerst zu sprechen, möchte ich dir Folgendes sagen ...« Seine Hand schloss sich fester um das Whiskyglas. »Du magst mir vielleicht das Herz brechen, aber meinen Willen brichst du nicht, so wie du es von Anfang unserer Beziehung an versucht hast.«

Sylvie schüttelte den Kopf, in ihren Augen blitzte Verachtung auf, doch noch immer sagte sie kein Wort. Sie sah, dass ihr Schweigen anfing, ihn zu irritieren. Er wurde gereizt, ja, aber er schien sich auch unbehaglich zu fühlen.

»Du wolltest alles, nicht wahr?«, fuhr er fort. »Konntest dich nicht mit meinem Herzen, meinem Körper zufriedengeben – du wolltest auch meine Erinnerungen, mein Leben. Du wolltest mich besitzen. Konntest nicht ertragen, dass ich vor dir ein Leben hatte, wolltest, dass ich mich von allen Menschen aus meiner Vergangenheit lossage ...«

»Von Marie-Laure, meinst du?«, unterbrach sie ihn.

»Ja. Und von anderen.« Er errötete, als hätte sie ihn kalt erwischt. Aber er war noch nicht fertig. »Dennoch hast du mir nichts dergleichen zurückgegeben. Denn das tust du nie, oder? Alles, was dir etwas bedeutet, ist dein armseliges Unternehmen – und vielleicht noch dein Sohn, wenngleich ich mir selbst da nicht ganz sicher bin. Du bist eiskalt, Sylvie, ich glaube nicht, dass du überhaupt ein Herz hast.«

»Ich habe dich heute gesehen.« Ihre Übelkeit war verflogen. Es gelang ihr, trotz der Bitterkeit, die stattdessen in ihr aufstieg, eine ruhige Stimme zu bewahren.

Er starrte sie verwirrt an. »Geht es dir gut? Selbstverständlich hast du mich gesehen. Hier. Jetzt.«

»Am Mittag. Im fünften Arrondissement. Du warst nicht allein.«

Er schwieg. Jetzt war es an ihm, sprachlos zu sein.

»Ich bin gekommen, um dir das zu sagen.« Sie stand auf. »Du kannst vögeln, wen du willst. Tun, was du willst. Du bist frei. Lebwohl, Claude. Ich möchte dich nie wiedersehen und auch nichts von dir hören.«

»Jetzt warte doch mal ...« Er sprang auf. »Das kannst du doch nicht machen, du kannst nicht einfach gehen ...«

»Nicht?«, fragte sie spöttisch und verließ mit energischen Schritten die Bar, während er ihr wütend irgendwelche unzusammenhängenden Dinge nachrief. Als sie draußen am Fenster vorbeiging, sah sie, wie der Barkeeper mit ausgestreckten Armen hinter der Theke hervorkam. *Ich hoffe, du versuchst, ihm eins zu verpassen, und er schlägt dich nieder*, dachte sie vor Rache schnaubend, *ich hoffe, dass dein hübsches Jackett anschließend voller Blut ist, genau wie dein ach-so-weißes Hemd, ich hoffe, der Barkeeper ruft die Polizei ...* Die weiß glühende Wut in ihr kam einem Hochgefühl gleich, das sie über mehrere Blocks aufrecht hielt. Dann wurden ihre Beine wacklig, und sie musste sich auf eine niedrige Mauer setzen. Ihre Brust schmerzte, und ihr Mund schmeckte plötzlich so stark nach Galle, dass sie meinte, sich übergeben zu müssen.

Wie hatte sie nur so lange mit ihm zusammenbleiben können? Wieso hatte sie ihn nicht so gesehen, wie er war – ein Narzisst, dessen verqueres Selbstwertgefühl dazu führte, dass er die Menschen um sich herum nicht wirklich wahrnahm? Weder sie noch

Marie-Laure noch die Blonde, wer immer sie sein mochte. Dabei ging es gar nicht nur um Frauen, sondern um alle Menschen. Die verächtliche Art und Weise, mit der er über Serge gesprochen hatte, die Kommentare über Julien, ihre Schülerinnen und Schüler, ihre Freundinnen und Freunde, sogar über Fremde, die ihm zufällig auf der Straße begegneten – Kommentare, die er für witzig hielt, die in Wirklichkeit aber einfach nur gehässig waren, fiese Bemerkungen, seiner krankhaften Selbstliebe entsprungen. Warum hatte sie das nicht vorher erkannt? Nun, vielleicht hatte sie das, hatte sich unwohl gefühlt, doch sie hatte nicht wirklich hinterfragt, was das bedeutete. Was es *wirklich* bedeutete. Sie hatte die Augen verschlossen, von Beginn an, weil sie sich von seinem guten Aussehen, seinem Charme, seiner Selbstsicherheit und natürlich vom Sex mit ihm hatte blenden lassen.

Doch vor einer Weile hatte sie angefangen, sich zu entlieben, das war ihr nun bewusst. Dass sie ihm das Ultimatum bezüglich Marie-Laure gestellt hatte, weil sie ihre Beziehung auf eine festere Basis heben wollte … Wie verblendet sie gewesen war! Oder auch nicht, vielleicht hatte sie unterbewusst geahnt, dass er dann sein wahres Gesicht zeigen würde: nicht als treuer Liebhaber, sondern als der Narzisst, der er in Wirklichkeit war. *Ich sollte froh sein, dass ich die Wahrheit kenne,* dachte sie, doch in ihrem Herzen war keine Freude, auch kein Zorn mehr, nur eine große Erschöpfung, die ihr den Rückweg zu ihrem Appartement lang erscheinen ließ.

Als sie vor ihrer Wohnung stand, sah sie Licht unter Serges Tür, aber sie klopfte nicht. Das war nicht die richtige Zeit, ihm in die Arme zu fallen, um ihren Unmut und Schmerz auszublenden. Es wäre ihm gegenüber nicht fair gewesen.

Als sie später ins Bett kroch, nachdem sie sich ein Abendessen aus Resten zubereitet und mit halbem Auge zwei Folgen *Lupin* angeschaut hatte, lag sie noch eine ganze Weile wach, bevor sie endlich einschlief.

VIERUNDDREISSIG

Partnerstadt von Robinvale stand auf einem Schild am Ortseingang der Gemeinde Villers-Bretonneux. Die Erwähnung der kleinen Stadt im Nordwesten des australischen Bundesstaates Victoria war nur eines der Zeichen für den Einfluss, den die Australier während des Ersten Weltkriegs an der Somme gehabt hatten. Das Museum in der alten Schule, die mit Spenden aus Victoria nach dem Krieg wiederaufgebaut worden war, war voller ausdrucksstarker Gesichter, die den Betrachtenden von alten Schwarz-Weiß-Fotografien entgegenblickten. Fotografien nicht nur von Krieg und Tod, sondern auch von Mahlzeiten und Zusammenkünften und einheimischen Kindern, die neugierig die großen, draufgängerisch wirkenden jungen Männer betrachteten, die von der anderen Seite des Globus gekommen waren, um zu kämpfen. An den Wänden befanden sich Regale mit Schnitzereien von australischen Tieren und ein Schild, das stolz auf Französisch und auf Englisch verkündete: *Vergesst Australien nie!*

Kate war zu Tränen gerührt. Es fühlte sich so intim an – anders als der riesige Friedhof beim Australischen Ehrenmahl ein kleines Stück außerhalb von Villers-Bretonneux, den sie zuvor besucht hatten. Die endlosen Reihen von Grabsteinen, die sich über die grünen, sanft gewellten Hügel zogen, raubten einem den Atem. Was für ein gewaltiges Ausmaß, was für eine stumme und doch so anschauliche Erinnerung an dieses Massengemetzel! Hier dagegen, in diesem kleinen, ruhigen Museum – sie und Arnaud waren momentan die einzigen Besucher –, waren es die Geschichten der Einzelnen, die einem ans Herz gingen.

»Es ist so schwer zu verstehen«, sagte sie kopfschüttelnd. »So ein unfassbar sinnloser Krieg, der nichts gelöst hat. Warum haben die Menschen nicht rebelliert, sich geweigert zu kämpfen? Warum sind sie nicht einfach davongerannt?«

»Weil sie dann erschossen worden wären«, antwortete er. »Feiglingen und Deserteuren wurde keine Gnade zuteil. Jedenfalls nicht in Frankreich.«

»Dann wurde man also getötet, wenn man sich der Schlacht entziehen wollte. Und wenn man blieb, wurde man mit ziemlicher Sicherheit ebenfalls getötet«, stellte Kate bedrückt fest.

»Ja«, sagte Arnaud. »Den Soldaten blieb keine Wahl.«

»Aber bei den Australiern war das doch anders«, wandte sie ein und deutete auf die Fotos, von denen sie umgeben waren. Sie dachte an ihren Urgroßvater, den sie nie kennengelernt hatte. »Sie wurden nicht eingezogen. Sie kamen freiwillig, und sie wurden nicht erschossen, wenn sie versuchten zu fliehen. Sie kamen ins Gefängnis. Also ...«

»Manchmal ist es nicht so einfach, wie es aussieht«, sagte er leise. »Selbst wenn sie nicht eingezogen wurden, gab es Möglichkeiten, sie zum Einsatz in Frankreich zu zwingen. Manchmal war es auch genau das, was Familie, Freunde oder die Gesellschaft von einem erwarteten ...«

Möglicherweise lag es an dem versonnenen Ausdruck in seinen Augen, dass Kate herausplatzte: »Hat dich jemand gezwungen, zur Armee zu gehen? Ich meine, warum bist du ...« Sie verstummte, entsetzt über sich selbst. Welches Recht besaß sie, ihm derartige Fragen zu stellen? »Es ... es tut mir leid«, stammelte sie. »Entschuldige bitte.«

Er hielt ihren Blick fest. »Da gibt es nichts zu entschuldigen«, entgegnete er ruhig. »Du hast das Recht zu fragen. Niemand hat mich gezwungen. Ich bin zur Armee gegangen, um von meiner Familie wegzukommen – was kein guter Grund war. Und ich bin geblieben, weil ich bleiben musste. Nicht, weil man mich dazu gebracht hat, sondern weil ... Nun, ich nehme an, es ging mir um meinen Stolz.« Er lächelte. »Ebenfalls kein guter Grund. Und nicht besonders klug.«

Sie schluckte. »Hast du es bereut? Ich meine ...«

»Nein, wäre ich nicht geblieben, hätte ich niemals meine Ex-Frau kennengelernt. Und dann wäre mein Sohn nicht auf die Welt gekommen. Das kann ich nicht bereuen.«

Ihre Kehle wurde eng. »Auch nicht, als sie ... als sie gegangen sind?«

»Nein«, erwiderte er schlicht.

»Und doch hast du nicht versucht ...« Sie wusste, dass sie sich auf schwieriges Terrain wagte, doch sie musste herausfinden, was er wirklich empfand.

»Sie zu finden?«, beendete er den Satz für sie. »Ich denke oft an ihn. Aber ich weiß nicht, ob es gut ist, fair ist, wenn ich versuche, ihn zu finden. Nicht gut für ihn, meine ich. Nach all der Zeit.«

»Ach Arnaud«, sagte Kate und spürte eine Mischung aus Hoffnung und Furcht in sich aufsteigen – Furcht, das Falsche zu sagen, Hoffnung, dass ihr irgendwie das Richtige einfallen würde. »Was, wenn er nach dir suchen würde? Was, wenn es gut für ihn wäre, dich zu finden?«

Er sah sie verdutzt an, dann sagte er: »Das würde er bestimmt nicht tun. Nach mir suchen, meine ich.«

»Warum nicht?«, fragte sie. »Woher willst du das wissen? Du kennst ihn doch gar nicht ...«

In seinem Blick flackerte Traurigkeit auf. »Nein. Ich kenne ihn nicht ...«

Kate war es unangenehm, ihn zu drängen, aber sie hatte das Gefühl, dass es sein musste. »Wie kannst du dir da so sicher sein?

Wenn du nicht versuchst, ihn ausfindig zu machen, wirst du niemals erfahren, ob er dich sehen möchte oder nicht.«

Schweigen senkte sich auf sie herab. Dann lächelte Arnaud, ein aufrichtiges Lächeln, das seine Augen erreichte. »Du bist eine starke Frau, Kate. Du bist niemand, der aufgibt, das weiß ich.«

»Ich gebe nur auf, wenn ich weiß, dass es sich nicht lohnt, auf etwas zu bestehen«, erklärte sie mit Nachdruck. »Aber wenn nötig, kämpfe ich. Und ich denke, das ist es wert. *Du* bist es wert.« Der Bruchteil einer Sekunde, der Kate endlos lang vorkam, verstrich.

Aufgewühlt und aufgeregt wegen dem, was sie gerade eben gesagt hatte, wartete sie auf seine Reaktion, und endlich hellte sich sein Gesicht auf und er erwiderte leise: »Ich hoffe, du hast recht. Oh, ich hoffe so sehr, dass du recht hast.« Und dann machte er einen großen Schritt auf sie zu und zog sie in seine Arme. So verharrten sie für einen langen Moment, Herz an Herz. Bis Nina, die mehr oder weniger brav in einer Ecke gesessen hatte, aufstand und sich zwischen sie drängte. Lachend lösten sie sich voneinander.

»Ich glaube, sie versucht, uns etwas zu sagen.« Kate schmunzelte.

»Ja, und zwar dass es Zeit wird, zum Mittagessen nach Amiens zu fahren«, pflichtete Arnaud ihr bei. Gemeinsam folgten sie der kleinen Hündin, die energischen Schritts aus dem Museum und die Stufen hinunter ins Freie trabte.

Amiens hatte unscheinbare Außenbezirke, aber ein hübsches Stadtzentrum mit einer imposanten gotischen Kathedrale und pittoresken Häusern entlang des Somme-Kanals. Mittendrin lag ihr Hotel.

Im Auto hatte Arnaud Kate unaufgefordert etwas mehr über seine Familie erzählt – er kannte Amiens gut, weil er als Kind bis zum Tod seiner Mutter dort gelebt hatte. Als sie starb, war er elf gewesen, und sein Vater hatte nur ein Jahr später wieder geheiratet. Danach war alles anders geworden, sagte er, und es war klar, dass er damit nicht nur den Ortswechsel meinte. Kate dachte daran, dass er zur Armee gegangen war, um von seiner Familie fortzukommen, und fragte nicht nach. Sie wollte ihn nicht unter Druck setzen. Er würde sich ihr öffnen, wenn er bereit dazu war. Sie hatte ihm bewusst nicht erzählt, was Pete über seine Nachbarn gesagt hatte. Sie musste den richtigen Zugang finden, den richtigen Moment, und er war auch im Museum noch nicht gekommen. Aber er *würde* kommen, das wusste sie. Sie war glücklich, so einfach war das. Sie befand sich in Arnauds Gesellschaft, und es war ein herrlicher, milder Tag, der ihr ein Gefühl von Urlaub, von Freiheit vermittelte. Außerdem, das musste gesagt werden, trug sie das neue Outfit, das sie in der Galerie Vivienne gekauft hatte und das sich angenehm an ihre Haut schmiegte, bequem und doch elegant. Alles fühlte sich richtig an.

Sie aßen in einem kleinen Lokal in der Nähe der Kathedrale zu Mittag, und beide bestellten das Gleiche: die besten Muscheln, die Kate je gegessen hatte. Sie bekamen einen ganzen Topf voll, köstlich duftend, in einer leichten Weißwein-Sahne-Soße, die sie mit großen Stücken Sauerteigbrot aufsaugten. Dazu gab es einen leckeren Feldsalat mit Kräutern und einer würzigen Vinaigrette. Nina wurde nach guter französischer Art ebenfalls willkommen geheißen und war ein gern gesehener, wohlerzogener Gast. Ihre Schüssel stand ordentlich neben ihren Stühlen, und sowohl die Kellner als auch die anderen Gäste blickten immer wieder lächelnd in ihre Richtung.

Das Dessert, das sie anschließend am Wasser zu sich nahmen, bestand aus den köstlichen kleinen Erdbeertörtchen, die Kate aus Paris mitgebracht hatte. Das war *douceur* im wahrsten Sinne des Wortes, dachte sie glücklich. Nicht nur die *tartelettes*, sondern das alles, der ganze bisherige Tag.

Am Nachmittag fand der dreistündige Workshop statt, und Kate stellte erfreut fest, dass Arnaud sein Publikum zu begeistern wusste. Im Anschluss gingen sie zusammen mit drei weiteren Touristen und einem *guide* an Bord eines Ausflugsboots zu einem einzigartigen, wundervollen Ort, den *hortillonnages* – ein Zungenbrecher, den auszusprechen Kate nicht mal in Erwägung zog. Es handelte sich um eine Reihe von Gartenparzellen, kleine grüne Inseln, nur vom Wasser aus erreichbar, auf denen die Einwohner von Amiens Blumen oder Gemüse anpflanzten oder einfach in der Sonne entspannten, und das alles in einem ehemaligen, sumpfigen Flussbett der Somme, das sich kilometerweit erstreckte. Das Boot glitt geräuschlos dahin, wie eines von den elektrischen, mit denen sie vorige Woche in Paris unterwegs gewesen waren. Hier jedoch waren sie aus der lärmigen Geschäftigkeit einer modernen Stadt in einen Miniatur-Archipel geraten, eine lebendig gewordene Fantasiewelt. Die Touristenführerin erzählte ihnen die Geschichte des Ortes und der Menschen, die ihn erschaffen hatten, und als sie verstummte, sagte keiner ein Wort. Es war so still, dass Nina einschlief. Und als Arnaud den Arm um Kates Schultern legte, kuschelte sie sich wie selbstverständlich an ihn und spürte die Wärme seines Körpers, so dicht an ihrem in dieser versteckten grünen Welt. In seiner Gegenwart fühlte sie sich vollkommen entspannt.

Am Abend aßen sie eine einfache Suppe in einem kleinen Lokal am Kanal, und als es Zeit wurde, ins Hotel zurückzukehren, umarmten sie einander auf dem Gang und wünschten sich eine gute Nacht, doch keiner lud den anderen in sein Zimmer ein. Und so war es gut. Beide waren noch immer verletzt und misstrauisch aufgrund der Erfahrungen aus der Vergangenheit. Fürs Erste war das, was sie miteinander teilten, genug.

Weil Kate noch nicht nach schlafen zumute war, schrieb sie noch eine Weile in ihr Notizbuch, über *tartes* und *douceur,* anschließend sah sie sich einen Film an. Es war schon nach elf, sie machte sich gerade bettfertig, als eine Textnachricht auf ihrem Handy aufpoppte.

Die Nachricht war von Leah.

> Hast du das gesehen?

Es folgte der Screenshot eines kurzen Artikels mit der Überschrift

> RESMOND-FALL SOLL AUSSERGERICHTLICH BEIGELEGT WERDEN.

Kate überflog den Beitrag. Knapp zusammengefasst stand darin, dass Resmond und Jamie Noura sich darauf verständigt hatten, sich außergerichtlich zu einigen. Einzelheiten waren nicht bekannt.

> Das ist der bestmögliche Ausgang

schrieb Kate zurück, und Leahs Antwort kam umgehend.

> Möglich, aber findest du nicht, es klingt etwas dubios? Was hat Josh vor?

Kate, die an das Gespräch dachte, das sie kürzlich mit ihm geführt hatte, textete zurück:

> Dubios ist Joshs zweiter Vorname, aber das ist mir gleich. Es gibt keinen Grund, warum die anderen bei Resmond seinetwegen leiden sollten, daher ist es gut, dass sie sich außergerichtlich einigen.

Sobald sie auf Senden gedrückt hatte, dachte sie: *Möchte ich wirklich nicht, dass die anderen seinetwegen leiden? Wenn ich ehrlich bin, wünsche ich mir doch, dass wenigstens Indira leidet. Sie hat meine Ehe zerstört, zusammen mit Josh.* Dann ruderte sie zurück. *Nein, ich wünsche ihr nichts Böses. Meine Ehe war schon vorher am Ende, ich war mir dessen nur nicht bewusst.* Sollte sie Josh ruhig haben. Sie wünschte Indira viel Glück – sie würde es brauchen.

Du kommst mir sehr entspannt und philosophisch vor.

lautete Leahs Nachricht, die kurz darauf auf dem Display aufpoppte.

Paris tut dir offenbar gut, zumindest siehst du auf deinen Insta-Fotos sehr gut aus.

Kate überlegte kurz, dann schrieb sie:

Ich bin übers Wochenende in Amiens, nördlich von Paris. Mit einem Freund.

Sie konnte förmlich Leahs hochgezogene Augenbrauen sehen, dann pingte ihr Handy und kündigte eine weitere Nachricht von ihrer Schwester an.

Oh, ein Freund! Warum ist er nicht auf den Fotos? Erzähl mir von ihm!

Schmunzelnd tippte Kate:

Irgendwann mal. Du musst dich gedulden. Sag Dad, dass ich heute Morgen die Schlachtfelder an der Somme besucht habe, wo Urgroßvater gekämpft hat. Ich schicke Fotos in die Familien-WhatsApp-Gruppe.

Er wird begeistert sein.

schrieb Leah.

Mist, ich muss aufhören, Billy ist aufgestanden und veranstaltet eine Sauerei. Ich hab dich lieb, Schwesterherz, und viel Glück mit diesem Freund!

Leah schickte ein Herz und ein lachendes Emoji.
Ja, sie war glücklich, dachte sie, als sie sich ins Bett legte und die Augen schloss. So verdammt glücklich, dass es ihr fast unwirklich erschien.

FÜNFUNDDREISSIG

In Paris brach ein strahlender, böiger Samstagmorgen an. Am Tag zuvor hatten Gabi und Max das Wetter kaum wahrgenommen, waren sie doch nur kurz von seinem Appartement zur Bäckerei um die Ecke gegangen, wo sie frisches Brot kauften. Dabei hatten sie gar nicht den ganzen Tag im Bett verbracht, zwischendurch waren sie aufgestanden und hatten geredet, über ihre Erinnerungen, Pläne und Träume. Außerdem hatten sie einige Zeit zusammen in der Küche gestanden und sich gegenseitig mit kleinen Köstlichkeiten verwöhnt. Das war Gabis Idee gewesen, aber Max hatte sofort Gefallen daran gefunden. Sie hatten süße und herzhafte Gerichte zubereitet, traditionelle Familiengerichte und solche, die Gabi vor Kurzem gelernt hatte. Dabei war ein wundervolles, improvisiertes Degustationsmenü herausgekommen, und Gabi hatte viele Fotos gemacht. Sie dachte an die »Hausaufgabe«, die Sylvie ihnen gestellt hatte, und tastete sich gleichzeitig immer näher an ihr neues Kunstprojekt heran.

Max behauptete, er sei entzückt, von Anfang an dabei zu sein, aber er war gerade von allem entzückt. Nicht, dass das bei Gabi viel anders gewesen wäre! Es machte alles so viel Spaß. Viel zu oft wurde »Spaß« als etwas Belangloses, Irrelevantes abgetan, doch das war falsch. Denn Spaß zählte zu den menschlichen Grundbedürfnissen, und zwar im allerbesten Sinne: Spaß war etwas Spielerisches, Erheiterndes, Heilsames und dabei zutiefst befriedigend – für die Sinne genau wie für Herz und Verstand.

Jetzt, am frühen Samstagmittag, spazierten sie durch die geschäftigen windigen Straßen zu dem Mittagessen mit Max' Großmutter. »Bist du bereit?«, fragte er, als sie vor dem schlichten kleinen Restaurant in einer Seitenstraße stehen blieben, das Gabi ausgesucht hatte. Neben dem Eingang stand eine hübsch beschriftete Tafel mit dem *menu du jour*.

»Absolut.« Gabi nickte, darum bemüht, gelassen zu wirken, auch wenn sie wusste, dass sie ihn nicht täuschen konnte. Ja, sie war ein bisschen nervös, aber nicht allzu sehr, weil sie mittlerweile das Gefühl hatte, der Furcht einflößenden alten Dame Paroli bieten zu können. Außerdem wusste sie, dass alles, wofür es sich einzutreten lohnte, zumindest ein bisschen nervenaufreibend war. Auch Max war nervös, das konnte sie ihm ansehen.

Liliane Rousseau de Taverny war bereits dort. Sie saß an einem Tisch in der Mitte des Raumes – eine interessante Wahl, dachte Gabi, als sie dem Kellner folgten. Max' Großmutter sah so makellos aus wie bei ihrer letzten Begegnung, das karamellbraune Haar saß perfekt, genau wie das Make-up, ihre Kleidung war schlicht und elegant. Doch während sie sich dem Tisch näherten, bemerkte Gabi auch bei ihr Anzeichen von Nervosität, denn die Finger von »Madames« beringter linker Hand umklammerten kaum merklich die Tischkante.

Als die alte Dame Gabi und Max sah, stand sie auf, um die beiden zu begrüßen: Max herzlich, Gabi höflich. Sie hatten kaum Platz genommen, als der Kellner ihnen auch schon die Speisekarte reichte, doch sowohl Gabi als auch Max hatten sich bereits für das draußen angeschlagene *menu du jour* entschieden. »Das ist sicher eine gute Wahl«, ließ sich Max' Großmutter vernehmen, wohl mehr als gut gemeinte Geste, nahm Gabi an, als sie Max' Blick begegnete. Denn sie glaubte kaum, dass Liliane das Menü tatsächlich gewählt hätte. Und diese Vermutung nahm ihr nicht nur die Nervosität, die sie nach wie vor verspürte, sondern auch den Groll, den sie insgeheim immer noch gegen die alte Dame hegte.

»Dieser Meinung schließe ich mich an, Madame«, sagte sie daher lächelnd. »Mit klassischen Gerichten kann man kaum etwas falsch machen.«

»Sie würden überrascht sein«, entgegnete Max' Großmutter ein wenig zu vehement, aber mit einem aufrichtigen Lächeln, um zu zeigen, dass sie es nicht böse meinte. »Manche Leute können nicht mal ein Ei kochen. Aber das ist hier nicht der Fall. Ich habe gesehen, wie das *menu du jour* an den benachbarten Tischen serviert wurde, und es sah ganz anständig aus.«

»Zum Glück haben wir dich als unsere Spionin, *mamieli*«, sagte Max, ebenfalls lächelnd. In seiner Stimme schwang Erleichterung mit. Trotz allem, dachte Gabi amüsiert, lag es auf der Hand, dass er einen neuerlichen Schlagabtausch zwischen seiner Geliebten und seiner Großmutter befürchtet hatte. Jetzt, da sich beide offenbar von ihrer besten Seite zeigen wollten, konnte er sich entspannen. Doch weder er noch Gabi hatten vorhersehen können, was seine Großmutter als Nächstes tat.

»Max, ich bitte dich, still zu sein, während ich nun etwas sagen werde«, verlangte sie mit einer Stimme, die keinen Widerspruch duldete. »Gabrielle, ich werde weder Ihre noch meine Zeit damit verschwenden, mich in Erklärungen und Entschuldigungen zu ergehen oder solche zu verlangen. Ich denke, unser beider Anwesenheit in diesem Lokal genügt. Stimmen Sie darin mit mir überein?«

Die beiden Frauen sahen sich für einen langen Moment in die Augen. Dann nickte Gabi bedächtig. »Ja.«

»Gut. Danke.« Die alte Dame streckte eine beringte Hand in Gabis Richtung, und Gabi ergriff sie leicht verwirrt und schüttelte sie. »Ich möchte Ihnen noch für etwas anderes danken als für Ihre Freundlichkeit, Gabrielle«, fuhr sie fort. »Etwas, was ich gerade erst entdeckt habe. Etwas, das ich euch beiden zeigen muss.«

Gabi und Max sahen zu, wie sie sich zu ihrer Handtasche hinabbeugte, die auf dem Fußboden neben ihr stand: eine geschmackvolle Longchamp Bag in weichem, hellbraunem Leder mit einer goldenen Schließe, zeitlos elegant, genau wie sie selbst.

Liliane Rousseau de Taverny zog einen Umschlag heraus und entnahm diesem vorsichtig den Inhalt, den sie auf den Tisch legte: ein kleines Schwarz-Weiß-Foto mit gewellten Rändern, das zwei junge Frauen zeigte. Ein wenig unbeholfen standen sie da und blickten in die Kamera; hinter ihnen konnte man eine Wand erkennen, an der mehrere Bilder hingen. Max nahm das Foto und drehte es um. Auf der Rückseite stand in verblasster Tinte: *Odette, 1938, et? (inconnue)* – Odette, 1938, und? (unbekannt).

»Das Foto habe ich noch nie zuvor gesehen«, sagte Max stirnrunzelnd und drehte es wieder um. »Aber ist das nicht deine Tante, die bei der Résistance war?«

»Ja«, bestätigte seine Großmutter, »und nein, du hast diese Aufnahme ganz sicher noch nicht gesehen, denn sie lag in dem Koffer mit losen Fotografien und irgendwelchem Kram, der seit Ewigkeiten im Keller steht. Ich habe es erst letzte Nacht ausgegraben.« Sie wandte sich an Gabi. »Es handelt sich um ein Familienfoto«, erklärte sie. »Nicht von der Familie Taverny, sondern von meiner Seite.« Sie deutete auf die junge Frau links. »Das ist meine Tante Odette Savin, die jüngere Schwester meines Vaters. Ich habe sie nie kennengelernt, denn sie starb 1941 im Alter von nur vierundzwanzig Jahren. Nach ihrer Festnahme wurde sie von der Gestapo erschossen.«

»Mein Gott, das ist ja schrecklich.« Gabi betrachtete die junge Frau mit den blonden, elegant geschnittenen Haaren und dem glatten, ebenmäßigen Gesicht.

»Das stimmt, aber das ist nicht der Grund, warum ich Ihnen diese Aufnahme zeige. Sehen Sie genau hin.«

Das tat Gabi. Zunächst verstand sie nicht, worauf die alte Dame hinauswollte, doch dann schnappte sie nach Luft.

»Ja«, sagte Madame Rousseau de Taverny. »Mir ist es ebenso ergangen, als ich es realisierte.«

»Als du *was* realisiertest?«, wollte Max wissen, der verwirrt von seiner Großmutter zu Gabi sah.

»Die unbekannte Person«, sagte Gabi leise. »Ich kenne sie. Oder vielmehr: Ich kenne sie durch ihre Arbeit. Es ist Marguerite Yonan.«

Max starrte sie ungläubig an. »Die Künstlerin, deren Zeichnung du gekauft hast?«

Gabi nickte. »Sie sieht um einiges jünger aus als auf den beiden einzigen Fotos, die es noch von ihr gibt, aus ihrer Zeit in Australien. Aber das hier«, sie deutete auf die Frau auf dem Foto, »das ist definitiv sie. Und ich bin mir beinahe sicher …« Sie zog die Augen schmal, um schärfer sehen zu können, und wünschte sich, sie hätte eine Lupe bei sich. Mit einem Räuspern fügte sie hinzu: »Ich bin mir fast sicher, dass es sich bei einem der Bilder an der Wand hinter den beiden genau um diese Zeichnung handelt.« Sie zog ihr Handy hervor, scrollte zu einem Foto, das sie davon gemacht hatte, und legte es neben die Aufnahme. »Seht nur.«

»Das ist schwer zu erkennen«, gab Max zu bedenken, »aber es könnte sein.«

»Das Datum stimmt«, sagte Gabi. »Die Zeichnung entstand im selben Jahr: 1938. Auch die Widmung, *Pour OS, affectueusement, MY*, passt. Sie waren ganz offensichtlich befreundet.«

»Mehr als das, nehme ich an«, sagte Max' Großmutter leise. »*Affectueusement*, in Liebe, mag nur eine Umschreibung gewesen sein. Odette – nun, in der Familie wurde nicht viel über sie gesprochen, und wenn, dann nur als Heldin des Widerstands, worauf man stolz war. Aber es gab Andeutungen, dass sie sich aufgrund sogenannter *unnatürlicher Neigungen* von der Familie entfremdet habe.« Sie wählte ihre Worte mit großer Vorsicht, doch Gabi und Max wussten sofort, was sie damit meinte.

»Sie war lesbisch«, stellte Max fest und zog scharf die Luft ein.

»Und Marguerite war ihre Geliebte«, ergänzte Gabi. Sie dachte an die vorletzte Seite des Kunstwerks, das sie für Max geschaffen hatte. Sie hatte die Seite mit den Worten *Manchmal dient es lediglich dem Schutz, sich zu verstellen* versehen. Sie waren als Kommentar zu ihrem eigenen Dilemma gedacht gewesen, doch nun kamen sie ihr vor wie eine Vorausahnung.

Sie betrachtete noch einmal das Foto, die unbeholfene Pose, den wachsamen Ausdruck in den Augen der jungen Frauen. Wer immer die Aufnahme gemacht hatte, kannte oder billigte die wahre Beziehung der beiden nicht. Marguerite Yonan hatte Frankreich 1939 verlassen, nur ein Jahr, nachdem das Foto entstanden war. Es musste etwas geschehen sein, was zu dieser Trennung geführt hatte. Möglicherweise familiärer Druck. Oder gesellschaftlicher. Vielleicht steckte auch etwas Persönlicheres dahinter. Fest stand nur, dass diese beiden Frauen nie die Chance bekommen hatten, ein gemeinsames Leben zu führen. Nicht zu jener Zeit. »Die Armen«, wisperte Gabi.

»Ja. In der Tat«, pflichtete Max' Großmutter ihr bei. Sie zögerte, dann fügte sie hinzu: »1938 zog Odette nach Paris, von ihren Eltern verstoßen. Die Worte auf der Rückseite – das ist die Schrift meines Vaters. Vielleicht kannte er die Frau neben Odette nicht, doch es ist genauso gut möglich, dass er wusste, wer sie war, und es nur nicht über sich brachte, ihren Namen zu schreiben – genauso wenig, wie er es über sich brachte, eines der wenigen Fotos wegzuwerfen, die er von seiner Schwester besaß. Ein Foto, das er vielleicht sogar selbst geschossen hatte.«

Schweigen senkte sich über den Tisch. Dann sah Gabi von Max zu seiner Großmutter und sagte leise: »Die Zeichnung... Ich habe keine Ahnung, wie sie in diesen Laden gelangen konnte, aber ich denke, sie sollte in Ihre Familie zurückkehren, Madame.«

»Nein«, entgegnete die alte Dame entschieden. »Ich weiß nur davon – oder vielmehr: Es wurde mir nur bewusst –, *weil* Sie diese Zeichnung entdeckt haben. Weil Max mir davon erzählt hat, habe ich den Namen der Künstlerin gegoogelt und online ein Foto von ihr entdeckt. Daraufhin ist mir das Foto meines Vaters eingefallen, das mit der unbekannten Frau.« Sie zögerte. »Ich habe mir schon immer gewünscht, ich hätte Odette kennenlernen dürfen. Außerdem glaube ich, mein Vater hat es sein Leben lang bereut, dass er sich dem Wunsch seiner Eltern gebeugt und seiner Schwester den Rücken gekehrt hat. Die Zeichnung gehört nicht uns, sie gehört Ihnen, Gabrielle. Und vielleicht auch den Menschen in Australien, die Marguerite Yonans Arbeit zu schätzen wissen und gegebenenfalls mehr über sie erfahren möchten.« Sie nahm das Foto mit den beiden jungen Frauen vom Tisch und reichte es Gabi. »Das ist für Sie.«

»Das kann ich nicht annehmen ... Das muss doch kostbar für Sie sein ...«, stammelte Gabi, den Tränen nahe.

»Bitte nehmen Sie es«, bat die alte Dame. Gabi fühlte sich überrumpelt, um nicht zu sagen schockiert: Max' Furcht einflößende Großmutter richtete tatsächlich eine Bitte an sie. »Bitte nehmen Sie es«, wiederholte Liliane Rousseau de Taverny. »Es hat viel zu lange unbeachtet auf dem Boden des Koffers gelegen. Sie werden schon wissen, wo es hingehört.«

Gabi begegnete Max' Blick und sah, wie er kaum merklich nickte. Seine Augen glänzten verdächtig. Sie nahm das Foto. »Danke, Madame«, sagte sie und sah die alte Dame direkt an. »Ich werde mein Bestes tun, um Ihr Vertrauen in mich zu rechtfertigen.«

»Das weiß ich«, sagte Max' Großmutter, jetzt in leichterem Tonfall. »Ich weiß nun auch, was ich von Anfang an hätte sehen müssen: Sie sind ein besonderer Mensch, Gabrielle. Mein Enkel kann sich glücklich schätzen, Ihnen begegnet zu sein.«

Aus einem Impuls heraus griff Gabi nach der Hand der alten Dame und drückte sie. »Genauso glücklich, wie ich mich schätzen kann, ihm begegnet zu sein«, sagte sie. Max nahm ihre andere Hand, und so verharrten sie für einen Moment. Bis der Kellner an ihren Tisch trat.

»Kein Grund zu beten, Mesdames, Monsieur, der Lauchsalat ist heute wirklich exzellent«, verkündete er mit einem frechen, für die Pariser so typischen schiefen Grinsen und servierte ihnen die Vorspeise, woraufhin sie in herzhaftes Gelächter ausbrachen.

Das Leben hat die Angewohnheit, das Ernste mit dem Komischen, das Tiefe mit dem Alltäglichen zu vermischen, dachte Gabi, während sie alle drei nach ihren Gabeln griffen und anfingen, den in der Tat vorzüglichen Lauchsalat zu verspeisen.

SECHSUNDDREISSIG

Am Abend zuvor beim Essen hatte Chris Clements Sylvie mitgeteilt, dass ihrer Erfahrung nach Menschen, die andere Menschen irgendwelchen Schikanen aussetzten, den Groll, den sie hegten, öffentlich machen wollten. Sie ging daher nicht davon aus, dass die entsprechende Person nicht auftauchte. Nun jedoch wartete die Journalistin bereits seit fast einer halben Stunde, und von ihrem sorgfältig gewählten Beobachtungsposten aus konnte Sylvie sehen, dass sie langsam ungeduldig wurde. Immer wieder schaute Chris auf ihre Armbanduhr, aufs Handy oder sah sich um, als könnte sie so die Person, die sie erwartete, heraufbeschwören. Die Cafeteria in den Galeries Lafayette war voller plaudernder, zu Mittag essender Menschen, manche mit Familie, andere mit Freunden. Zahlreiche Gäste drängten sich mit ihren Tabletts zwischen den Tischen hindurch, auf der Suche nach einem freien Platz … und warfen der Journalistin, die allein am Fenster saß, einen auffordernden Blick zu, als wollten sie sagen: *Du hast doch nur eine Tasse Kaffee vor dir stehen, wann gehst du endlich?* Aber sie fragten nicht, denn wenn sie wollte, konnte Chris ausgesprochen abweisend dreinblicken.

Sylvie vermochte Paul Renard nicht zu entdecken, aber sie wusste, dass er sich irgendwo dort drinnen aufhielt. Sie selbst drückte sich vor der Cafeteria herum und tat so, als würde sie die kunstvoll bestückten Regale mit Souvenirs in der Nähe betrachten. Mit ihrer Sonnenbrille und der Baskenmütze kam sie sich ein wenig albern vor, aber sie hatte sich in letzter Sekunde für diese Verkleidung entschieden, nur für alle Fälle. Die dreißig Minuten waren – abgesehen von den ersten fünf – auch für sie nicht gerade schnell verstrichen, und nun wartete sie mit zunehmender Ungeduld und Anspannung darauf, dass die Person, die ihr und ihrer Kochschule derart zusetzte, endlich in Erscheinung trat.

Das Handy vibrierte in ihrer Tasche. Sie zog es heraus und fand eine Textnachricht von Chris vor.

Habe gerade eine E-Mail bekommen. Die Person wird heute nicht kommen. Ich verlasse jetzt die Cafeteria.

Sylvie nahm einen tiefen, abgehackten Atemzug und schrieb zurück:

Sind Sie sicher, dass das kein Trick ist?

Die Antwort kam prompt.

Nein. Ich glaube, sie hatte nie vor, tatsächlich zu erscheinen.

Sylvie konnte sehen, wie die Journalistin ihre Sachen zusammensuchte und aufstand. Sie war noch nicht vom Tisch zurückgetreten, als sich bereits ein Paar mit einem voll beladenen Tablett darauf stürzte.

Sylvie nahm Baskenmütze und Sonnenbrille ab und wollte sich ebenfalls gerade in Bewegung setzen, als sie Paul Renard entdeckte, der aus dem Nichts auftauchte und Chris folgte. Vielleicht dachte er, sie würde sich anderswo mit Wem-auch-immer treffen. *Ich habe nur Chris' Wort – beziehungsweise ihre Textnachricht –, dass sie nicht mehr weiß, als dass die Person nicht kommen wird.* Vielleicht trafen sie sich tatsächlich irgendwo anders. Chris war in erster Linie Journalistin, sie wollte eine Story. Sie wusste nichts von Sylvies Anwesenheit, aber sie ging gewiss davon aus, dass Paul Renard in der Nähe war. *Was soll ich tun?*, überlegte Sylvie. *Soll ich Chris und Paul folgen? Oder ...*

»Ich wusste, dass Sie nicht widerstehen könnten, selbst wenn man Sie gebeten hat, nicht zu kommen.« Die Stimme dicht neben ihrem Ohr ließ Sylvie zusammenfahren.

Sie wirbelte herum und sah eine jüngere Frau, einfach, aber stilvoll bekleidet mit einer gerade geschnittenen Jeans, einem blauen Oberteil mit Blumenmuster und einer schmalen, dunkelblauen Strickjacke. Ihr hellbraunes Haar war mit dunkleren Strähnchen versehen, und sie hätte nett ausgesehen mit ihrem runden Gesicht, wären da nicht ihre verkniffene Mundpartie gewesen und der Hohn – wenn nicht gar ein noch stärkeres Gefühl –, der aus ihren blassblauen Augen blitzte.

Sylvie starrte sie an. Ihr Gegenüber war eine völlig Fremde. Fieberhaft durchforstete sie ihr Gedächtnis. Vergeblich. Sie hatte keine Ahnung, wer um alles in der Welt die Frau war. Deren Worte jedoch andeuteten, dass sie ganz genau wusste, wer Sylvie war.

»Wer sind Sie?«, stieß Sylvie hervor. »Warum sind Sie hier?«

Die Brünette lächelte amüsiert. »Ich denke, die Antwort auf die zweite Frage kennen Sie«, erwiderte sie in leichtem, beinahe beiläufigem Tonfall. »Die erste werde ich Ihnen gleich beantworten. Es wäre allerdings angenehmer, wenn wir sitzen würden, während wir miteinander sprechen.«

Wie in einem Traum folgte Sylvie der Frau zu einem Tisch, der gerade eben frei geworden war. Sie bedeutete Sylvie, Platz zu nehmen, und Sylvie, nach wie vor in diesem benommenen Zustand, zog einen Stuhl hervor und setzte sich.

Die Brünette setzte sich ihr gegenüber und sah Sylvie durchdringend an, als würde sie ein Bewerbungsgespräch mit ihr führen. Sylvie versuchte, sich zu sammeln, und sagte: »*Sie* waren es.

Die schlechten Bewertungen. Die Pizzaböden. Die falschen Beschwerden. Das Trolling ...«

»Ja, hinter alldem stecke ich«, bestätigte die Frau, die blassen Augen fest auf Sylvie geheftet. »Auch hinter dem heutigen Treffen. Ich wusste, dass sich diese Journalistin an Sie wenden würde.« Ihre Lippen zuckten. »Ich war Ihnen die ganze Zeit über mehrere Schritte voraus.«

Sylvie spürte, wie Wut in ihr aufstieg. »Genug. Wer sind Sie?«, fragte sie zähneknirschend.

»Mein Name ist Caroline Lamy«, antwortete die Frau, ohne die Augen von Sylvie zu nehmen.

Die hielt ihrem Blick stand. »Ich habe immer noch keine Ahnung, wer Sie sind. Oder warum Sie mich zur Zielscheibe erklärt haben. Wenn Sie Geld wollen, müssten Sie wissen, dass Sie an der falschen Adresse sind.«

Caroline zuckte mit den Achseln. »Selbstverständlich haben Sie nicht die geringste Ahnung, wer ich bin. Es interessiert Sie ja auch nichts anderes als Ihre egoistischen Belange und Ihr vermeintliches Recht, das zu tun, was immer Sie möchten, ganz gleich, wie sehr Sie andere damit treffen.«

Sylvie verengte die Augen. »Wovon reden Sie? Wenn Sie eine unzufriedene Kursteilnehmerin sind oder eine Konkurrentin ...«

»Ihre Kochschule ist wirklich das Einzige, was Sie interessiert, nicht wahr, Sylvie Morel? Dann war es richtig, Ihr Unternehmen ins Visier zu nehmen. Damit Sie spüren, wie es ist, das zu verlieren, was man am meisten liebt.«

Sylvies Magen brannte. Es ging also nicht ums Geschäft. Es ging um etwas Persönliches. Sie hielt die Luft an, als ihr plötzlich ein Gedanke kam, dann atmete sie langsam aus und sagte: »Es geht um Claude.«

Caroline klatschte affektiert in die Hände. »Bravo. Endlich sind Sie darauf gekommen.«

Sylvie lachte auf. »Die ewig gleiche alte Leier: Sie wurden von Claude abserviert oder möchten mit ihm zusammenkommen. Und nun versuchen Sie, die Konkurrentin auszuschalten, indem Sie mein Unternehmen bedrohen. Die Sache ist jedoch die«, fügte sie hinzu und beugte sich über den Tisch, »Ihre Bemühungen laufen ins Leere. Sie können Claude gern haben. Zwischen uns ist es aus.«

Zum ersten Mal wirkte Caroline Lamy verunsichert, wenngleich nur kurz. Ihre Lippen verzogen sich zu einem höhnischen Grinsen. »Ich habe kein Interesse an Claude. Mir geht es nur um eins.« Sie hielt inne, dann fuhr sie mit veränderter Stimme fort: »Er ist mit meiner Schwester verheiratet.«

Für einen Augenblick war Sylvie sprachlos. Dann sagte sie verblüfft: »Ich wusste nicht, dass Marie-Laure eine Schwester hat.«

»Selbstverständlich nicht. Sie haben sich ja nie die Mühe gemacht, etwas über Marie-Laure in Erfahrung zu bringen. Unsere Mutter starb, als ich noch sehr jung war, und meine Schwester hat sich immer um mich gekümmert. Und jetzt kümmere ich mich um *sie*.«

Ein unerwartetes Gefühl stieg in Sylvie auf, ein Anflug von Mitleid. Leise sagte sie: »Aber Ihre Schwester ist Claudes *Ex*-Frau. Die beiden sind seit über einem Jahr geschieden. Sie ist nur schwer damit zurechtgekommen. Claude hat mir alles darüber erzählt.«

Caroline schnaubte. »Und Sie haben ihm geglaubt. Wie naiv sind Sie eigentlich? Vielleicht wollten Sie auch nur die Komplikationen vermeiden, die eine Affäre mit einem verheirateten Mann mit sich bringt, im Gegensatz zu den anderen Schlampen, denen das völlig egal war. Er wird das ziemlich schnell gemerkt haben. Deshalb hat er es bei Ihnen ja auch mit einer anderen Taktik probiert, hat behauptet, er wäre geschieden, und seine Ex würde ihm das Leben schwer machen. Ich wette, er hat Sie nie zu sich nach

Hause eingeladen, sondern sich immer irgendeine Ausrede einfallen lassen, warum Sie sich woanders treffen mussten.«

Sylvie schluckte. Ihr wurde übel, als sie erkannte, wie blind, wie vertrauensselig sie gewesen war. Sie sah die Frau ihr gegenüber an und sagte ruhig: »Ich verstehe nicht ... Wenn Sie all das wissen, warum attackieren Sie dann *mich*, nicht ihn? Er ist derjenige, der Ihrer Schwester Leid zufügt. Nicht ich.«

»Hören Sie sich eigentlich selbst zu?«, fragte Caroline aufgebracht. »Mir ist bewusst, dass Claude Ihnen Lügen über Marie-Laure erzählt hat, aber Sie haben sich nicht die Mühe gemacht, seine Behauptungen zu überprüfen. Herauszufinden, ob es wahr ist, was er sagt. Und warum nicht? Weil es Sie nicht interessiert. Dabei sind Sie doch angeblich eine anständige Frau! Sie sollten sich schämen.«

Sylvie hatte genug. »Weiß Ihre Schwester, was Sie getan haben?«, fauchte sie. »Hat sie Sie gebeten, ihre Kämpfe für sie auszufechten?«

»Das muss sie nicht«, erwiderte Caroline gepresst. »Sie ...«

»Schluss«, sagte Sylvie und hob eine Hand. »Sie bewirken gar nichts mit Ihrem Handeln, begreifen Sie das nicht? Sie räumen die eine Geliebte aus dem Weg, und er schnappt sich gleich die nächste. Ich habe ihn kürzlich auf der Straße gesehen, mit einer anderen. Er hat längst eine neue Affäre. Also: Was haben Sie verändert? Haben Sie irgendetwas für Ihre Schwester bewirkt?«

Caroline wirkte schuldbewusst, doch dann fasste sie sich wieder. Trotzig stieß sie hervor: »Ich habe die Beziehung zwischen ihm und Ihnen beendet. Das ist es, was zählt.«

»*Ich* habe die Beziehung beendet, nicht Sie«, stellte Sylvie klar, doch die andere Frau nahm keine Notiz von ihren Worten.

»Sie waren anders als die anderen. Die waren *Flittchen*«, sie sprach das Wort mit französischem Akzent aus, »und die hatte er schnell satt. Doch von Ihnen war er fasziniert – oder vielmehr von

Ihrem Erfolg –, auch wenn ich wusste, dass er es genauso schnell satthaben würde, dass Sie sich nicht voll und ganz auf ihn konzentrierten.« Sylvie zuckte leicht zusammen. »Außerdem war ich mir sicher, dass Sie der Typ Frau sind, der ein respektvolles Verhalten verlangt. Nicht zwingend eine Ehe, aber eine aufrichtige Beziehung. Sie haben Druck auf ihn ausgeübt, und er ist schwach. Daher dachte ich, es bestünde eine kleine Chance, dass er Marie-Laure nicht verlässt, wenn er merkt, dass Sie Ihrer Kochschule mehr Beachtung schenken als ihm – vor allem dann, wenn diese unter Beschuss gerät. Meine Schwester ist ein liebenswerter Mensch, hilflos. Claude und sie sind schon so lange zusammen. Sie liebt ihn, trotz allem, was er getan hat. Es bräche ihr das Herz, wenn er die Scheidung einreichen würde. Wie könnte ich das zulassen?«

Sie schwiegen, dann seufzte Sylvie und sagte matt: »Herrgott noch mal, Caroline! Sie wäre ohne ihn so viel besser dran. Das müssen Sie doch wissen, wenn Sie sie wirklich lieben.«

»Sie verstehen das nicht. Sie *können* das nicht verstehen, denn Sie wissen nicht, was Liebe ist, Sylvie Morel«, schleuderte Caroline ihr entgegen. »Ihr Unternehmen bedeutet Ihnen so viel mehr, als Claude Ihnen je bedeutet hat. Vermutlich hat Ihnen noch nie ein Mensch so viel bedeutet wie Ihre Kochschule.«

Sylvie stand auf. »Wissen Sie was?«, entgegnete sie. »Sie klingen genau wie er. Ich bedaure Ihre Schwester, und zwar aufrichtig. Claude *und* Sie, mein Gott, welche Chance hat sie bei Ihnen beiden? Und genau aus diesem Grund werde ich nichts gegen Sie unternehmen, um ihretwillen, und zwar *ausschließlich* um ihretwillen. Ich werde mich nicht an die Polizei oder die Medien wenden. Ich werde nicht einmal meiner Journalistenfreundin Chris Clements erzählen, was passiert ist, auch nicht dem Privatermittler, den ich engagiert habe und der kurz davorstand, Ihre Identität aufzudecken.« Sie sah, wie sich Carolines Augen weiteten, und realisierte, dass die Frau nichts von Paul Renard gewusst hatte.

»Vorausgesetzt, von jetzt an läuft es so, wie ich es will. Ich werde die Cafeteria verlassen. Sie werden die Cafeteria verlassen. Das Ganze hat keinerlei Auswirkungen. Sollte es jedoch weitere Versuche geben – ganz gleich, welcher Art –, mich oder meine Kochschule zu diskreditieren, weiß ich, dass Sie dafür verantwortlich sind. Und dann werde ich keine Gnade walten lassen. Dann werden Sie und Claude die Konsequenzen spüren. Sie haben es beide verdient.« Sanfter fügte sie hinzu: »Ihre Schwester hingegen hat es nicht verdient, trotzdem würde sie in den Schlamassel hineingezogen werden. Möchten Sie wirklich, dass das passiert?«

Caroline zuckte sichtlich zusammen und drehte den Kopf zur Seite. »Nein«, murmelte sie.

»Dann verstehen wir uns also?«

Caroline nickte.

»Leben Sie wohl«, sagte Sylvie und stand auf. »Auf dass sich unsere Wege nie wieder kreuzen.«

»Das hoffe ich tatsächlich inständig«, pflichtete Caroline ihr mit hohler Stimme bei.

»Wissen Sie ...«, sagte Sylvie nachdenklich. »Sie könnten Ihrer Schwester wirklich helfen. Wenn Sie nur den Mut dazu hätten.« Und ohne ein weiteres Wort, ohne sich noch einmal umzudrehen, verließ sie die Cafeteria.

Sie stieg nicht in die Metro, sondern legte den fast einstündigen Weg bis zur ihrem Appartement zu Fuß zurück, um den Kopf freizubekommen. Oh, sie hätte ihre Zeit damit verschwenden können, sich in Bedauern über ihre Fehler zu ergehen, in Wut über alles, was geschehen war, in Abscheu gegenüber Claude, in Mitgefühl für Caroline und Marie-Laure. Doch stattdessen ging sie lieber spazieren und dachte über ihre Zukunft nach, in dem Wissen, dass sie, sobald sie wieder zu Hause war, an Serges Tür klopfen würde. Ihm alles erzählen würde. Ohne Ausflüchte oder Vorbehalte.

SIEBENUNDDREISSIG

Es war Donnerstag, und der Kurs hatte sich zum letzten Mal in der Küche versammelt, um sich auf das Abschlussessen vorzubereiten, zu dem jeder einen Gast eingeladen hatte, wie es in der Kochschule Morel seit jeher Tradition war. In den Tagen zuvor hatten sich alle ausführlich mit den süßen Freuden befasst, die gemeinhin als Finale einer gelungenen Mahlzeit galten. Am Montagmorgen hatten alle ihre *douceur*-Ideen vorgestellt, und am meisten hatte Sylvie Kates geniale Version einer *tarte aux fraises* – einer Erdbeertorte – nebst der kleineren *tartelette*-Variante gefallen. Kates Kreation brachte deutlich zum Ausdruck, dass Paris nicht nur ihr Verständnis von Essen, sondern auch ihre Einstellung zum Leben verändert hatte.

»Man nehme hervorragende, aber schlichte Zutaten«, erläuterte Kate, »und verwandle sie in etwas so Exquisites, dass es wie ein kleines Wunder erscheint, auch wenn es sich um etwas handelt, das allen jeden Tag zur Verfügung steht. Die Freude am gegenwärtigen Moment und gleichzeitig die Freude darüber zu wissen, dass es immer einen weiteren Moment geben wird: Das ist für mich der Kern von *douceur* und die Quintessenz von allem, was ich hier gelernt habe«, schloss sie unter Beifall.

Die anderen Präsentationen waren ebenfalls sehr gut, angefangen bei Stefans und Anjas lustigem Video, in dem ein junges Lehrmädchen mit blauen Haaren und belgischem Akzent in einer lokalen *patisserie* verschiedene Feingebäcksorten »interviewte«, über Gabis wundervolle Zeichnungen von Menschen, die vor Bäckereien und Konditoreien anstanden, Misakis Fotos von impressionistischen Gemälden, die Menschen an einem Tisch oder beim Picknick zeigten, sowie Petes chaotische Suche nach dem perfekten *macaron* in mehreren, ganz unterschiedlichen Arrondissements bis hin zu Ethans und Mikes Collage mit Fotos und Beschreibungen von Kuchen in den Auslagen diverser *patisseries* nebst ihren jeweiligen Bewertungen. Doch Kates Präsentation war etwas ganz Besonderes: genauso herausragend und schlicht wie die Erdbeer-*tarte,* auf die sie sich konzentriert hatte. Noch während sie sprach, hatte Sylvie an die Idee gedacht, die ihr auf ihrem langen Spaziergang von den Galeries Lafayette zurück zu ihrem Appartement gekommen war und die in ihrem Kopf mehr und mehr Gestalt annahm. Eine Idee, die, so hoffte sie, Früchte tragen würde.

Sämtliche Süßspeisen, die der Kurs in dieser Woche zubereitet hatte, waren von Rezepten aus Sylvies und Damiens Repertoire inspiriert, und jede einzelne davon war eingebettet in eine Geschichte. Es gab eine großartige *crème caramel,* basierend auf einem Rezept von Damiens Tante in seiner Heimat Neukaledonien; eine einfache, sahnige und doch leichte Vanilleeiscreme, deren Zubereitung immer gelang und die auf einer Methode basierte, die Sylvie von einem Schriftsteller gelernt hatte, dessen Lesung sie besucht hatte. Einen *Pithiviers,* an den sich Sylvie aus ihrer Kindheit erinnerte, als sie als Fünfjährige den Namen des köstlichen Kuchens, den ihre Großmutter backte, falsch verstanden und gedacht hatte, er hieße *petit vieux* – kleiner, alter Mann. Erst Jahre später hatte sie realisiert, dass das Gebäck nach einem Städtchen nicht weit von Paris entfernt benannt war. Es gab einen *quatre-quarts,* den guten, alten, goldgelben Rührkuchen, der auf jeder französischen Familientafel gern gesehen und der erste Kuchen war, den Sylvie als Siebenjährige gebacken hatte. Als Kontrast bereiteten sie eine aufwendige Mokkatorte mit mehreren üppigen Buttercremeschichten zu, die der sechzehnjährige Damien fabriziert hatte, um eine Freundin zu beeindrucken. Außerdem gab es eine cremige Schokoladenmousse nach dem Rezept aus einem der abgegriffenen Kochbücher, die er bei sich hatte, als er aus dem Flieger aus Nouméa stieg und zum ersten Mal Pariser Boden betrat, und zu guter Letzt eine *tarte Tatin,* jenen berühmten, »kopfüber« gebackenen Apfelkuchen mit seiner karamellisierten, buttrigen Kruste, der vor Jahren als Symbol bei der Wettervorhersage einer Pariser Boulevardzeitung gedient hatte. Sylvie hatte einen Ausschnitt davon aufbewahrt: *Le ciel en tatin* lautete die Überschrift – was bedeutete, dass der Himmel in Frankreich an diesem Tag Kopf stehen und das Wetter im Süden kalt und nass und im Norden warm und sonnig sein würde.

Jetzt, als alle geschäftig um Sylvie herumschwirrten und sich voller Nervosität darauf vorbereiteten, die Gäste mit ihren neu erworbenen Fertigkeiten zu beeindrucken, wurde ihr bewusst, wie sehr sie diese Menschen vermissen würde – eine Gruppe, bestehend aus völlig unterschiedlichen Persönlichkeiten, die trotzdem ausgezeichnet harmonierte. Man konnte sagen, dass sie die meisten Schülerinnen und Schüler ihrer Schule gemocht hatte, wenngleich nicht alle, dennoch war sie der Ansicht, dass dieser Kurs wirklich ein ganz besonderer war, einer, den sie nie vergessen würde. Vielleicht lag es daran, dass ihre gemeinsame Zeit mit einigen einschneidenden Erlebnissen in ihrem Leben zusammengefallen war – sowohl schlechten wie die Hasskampagne gegen die Kochschule und die hässlichen Geheimnisse, die dadurch ans Tageslicht gekommen waren, als auch guten wie die Erkenntnis, dass der neue wundervolle, liebenswerte Mann an ihrer Seite die ganze Zeit über direkt nebenan gewesen war. Daran zu denken, wie Serges Finger langsam immer tiefer ihren Rücken hinabgewandert waren, ließ sie vor Verlangen erschauern.

Gestern hatte Julien angerufen, als sie gerade zu Serge hinübergehen wollte, und es war ihr ganz natürlich vorgekommen, ihm davon zu erzählen, dass sie sich »jetzt öfter trafen«, wie sie es leicht verschämt formuliert hatte.

»Endlich!«, hatte Julien ausgerufen. »Ich habe mich schon gefragt, wann du endlich zur Besinnung kommst, herzallerliebste kleine *maman,* und den echten Goldschatz vor deiner Nase siehst, statt Rauschgold und Lametta nachzujagen!« Sie hatte der Form halber protestiert und behauptet, das klinge ja ziemlich nach vertauschten Rollen, als wäre er das vernünftige Elternteil und sie das unbesonnene Kind, doch er hatte nur gelacht und gesagt, irgendjemand müsse ja vernünftig sein. Er war immer gut mit Serge ausgekommen, Claude hingegen hatte er nie leiden können. Er gab jetzt sogar rundheraus zu, dass er zum Teil deshalb nach Australien gereist war, weil er nicht in der Nähe dieses Mannes sein wollte – und sie wusste, dass Julien schon als Kind über eine gute Menschenkenntnis verfügt hatte. Serge würde sie vielleicht zu der Hochzeit nach Australien begleiten, hatte sie ihm am Telefon mitgeteilt, vorausgesetzt, er könne sich beruflich freimachen, und Julien hatte gesagt, er wäre überzeugt, dass Serge auf alle Fälle mitkommen würde. Dann hatte er sie gefragt, wie es während ihrer Abwesenheit mit der Kochschule weitergehen würde, also hatte sie ihm von ihrem Plan erzählt.

Der lange Tisch im Speisezimmer war durch zwei kleinere Tische und zusätzliche Stühle aus Serges Wohnung verlängert worden. Die Gäste standen mit Sylvie, Damien, Yasmine und Serge bei einem Aperitif zusammen, während die Kursteilnehmerinnen und -teilnehmer ein letztes Mal besorgt die Menüs – Vorspeise, Hauptgericht, Dessert – überprüften, die sie in Zweierteams zubereitet hatten. Aus dem Augenwinkel sah Gabi ihre Eltern angeregt mit Max plaudern: Zu ihrer Erleichterung hatten sie sich vorgestern bei einem ersten Kennenlernen auf Anhieb verstanden. Max' Großmutter waren ihre Mum und ihr Dad noch nicht begegnet, es konnten also durchaus noch die Fetzen fliegen, doch Gabi machte sich deswegen keine allzu großen Gedanken. Was immer auch geschehen mochte – sie würde damit klarkommen.

In einer anderen Ecke des Speisezimmers stand Kates Gast, ein freundlicher Mann namens Arnaud, der seine lebhafte kleine Hündin mitgebracht hatte. Damien schien große Freude an ihr zu finden, genau wie an Stella, dem Lehrmädchen mit den blauen Haaren aus der *patisserie*, in der Anja und Stefan ihr Video gedreht hatten. Jerome, Misakis Gast, ein Kunstrestaurateur, mit dem sie in einem Museum für Impressionisten ins Gespräch gekommen war, verstand sich prächtig mit Sylvie, Serge und einer Pferdetrainerin namens Mathilde, die Ethan und Mike am vergangenen Wochenende bei einem Besuch auf der Pferderennbahn in Longchamp kennengelernt hatten. Petes Gast war die Frau, die er im Jardin des Tuileries getroffen hatte und der er zufällig vor zwei Tagen in einem Café wiederbegegnet war. Sie hieß Lily. Freudestrahlend stand er neben ihr, während die Schottin, die kein Blatt vor den Mund nahm, lautstark verkündete, dass sie die Lücke zwischen der Hochzeit ihres Sohnes und zukünftigen Großmutterpflichten nutze, um sich eine einjährige Auszeit zu gönnen.

Ein wundervolles Fest, dachte Gabi ein wenig melancholisch, denn für die Kursteilnehmerinnen und Kursteilnehmer würde es der letzte Höhepunkt während ihrer Zeit in der kleinen Kochschule sein. Sie musste daran denken, wie sie an ihrem ersten Tag in Paris diese mittlerweile so vertraut gewordenen Räumlichkeiten betreten hatte, wie distanziert und insgeheim unwillig, sich auf den Kurs einzulassen, den sie im Grunde nur als Möglichkeit betrachtete, ihren eigentlichen Problemen zu entkommen und ihre Angst vor der sie quälenden Schaffensblockade auszublenden. Wie anders sich das jetzt anfühlte! Sie widmete sich wieder ihrer Kunst, wenngleich in ihrem eigenen Tempo, langsam, mit immer größer werdender Freude, was sich genau richtig anfühlte. Sie hatte Nick einige Kostproben geschickt, und er hatte auf eine Weise reagiert, die ihr Herz höherschlagen ließ. Noch wusste sie nicht, ob sie bei der Künstlerresidenz in der Provence dabei sein würde – wenngleich sie es hoffte –, doch wenn nicht, würde sie ihr eigenes Programm aufstellen, hier in Paris. Sie würde die Stadt genauer erkunden, mit Max und auf eigene Faust. Sie hatten so viele Pläne, wollten nach Guernsey und ins Baskenland reisen, vielleicht auch nach Spanien und Portugal und Weihnachten oder Silvester in Australien verbringen. Max hatte bereits ein Visum beantragt.

Sie hatte ihrem ehemaligen Dozenten von der Kunsthochschule in Sydney, der maßgeblich zu ihrem Interesse an Marguerite Yonans Arbeit beigetragen hatte, eine E-Mail geschickt und Fotos von der Zeichnung sowie von der Aufnahme von Marguerite und Odette geschickt und umgehend Antwort erhalten. Er war sehr aufgeregt über ihre Entdeckung, angeblich hatten bereits Gespräche über eine Retrospektive stattgefunden. Möglicherweise konnte sie so auf bescheidene Weise dazu beitragen, das Leben und Werk einer begabten Künstlerin aus dem Schatten ans Licht zu holen.

Alles schmeckte absolut köstlich, und alles war so vielfältig, und doch passte es wunderbar zusammen: eine Symphonie aus Farbe, Geschmack und Textur, unter der sich die Tische bogen. Kate versuchte, von allem wenigstens einen Mundvoll zu kosten und sich anschließend auf das zu konzentrieren, was sie am meisten ansprach. Sie und Misaki hatten ein einfaches, aber spektakuläres Menü zubereitet: grünen Spargel mit Vinaigrette als Vorspeise, gefolgt von dem Hauptgericht aus frischen, geschmorten dicken

Bohnen mit Confit von der Ente, im eigenen Saft gekocht und mit Thymian und Knoblauch abgeschmeckt. Zum Dessert gab es einen *quatre-quarts* mit einer Glasur aus braunem Zucker, Butter und Zitrone, dekoriert mit kandierten Veilchen und Rosenknospen. Kate schwelgte in den Kreationen der übrigen Zweierteams: ein Häppchen Forelle mit Mandeln hier, ein Hochgenuss aus Erbsen-Minze-Ziegenkäse-Salat dort; neue Kartoffeln mit Dill, dazu ein deliziöses Kalbssauté; ein Schälchen voll überraschend delikater Knoblauchsuppe, ein tiefer Teller mit einem farbenfrohen Hausmannseintopf mit Fisch und Gemüse. Und dann die Desserts – oh, die Desserts! –, und damit meinte sie nicht nur die großartige *moka,* die Ethan und Mike, die Schöpfer des Kalbssautés, gezaubert hatten, sondern auch den süß duftenden *Pithiviers*-Kuchen von Anja und Stefan und die unwiderstehliche *crème caramel* von Pete und Gabi.

Vor den Desserts gab es verschiedene Käse, die Max ausgesucht hatte – jeder davon eine Hommage an die Sorten, die sie während der vergangenen vier Wochen kennengelernt hatten. Den Wein hatte Sylvie sorgfältig ausgewählt, er passte zu fast allen Gerichten und war nicht allzu dominant.

Am Ende waren nur noch wenige Tropfen übrig und die Platten so gut wie leer. Der Kaffee wurde gebracht, und bald schon, dachte Kate, würden sie sich voneinander verabschieden und ihrer eigenen Wege gehen, würde die geschäftige kleine Welt, in der sie während der letzten vier Wochen gelebt hatten, genau wie diese Festtafel, an der so viel geplaudert und gelacht wurde, nur noch eine Erinnerung sein. Der Gedanke machte sie traurig.

Aber nein. Es gab keinen Grund, traurig zu sein. Es wäre niemals nur eine Erinnerung. Ihr Leben hatte sich verändert, eben weil sie ein Teil dieser kleinen Welt gewesen war. Sie hatte nicht nur eine sehr viel bessere Köchin aus ihr gemacht, sie hatte ihr auch geholfen, die Bitterkeit der Vergangenheit zu überwinden.

Für sich selbst einzustehen. Ihr verlorenes Selbstwertgefühl zurückzugewinnen. Aufrichtige Freundschaft mit liebenswerten Menschen wie Anja und Stefan zu schließen, die keine Gegenleistung für ihre Freundlichkeit erwarteten und sie bereits zu sich nach Hause in eine Kleinstadt nahe Hannover eingeladen hatten. Und sogar besser zu schlafen. Am wundervollsten jedoch war es, dass der Kurs in der Pariser Kochschule zu der Begegnung mit Arnaud geführt hatte. Und natürlich mit Nina, ergänzte sie in Gedanken lächelnd. Nina, die auf ihre unschuldige, weise Hundeart dafür sorgte, dass die beiden Menschen, die sie zusammengebracht hatte, wieder aufblühten und zu neuer Lebensfreude fanden.

Kate ließ den Blick durchs Speisezimmer schweifen, und er blieb an Nina hängen, die in diesem Moment damit beschäftigt war, einen Funken der Freundschaft zwischen zwei weiteren Menschen – Damien und Stella – zu entfachen. Sie schaute über den Tisch zu Arnaud, der sich bemühte, die rege Unterhaltung zwischen Serge, Pete und Stefan mitzuverfolgen. Er fing ihren Blick auf und grinste schief. In seinen blau-grünen Augen lag eine solche Wärme, dass Kate den Atem anhielt.

Am Tag zuvor, nach dem Abendessen auf seinem Boot, hatte sie ihm endlich mitgeteilt, was Pete über seine Nachbarn in Toronto berichtet hatte. Arnaud hatte eine ganze Weile geschwiegen, so lange, dass sie sich wünschte, sie hätte den Mund gehalten. Dann hatte er ihre Hand genommen, sie sanft an seine Lippen geführt und geküsst. »Danke, dass du mir das erzählt hast. Es war bestimmt nicht leicht.« Sie sah ihn an. Die Zärtlichkeit in seiner Stimme trieb ihr die Tränen in die Augen.

»Ich dachte, vielleicht hat das gar nichts zu bedeuten, vielleicht sind es gar nicht die beiden ... Ich wollte dir keine falsche Hoffnung machen ...«, stammelte sie.

»Oh«, hatte er erwidert, bemüht, sich seine Aufregung nicht allzu sehr anmerken zu lassen. »Oh, sie *sind* es. Davon bin ich überzeugt.« Und dann fragte er erstaunt: »Und dein Freund, dieser Pete – ist er sich wirklich sicher, dass Lucas meinen Namen annehmen wollte?«

Kate warf ihm einen gespielt-empörten Blick zu und antwortete: »Selbstverständlich. Das war doch die Pointe seiner Geschichte: *Was ist ein Name? Was uns Rose heißt, wie es auch hieße* ...«

Arnaud hatte gelächelt. Der Shakespeare-Bezug war seinen französischen Ohren entgangen, die Tatsache jedoch, dass sein Sohn, so weit er auch entfernt war, ihn möglicherweise kennenlernen wollte, erfüllte ihn offensichtlich mit einem Glück, an das er noch nicht ganz glauben konnte. »Könntest du deinem Freund bitte ausrichten, dass ich sehr gern mit ihm sprechen würde?«

»Selbstverständlich.« Sie hatte ihr Handy aus der Handtasche gezogen. »Ich rufe Pete gleich an und frage, ob er sich mit uns auf einen Drink in der Bar trifft, in die du so gern gehst.«

Arnaud hatte sie angesehen, und sie hatte die Panik in seinen Augen bemerkt, doch nach einem kurzen Moment war sie auch schon wieder verschwunden, und er hatte leichthin erwidert: »Warum nicht?«

Pete war überrascht, aber er sagte zu. Als sie die Bar betraten, hatte Kate sich zu Arnaud umgedreht und gesagt: »Ich mache mit Nina einen Spaziergang, ich glaube, du brauchst mich im Moment nicht.« Er hatte sie voller Wärme angeblickt und schlicht »Danke« gesagt.

Als sie zurückkam, saßen die beiden Männer bei ihrem zweiten Cognac. Es war offensichtlich, dass das Gespräch gut gelaufen war. Pete sagte mehrfach: »Wow, das ist so cool, so cool, Mann, total abgefahren«, während ihm Arnaud, geduldig und amüsiert zugleich, beipflichtete, dass auch er diesen Zufall für absolut cool hielt. Er zwinkerte Kate zu. Er wirkte jünger, vielleicht lag es aber auch nur daran, weil er so erleichtert war. Eine Last schien von ihm abgefallen zu sein.

Sie hatten noch ein bisschen geplaudert, und später, auf dem Rückweg zum Hotel, hatten sie überlegt, ob er zuerst seinem Sohn eine E-Mail schicken oder zuvor dessen Mutter anrufen sollte, denn natürlich musste auch sie davon erfahren. Wenn es gut lief, wollte er gegen Ende des Jahres nach Toronto fliegen, um seinem Sohn einen Besuch abzustatten, vielleicht würde er ihn aber auch nach Paris einladen. Noch war alles in der Schwebe, es gab jede Menge zu tun.

Als sie vor dem Hoteleingang standen, hatte er gesagt: »Ich werde nie vergessen, was du für mich getan hast, Kate. Ich hoffe, ich kann dir das zeigen, ganz gleich, wie, und wann immer du möchtest.« Sie hatte ihm keine Antwort gegeben – sie konnte nicht sprechen, ihr Herz quoll über –, doch sie hatte sich zu ihm gereckt und ihn auf den Mund geküsst, und er hatte ihren Kuss innig erwidert. Sie hatte ihn nicht eingeladen, sie in ihr Hotelzimmer zu begleiten, und er hatte sie nicht darum gebeten, denn sie wussten beide, dass sie allem Anschein nach am Ende des ersten Kapitels ihrer Beziehung angelangt waren und nun womöglich mit dem zweiten beginnen würden, das jedoch nicht zu schnell geschrieben werden sollte. Kate würde in weniger als einer Woche nach Melbourne zurückkehren, und weder sie noch Arnaud mochten daran denken. Es hätte etwas Endgültiges, wenn sie jetzt miteinander ins Bett gingen, und auch das wollte keiner von ihnen. Vielleicht war es altmodisch, damit zu warten, hatte Kate gedacht, als sie langsam die Treppe zu ihrem Zimmer hinaufstieg, und vielleicht würde nicht jeder so denken wie sie und Arnaud, aber für sie beide fühlte es sich richtig an.

Als sie jetzt einen Stapel Teller und Platten in die Küche brachte, dachte sie, dass sie nie bereuen würde, Arnaud begegnet zu sein – obwohl sie natürlich hoffte, dass ihre gemeinsame Geschichte ein glückliches Ende nahm.

In der Küche traf sie auf Sylvie, die leere Flaschen sortierte und die großen Spülmaschinen befüllte. Als Kate eintrat, schaute sie auf. »Oh, das müssen Sie nicht machen«, sagte sie, als Kate das Geschirr abstellte. »Damien und Yasmine hätten mir später dabei geholfen.«

»Kein Problem«, sagte Kate, »außerdem amüsieren sich die zwei gerade prächtig.«

»Und Sie nicht?«

»Oh doch, aber es ist ziemlich laut«, erwiderte Kate mit einem Lächeln. »Einen Moment in der Küche Ruhe und Frieden zu finden, schien mir keine schlechte Idee zu sein.«

»Mir ging es genauso«, pflichtete Sylvie ihr bei. »Außerdem bin ich froh, dass Sie da sind. Ich würde gern etwas mit Ihnen besprechen.«

»Ach?« Wilde Überlegungen, worum es sich handeln könnte, wirbelten durch Kates Kopf, doch auf das, was als Nächstes kam, war sie nicht vorbereitet.

»Ich werde es direkt formulieren«, sagte Sylvie, »und ich verstehe, wenn Sie es als absurde Idee abtun – aber was halten Sie davon, für mich zu arbeiten?«

Kate starrte sie sprachlos an.

»Zunächst nur als Assistentin und auch nur für zwei Monate, etwas später im Jahr, aber eine Verlängerung ist nicht ausgeschlossen«, fuhr Sylvie, auf deren Gesicht ein besorgter Ausdruck getreten war, hastig fort. »Wir können nicht viel bezahlen, aber wir würden für Kost und Logis und die Reisekosten aufkommen. Ich habe mich mit Damien besprochen, und genau wie ich ist er der Meinung, dass Sie die perfekte Person wären ...«

»Moment«, fiel Kate ihr mit erstickter Stimme ins Wort. »Ich verstehe nicht ... Warum soll ausgerechnet ich ... Ich meine, neben Ihnen und Damien bin ich bloß eine Dilettantin ...«

»Sie haben Talent, Kate«, sagte Sylvie, die sie nun ihrerseits unterbrach. »Eine natürliche Begabung, ein Gespür für Lebensmittel und deren Zubereitung, außerdem scheuen Sie sich nicht, sich zu

Wort zu melden, wenn Sie etwas nicht wissen, und sind stets bereit zu lernen. Viel wichtiger ist jedoch etwas ganz anderes: Ihre Gabe, das Beste in den Menschen zum Vorschein zu bringen.«

»*Meine Gabe?*«, wiederholte Kate und riss aufrichtig erstaunt die Augen auf.

»Mir ist das aufgefallen und Damien ebenfalls. Genau wie Serge. Von Arnaud ganz zu schweigen«, fügte sie lächelnd hinzu. »Von Anja und Stefan weiß ich, wie freundlich Sie stets zu allen waren und gleichzeitig nie davor zurückschreckten, Ihre Meinung zu äußern.« Sie sah Kate fest in die Augen. »Sie sind genau die Richtige für uns, aber natürlich stellt sich die Frage, ob wir die Richtigen für *Sie* sind.«

Kate schluckte. Die Chance zu haben, nach Paris zurückzukehren, nicht als Gast, sondern als Teil der Kochschule, mit Menschen zusammenzuarbeiten, die sie mochte und bewunderte, einen Neuanfang in einem neuen Beruf zu wagen, Speisen zuzubereiten, die sie liebte, und mehr und mehr zu lernen; noch einmal diese wunderschöne Stadt zu erleben und auf eine so unerwartete, wundervolle Art und Weise das nächste Kapitel mit Arnaud aufzuschlagen, in jederlei Hinsicht eine zweite Chance zu bekommen ... Es war, als wäre ihr plötzlich eine Fee erschienen und hätte ihre Wünsche, die sie bis dahin selbst nicht so recht gekannt hatte und die ihr nun mehr bedeuteten als alles andere, in Erfüllung gehen lassen.

»Ich wäre begeistert«, stieß sie aufgeregt hervor. »Das würde mir sehr gefallen – Sie können sich gar nicht vorstellen, wie geehrt ich mich fühle ... Allerdings weiß ich nicht, ob ich Ihren Erwartungen gerecht werden kann.«

»Allein die Tatsache, dass Sie diese Bedenken äußern, zeigt mir, dass Sie genau dies tun werden.« Sylvies Gesicht hellte sich auf. »Ich bin so froh, dass Sie unsere verrückte Idee nicht abtun, Kate. Selbstverständlich werden wir Dinge besprechen, Vereinbarungen treffen müssen. Aber jetzt erst mal ...« Sie nahm eine hohe, schlanke Flasche Sauternes aus einem der Schränke und füllte zwei kleine Gläser mit dem tiefgoldenen Wein. Eines davon reichte sie Kate, dann hob sie ihr eigenes Glas und sagte: »Bevor wir Sie mit einer gebührenden Feier willkommen heißen, möchte ich einen Toast ausbringen: Auf die Zukunft!«

»Auf die Zukunft!«, echote Kate, und sie stießen miteinander an. In dem Moment betrat eine strahlende Gabi die Küche, die Hände voll leerer Kaffeetassen. »Darauf trinke ich ebenfalls, meine Damen«, verkündete sie mit einem breiten Lächeln, »vorausgesetzt, es ist noch ein Glas von diesem ausgezeichneten Wein für mich übrig!«

EPILOG

Zwölf Monate später

Kate stand im sonnigen Garten und blickte über die lange Tafel. Ihre Nerven flatterten. Sie hatte so hart für diesen Tag gearbeitet, und jetzt war er da. In Kürze würden die Gäste eintreffen und alles einer eingehenden Prüfung unterziehen. Es war ihre Idee gewesen, doch Sylvie war diejenige, die sie ermutigt hatte, sie weiterzuverfolgen und tatsächlich umzusetzen, zum Leben zu erwecken. *Was, wenn sich das Ganze als Flop entpuppt?*, überlegte Kate und strich nervös mit den Handflächen über ihre Schürze. Was, wenn die anderen gar nicht begeistert waren oder ihre Idee lächerlich fanden – nichts übrig hatten für die Flausen eines Eindringlings aus einem fernen Land, der nicht wirklich verstand, wie die Dinge in Frankreich gehandhabt wurden?

Die Location würde ihnen auf jeden Fall zusagen, dachte sie und schaute sich in der friedlichen grünen Oase um. Mit den Blumenbeeten, den Schatten spendenden Bäumen, dem grasbewachsenen Weg und einem Springbrunnen, der in einer Ecke vor sich hin plätscherte, sah der Garten aus, als befände er sich in einem abgeschiedenen, ländlichen Refugium, nicht im Herzen von Paris. Draußen, vor den hohen, mit Kletterpflanzen bewachsenen Steinmauern jedoch donnerte der Stadtverkehr vorbei, während man hier drinnen nichts als Vogelgezwitscher hörte. Ein Garten wie dieser, mitten in Paris, war eine Seltenheit und heiß begehrt. Der Garten und das dazugehörige Haus – ein wunderschönes, dreigeschossiges Steingebäude aus dem neunzehnten Jahrhundert im sechzehnten Arrondissement – befand sich im Besitz einer Frau namens Juliette Marigny. Der Garten war von ihrer Nichte Charlotte entworfen worden, einer bekannten Gartenarchitektin. Juliette selbst hatte eine steile Karriere als Diplomatin auf der ganzen Welt hinter sich; später hatte sie sich einen Namen als erfolgreiche Reiseschriftstellerin und Food-Journalistin gemacht, und selbst jetzt noch, mit über achtzig, war ihr Einfluss ungebrochen. Außerdem war sie seit Kindesbeinen mit Max' Großmutter Liliane Rousseau de Taverny befreundet, und so war es ihnen gelungen, sich diesen einzigartigen Veranstaltungsort zu sichern.

Seit Kate nach Paris zurückgekehrt war, um die Stelle an der Pariser Kochschule anzutreten, hatte sie ein freundschaftliches Verhältnis zu Gabi aufgebaut, selbst wenn sie keine besten Freundinnen geworden waren. Auch Gabi und Max hielten sich nach einer erfolgreichen Künstlerresidenz und einigen anschließenden Reisen wieder in der Stadt auf, und die beiden Paare – Gabi und Max sowie Kate und Arnaud – hatten sich mehrere Male zum Essen getroffen. Bei einer dieser Mahlzeiten vor etwa zwei Monaten hatte Max vorgeschlagen, die Freundin seiner Großmutter zu kontaktieren. »Sie hat einen absolut großartigen Garten«, hatte er gesagt, »und sie kennt viele Leute, die sich als hilfreich erweisen könnten. In meinen Augen ist das der perfekte Ort für die Premiere einer neuen Geschäftsidee!«

Ja, der Ort *war* perfekt, dachte Kate nun. Doch passte das, was sie geplant hatte, zu dieser Perfektion? Der Tisch unter dem blühenden Baum sah wunderschön aus, keine Frage. Eine prächtige antike bestickte Tischdecke aus cremefarbenem Leinen lag darauf – Kate hatte sie auf einem der weitläufigen Pariser Flohmärkte entdeckt, die mittlerweile zu ihren bevorzugten Anlaufstellen geworden waren –, dekoriert mit strategisch platzierten Seidenblumen, die Leah auf einem Markt für Kunsthandwerk in Melbourne erstanden hatte. Es waren keine europäischen Blumen, sondern australische – Telopea, Känguru-Pfote, Goldakazie, Flanellblume –, exquisit aus feinster Seide gefertigt. Verspielt wirkende Stapel unterschiedlicher kleiner Teller – schwarz-weiße Vintage-Teller mit pastoralen Szenen auf der einen Seite und moderne, schlichte gelbe Teller auf der anderen – standen neben einer ganzen Flotte von klobigen Tumblern und eleganten Gläsern mit Stiel. Das Besteck hatte schwarze Griffe. Gelb-cremefarben gestreifte Servietten lagen bereit, daneben ein kleiner Stapel Menükarten, liebevoll verziert mit einer von Gabis Skizzen. Bänke und andere Sitzgelegenheiten, die Arnaud von überallher zusammengetragen hatte, waren im ganzen Garten verteilt. Sie passten genauso wenig zusammen wie die Teller, was einfach nur bezaubernd wirkte.

Kate atmete tief durch. Ja, das alles sah großartig aus. Und Gott sei Dank hatten sie ausgezeichnetes Wetter. Das und der Rahmen würde die Gäste in die richtige Stimmung versetzen, davon war sie jetzt überzeugt. Sie kehrte über die Terrasse ins Haus zurück und ging direkt in die Küche. Dort standen Damien und Amandine aus dem Restaurant Chez Quenu. Sie legten letzte Hand an die Speisen, während Yasmine den Kopf über ein Clipboard beugte. Als Kate eintrat, schauten sie auf und lächelten.

»Ist alles noch da?«, erkundigte sich Damien verschmitzt, und Kate musste unweigerlich schmunzeln. Ihr war durchaus bewusst, dass sie den Garten seit heute Morgen mehr als einmal überprüft hatte. Sie waren allein im Haus, Juliette hatte sich diskret zurückgezogen unter dem Vorwand, einen Spaziergang machen zu wollen. Sie würde erst wiederkommen, wenn alles fertig war, und Sylvie hatte von Anfang an klargemacht, dass sie die Vorbereitungen nicht überwachen wollte. Sie wollte Kate das Gefühl geben, die volle Kontrolle zu haben. Sie und Serge würden als Gäste kommen, denn die Eröffnung des Boutique-Catering-Services der Kochschule war Kates Event, genau wie die Idee für den neuen Ableger ursprünglich von ihr stammte.

Kates Blick schweifte über die Speisen, die darauf warteten, hinausgetragen zu werden. Die Tabletts waren beladen mit herzhaften *tartes* und Pies, traditionell und weniger traditionell: Spargel und Estragon, Schwein und Dörrpflaume, Brathähnchen und Ingwer, Forelle und Lauch, außerdem gab es eine *tarte* mit einer farbenfrohen *piperade*-Füllung. Auch kleine Sandwiches mit außergewöhnlichem Belag wurden gereicht: von Gänse-*rillettes* mit hauchdünnen Scheiben gefriergetrockneter, eingelegter Feigen bis hin zu Garnelen und Avocado mit Marie-Rose-Soße. Auf einem Tablett waren Fleischwaren aus verschiedenen Regionen Frankreichs angerichtet, auf einem anderen ausschließlich diverse Käsesorten aus der Region Île-de-France. Des Weiteren gab es eine große Schüssel mit saisonalen Salaten – verschiedene Kopfsalate, Feldsalat, Rucola, Sauerampfer und Kräuter – und einer traditionellen Vinaigrette, verfeinert mit Zitronenmyrte. Auf einer langen Platte waren dünn geschnittene rote und gelbe Tomaten mit einer Vinaigrette aus Granatapfelsirup angerichtet: französisches Essen mit einer bestechenden, original australischen Note. Die Getränke – Champagner, Rot- und Weißwein einschließlich mehrerer Sancerres vom Weingut Taverny sowie verschiedene australische Rotweine, außerdem Wasser und Orangensaft – standen bereit. Kate musste zugeben, dass alles ausgesprochen gut aussah. Es fehlte nur noch eine Sache …

In diesem Moment klingelte es, und Yasmine verließ die Küche, um die Tür zu öffnen. Kurz darauf kehrte sie mit Gabi und Max, Sylvie und Serge, Juliette und Charlotte Marigny und Max' Großmutter Liliane zurück. Passend zur Jahreszeit in Frühlingsfarben gekleidet, sahen sie allesamt großartig aus, dachte Kate, allen voran Gabi, deren Babybauch gerade erst sichtbar wurde. Alle redeten aufgeregt durcheinander und lobten das Essen und die Location. Aber so zufrieden sie auch war, konnte sich Kate doch kaum konzentrieren. Ihre Nerven spielten verrückt, und immer wieder warf sie einen Blick auf ihre Armbanduhr. Er hätte schon vor einer Weile hier sein sollen.

Kurz darauf stand alles draußen auf dem Tisch, und die anderen Gäste trafen ein, darunter mehrere sorgfältig ausgewählte Journalistinnen und Journalisten, die Juliette empfohlen hatte. Während einer kurzen Pause gelang es Kate, sich davonzustehlen, um ihre Haare zu bürsten, den Lippenstift nachzuziehen und ihre mehlbestäubte Schürze abzunehmen. Anschließend begrüßte sie ihre Gäste, einschließlich der Presseleute, die um den Tisch herumschwirrten, leise miteinander redeten und die Menükarte lasen. Es fiel Kate schwer, ihre Gesichtsausdrücke zu deuten, doch ganz sicher wirkten sie nicht unglücklich.

Und dann traf er endlich ein: Arnaud, der eine große Pappschachtel in den Händen hielt, gefolgt von seinem Sohn Lucas und Nina, die an Lucas' Fersen klebte. »Tut mir leid, dass wir zu spät sind«, sagte Arnaud und schenkte ihr ein herzerwärmendes Lächeln, das seine Wirkung nie verfehlte, »bei der Metro kam es zu Verzögerungen.«

»Das macht nichts«, sagte sie und strahlte ihn in einer Mischung aus Liebe und Erleichterung an, »Hauptsache, ihr seid jetzt hier. Ich habe schon eine große Platte bereitgestellt, gleich dort drüben.«

»Wow«, sagte Lucas, als sie sich der Tafel näherten, »das sieht ja toll aus!« Auf Französisch fügte er hinzu: »Wann können wir essen?« Alle lachten, und Lucas wirkte erfreut. Der Junge war eine echte Offenbarung, dachte Kate. Arnaud hatte ihr erzählt, dass Lucas unglaublich selbstbewusst war – bei dem ersten Treffen mit seinem Sohn im vergangenen Jahr habe er sich gefühlt, als hätten sie die Rollen getauscht: Er war der sprachlose Jugendliche, während sein Sohn völlig entspannt wirkte. Kate hatte angenommen, er würde übertreiben, doch tatsächlich entsprach diese Einschätzung exakt den Tatsachen. Als Lucas und sie einander vor zwei

Wochen zum ersten Mal begegnet waren, war sie ziemlich nervös gewesen, er dagegen war die Ruhe in Person. Er hatte munter mit ihr über die verschiedensten Themen geplaudert, angefangen damit, ob Kanada wie Australien sei, bis hin zu der Frage, ob sie Comics oder Anime-Filme bevorzuge. Außerdem hatte er ihr seine Beobachtungen über Paris mitgeteilt und ihr mit ergreifender Offenheit erzählt, dass man ihn in der Schule für seltsam hielt. Er war nicht im Mindesten seltsam – es sei denn, seltsam zu sein bedeutete, aufgeweckt zu sein –, und Kate hatte ihn auf Anhieb gemocht. Genau wie Nina, die jetzt neben ihm saß und sehr zufrieden mit sich wirkte. Nur gelegentlich schweiften ihre glänzenden schwarzen Knopfaugen zur Quelle der verführerischen Düfte.

»Na dann werfen wir doch mal einen Blick hinein«, sagte Kate, nahm Arnaud die Schachtel ab und öffnete sie vorsichtig, um die Torte zu enthüllen, die sie kreiert und bei ihrer Lieblingskonditorei in Auftrag gegeben hatte.

Nachdem sie das Kunstwerk auf der dafür bereitgestellten Platte platziert hatte, schnappten alle kollektiv vor Begeisterung nach Luft – einschließlich der Presseleute. Und das war kein Wunder! Die »Paris-Melbourne«, wie sie die *tarte* zu Ehren ihrer beiden Lieblingsstädte genannt hatte, war ein köstlich zartes Zusammenspiel von Baiserschichten mit Cappuccino-Creme, verziert mit glasierten Erdbeeren und kandierten weißen Rosenknospen, die wie essbare Juwelen auf der hellbraunen Creme verstreut waren. Kate seufzte glücklich, ihre Nervosität war verflogen.

Alles war so, wie sie es sich erhofft hatte: perfekt, wunderschön – und absolut köstlich.

DANK

Ich habe es geliebt, diesen Roman zu schreiben, und die Freude wurde zusätzlich dadurch verstärkt, dass mich viele Menschen auf dem Weg zur Verwirklichung dieses Buches unterstützt, beraten, ermutigt und inspiriert haben. Ihnen möchte ich hiermit öffentlich danken.

Mein Dank gilt meiner wundervollen Agentin Margaret Connolly, die von Anfang an genauso begeistert von dieser Story war wie ich und stets ein großartiger Resonanzboden, wenn ich einen brauchte.

Meiner fantastischen Verlegerin Alex Craig, deren einfühlsame Begleitung, inspirierenden Vorschläge und unerschütterliche Unterstützung ihresgleichen suchen.

Dem herausragenden Team von Ultimo Press – Lektorat, Design, Herstellung, Marketing und Vertrieb –, die dieses Buch so wundervoll gestaltet und so hart gearbeitet haben, damit die Leserinnen und Leser es schließlich in den Händen halten können.

Vielen, vielen Dank euch allen!

Danke und liebe Grüße an meine Familie in Paris für die vielen spannenden Stunden, die ich in eurer sachkundigen Gesellschaft beim Entdecken außergewöhnlicher Ecken verbringen durfte. Das Gleiche gilt für meine restliche Familie, ganz gleich, ob in Südfrankreich, Australien oder Großbritannien – danke für euren konstanten, liebevollen Support! Ein ganz besonderes Dankeschön an meine Schwägerinnen in England, deren fröhliches Haustier mich zu der unnachahmlichen Nina inspiriert hat.

Mein Dank gilt dem Australia Council – mittlerweile Creative Australia – für den zauberhaften sechsmonatigen Aufenthalt in Paris, der mir vor einigen Jahren gewährt wurde und der mir dabei half, mein Wissen über die Stadt des Lichts zu erweitern.

Ich danke meinem geliebten Ehemann, meinen Kindern und der mit Freude erweiterten Familie hier in Australien. Alles, alles Liebe für euch und danke, dass ihr immer für mich da seid. Ihr alle seid wahrhaftig das Licht meines Lebens.